太陽地
月亮田

冯德胜 著

作家出版社

图书在版编目（CIP）数据

太阳地·月亮田 / 冯德胜著 .—北京：作家出版社，2021.5
ISBN 978-7-5212-1242-6

Ⅰ.①太…　Ⅱ.①冯…　Ⅲ.①长篇小说－中国－当代
Ⅳ.① I247.5

中国版本图书馆 CIP 数据核字（2020）第 265094 号

太阳地·月亮田

作　　者：冯德胜
责任编辑：钱　英　杨新月
装帧设计：孙惟静
插　　图：邓慧祥　普晓波　乔子康
出版发行：作家出版社有限公司
社　　址：北京农展馆南里 10 号　　邮　　编：100125
电话传真：86-10-65067186（发行中心及邮购部）
　　　　　86-10-65004079（总编室）
E-mail:zuojia @ zuojia.net.cn
http://www.zuojiachubanshe.com
印　　刷：天津中印联印务有限公司
成品尺寸：152×230
字　　数：345 千
印　　张：25.25
版　　次：2021 年 5 月第 1 版
印　　次：2021 年 5 月第 1 次印刷
ISBN 978-7-5212-1242-6
定　　价：53.00 元

目 录

下部

写在前面的话

我时常做梦,梦见一群远古的围猎者在广袤的大地上亢奋地呐喊。他们在一棵古老的大树下拾起一只被突来风雪冻死的鸟儿,用箭镞将鸟儿穿起来挂在阴洞的神龛上。于是,面着鸟儿,爆出震撼大地的狂舞长啸。

我醒了,我发觉我与天籁同在。可,梦中的真实彻底碎了,见到的是另一种生存方式。我希望从头做起,从最原始粗朴的事做起,钻木取火,茹毛饮血……把我身上每一个现代细胞回归到古老的真实里,让周围的一切呈现原始状态的自然美仪。唯我知之,带来的是莫名的悲哀,可我最终相信,那只冻死的鸟儿被古人挂在神龛上,是人类最终理想的一部分。

把生命逐于江流,太阳找不着,月亮找不着,如同一只小鹿在网里蹦跳,差点被网死,好在支网的猎手拨开网口……我得救了,而且能在那块宽阔的原野里奔驰,这要感谢我的父辈赋予了我一身能吃苦的精神,就像一只蚂蚁爬到树的尽头,跌下来,带着伤痕又爬上去……最终,带来的是悲哀和覆灭,像路遥一样倒下了也不在乎。人生自古谁无死,累着死总比闲着活好。我认准这个死理,像父辈一样,不管风吹雨打日晒,年复一年地在地窝里播种,成活一株算一株,收获一粒算一粒,一个字一个字地写。自二十世纪八十年代中期开始，我在《人民日报（海外版）》《光明日报》《民族文学》《文学报》《云南日报》《边疆文学》《滇池》《黄河》《飞天》等报刊上陆续发表一百多万字的中短篇小说、散文。出版了《远方有个世界》《死亡诱惑》《沸潮》《老土》《聂耳》《云南白药王曲焕章》《哀牢之鹰》《祁哥》等长篇小说和传记文学。

二十世纪七十年代初参加教育工作的我，被分配到离县城一百八十多公里的苦聪山寨教书。九月末的那天，我背着行李到达苦聪山寨，太阳已经落山了，寨民在寨口边的平场上撒满了松毛，一群汉子端起火枪往高空放了二十响，以苦聪人的最高礼节欢迎我的到来。我感动得热泪盈眶，心想，凭这二十响的礼遇，天大的困难我也要克服，一定教好山民们的孩子。

在苦聪山寨的六年是让我魂牵梦萦的六年，我总企盼用一种特殊方式，回馈那些在我生病时为我撵过鬼魔、喂过汤药的父老乡亲。五十年过去了，我终于创作完成了长篇小说《太阳地·月亮田》，赠予苦聪山寨的子民们。在此，感谢中国作协将《太阳地·月亮田》列为2019年重点扶持作品，感谢作家出版社的领导及钱英老师、杨新月老师为此部作品出版付出的努力。

2020 年 11 月 1 日于玉溪陋室

上部

第一章

凄厉的狼嚎，低沉的虎啸，高昂的野牛噪叫……萋萋葳葳的苎麻草，婆婆娑娑的野竹林，婀娜多姿的野蕉林，蟒蛇一般的藤蔓攀附着遮天蔽日的阔叶老树，层连层、片连片的奇异高峰，像一棵棵竹笋从老土里凸出来。

部落头领蛮手执弩弓，腰系虎皮，蓬松的长发披搭在肩上，粗糙的黧黑脸庞绷得紧紧的，牙齿咬得咯咯响，炯炯的目光焦急地搜寻着什么。他巡视一番，像敏捷的马鹿般向前跃去。

凄厉的老鹰鸣叫使老林恐怖瘆人。突然，蛮听到了响声，像羚羊一样蹬腾一跃，拽住手杆般粗的藤子，站在崖壁上，手执弓弩，聚精会神地倾听传来的沙沙声响。嗷！一声惊天动地的炸响，盛气凌人、龇牙咧嘴的老虎显现出身影。蛮迅速拨开遮住视线的枝叶，把盖及眼脸的头发扭成一绺甩到脑后，搭上箭头已涂好青紫色毒胶的箭支，眯着左眼，收紧裸露的胸肌，屏住呼吸，对准老虎的眼睛射了出去。嗷！老虎受了致命的一箭，挟着旋风猛地朝蛮扑来。蛮跃到一棵大树后。啪！钢鞭一样的虎尾抽在树干上，尾尖同时戳在蛮的嘴唇上，蛮眼冒金花，满嘴灌满了灼热的液体，咸咸的。他下意识地转动一下舌头，一颗硬硬的牙齿泡在血水里。

被射穿了眼珠的老虎疯狂地跳跃。蛮又瞅准老虎心口窝那撮翻飞的白毛补了一箭。老虎失去了腾跃的力量，趴扑下来，嘴戳在地上，无力而哀怨地低吼着，断了气。

蛮一声唿哨，部落的人从岩洞里拥了出来，围住死虎，十几把腰刀在老虎身上起舞，老虎瞬间便被肢解了，瘦瘦的肉扔进女人们的背箩里。

蛮剖开虎心，掏出一捧热血凑到同伴的嘴唇边……喝完了，他又掏了一捧……人们依次喝了虎血，最后，他也掏了一捧，自个儿喝下去。一张张带着血迹的嘴咧开，每个人脸上都溢满狂喜的神情。

蛮望着相视而笑的同伴们，心想：大树发了一回又一回的芽，麂子产了一回又一回的崽，他率着部落的人爬了一座又一座山，蹚了一条又一条河，除了见到一架架熊的骷髅，别无所获。明天，他又要率着部落远征，寻找葬着先祖的太阳地。

暴雨下了七天七夜，酥软的岩壁和泥土在水漫中摇晃。不多时，山体像雪崩似的倒坍，泥石流在无数的沟谷里倾泻，部落的人被围困在泥水之中。

蛮紧紧攥住一个老人的手，走在前头。其他人一步不落地紧跟其后。蛮的一只手像一把长刀，一次又一次地抖颤着在头顶上挥动。满身污泥的人们，看着他的手势在洪水中挣扎。

一个汉子抱着伤了的女人，龇咧着嘴，大声喊："……女……女……"

蛮循声望去，一个洪浪扑向汉子和他抱着的女人，汉子一个趔趄，被洪水吞下肚。

蛮朝南端望去，一个老妇坐在岩石上，她的一只脚被石头砍断了，另一只脚缩在岩尖上盘着，像一只独腿的老鹰站在尖岩上，撑着瑟瑟颤抖的身子狂叫："雨呀！雨呀！下呀！下呀！石呀！石呀！滚呀！滚呀！水呀！

水呀！淌呀！淌呀！血呀！血呀！流呀！流呀！……"

老妇叫得无休无止，一条断了的腿像砍了头的蛇，趴在岩石上蠕动。渐渐地，老妇的声音弱了，身子随着蠕动的腿，缓缓地滑进泥水里。

蛮的眼角轻轻一抽，挤出了一行老泪。他从一个汉子手里接过酒葫芦，往嘴里灌了酒，朝遇难的老妇方向喷去。接着，又灌酒，朝先前的那一男一女消失处喷去。

部落的人水獭猫似的从洪流里爬了出来，血和水浸染的身子围住了蛮，蛮点燃了火堆，把几颗山谷、数块兽肉撒在烟火上，喁喁地念道："……贤明的神灵，我们把仅有的兽肉敬贡了山鬼、石鬼、水鬼……请你扼住它们，不要再让先祖的子孙遭受苦难……"

妻子怀中的婴儿呀呀哭叫。

蛮走到妻子面前，妻子将孩子递给了蛮，蛮把浑身赤紫的孩子搂在怀中，饿得像小兽一样疯狂的孩子直往他胸脯上拱。蛮示意妻子喂奶，妻子撩开衣襟，两只瘪瘪的乳房挂在女人的胸脯上。蛮明白，妻子的奶水枯竭了，他将饥饿得大哭的孩子递给妻子，朝汉子们一挥手，他们像一群山豹子般蹿入绿林中。

一个汉子发现了兽迹。

蛮吹响悠长的号。分头搜寻兽迹的汉子们围拢来。

在一条峡谷里，汉子们围住一头落单的野牛，合围圈渐渐收拢，汉子们朝野牛发箭。野牛中了箭，疯狂地四下冲撞。汉子们没有退避，挥舞着长刀朝野牛砍去。那个发现野牛的汉子躲避不及，被冲来的野牛高高地挑在尖角上。汉子惨叫一声，肠子倾泻在野牛头上。汉子忍痛抓住野牛的犄角，从腰间抽出被鲜血染红了的短刀，深深戳进野牛的眼睛，野牛一个飞跃，汉子被甩到一棵很远的树丫上夹着，脑壳飞了一半，洒在地上的血画成一只饱满乳房的图案。

蛮将夹在树丫上的汉子抬下来，把飞了一半的脑壳捡回来，倒了些山果酒，像搓揉面团似的在手掌中搓揉了一番。"热了！"蛮说，两半脑壳合在一起。又洒些山果酒在死者身上，温暖的手把死者身子拉正，头发理顺，在颈下垫了一床兽皮，端平脸部，让死者面朝着太阳，那脸似乎在微笑。蛮木然地念道："贤明的神灵，部落人的养育之母！祈请你降临神光，让部落人的英雄回到身边。为了母亲的乳汁，他被野牛的犄角挑出了肠子，他活着是部落人的英雄，死了是先祖的儿子。祈求赐予福光……"

蛮吐着每一个字，像吐一粒粒珍珠。他悠悠扬扬没有间断地祈祷，字句像火苗一样烤人，烫得人们热泪上涌。灿灿的泪点烙得老土冒汽……

衰疲的部落，默默地移挪着脚步。

脚板下的树叶嚓嚓地响。

"落叶了！"有个汉子说。

"叶。"蛮伸出苍黑的手，接住从树上落下来的羽毛。

"羽毛！羽毛！"无数鳖黑的脸仰向大树喊。

一株株青绿的大树，在广漠的山岚中兀傲挺立，映衬它们的是幽蓝的天空、洁白的流云、开阔的草坪和一条泛溢着白浪的小河。

"落巢吧！"蛮转动着手中的羽毛，向同伴们发令。

顿时，凝滞的人流大晃动，流沙似的脚板在草坪上疯狂地游动。

蛮立在人群前，从箭囊中取出一支箭，用舌头舔了一下镞，装在弩槽里，将弩拉成一弯月牙，一松指，利箭带着山风飞向树梢，只听见一声鸣叫，一只孔雀翩翩悠悠，打着树叶飘飘荡荡下落。

"孔雀，孔雀……"粗豪的吼叫轰然响起，山体震颤了几下，像要被吞没。

依照先祖的规矩，部落里死了人，说明栖息地惹上了魔鬼，人们要迁徙到远避魔鬼的地方栖息，如若再死人，就再迁徙……人们清清楚楚地记得那场大难：泥石流吞噬了三个人和所有的财产。半年来，蛮带着大伙迁徙了五次。最后一次，是二十天前的事。一个妇女说，她的腹腔空空荡

荡，有一个野鬼在肚里跳舞。她要男人把腰刀给她，男人毫不犹豫，把刀
递给了她。

女人双手捏住刀把，腰刀穿刺进自己的小腹。女人说，她已经杀死了
野鬼。她黑黑的眼珠放出了光，两鬓的柔发像鸟儿的羽毛在扬动，红润的
面颊沁出丝丝细密的汗珠，血水从刀口往外喷溅。女人说，她肚里跳舞的
野鬼死了，明天，她要和姐妹们一起爬到树上摘野果。女人还说，她酿的
野果酒最醇……女人说了好多话才闭上眼睛。

人们确信，女人是被野鬼咬死的。男人们燃起一堆熊熊的篝火，把断
气的女人抛进大火里，几十个人围住篝火，踏着沉重的脚步起舞，飞出的
火星烫伤了脚板，人们没有止步，把通红的火光踏成碎片，抛向黢黑的原
野。一股股焦煳的腥味扑入鼻腔，不知谁先哭了起来，声音像蝙蝠的翅膀
扑打着火苗。

天红了。

无数只惺忪的火眼在焦煳的尸体上眨着。

月亮死了。

人们逃离了浑红的篝火，逃离魔鬼索缠的冷山，来到这水草丰肥的
丽土。

蛮下令，用野果酒洗去疲劳。

蛮坐在酒碗前，身子往左移一点，炯炯的眼珠在酒中游动，像黑暗中
的萤火虫闪着亮光。三天前，他的眼珠猩红，眼皮略显浮肿，像在沸水里
煮着一样灼辣辣地难受。奶孩子的妻子见他这样，把乳房支在他眼前，双
手往饱满上压挤，奶水喷泉一般汹涌，冲得他的眼珠旋转。眼珠在奶水里
浸泡了三次，比以往任何时候都变得明亮。

兽肉所剩无几，他决定趁部落挪到这个新的落巢之地，情绪高涨时，
来场围猎。

白天，他转了一趟山，在草谷崖发现一群野猪的新脚迹。他把这振奋

人心的消息告诉了大伙。

男人们把酒喷在刀上、弓弩上，洗净霉气，青冈栎一般坚硬的手认真打磨武器。女人们替他们斟着酒，悠悠地祈祷，如吟如唱：

> 明天的日子干净又吉利，
> 汉子们要到山谷里拾野猪的蹄子，
> 女人们要上树顶摘鲜红的果子，
> 老人小孩在家看猴子，
> 神灵保佑大伙平平安安。
> ……

男人们打磨好武器，一双双兴奋得抖动的手擎着酒碗，在空中飞舞，茅棚里酒气和哄闹声热烘烘地弥漫。

妻子用一根蓝得闪光的野鸡毛蘸着果酒，往儿子嘴里点，儿子嚅动着小嘴，在妻子怀里呵呵地笑。蛮望着这一切，心下怵然。他的儿子是那个英勇无畏的部落汉子用脑壳和肠子换来的呀！

一个汉子将一小片松明点着火，放进酒碗，酒碗升起了蓝焰的火。汉子们将火焰抓了放在扁脚上，拼命地搓揉，像一群野牛低沉吼叫。

蛮双手紧紧抱住自己发涨的脑袋，他觉得汉子们无意识的狂叫像拖着巨大石头的泥石流，碾向空茫茫的世界，太阳碎了……

明天，那群野猪又要泡在血河里……惨呀。

云翳向上升去，雾霭扑进老林，融融的丽日从天际深处爬了出来，将数不尽的彩带拴在峭拔的巅峰和湿厚的草甸。

骚动的部落会聚在猎神树前，野牛角号呜呜地响，猎神树筛动，枝条啪啪地打抖，厚厚的叶片落在人们的身上。

蛮从麻袋里提出一只野鸡，手捏着双翅，往猎神树根转了一圈，拍拍野鸡的脊背，野鸡咯咯地鸣叫，双爪紧钩。蛮抽出短刀，削去了野鸡脖颈，用血在树干上画了个野猪脚蹄，把软毛贴在血渍上，把野鸡扔在树脚，呼喊道："今天，杀鸡来祭你，烧香来献你，我们进得了山，我们钻得了箐，我们过得了河，我们爬得了坎，我们歇得了夜；我们见了野猪，不要给我们射空箭，不要给我们放空刀，不要让野猪伤害我们……打得野猪，把眼珠献给你，把牙齿献给你，把护心血献给你，把腰子献给你……"

人们的祈祷声音高亢，目光像一圈一圈的彩虹，绕在黑色的头颅上。他们从伏着的地上立起来，手弯套手弯，编成一排密密匝匝的篱笆，篱笆开始跳跃，红色的彩带在人们脚下旋飞……

声浪翻滚了许久，人们向林荫散去。汉子们扒开草叶，像一群山豹，顺着野猪蹄踩出的长痕追去……

牛角号拍打着岩石，森森地响。

一只白胡子青蛙跃入洞穴。

"怪物。"蛮追去。

青蛙蹲在长绿霉的刀鞘上。锵！闪着白光的刀刃飞出刀鞘。

"好刀！"

小时候阿爷讲："哈尼族大英雄田四浪一刀砍十个清妖的脑壳。酿山果子酒的办法是田四浪教的。兴许，找到当年的刀，能找到田四浪的子孙。"①

一束束倒悬的暗影开始游弋。

蛮钻进一个树洞，打燃绒草，亮光四处喷溅。

---

① 1855 年（清咸丰五年）秋，田四浪在哀牢山中段的墨江县凹壁村率三千多人武装起义，1858 年同李文学领导的义军结盟，田四浪被拥为"夷家兵马副元帅"。

　　酒葫芦在火苗中跳舞。喝，喝走了几千年岁月；喝，喝响了几千年的古歌……脸上永远喷着热烘烘的气浪。

　　唰……唰……前方传来响动。

　　眼里倾泻出猎光。

　　一头阔耳朵、龇獠牙的黑熊。

　　头猪，二熊，三虎，四豹。猎人最不愿碰的是二熊。

　　树枝微笑，小溪唱歌，大好时光，缠缠绵绵的窝比生命还珍贵。

　　唰！腾起一片烟雾。厚实的树揭了皮，露出白生生的一块树肉。

　　嗷！声音久久地回荡。

　　咔！是握刀的右手暴响。

　　蛮没有眨眼，眼珠凑着熊的物儿。物儿补火，他吃得多了，要不，初生的儿子哪能有那般洪亮的声音？男人嘛，多有些旺火才是。

　　唰！物儿粗圆，尿水洗蛮的眼脸。一股奇腥的臭味，搅得他翻肠倒肚。

　　深深没进白毛的尖刀在石板一样紧硬的熊骨上反弹。完了，他，部落的头领。蛮想着，只听见手臂在熊的牙缝里咔嚓嚓地响。

　　蛮卡着熊颈的脚开始发软。

　　"嘿！"一个汉子的声音。

　　树洞外的熊屁股成了两半。

　　蛮疯狂抽动着嘴角，嗯嗯地呻吟。

　　"现在你该明白了，你没有死。"汉子嘴里叼着旱烟锅说。

　　蛮眼光的网纹中仿佛有好多小鱼在跳。

　　汉子抬一根木头似的，端着蛮的断手臂久久凝视，嘴角上的活肉嚅动，嘿嘿地笑。

　　面颊枯白青紫的蛮，骂汉子是狼心狗肺的东西。

　　汉子问蛮，能在他背上趴多久。

　　蛮继续骂汉子。

　　汉子在蛮的断臂上撒了些药面，又在断处绑了三条野麻绳。

　　蛮像野牛一般嗥叫着，昏死过去。再醒来时，面前晃动着两只奶子，往碗里挤奶水。

　　土锅在火塘里呼呼地响。

　　石磨像蟒蛇发情一般哼哼。

　　野狗像一个老人似的，坐在地上咔咔地啃骨头。

　　野母猪好像发了泥鳅瘀，闭着眼睛躺在地上不动，让一群小野猪崽叼住奶头揉肚子。

　　这个世界太神奇了，是哪个神创造的？蛮在心里叩问，愕然睁大的眼像两盏小灯，久久地亮着。

　　汉子告诉蛮，他是哈尼人。

　　篝火燃烧未尽，夜风在茅屋里醉旋。

　　蛮和哈尼兄弟唱了一月的歌，喝了一月的酒。最后，蛮背着一轮希望的太阳离开了。

　　部落的人在草坪后的崖子脚盖了几间茅棚。鸟儿蹲在茅棚上屙屎，草坪上糊满白花花的鸟粪。

　　雨点飞来，茅棚上淋下去的是白水。蛮的妻子说，白水淌得可惜。她把树皮一样粗糙的脚杆伸出去，搓一会儿，揉一会儿。背上的儿子扯着她的头发哭。她喂儿子白水，儿子像小树一样疯长。她说："白水养人。蛮怕是回不来了。"

　　部落的人说："天边有红光，蛮还活着。"

　　黑夜散去，天边露出了白光。

　　"父老兄弟姐妹们……"蛮大声呼喊。

　　听到蛮的声音，部落的人潮水般向蛮涌去。

人们像抱一根圆木似的，将蛮抱到篝火旁放下。

蛮的眼底溢着烧红的泪，面着白光，大声祈祷道："神灵呀神灵，祈愿你保佑部落里的公人、母人平安，赐赏他们清福，你要是听见，张张你的嘴巴，我们将野兽的腰子挂在你够得着的地方……"

祷毕，蛮抓起一把老土，嚓嚓地捏着，他感觉到了老土的湿热，是部落众人的老泪储存在老土里。月亮收了部落的人，没有把老土里的眼泪带走。部落众人说，眼泪在老土里，大树才能结果，野草才能开花……然后，他们躺在月亮上，才能伸手摘果，闭眼闻到野花的馨香……

蛮趴到地上，把篝火吹得旺旺的。蛮的妻子挽了一把散着的长发，像一只山羊似的趴在地上，吹起的火星在她身边炸裂，垂长的乳房在白光中晃荡……忽地，蛮的妻子哼哼着说："孩子他爸，我脖子里落了颗火星。"

蛮扒开妻子的衣领找寻……

"看见了吗？"蛮的妻子问。

"看见了，在胸脯最高的地方闪动。"

人们塌了山一般笑。

蛮端来三块大石头，围立起来，潮湿的木柴在三角心里吱吱地响。蛮说："哈尼人吃东西，是从三角石尖上的土锅里捞的。"

蛮解开衣服包着的土锅，支到尖石上，把一捆兽肉丢进锅里，立起满水的葫芦往土锅里灌水："哈尼人说，火灰里刨出来的东西漏满了指甲屎，吃了会做噩梦。以后，我们也学哈尼人……土锅交给一个心里能想事的女人管，你们说，哪个合适？"

女人们都觉得，能管头领带回来的土锅，是件非常光彩的事，于是全都去抢蛮手中的土锅。

蛮的手臂被女人们扳得酸溜溜的。

一个汉子凑往蛮的耳根，诡秘地出了个点子。

蛮一拍大腿，高叫："好，就这样办！"女人们被蛮的声音吓愣住了。

"别争了。靠你们的手气，谁抓到有刀痕的小棍，土锅就归谁保管。"蛮走到一棵树下，嚓嚓的折枝声传来。

抓阄开始，女人们的手颤抖，伸出去缩回来，仿佛蛮的衣袋里装的是夹手的螃蟹。男人们拼命地喊叫着为女人们鼓劲。于是，女人们战战兢兢的手指夹出一根根小棍，凑往火苗寻找那烙人的刻痕……

"你们看！"蛮的妻子摆动着丰硕的身子，大叫起来。

人们的目光散射在蛮的妻子手中。继而，女人们欢呼着把蛮的妻子抱起来，唱道：

> 头发棵的梦，
> 手臂上的暖，
> 老林里的泉水，
> 男人喝了脚劲大，
> 女人喝了手杆粗。

> 头发棵的梦，
> 手臂上的暖，
> 火堆里的红炭，
> 男人烤了鼾声大，
> 女人烤了笑声甜。

> 头发棵的梦，
> 手臂上的暖，
> 土锅里的兽肉，
> 男人吃了火气旺，
> 女人吃了底气足。

……

下弦月倾斜，亮星钉在天穹，光辉隐去了大地的阴影。

女人们像蜜蜂一般嗡嗡地唱着歌儿飞散开去，男人们追着熟悉的声音飞散开去。女人们落下了缀缠，男人们取下腰刀，大地有些颠簸。

蛮的妻子伏在蛮的胸窝上，喷着热气，用她滑腻的舌头舔舐蛮的胸膛。蛮倏地将妻子拢紧，微微仰身，四只燃烧的眼睛迸溅出清亮的火花。蛮端起妻子高耸的胸脯，抵在他勃跳的心上，接着，他垂下两手，托住妻子滚圆的后臀。

大地耸动。

篝火摇曳。

四周的矮林中响着人喉咙里的声音，像夜鸟一样诡秘。

欢情像洪浪一样退去，女人们卸下了男人们的臂弯，用草叶遮着眼睛，流星一样滑出来。她们又会聚在篝火前，把没有退尽的热浪连同篝火抛向星星，抛向月亮。

男人们围过来，捞出土锅里的兽肉，把自己的女人扳在怀里，像鸟儿度食一般不停地往女人嘴里喂肉。女人们呵呵地笑着，往男人嘴里灌酒。

蛮倏地从篝火旁站起来，妻子在他怀里漏下去。蛮抓着火苗，大声说："男人的头发笼着了篝火，女人的乳汁沤肥了老土。明天，我们砍倒一片树林……去哈尼兄弟那里要来滚烫的山谷籽，埋在老土里……让土锅里煮上太阳。"

"哦，呵呵呵！"

"哦，嗬嗬嗬！"

"……"

人们狂吼，纵情笑闹。

寂静的大地上似有千万头猛兽奔驰，剧烈地弹动。

咚……咚咚……咚……砍树的声音。吱……嘎吱……嘎……树倒的声音。

连片的声浪把无数飞鸟吓得在太阳的光网里翻着筋斗。

蛮想狂飞，像老鹰一样在高空中盘旋俯瞰，巡视壮观的场面。晒一百天太阳，老土结出山谷的籽籽，那时，部落众人也会像哈尼人一样，嗓管里滑着香喷喷、甜滋滋的米饭。他们为老土而生，为老土而死，甜蜜的歌声、甜蜜的笑声、甜蜜的鼾声……在老土里多多地流淌。一个温馨的梦，不，是一个崭新的世界，就要在老土上实现。看，部落里那个最老的阿爷，用衰朽的老手握着刀砍树，白发挂满了树屑，像雪花一样在太阳的光辉里闪耀。

蛮捏住铜柄刀把，刀刃揳入树心，深深地拉了一线，像一把弯形的木梳犁出发路。古刀很锋利，能刺入地心，难怪，田四浪一刀能砍下十个清妖的脑壳。

蛮索性扔了兽皮，将整个上身赤裸着，挺着胸，双臂的肌腱在刀柄上跳跃。咚……咚咚……咚……刀刃啃树骨的声音震得他耳朵发麻。

地角的另一端，蛮的女人在忙碌，她围住噼噼啪啪炸响的焰火，像跳舞。火苗像蛇的信子，舔得她周身冒汗，她脱了上衣，雪白的身体完全裸露出来了，丰盈的乳房，像天上吊着的两只太阳，戳得人眼睛难受。她的发髻散了，黑乌乌的发绺像瀑布一样往下滑淌。她背向着太阳，脊背像平滑的石板，上面附了一层薄薄的露水，她说，儿子的肚皮磨滑了背肉。她的歌声很甜，甜得男人嘴里的酒挡在脖嗓上，烧灼着。她和着土锅里升腾的热气唱太阳歌：

在这幽远偏僻的地方，
一只太阳挂在上空，

太阳教我们狩猎，

太阳教我们种地，

啊，太阳！

深山的森林是你哺育，

火塘的温暖是你奉献，

敬上一杯美酒，

献上一串松鼠干巴，

光辉融化了我们的梦，

我们和太阳对歌。

……

砍树的声音停住了。蚂蚁爬出了窝，蟒蛇游出了洞。太阳红了又白了，赤流在老土上涨潮……一群花白颜色的喜鹊，像无数散碎的飞花，从洁白的云端撒下来，飘飘地坠落头顶上的树枝，一片喳喳的啁鸣。无疑，喜鹊是来赛歌的。

蛮的儿子从倒树的叶片里钻出来，欣喜地挥舞双臂，朝枝头上的喜鹊啊啊地叫。

蛮的妻子看着儿子，看着他身上细嫩的、绳索一样横竖充叠的血管和兴奋扭动的肩胛，眼里倏地漫起一泓亮亮的细流，细流在浅浅的眼窝里涌动，满了，慢慢地陷开了缺口……她淌着热泪，走到儿子身边，蹲下去，死死地搂住儿子，在儿子红嫩的唇上吻了一口，几乎让儿子窒息。儿子捏了一下阿妈的鼻子，打了个嗯哨，又朝树上的喜鹊啊啊地叫。

阳光在蛮的妻子白皙圆润的脖颈上睡觉，睡着了，缓缓地往下"梭坡坡"①，从高耸浑圆的丘顶滑向那条沟，在两丘间的幽谷里做了许多许多甜

---

① 从坡顶往下滑。

蜜的梦。

崖壁下，一个汉子直起身，大叫："头领，看！虎神！"[①]

蛮抖了一下胸毛上的汗珠，心惊胆战地念道："虎神……虎神……部落人含辛茹苦寻找的虎神，寻找的先祖，找到了，找到了……"

蛮仰起像野牛一样的脖颈，面对着汉子咧嘴而笑。他从树肉里拔出雪亮的长刀，砍了一坨树干，照着虎神雕了一只虎头，揣进怀里。

他舒展了一下身子，快跑几步，跃过一条小沟。

砍树的人们，倏地直起身。

"哈！哈！哈！"他们呼喊着朝崖壁跑去，男人冲撞女人，女人冲撞男人，手连成链，起步，踩地，左右移步，又一齐雀跃，转成一圈，将抱着虎神的蛮围在中间。

阳光像荒草地上烧的火苗，在人们脚下漫延，红色的脚掌在老土上拼命地擂着。

绿茵茵的虎神在蛮坚硬的掌心端端正正地坐着，湿漉漉的青苔像青蛙皮似的泛着绿光，鼓凸的一只眼睛亮着一汪水珠。

蛮滚着热泪，激昂地喊："你跟着太阳来，你尾着月亮去，先祖创造了你，你享受着神灵的荫庇。日月同辉，大地同乐，部落人繁殖生衍，在老土里生根……"

蛮念完，凝重地转向人们，用激动得沁汗的手轻轻一掸，水珠破裂，倾出殷殷的白浆。蛮选了一棵大树，抬了块大石板垫在大树脚，将虎神供在石板上，面对大家，指着虎神发话："父老兄弟姐妹们，神灵保佑我们回到了圣地，由今日起，我们不用像游蛇一样去逃生，像聋子虫一样去钻洞。"

蛮往下咽了泡唾沫，灌了口酒，镇住了颤动的喉结，继续说："世界

---

① 苦聪人崇拜虎，每村都有石雕的虎供奉在村后的龙树旁。

没有太阳也没有星星月亮时，神灵就给先祖居住的圣地取名叫太阳地。从今以后，我们就是太阳地人，我们用百鸟的爪子、山谷的米花祭奠太阳地，太阳地会保佑我们部落人兴旺发达。"

人们耸动肩膀呼叫：

"太阳地——"

"太阳地——"

"太阳地——"

"……"

他们像一群山豹子争抢一只野羊似的，攫住蛮的手腕，抓住蛮的臂膀，奔跑。

蛮的妻子长发飞扬，扑过去，截住汉子们大叫："山豹子们，力气留着到哈尼寨背山谷籽。"

汉子们喷着热闷闷的酒气，捉小鸟似的将蛮的妻子捉住，举得高高的，高呼：

"我们捉住小鸟，让天火烧红她的面颊。"

"我们捉住小鸟，让太阳晒黑她的头发。"

"我们捉住小鸟，让大风吹拢她的衣裳。"

"我们捉住小鸟，让雨水淋去她的污垢。"

"……"

"待到我们酒醒时，让小鸟为我们歌唱。"

汉子们你一声我一声地呼喊，像巨大的浪花撞在暗礁上，化成朵朵涟漪，拍打着原野、幽谷、深涧……

青蓝蓝的苍穹拥着火流一样的太阳。窃得光辉的人们，擎着满团的热浪，烤热一身寒气，鹿群般地跳跃嘶鸣。

蛮从箭囊中取出一支蓝翎的箭镞，拉满弓，一弹指，利箭带着啸响向哈尼寨方向的山峰飞去。"汉子们，跟我走。"蛮大喊一声，黑色的人群随着他，流沙似的向倾斜的山势游动。

女人们踮着脚尖，手牵着手，一直望着汉子们的身影消失在弯弯的奇峰里。

五天，十天，十五天……背山谷的汉子们未见回来。女人们一宵比一宵躁动不安，她们的眼睛像萤火虫一样，在汉子们留下的旧脚迹窝里游动。

蛮带着汉子们来到哈尼寨前的石峰上，望见哈尼兄弟家门口关牛羊的栅栏。寨前的小河清澈，河石似被一个个擦洗过。护着河埂的桃花开了，像一簇簇燃烧的火把。

只一瞬，人声挟着大火，狂风般涌来，黑龙似的烟柱从寨里升起，一群恶人手中的枪洞一闪一闪发亮，吐出的声音十分恐怖。

人们发出尖叫，一些身体沉重地倒下，在血泊里翻滚。一个散乱着头发、赤裸着胸膛的汉子挥舞着长刀，朝恶人扑去，恶人的枪子将汉子的胸膛穿了五六个洞，血突突直冒。就在汉子倒下的瞬间，像天鹅一样美丽的女人抱住了汉子。那双熟悉的手即使隔着一条河，蛮也认识，它喂过他山谷米饭、玉米糊糊。

"朝恶人射箭！"蛮向身旁的汉子命令道。

汉子们像猛虎般随着蛮扑进寨里，雨点般的箭支飞向恶人的脑壳，恶人狼嗥鬼叫，没死的几个捂住血淋淋的眼窝，像野狗似的逃出了哈尼寨。

蛮径直跑到女人身边，蹲在喷着血的汉子身旁，凝视了一刻，把灰黑的脸贴在汉子血糊糊的胸膛上，凄然大叫："兄弟……兄弟……"

女人乌紫的嘴唇泛着青青的柔光，许久，那冷硬如石块的嘴唇动了动，像一只蚂蚁在喊喊地叫："土匪……土匪……"她晕厥了。

蛮将女人抱进屋里，让她仰面躺在床上长长短短地喘息。

蛮走出门外，招手叫上两个年轻汉子，将停止了呼吸的哈尼兄弟端到小河里，清澈的河水荡净僵冷的血花，汇成了一个个浅浪，向远方淌去。

哈尼兄弟洗净了身子，皮肤像树皮一样粗糙，十个指头透着磨融不掉的老茧。

"杀绝土匪！"蛮从刀鞘里抽出白闪闪的腰刀，愤怒地吼道。

汉子们也都抽出了腰刀。

哇——哇——一群乌鸦盯住寨里的死人，站在树梢上拼命地恐吓呆木的活人，见活人们无声无息，便像无数的黑叶片，肆无忌惮地撒进寨里，剜死人的鼻眼，剥死人的皮肉……人们被这恐怖的场面吓醒了，顿时，凄凉的号啕声在孤清的寨子里回荡。

幸存的人们肃立在死难者身旁，他们头顶的屋檐上悬着一只只焦黑的乌鸦，投下的黑影连同死难者的面容，全都融入他们眼中，化成哗哗流淌的河水。

傲兀的山峰挺立在广袤的雾气中，黑森森的，像错齿一样顶在云端。苍鹰扼住险要，啸鸣不已。

从哈尼寨逃出来的几个残匪像惊恐的野狼，在空苍苍的谷底游动。

紧追其后的人有意控住了速度，缀着他们。

"跟上！"蛮厉声喝令。

天黑时，他们接近了匪巢。深沟里白骨散乱，夹杂着被刀刃削去了头颅的尸首，乌鸦拼命地啄食腐肉。

土屋里的明火也像鬼火，人声如狼嗥叫。

屋里一个大块头黑汉，满脸堆着死肉，额前留有一条斜斜的刀痕，眼露凶光。他对面是一个被捆在木柱上的少年。黑汉狂笑，声音让人毛骨悚然。另一个土匪凑到他身边，右手拎着寒森森的快刀，左手端着小碗，碗里搁一把匙，说："山神，动手吧！"黑汉撸起袖子，从土匪手里拎过快刀，刀刃在自己的衣服上荡磨一下，对着少年嘿嘿笑道："山神爷要吃你的脑髓。"

他快刀一挥，只听嚓的一声，少年没有吼出音，头盖骨被削了一半，白花花的脑髓在疯狂抖动的脑骨里颤动……端碗的土匪飞快地用匙往小碗里掏脑髓，脑髓在小碗里蹦跳。

蛮和汉子们看着这惨无人道的一幕，目眦欲裂。

"野人！"躲在墙旮旯里站岗的土匪开了一枪，大喊。

嗖！一支铁箭穿通了他的心窝。

土匪们听到了枪声，一窝蜂拥出大门。

汉子们的箭在土匪胸窝上脑壳上钉桩。土匪们纷纷趴在地上，零乱的枪声响起……一个汉子中弹牺牲。

"撤！"蛮大声下令。

黑影们顺着倾斜的小坡陷进林里。

森林里全是黑色，仿佛一锅熬焦了的血水泼在上面。脚板挟着响声，巨风似的涌回太阳地。树脊上的鸟落在屋顶上，屋里的人像一只只从窝里蹿出的岩燕，从狭小的门洞里飞出来。

蛮双目紧闭，耷拉的脑袋一下下颤动，唏唏的鼻息声一次比一次急。他控制不住伤感，戚戚地道："汉子的骨头丢失了。"

人们的目光朝那盖着树叶的男身射去……终于，稠稠的气流在每一张紫乌乌的嘴巴里冲撞，声音向北、向西。流雾暗哑地死去。

"给英雄洗身吧！"蛮一双眼睛浑不见黑白，朝滚动在土坷垃上的女人们说。

女人们在尸首旁跪下。

汉子神态很安详，嘴角上绽出满足的微笑。

蛮的妻子解开汉子被鲜血染红的衣襟，胸脯正中穿了一个窟窿，里面填着紫黑的血块。

汉子的妻子木讷地匍匐一旁，颤动的嘴唇喁喁着含混不清的祷语。她捧着一串松鼠的骨头，用嘴唇一下下地吻在骨头上。她的男人死了，这死法她没见过。蛮给她讲了十次、二十次……她不明白土匪是什么恶魔，枪子是什么玩意儿。

短音的野牛角号响了。

人们一个接一个，朝一百根红杉树棍搭成的高架上撒花，汉子的尸首被花埋了。

蛮唱起了安葬调：

老鸹歇在屋顶上叫，

是看着你了；

老鹰歇在崖头上叫，

是来领你了。

你活着时做下的事，说也说不完；

你活着时说下的话，数也数不清；

你活着时安排下的事，我们一件件去完成。

先祖让你躺在太阳地里，

会给你兽肉吃，会给你山果子酒喝；

我们送你的火种装在葫芦里，

冷了，你撸一堆树叶烘烘手。

……

人们垂着灰黑的脸一语不发，跪拜在高架前。

点火的号音响了。

蛮将一把燃着火苗的干蒿棍送进高架下的柴堆里。不一会儿，黑黢黢的烟柱直冲云天。

人们从地上腾跃起来，望着烟柱尽情地号啕。

大地震颤。

茫茫的雾海淹没了整个太阳地，茅屋上像倒了无数灰色的粉面。终于，在太阳地东边稠稠的浓雾中爆出了一声炸响。

蛮的妻子听到古怪的响声，打了一束火把走出门外，侧耳细听。穿满兽骨的项圈托着她丰满的面庞，无比端丽。她细听了一会儿，没再听到异响，转身要进屋。

忽地，从离她不远的地方传来咻、咻咻的怪响，一串串流星一般的亮虫啃得茅屋上的乱草像蝗虫的翅膀一样扇飞。

蛮的妻子惊恐万状地撞进屋里，朝床上打着呼噜的蛮惧叫："魔鬼进寨了，魔鬼进寨了……"声音碎裂，像从拧断的颈嗓里发出来的。

蛮一骨碌翻起来，听着满寨的枪声爆响，山鹿一般冲出门外大喊："土匪进寨杀人了……"

整个寨子乱翻了。

寨边一幢茅屋起火，焰头蹿得半空高，拖长的浓烟像一条黑色的蛟龙在天空翻滚，躲在云层里的月亮被烤得像一张焦黄的树叶。

"哈哈哈……"土匪头目——那个黑汉——恶魔一般张着嘴巴狂笑，铁色的额疤抽动着，目光阴冷，问被野藤绑着推到他面前的汉子："你是这儿的头领？"

"你这个喝人血、吃人肉的魔鬼，可惜我的箭没有把你的狼心狗肺穿起来喂老鹰。"汉子怒目大骂。

一股冷森森的寒流掠过土匪头目的心，他不禁打了个寒颤，问身边的土匪："这野人是不是那个叫蛮的头领？"

"你爷我活不改名，死不改姓，太阳地有几个蛮？魔鬼，要砍要杀快点吧！我到阴间扒你的皮点天灯！"

土匪头目气得咆哮，狠狠地错着牙齿："给我挖这个野人的心，祭奠死难的弟兄。"

一群嘴里衔着尖刀的土匪呜哩哇啦地拥上来，将反剪着手的汉子捆在树上。

嗖的一声，一支染得紫红的弩箭不偏不倚插在土匪头目的左眼上。

"啊哟！"土匪头目一声惨叫。

又是嗖的一声，那个用刀尖剔着汉子胸衣的土匪右耳朵里穿进了一支箭，他没哼一声就倒下，像条死野狗似的蹬直了腿。

其余的土匪吓得浑身颤抖，吐出尖刀，端起枪慌张乱射，趔趄着后退。

"杀，给我把所有的野人都杀了！"土匪头目捂住左眼，歇斯底里地叫喊。

汉子大吼："万恶的魔鬼，你们的黑血别淌在太阳地的老土上，你们的臭肉别扔在太阳地的大山上，野狗吃了会拉稀，乌鸦啄了会掉毛……"

土匪头目抽出刀，雪亮的刀刃往汉子两臂各翻闪了一下，两条手臂掉在地上，噗噗地喷血……老土被染红了。

断臂的汉子非但没有痛叫，反而哈哈大笑。

土匪们被汉子的笑声吓破了胆，像奔散的石头，惊乱地滚出了太阳地。

黑浓的夜雾化成细小的冰珠，悬在叶片上，像死眼。

山风呼啸，如磨砺过的利刃刺破冰珠，一丝丝洁水注入老土。太阳像孵在窝里的小鸟，从云翳里钻出来，洒得一地红光。

呜嘟——呜——哀悼的号声响了。

蛮带着人群在太阳地里走，手中的鲜花惶惶飞扬。女人们的黑裙簌簌地响，扫荡着地上的尘土，那些被虫子咬通了洞的枯叶顺着脚板扬起的旋风荡进裙里，旋转一圈，渐渐下落。

蛮带着人们边走边唱：

> 乌鸦吐白水，
> 毛虫屙绿屎。

　　我们记住了，

　　睡觉时，

　　枕下多垫些惊醒的松毛针。

　　豺狼来了，

　　我们用弩箭射进陷坑，

　　让他们的罪恶穿在竹签上。

　　血红的朝霞给每个哀悼者穿了红衣。人们将那些清寂、虚冷、空蒙的阴凉抛向幽邃的西天，剩下的是眼底燃烧的火流。

　　蛮找寻不见妻子了。

　　太阳冷冷地挂在苍穹。一只苍鹰啼一声，小鸡簌簌地抖着。

　　"拉出来！"土匪头目喝令。

　　一个像从血水里打捞出的女人，由两个土匪擒着手臂拖出来，仰面放在地上。女人没有死，断断续续地喘息，盖住眼和脸的头发被鲜血染成褐色。

　　"拿刀来。"土匪头目扭曲着受伤的眼睛，凶狠地叫道。

　　手下的土匪递过一把闪亮的快刀。

　　"今天，放这野人的血，报我眼窝上的一箭之仇！"土匪头目剩下的那只眼瞪得滚圆，咬牙切齿地说。他蹲到女人身旁，用刀尖挑开盖住妇人眼脸的血发……凶恶的狼眼被那张动人的脸蛋勾成了色眯眯的绿眼。他怎么也没有想到，"野女人"会这般美艳绝伦。他握在手中的刀僵住了，许久，他把刀扔到一旁，迫不及待地撕开女人的衣服，狼爪似的手攥住女人丰满的胸脯，朝身旁的土匪吼道："这女人我已经等了一千年。端水来，洗净她身上的血污。以后，谁不好好服侍她，我割他的卵子喂狗！"

　　迷迷糊糊之中，蛮的妻子觉得自己好像躺在热泉里，手轻轻地搅动着银色的热流，漫过她的身体，一个个小浪冲洗着全身上下的污垢。她很开心，捞了根小棍，把浪花拼命往肚脐眼里撵……

浪花吸一会儿，咂一会儿，吮一会儿，硬将她隐埋了许久的腹脐像一张雾帘似的卷动了起来，挂到了白幕上，她的手攀住雾帘。终于，她耗尽精力，脖颈像死鹤般疲乏地长仰着，恶风把她的每一根毫毛倒翻了起来，每一条血脉在柔腻的肌肤下弹跳。她想，她就像死鹤一样，被挂在白幕上……一阵惊恐的战栗，她清醒了许多，不是梦幻，是有这回事，粗粝的手捏着许多皂壳在她周身搓揉，搓一阵又往她身上泼热水，然后更加凶狠地搓揉……她的伤口剧烈地裂痛，眼珠里晃动着黑色的毒蜘蛛。她咬紧牙关，企图拉开浮肿的眼睑，撵走正在吞噬光明的毒蜘蛛。她的努力失败了，于是惊恐而凄厉地喊："蛮……蛮……"想喊蛮驱走这凶恶的毒蜘蛛。她的脖颈像一根拧了死结的草绳，声音在绳结上旋转。突然，一阵呼哧呼哧的喘息声落下来，冰冷的指头钳住她的两腮，像掰开一只熟果一样，让她的嘴唇龇裂，一条腥臭的舌头伸进她嘴里，疯狂地搅动，腥沫顺着他疯狂抽动的嘴角沥沥地流进她的嘴里，她被呛得直发干噎。她想用牙齿咬碎淫棍的舌头，咬成一张破网，无奈她的牙齿只能空空地悬着。恶棍的魔爪伸向她的胸脯，她像被一只恶鹰牢牢地叼住，寻找下口撕咬的地方。她浑身怒火燃烧，拼命挣扎，然而恶魔山一样的身子紧紧压住她。她锋利的指甲划在自己腿上，疼痛让她产生了一个念头。

"嗷嗷……"土匪头目像一只被拧断了脖子的野狼，狼狈地滚在地上嚎叫。

蛮的妻子好不开心，虽然，她没能置恶魔于死地，但锋利指甲撕下的五块皮肉，也够他受的了。恶魔的额头原本有一条毛虫一样的疤痕，这次他的脸上又加了五条毛虫……

此刻，整个太阳地的男男女女、老老少少围住蛮哀泣。

蛮的牙齿咬得咯咯响,一口气喝光了一葫芦冷酒,瞪着血红的眼珠,一拳砸碎一块薄石板,吼道:"该千刀万剐的恶魔!"

"头领,救咪玛……"一群汉子急不可待地紧催着蛮。

蛮的心沉甸甸的,像刀戳一样难受。汉子们一双双渴望复仇的眼睛像篝火一样燃烧,他知道,为了死去的同伴,为了救他的妻子,他们下了豁出性命的决心。可是,这些汉子是太阳地的希望,是太阳地的主心骨,他知道,他们的长刀弩箭是抵挡不住土匪的枪子的,作为太阳地人的头领,他怎能让汉子们白白地送命呢?不能带着他们蛮干。可,妻子被土匪抓走了,不知道是死是活……他的心情纠结,格外烦乱。

一只夜鸟扑喇喇掠过茅棚。

更多的夜鸟旋起,朝他游来。他看清了,火光里有个面色苍白的女人,抱着一个孩子,他凄然地叫了一声:"儿子。"

"阿妈……阿妈……"儿子哭干了眼泪,大声喊叫。

儿子的呼喊让蛮觉得有一只恶鹰在啄食他,他听到自己的骨头咔咔地响,是恶鹰在咀嚼吞咽。一种雷击的痛苦传遍全身,电光在他脏腑里化成无焰之火,从顶至踵地烤炙他,他恨不得化成一只猛虎,扑进狼窝里,咬死所有的恶狼,救出妻子。

蛮滴着泪水,抚摸着儿子,一句安慰的话也说不出来。许久,他把儿子交给女人们,怒目圆睁,鼻息粗重,双手颤抖着,从牙缝里挤出话:"父老兄弟姐妹们,我把儿子托给你们,假若我回不了太阳地,你们就把我的血事告诉儿子……"

"头领……"人们拉住蛮,泣不成声。

"英雄们的血骨埋在太阳地里,要保住血土。"蛮从胸窝里掏出焐得滚烫的木雕虎头,递给身旁的长老,"把它传给我的儿子吧!"

长老颤颤巍巍地捧着虎头,痛哭流涕。

蛮抽出长刀,割了一绺头发放在长老手里,说:"长老,如果我回不来太阳地，你们就把头发当成我的尸骨，埋在太阳地里，老鹰会把我的灵魂叼回来的。"

人群骚动，哽哽咽咽的声音丝丝缕缕地传出来。

天空茫茫苍苍，一弯冷月钩着远山。

蛮苍黑的脸仰向苍穹，坚硬的目光对着冷月凝视了片刻，便野鹿似的消失在莽莽原野中。

峡谷里传来凄厉恐怖的狼嗥。

长老把虎头扣在头顶上祈祷："至尊至上的神灵，祈求你赋予力量，英雄的长刀斩断黑鸟的爪子，英雄的弩箭射穿恶狼的心窝……"

树干般坚实的脚杆跪倒在地上，核桃壳似的脸朝向着神灵铺开。

长老的手指伸进竹筒里，蘸一点净水，轻轻弹洒在蛮的儿子的发棵里。

人们呜呜的哭声隐没在暗霾之中。

蛮走出太阳地很远很远，看看天色，太阳已经落山了。

蛮把冰冷的刃口揳进树肉里，说："朝山峦的根行走，朝溪流的弯移动，摞着的脚印树叶一样多，渴了吞喝自己的血，饥了吞噬自己的皮肉。不为别的，为的是把土匪的肋骨穿进野藤里，祭死难兄弟的灵魂，救孩子他妈的性命……"

蛮发觉自己的身子沉沉地下坠，一股绞痛在腹部散开。他知道是因为什么。一天了，滴水未进肚里。山草平平地躺着，他粗厚的脚板在上面哧溜溜滑动。树影在身旁流淌，栖鸦无声地从耳边掠过。他轻轻呼出一口气，顺手扯过一根绿藤，鞭打屈在脚板上的旱蚂蟥。他猛然发出一声惊喜的叫喊，将野藤根塞进嘴里咀嚼，干燥的舌头飞快地搅动，滋味清苦而回甜。这是葛根。撬葛根的季节是秋月，那时，女人们的眼睛最清亮，她们挤簇在一起，抱着粗粗长长的葛根，唱起古歌：

葛根粗粗，

葛根长长，

葛根甜甜，

葛根脆脆。

哎依哟，

男人舔舔，

男人闻闻，

男人笑笑，

男人摸摸。

有一次，他在暗处笑出了声。女人们拖他，像豹子拖小鹿似的，拖散了他的裤子，女人们直勾勾地盯着他，那个最美丽的姑娘折了一把绿叶丢在他身上，哧哧地笑着，跑开了。后来，这美丽姑娘笼了他的火塘……她生儿子时，他吓坏了，那小东西是从血水里捞起来的。他撕了许多破麻布去蘸血，血一直流，妻子的脸像被野鬼啃过，扭曲得非常可怕，半翕半张的嘴，大口地吞食着黑暗。

从那以后，他对女人这种生物无限崇拜。太阳地有那么多攀山豹打土匪的汉子，都是伟大女人的功勋。然而，当女人们踩着花石，像一只只野鸭般漂在热泉里，赤裸的双臂拥着那温润的液体，让太阳将自己点化成最美的景色时，匪疫的恶水涌来了。他睡得正香甜，土匪撞翻了寨口的虎神，人们惊恐地四散奔逃，枪弹在冥冥原野的上空咻咻地飞，祖祖辈辈、世世代代睡在绿叶里的人们被拖进了一条无尽无头的血河……刀起刀落，英勇的汉子在又白又硬的月光里溘然长逝，野牛角号在太阳地里孤冷地长鸣。

他的女人……

黄灿灿的泪点打在膝前的草叶上，他锵地从树肉里拔出古刀，裂眦吼道："杀尽恶匪……"

整个原野爆起摧山裂石的狂呼："杀尽恶匪……"

黑苍苍的天穹下，晃动着一个矫健的身影。

土匪头目正在酣睡，床下跪着一个反绑着手的裸女，断断续续地啜泣。

古刀出鞘，逼近，蛮像剁一段柴似的砍下……土匪头目的脑壳滚在地上，额上那条铁亮的疤痕仍在抽搐。

"蛮……"女人一声惊喜的叫，扑了上去，倒在他热烘烘、汗津津的怀里，用嘴拱他的胸，用湿腻的舌头舔他的喉结。

蛮解开绑住妻子的绳子，双臂牢牢夹住她，妻子的手臂吊在蛮强壮的脖子上，两人周身都簌簌地抖颤，世界酒醉似的摇晃起来。

砰！一声枪响。

"快！土匪……"蛮攥住妻子的手臂。

"野人！野人……"是躲在暗处的土匪向天上鸣了一枪。

匪巢乱翻了。成群的土匪端着枪，光着身子跑出来，向他们合围。

"怎么办？"土匪堵了出路。女人狠狠地咬了一下嘴唇，惶恐地说。

蛮黑黝黝的面孔拧成了死结，捏着刀柄的手像铁钳似的咬合、攥紧……土匪们的火把游走，火苗像罪恶的狼眼朝这边射来。

"蛮，别管我，走吧！太阳地离不开你。"

"不……"

"走吧！不走，我们都得死在土匪枪眼里了！"女人淌着泪急催，攥着他的指尖满是汗水。

"不！"蛮的手冰冷，但仍死死抓住妻子的手臂，像一截干树。

"野人……野人……"

"抓野人……"

土匪们狂吠。

　　女人望着团团围拢来的火把，被一种绝望击穿，她看着自己颤抖不已的手，真想把它们抛进火里燃烧……火舌渐渐吞噬她，她亢奋起来，激出自己从未有过的力量，甩脱了蛮的手掌。她的身躯像巨大的石块，平地崛起，又像高傲的峰巅，突兀而生，拼尽所有的力量，朝土匪们砸去。

　　砰！女人轰然倒下。

　　一片红血在地上燃烧。

　　蛮呆愣地望着奔流的红血，似乎在千年长梦之中，狂野的心死样地衰竭。他蹲下身，在梆硬的地壳上挖着、抠着……然而血流渗进土里，他什么都留不住。

　　蛮拔身而起，像大鸟般卷着疾风扑向恶匪。

　　"哇——"

　　"啊——哟——"

　　土匪碎裂浊重的惨叫随着古刀的节奏起伏，在冰寒的死夜里回响。

　　天眼微启，放出一丝阴冷的青光。

　　满身枪眼的蛮蓦然回头，遍地的火把余烬。无数的死尸横卧在沟坎里，血如洪水，在地皮上漫流。

　　"哈——哈哈——哈哈哈——"

　　群山在笑声中战栗倒塌。

　　裸着的老土比血还红。

第二章

　　蛮的儿子十岁那年，长老将他带到供着虎神的大树前，从怀里掏出蛮交给他的木雕虎头，说："孩子，这是你阿爸让我交给你的虎头，记住，土匪把你阿爸阿妈的两颗头颅和一个干牛头绑在一起，往头颅上撒尿，这深仇大恨一定要报。"

　　蛮的儿子哭了，复仇的血液湍湍流淌。

　　天上的月亮落了一千四百回。

　　长老用枯瘦的手把虎神放置在充满祈愿的位置上，大声对蛮的儿子说："老树发了十四次芽，你让仇恨燃烧过的眼泪滚出来吧！杀害你阿爸阿妈的土匪还等着你去掏他们的眼珠。孩子，去吧！"蛮的儿子周身充血，他仰望高处，幽幽蓝蓝，没有云彩，太阳像一只煮熟的鸡蛋。

　　第三天，蛮的儿子出现在土匪端水的小道上……他只记得，自己割了三个土匪的阳器，剁了三个土匪的脚掌。后来，他被人们从血河里捞出来，仰面放在竹笆床上。他没有死，长长短短地喘息，腹部的三个窟窿噗噗喷血。长老将松明火移到他灰黑的腹部，俯下身，从舌苔上刮出嚼碎的草药塞进窟窿里，血止住了。长老示意站在一旁的女儿合拢眼皮别看，他从火塘里夹出通红的火炭，放在血窟窿周围的烂皮上。

姑娘听见烂皮烧得吱吱地响，一声天裂般的痛哭，仿佛那红炭在她皮肉上滚动。

肆无忌惮的红炭烧得蛮的儿子疯狂地痉挛，他想睁开眼睛看看火魔的牙齿……无奈，睁不开眼，只听到焦煳味的吱吱声。他猛烈挣扎，却只能像蚊子一样嘤嘤地低哼，眼前一片昏冥。

"孩子，苦聪人坚实的血肉捏成了你，你会挺过去的。"长老痛苦地喃喃自语，眼角滚出清亮的泪珠。

姑娘端来热水，柔软的手指在蛮的儿子僵冷的额上漫游。

顽强的草芽从石缝里钻出来。太阳在屋顶上滚。蛮的儿子慢慢醒过来。

长老移到蛮的儿子身旁，举起手中的虎头，在少年眼前挥舞，含糊地念道：

> 先祖再造你，
> 先祖再生你，
> 融去你的凄苦，
> 让孤独的鸟儿有个窝。

长老的手像羽毛般温柔，在蛮的儿子面颊上抚摸，暖暖的热气蹿进了蛮的儿子的皮肉，他张开口，吮吸那令人眷恋的温暖，昏沉的意识中渐渐浮现出一个姑娘亭亭的身影，他能看清姑娘眉眼的所有微妙之处：清丽的面颊，挺直秀美的鼻梁，薄而小巧的嘴唇，玉盅般的下颏，脖颈像瓷瓶花一样优雅，高高的胸脯和细细的腰勾出让他迷醉的曲线。

"呃……"疼痛又发作了，蛮的儿子呻吟着，声音浑浊破碎，像很多石子在木鼓里摇晃，他觉得自己被三把尖刀挑在空中，无依无凭，无处求救。他十指攥紧，像鹰爪一样抠住身下的床板。

"孩子，挺住。"长老手中的虎头飞转。

蛮的儿子冒着汗水，倏地睁开双眼，茅棚外那棵栖息野鸟的大树渐渐变得清晰。树快死了，不知哪次大雷从树尖劈下，树干上一条很长的裂缝直扎到地下，枝上挂着几片孤零零的叶子。

疼痛开始缓解，蛮的儿子口中淌着一股阴凉的清泉。他悠悠地舒了一口气，瞥见自己的两颊奇迹般地开满了花朵。是姑娘手中捧着金色的花束，献在他的唇边。他觉得仿佛是金色的太阳在旋转。

姑娘捉住蛮的儿子攥紧的手，不停地呵气。弥漫的气流释放出草花味的馨香。

"男人命大。"姑娘说。

"他能砍土匪的脚爪。"长老说。

"给我一碗酒！"蛮的儿子喊，他觉得自己又要昏迷过去。

"给我一碗野果酒！"蛮的儿子又喊，竭力挣扎着衰弱的身子。

姑娘的两个指头抠住木碗的边。蛮的儿子艰难抽动脖颈。酒的波浪在木碗里翻滚。

长老从衣兜里剥出一个叶包："这是猴屁股上刮来的药，吃了它，碎了的骨髓能通血。"

蛮的儿子瞪视着叶包。

"孩子，你还要去砍土匪的脚爪。"长老将药倒在木碗里，沙沙地摇晃。

春天来了，蛇从石缝里钻出来，艰难地扭动着，屈伸着，一点点把枯朽的皮鳞脱出来，像梦一样遗弃在荒野之中。

太阳地里唱了一夜的歌，大锅里煮着兽肉。一只野兔从丛林里蹿出来听歌，汉子们戏要地向它放箭。

长老把从山箐里捉来的松鼠放到大树上，大树的枝叶在篝火光里摇曳。长老的喊话像春雷滚过："没有崖子的山不成山，没有头领的寨不成寨，古来的规矩，三碗酒三只松鼠便是选定头领的条件。汉子们，神灵会赐福你们的。"

篝火旋得很亮，那红光的网罩住月亮的眼睛。

数十只野牛角号向着东方、北方、南方、西方吹响。

一个个灌了酒的汉子烧得面红耳赤，像是从火堆里爬出来的。他们未能射下树上的松鼠，个个紧蹙眉结，黑色的头颅高高低低地垂下，好藏住羞愧的面色。

只剩下蛮的儿子了，长老举着虎头为他祈祷："至尊至上的虎神，祈祷你赐予太阳地，让大树抽出新芽，让野草开出鲜花，让他们繁衍欢乐，让他们有管虎头的头领。太阳地的神树不落叶，太阳地的香火不能熄……全靠你的赐福，让他射下树上的松鼠……"长老的声音洪亮高昂。

地面筛动，射台上的三只酒碗肃然不动。

蛮的儿子跃上射台，俯身在酒碗前，双手划个美丽的弧圈，眼珠像河里流动的星星，在酒碗中闪烁。他一扬头，脸颊发出一种神秘的光芒，三只酒碗依次鸣响。他没再犹豫，端起弩弓，胸臂猛张猛缩——三支箭镞挑着三只松鼠，悠悠荡荡往下坠落。

围在篝火前的人们倏地散开。

"哦嗬——哦嗬——"男人冲向女人，女人拥抱男人。小草被震耳欲聋的欢呼声搅动，撩炙着人们疯狂的脚板。

蛮的儿子像一棵成年的树，耸立在狂舞的人群中间。他淌着热泪，热泪化成许多小小的涟漪，洒向天空，洒向原野，洒向幽谷，洒向河流。

长老万分激动，发话说："虎神能赐予清福。从今往后，太阳地的新头领就叫虎头王吧！"

山影悄然叠合，拥着月亮的天穹渐渐向西沉落。窃得天火的男人和女人，裹着一身馨香，沾着拂晓的露水，在太阳地里旋绕回游，呼喊道："草花结籽，我们盼了一百年的虎头王；野鸟带儿，我们盼了一百年的虎头王……"

这喊声像一条河流，在太阳地里涌动。

公元 1950 年春，太阳地遭了匪患。

据说土匪是被解放军撵野狗般撵着打，才逃到太阳地的。夜晚，下弦月把人们的瞌睡圈得死死的，突然一阵噼噼啪啪密集的枪响，屋顶的茅草被气浪掀得老高。人们激灵一下掀开被褥，惶惶然奔出家门。

虎头王第一个冲出茅屋，朝着四下乱窜的人群呼喊，吩咐他们越过寨子左角那道没被土匪注意的黑暗沟堑，避进那个隐秘的岩洞。

"点火！点火！"一个土匪在寨子东边呐喊。

火焰从寨子最外边的那幢茅屋蹿起来，黑龙似的浓烟吞噬了一角夜空。

长老带着几个老妇在寨巷里奔逃，土匪紧追在他们身后，高一声低一声地放枪。一个老妇倒地，胸窝冒出了血花。

"长老！"虎头王喊着，冲进寨巷，一刀劈死了拽住长老的土匪，"快！朝左边的深沟跑……"

冲天的火焰烤焦了月亮，月亮变成一块薄薄的黄荞粑粑。

"野……野……野……"一个獠牙外露的歪嘴土匪错了半天的牙齿，没把噎在颈嗓里的话吼出来。他扬起枪瞄准，叭叭两声，子弹分别钻过虎头王和长老握刀的手心。

锵！锵！两把长刀落在地上。

一群土匪呼啦啦拥上，将虎头王和长老按倒，脚踩住他们后背，反剪他们的手，用牛皮索绑死。长老咬掉了一个土匪的拇指，疼得发狂的土匪把长老的脖子扭转一圈，咔嚓，长老的脖子被拧断了，下颏猛栽在地上，大口地吐血。

"恶魔……"虎头王怒极大吼。

歪嘴土匪把虎头王从地上拎起来，吼道："嘴硬？看你有多硬！"一根柴坯子朝虎头王胸口猛打。

虎头王把满嘴的血沫喷到土匪的脸上。

咻……咻咻……寨子周围响起了枪声。

"山神，不好了！共匪追来了！"一个土匪踉踉跄跄地飞奔过来，朝歪嘴土匪叫道。

"快撤！"歪嘴土匪面如死灰，像一只惊弓之鸟，朝身旁的土匪下令。

"恶魔，我非把你们的眼珠抠了喂野狗不可！"虎头王喷着血，破口大骂。

歪嘴土匪抽出刺刀，从虎头王左腹刺了进去……虎头王感到自己的鲜血汩汩流出，倒在地上。

虎头王再醒来时，见到的是一个甜蜜蜜地望着他笑的女子，她戴着草黄色军帽，帽子正中缀一枚闪亮的五角红星。

"虎头王——虎头王——"周围许多声音呼喊着。

虎头王循喊声望去，那些熟悉的面孔全变了样，一蓬蓬山茅草似的头发不见了，身上是清一色崭新的草黄色军装。

虎头王的热泪涌出眼眶，像太阳一样明亮美丽的女兵掏出洁白的手巾，纤嫩的小手在虎头王面颊上拂来拂去。

虎头王的热泪更加汹涌地流淌。

虎头王对解放军小女兵的神奇医术佩服得五体投地。才半月，他肚皮上被土匪的刺刀穿透的窟窿全收口了，嫩肉像树皮里的嫩芽，见天往皮外凸。

每天，虎头王都在那面迎风招展的、缀有五角星的红旗前久久停留。太阳地变样了，寨人过上了绿色的日子。那个一天来看虎头王一次的冯连长，有副山岩般的身板，满脸硬胡楂，一刀能砍死三个土匪，是解放军的英雄。他率领部下，在被土匪烧毁的茅屋废墟上盖起幢幢崭新的绿房子，散发出阵阵鲜草味。他率先将自己崭新的草黄色军装从古铜色的臂膀上剥下来，给寨里一位老人穿上，其他战士也跟着把自己的衣服脱下来，送给衣不蔽体的寨人们……虎头王他们住着绿色的屋子，穿着绿色的衣服，唱着绿色的歌，做起了绿色的梦。

一天，冯连长和虎头王来到那块倒满朽木的空地。冯连长立在一棵横卧着的大树旁，握拳敲击身旁仍挺立的朽树，枯树皮从树干上剥落，几只白蚁惊恐地钻出树穴，他望着白蚁沉思。

虎头王发话："十多年前，我的阿爸蛮有过满心的壮志，他带领寨人砍倒这片树林，想学哈尼人一样栽山谷。可惜，大祸骤然降临，碎了阿爸的梦。"他嘴角上几点苍黑的麻子带着无限遗憾抖颤，伤戚地低语。

"不要再想过去的事了。"冯连长朗声说道，"这块老土已经封禁了一千年，从今天起，你来完成你阿爸的蓝图吧，让太阳地来一次真正的革命！"他抬起左脚，重重地踏在死树上，炯炯的目光逼视着虎头王。

虎头王闪着惊奇不解的目光，凝视冯连长满脸的黑色胡楂，一根根仿佛都往外冒着精气神。

"虎头王，让太阳地人的生命融在这块老土里，你们的精血就像这老土一样深红。明天，我们就到山外买耕地的牛、犁、锄、种……"冯连长异常激动，涨红的古铜色脸膛像金盆一样，在阳光中闪耀。

"连长，祖祖辈辈的太阳地……"虎头王有点为难。

"同志！太阳地人世世代代吃兽肉和野果，从你这位虎头王开始，要吃山谷米饭！什么叫革命？这就叫革命！以后呀，你也会和圣地里的先祖一样，是太阳地人千秋万代的大英雄！"

天，蓝得十分高远。一只红色长颈的小鸟栖在高耸的大树上，面朝远方，向着死寂的山林呼唤。

第二天，东方刚现出鱼肚白，被岁月磨光的山道上，两个汉子的脚板就撑起砂石上的黑暗。

耀目的日晖笼罩整条街市，一头头耕牛像从日晖里被抖落出来的黄蚂蚁，把牲口市场的各个角落塞得满当当的，人们穿梭往来，拥挤不堪。

一个卖牛汉子对冯连长和虎头王说："我的牯子牛是杂交过的种，背一架犁就像一个人挟着一根手指粗的棍子，跑得飞快。不信，你们可以赶到地里试一试。"

冯连长呵呵笑着，钻到牛肚子下面捉牛虱，问卖牛汉子要多少钱。

卖牛汉子自豪地打了一个响指，说："这头牯子牛的母亲是解放军从土匪窝子里救出来的，解放军要这牯子牛，我卖一半送一半。"

虎头王立在旁边，涌出的热泪濡湿了眼睛，说："这位大哥，牛是解放军出钱买给我们太阳地人，耕地用的。"

卖牛汉子抬眼又合眼，看着牛肚下的冯连长，眼底也被热泪濡湿了。

冯连长从牛肚下钻出来，牵着大牯子牛在牲口市场前的空地上走了一圈，又踅回来，空地上留下大牯子牛深深的蹄印。冯连长笑眯眯地问卖牛汉子："这牛要多少钱？"

卖牛汉子很干脆，说："送给解放军。"

"不不不！解放军有铁块般硬的纪律。"冯连长说着，将一包钱塞在卖牛汉子手中。

卖牛汉子把钱塞回冯连长衣兜。

冯连长又把钱掏出来，塞进卖牛汉子手里……

一推一让的争执，惹得围观的人都溅出了泪花。

太阳地的风变得炙烫。

男人们聚集在空地周围，叉着粗壮的腰板，敞开衣襟，纵声大笑。

从山外请来的彝族小伙子正教虎头王犁地，冯连长看着，笑得喘不过气。

彝族小伙子先做示范，拉着缰绳扶正犁把，大喝一声："驾——"大牯子牛很听话，埋头往前拖犁。不多时，长满衰草的地面翻出了黑油油的土饼。太阳地人没闻过这么馨香的老土，于是老人、小孩和女人们也都拥了过来，各人抱住一块土拼命地闻。

虎头王受不住这种诱惑，从彝族小伙子手里抢过犁把、缰绳，学着对方刚才的样子，甩一下缰绳，朝大牯子牛大喝一声："驾——"

虎头王扶住犁把，歪歪扭扭地跟着大牯子牛跑。犁沟像一条曲曲弯弯的山道，向远处伸延。汗水布满他赤裸的上身，淌过肩窝，流过胸口，从那道飘扬的胸毛上往下淋，炙灼得老土嘶嘶燃烧。

虎头王终于被大牯子牛拖倒了。他睡过的地方很多，但哪儿都不如这里充满诱惑。犁铧翻起来的老土触在他的脸面上，如同情人的怀抱一般缠绵迷人……他跟长老的女儿喝了火笼酒①，等到山谷开花时，他们就结婚。他要犁出一个新世界，当作新婚礼物献给她。

虎头王下着决心，用老土揩了一把汗，像一只蹿出草丛的山麂般，腾地从地沟里蹦起来……黑亮亮的土块继续潮水般翻涌，越来越多。

天上的云层不见了，连同那些剥落在地皮皴裂里的枯枝腐叶也消失了。一个明静的世界，凝聚着太阳地人千百年来的遐思，牵动着他们日日夜夜的期盼，泛着甜美与欢悦，由牛肩与犁铧创造出来了。每块垄饼都布满了微笑，像太阳般放射着光辉。

一个姑娘扑到虎头王面前，口中的热气呵在虎头王腮帮上。虎头王伸手去捉姑娘，姑娘闪身躲开，在地块里翩飞，深深呼吸老土的馨香。虎头王像一只真正的猎犬，分辨出姑娘身上谙熟的气息，穿过所有的人群和沟堑，逮住自己未来的妻子。

地块里腾起欢呼声。

冯连长滚雷般的声音最响亮："公元 1951 年 1 月 1 日。"

人们齐呼："公元 1951 年 1 月 1 日。"

---

① 订婚酒。

秋天的土地软酥酥的，太阳烧透了山谷籽，嚓嚓地橙黄起来。

比莫①打破了以往的常规，把虎头王的婚日挪成了单日。虎头王不知那是一个怎样的吉利日子，放不下心，往比莫处跑了好几趟。比莫告诉虎头王，公元 1953 年 8 月 15 日是个百年转一回的好日子，这一天，天上的云彩最洁白，河里的流水最清澈，画眉能唱十支歌，马鹿能动十回情。

虎头王心窝里生出丝丝燠热，黑麻子也像炉子里烧红的铁粒，燎燎地灼人……为了这一天，他射下许许多多在崖洞里调情的松鼠，也许是一百只，或许是一千只，用松鼠的腿骨制成了一串精美的项链。这嵌着无数只松鼠生命的项链，一直被他藏在宽大的猴皮兜肚里。

太阳地人的存在，需要男人和女人野火一样燃烧，让地皮下的草芽旺勃地高长。那个金秋季节的夜晚，虎头王睡不着觉，踩着月光的碎片，跑去找为他洗过伤口、在他腮帮上呵过热气的姑娘，告诉她：“门头避邪的木刀已经挂好。”

虎头王还说：“在崖洞里偷情的松鼠被我抓获了。”

姑娘忍俊不禁，扑哧笑出声来。她双肩轻轻一抖，优雅修长的身躯伸直，凝视着天顶的清亮，背后银晕闪闪的星星托着她。虎头王屈起双臂，将姑娘的乌发撒向身后，姑娘轻轻喘息，将舌上的甘露涂在虎头王的唇上。

姑娘还问虎头王：“有几根松鼠的骨头？”

虎头王回答姑娘：“做了一串漂亮的项链。”

于是，姑娘旋舞起来。她俯下身，收束在腰间的筒裙像孔雀的尾羽一样落在地上。茅屋醉酒似的摇晃。

虎头王说：“家里的火塘火正旺。”

姑娘说：“比莫已经掐好了日子。”

---

① 苦聪人中主持占卜、祭祀等活动的祭师，也行医治病。

1953 年 8 月 15 日夜晚，太阳地人为祝福虎头王的婚礼，唱绿了山，唱亮了月……夜歌徘徊很久。

虎头王记得，棠梨花白了好几回，上级也把他的官衔由社长挪为村长，再由村长挪为队长，但太阳地人从不喊他村长、队长。他给寨人说过多次，寨人们说，他们心中只有虎头王，没有什么村长、队长。

虎头王还发现，妻子的眼皮略显浮肿，总是望着自己空空瘪瘪的腰腹发呆，继而，脸上便生起一层冰寒，身子像株断草般抖动，涌出的泪点凝固在苍白的面颊上……他明白妻子为什么伤戚，于是造了个身子粗壮、乳房低垂、腆着大肚的泥塑女人像，让妻子抱着，两人带上香火去太阳地里，跟神灵讨儿子。妻子是那么虔诚，哪怕寒风刺骨、风雪交加，一天也不短少，双膝把先祖坟茔前的大石板跪出了凹坑，血丝渗进坑里，惨烈地鲜红。

一年……十年……在一个月亮胖圆圆的夜晚，妻子拉他出了家门，来到太阳地里，用脚跟擂着石板上两个窝坑，告诉他："公榫和母榫对正了，上牙和下牙咬紧了，我束在腰间的裙子开始膨大了。"

说到这里，妻子尖尖的鼻子突然放起光来，兴奋得泛红的面颊沁出了一层细密的汗珠。她两鬓的柔发像鸟羽般拂动，水灵的大眼罩上一层发亮的波光。

虎头王惊呆了，不敢喘一口气。

妻子双手捂住脸，忽地一撒，眼底蹿过一串蓝色的流火，说："停了红水，我肚里有一样东西在蠕动。"说完，她像一匹被囚禁了多年的小马驹，筒裙兜着风，消失在洁净的月光里。

"儿子——儿子——"虎头王痴痴地自语。一只小飞虫扑进他的鼻孔，鼻孔里痒痒的，他激动得想哭，没有声音，只淌热泪。他双腿一软，两只膝盖陷进妻子擂出的石坑里。

夜风悠悠地吹来，虎头王慢慢合上眼……他看见，八个月后，妻子听别人说他被河水卷走了，急忙赶去哈尼寨看卦，回来的路上，儿子掉进草棵里……他看见，又过了一年，一个播种季节的夜晚，妻子发现有老鼠在咬装谷种的麻袋，她明白寨人的命拴在谷种上，于是腆着肚子撵老鼠，老鼠钻进筒裙，利齿狠狠扎进她的腿肉，妻子忍着疼痛，拼命将两腿夹紧，血流像火的焰头在裙下漫延，他掀开筒裙，死老鼠沉重地落在地上，随之，一声尖厉的女婴哭泣响起，穿透了茅屋的宁静。

那年月，活得羞人，也活得艰难。手臂上的力气无处使，走的是老土，睡的是老土，吃的却是别人下力种出来的山谷。每一次，政府派人送来的粮食都从他手指缝里流过去，最荒的一年，他把全家的救济粮给了那个害水肿病的寡妇。妻子、儿子、女儿都害了水肿病，儿子和女儿的哭声比刚出窝的小猫还细弱。

好在圣地的香火没有熄过，火烟拴着儿子、女儿的小命，跳过了许多坑坑坎坎。

虎头王给儿子取名勒黑，给女儿取名娜木芸。光阴似流水，勒黑、娜木芸兄妹俩都长大了。

哈尼姑娘禾妮搂抱着一只小花狗，沿着河边奔跑。她的包头布散了，黑云一般堆在小狗头上。小狗惊恐地叫一声，甩动着脑壳掀去遮住眼的布，仰头盯着她。禾妮没好气地骂了它一声"可恶"，跨上那块平滑的、半淹在水里的石板。河水像一面明亮的镜子，映出她和小狗。

禾妮俯身看河水，陶醉于自己的身影。她是美丽的，眼睛像两只圆圆的雀窝，栖在俏丽的鼻梁两旁，黑黑的眼珠像两只在窝里练翅的小鸟，旋转跳跃，不像小狗的眼睛里有伤悲，涌着两颗晶莹的泪，像叶片尖儿上悬着的露珠，欲落不落。慈爱敦厚的神把她和小狗拴在一起，她离不了它，它也离不了她，它仁慈的阿妈被魔鬼吞噬了，现在她是它在这世上最亲的人。

　　勒黑走索似的，摇摇晃晃地沿河岸过来。他喊她，声音像一只圆果在嘴里滚动。河水哗哗地吃喝着，她的耳朵像被塞了两坨蒿叶，听不见勒黑在说什么。

　　勒黑擒住了禾妮，像老鹰叼小鸡一样。禾妮觉得自己的双脚在空中飘荡，河水抖动颠簸。她有些晕眩，眼睛闭了很久很久，勒黑的笑声像河水，在耳朵里泛浪。

　　"阿爸答应了。"勒黑说。

　　"开了关你的那只笼。"他又说。

　　勒黑干燥皲裂的手抱住她的头，另一只手扒开盖住她耳朵的头发，手上的老茧弄得她痒酥酥的。一团热气喷在她通红的面颊上，像蛇吐出信子，寻找着下口的地方。

　　禾妮蹲下去，手抓住淹在水里的石根。小狗像一只抱住树干的松鼠，四脚合拢，紧紧扒住她的脚杆，咬住她往水里拍打的包头布，一副与谁使力较量的模样。

　　禾妮娇嗔地咒骂："爱大山去吧，大山给你岩洞；爱大树去吧，大树给你绿叶……"

　　"你听着！"勒黑将禾妮的脸端起来，"阿爸的心像筛子眼，漏得少装得多。"

　　"是吗？"禾妮笑了。

　　"阿爸要请你吃饭，吃孔雀的爪子、青蛙的胡须、蚂蚁的眼珠。"

　　禾妮像站在阳光中的一只孔雀，光照得她两腮绯红，火似的一闪一闪。包头布上滚下的水珠像萤火虫的屁股，亮晶晶地躺在裙裾的褶缝里。太阳落下来了，落在勒黑和禾妮之间。勒黑收紧手臂，嘴唇叭叭地在禾妮面颊上响着。

　　禾妮的面颊像两块烧在红火炭上的生肉，快要啪啪地响起来了。

　　"禾妮，禾妮……"勒黑梦呓般地叨念，"是松鼠，就张开嘴吧，落下

的松籽是你的……"

远处有人唱起了山歌。

远处有人劈起了木柴。

禾妮涨红着脸逃走了，小狗摇着尾巴跟在她身后跑，留下一串长长的脚印。

虎头王依着火塘边的木墩坨坐了下来，身子往前倾，做出跟先祖磕头的姿势。他是故意这样做的，因为内心潜隐着难以抑制的冲动，和长久等待引起的烦乱不安。儿子的终身大事像铁钩上挂着的锣锅，一直悬在他的心上，却万万没想到他悬着的这颗心是多余的。听说，早一年，勒黑就笼了人家的火塘，喝了人家的蜜水。而且，两人还在大河边"呵气"，被人看到了。他这个阿爸，竟然事先一点风都没有擦过耳朵，还为儿子着急。勒黑大了，成了神树一样有主心骨的汉子，有孔雀鸟、白鹇鸟、画眉鸟拢着，说明他不窝囊，当阿爸的高兴！

然而，太阳地里的虎头王是至尊和主宰。太阳地的山、太阳地的水、太阳地的太阳和月亮都跟着他的话转，这么一台大事，儿子一瞒就是一年，现在竟要把哈尼寨的白鹇鸟抱回太阳地，不，是抱到他虎头王的身边，让血变浑，这行吗？太阳地人的血历来是纯正的，从没有被劫掠和混杂过。勒黑呀，你不能！阿爸为你不容易呀！你心里可以没有阿爸，不能没有太阳地的先祖。

为了儿子，他和妻子做过多少啊……

无数残败的枯叶落在树下，为了求子而丢在树根上的石头，坟堆似的围着树干垒了一圈。长年不断的袅袅余烟一丝丝、一缕缕的，缭绕着绿茵茵的叶片升腾。

"神灵，熊油让你点灯，鹿茸让你补肾，为了太阳地的种籽，求你赋予一根撵虎的阳鞭……"

虎头王把自己的妻子按倒，僵直的双手平平伸着，似两个乞讨者在哀求。

那天晚上虎头王做了个奇怪的梦：他拉着妻子跳入燠热的泉潭里，他变成一条龙，嘴里喷出的热水洒在妻子的头上、脸上、胸上，妻子的腹部慢慢凸了起来。他醒了，一直想着这个梦。年后，妻子就怀上了勒黑。

后退几十年，虎头王并不是一个犹豫不决的人，他是名副其实的王，所有的太阳地人都在他踩出来的路上走。他的儿子无疑也要走他踩出来的路。让什么样的鸟儿进来这个家，他早就看好了，只是在心里装着，没出声。现在儿子找了哈尼寨的一只白鹇鸟，她的魔力巨大，迷得儿子痴痴呆呆、颠颠倒倒。如果他把自己的主意挑明了，儿子准跟他闹翻，父子俩变成水与火。可是，要让他答应也是不可能的，哈尼和苦聪通婚，如同水牛和黄牛关在一厩，总要打架的。再说，神灵创造了太阳地人，从先祖起就定下了规矩，太阳地人的血不能混，假若在他这一代坏了戒律，如何向先祖交代？

他思来想去，用了一计：让儿子把姑娘领来家里，他寻个机会把底端给姑娘。这天早晨，他跟勒黑说："请人家姑娘来，篾桌上摆的菜怎么说也得像个样。"让儿子去箐里捞石蚌。

勒黑犹豫了一阵，犯难说："约好的，我去接禾妮。"

"让你阿妹去接。"他的话如同扔出去的石头，砸出火星子。

儿子走了，女儿娜木芸也走了。

茅屋顿时变成一个空洞。那年，他被抬到这屋里，仰面停放在竹笆床上。他没有死，胸口起伏喘息，脖颈上喷着血。慈祥的长老将松明火移到他灰黑的脸上，凝视了一刻，俯下身将嘴里嚼碎的草药敷在他的伤口上，大声唱起驱鬼歌：

野狼鬼，

苍蝇鬼，
蚊子鬼……
这里没有你们吃处，
这里没有你们住处。
坑坑坎坎，
路路垴垴，
有你们的吃处，
有你们的住处。
……

唱完驱鬼歌，又唱起招魂调：

隔河叫你顺桥来，
隔箐叫你绕沟来，
路上的雀雀鸟鸟你莫怕，
林里的老虎豹子你莫慌，
牛羊已经归了厩，
鸡狗已经找了窝，
屋里有我们等你，
回家来，
快快回家来。

　　他似乎是沉睡在咚咚撞响的鼓面上，一下一下地悠悠抖颤，脖颈上仿佛插了两把尖刀，扼窒得他喊不出声。倏地，他剧烈抽搐几下，眼睛上蒙的黑纱渐渐消退……长老的女儿欢呼起来，朝他俯下身……后来他成了长老的女婿。

就在虎头王回想时，女儿带着一个十七八岁的腼腆姑娘走进家门，站到他面前。

“阿爸，这是禾妮阿姐……”娜木芸喜滋滋地叫他，接着大加夸赞禾妮。

“多嘴，厩里还关着小黄牛。”虎头王虎着脸。

娜木芸噘着小嘴，不满地瞅了阿爸一眼，走出门外。

禾妮见娜木芸走了，心一下慌张起来，一时竟不知该怎么称呼虎头王：“大……大……大爹。”

虎头王一听这称呼就不是滋味，怎么能这样称呼他呢？他是太阳地的虎头王，这哀牢山谁不知道。他没吭声，自顾自地抽烟，仿佛要把怨气从口里喷出去。半晌，他吐出烟杆，往锅桩上磕磕，明知故问：“你叫什么名字？”语气非常冷淡。

“禾妮。”姑娘红着脸，把头压得低低的。

“我早知道你叫禾妮。”他在心里说，略略打量了姑娘：瓜子脸，高鼻梁，大眼睛，修长的身子像老林里的斑竹。太阳地的姑娘没一个有这般身材，这般美丽。看她一身花里胡哨的打扮，他就反感。作为太阳地人，睡的是土，走的是土，抓的是土，一点土味都没有的姑娘，怎么融入太阳地这个群落？

心里这么掂量着，虎头王脸上放出一小点微笑，说：“姑娘，坐嘛！”

禾妮在离火塘很远的地方坐下，心里七上八下的，浑身像跳蚤在钻，很不自在。她睃眼瞟一瞟屋子，摆设简单，火塘四周搭了四张竹笆床，靠里一张床的枕上，放着像虎又不像虎的精致木雕——她知道苦聪人崇拜虎。火塘正中的横梁上垂下一根铁钩，是煮饭煮菜烧水用的。屋里竖有竹编篱笆，上面挂着火枪、弩箭、兽皮、兽骨，和其他杂七杂八的东西，右耳房也用竹篱笆隔着。禾妮不敢想象勒黑那般英俊的小伙子就在这屋里长大，而她也将成为这屋里的一员。

　　禾妮的心有点发寒，还有点酸楚——这个家比起她的家来太寒酸了，太穷困了。但转念一想，她爱的不是这个家，是勒黑啊。

　　等了好半天，不见勒黑的影子，她有些心焦，问："大爹，勒黑呢？"

　　虎头王望望她，笑着说："他表妹有事请他去了。"

　　"啊？"禾妮一愣，"他表妹？"

　　虎头王耳不惊，心不跳，一本正经地说："他们好了两年，火笼酒也喝了，我催他……唉，现在的年轻人啊……"

　　"好了两年？喝了火笼酒？"禾妮觉得自己被羞辱了，连声音都变得尖锐。她的心好像正在火塘里燃烧。她无论如何也不相信，那么忠实憨厚的勒黑会欺骗她，玩弄她。不可能，不可能，勒黑不是这种人！可是，他阿爸说的，还会有假？勒黑，勒黑，你这个连小狗都不如的男人，我怎么就瞎了眼，没看穿你的面目，被你哄骗，被你戏耍？

　　禾妮的泪水唰唰地滚了出来。要不是虎头王就在面前，她肯定立刻号啕大哭！

　　这屋子可不是她哭的地方！禾妮拼命抑制住自己，不哭出声来。她站起身，哽咽着说："大爹，我有事要现在走。"

　　"有事，也得吃了饭走。"虎头王挽留道。

　　"不了！"禾妮极力压制着情感，回应了一声，一转身就冲出门外。

　　虎头王反手扶住木门柱，望着禾妮远去的背影，长长地舒了一口气。

　　勒黑沿着山箐的阴潭，寻找石蚌的洞穴。他在水里泡了很久，又累又冷，但心里很高兴。他要借石蚌的眼睛表达对禾妮真挚的爱。别人喜欢夸海口，说要为爱的人上天摘月亮，他知道，自己摘不到月亮，月亮那么高，搭天梯也够不着呀。他能捉到石蚌，用石蚌的眼睛就足够了。以前他好几次想把和禾妮相爱的事告诉阿爸，可话到舌尖上旋转了几个圈，始终没能从牙缝里顶出来。阿爸那么威严倔犟，一句话能让太阳地打滚，他心里很虚很怕，毕竟禾妮是哈尼女孩，那葬着先祖的坟山容不了她。好长时间，他跟阿爸坐在火塘旁吃饭，心就像拴在火苗上似的。

五天前，不知哪个烂嘴的把他和禾妮的事告诉了阿爸。阿爸和颜悦色地对他说："勒黑不用阿爸操心，自个儿会逮小雀了，也好，把那姑娘带回家来吃顿饭吧。"

听到虎头王的话，勒黑又激动又愧疚。阿爸通情达理，不反对他和禾妮相爱，自己却对他有防备之心。阿爸豁达大度，自己却把他往鸡肠狗肚里塞。他太不了解阿爸了，简直不配做虎头王的儿子。他内疚地冲虎头王笑，说："阿爸，我和禾妮的事真不该瞒你。"虎头王微笑着打断他的话："阿爸这辈子就你这么个儿子，儿子的婚事怎能不让阿爸操心呢？"

阿爸让他领禾妮来家里吃饭，如同送了他千万束鲜花，他太兴奋了，再冷再累，他也要捉到石蚌。他将腰间的小布袋系牢，朝前方更深的阴潭涉去。水淹到膝弯，一条水蛇从潭边的杂草楂楂棵里蹿了出来，一口咬在他的腿弯，暗红的血从伤口里淌出来，漂在水面上，变成丝丝的淡红。他并不惊慌，水蛇是没有毒的。他弯下腰，双手摸进漂满水瓢虫的泥洞，下颏在水里一点一点，远望去像一只鸭子在戏水。搜寻许久，他摸到了蠕动的肉身，一双粗壮的鳞爪抱住了他的手——石蚌被引出来了。他毫不犹豫地合拢手掌，夹住了石蚌的细腰，悠悠地唱了起来：

　　石头洞，
　　泥土洞，
　　洞洞睡着懒石蚌。
　　不搬石，
　　不挖土，
　　手摸洞里抓石蚌。

他唱着，从洞里往外抓石蚌。一只，两只……他扯根细藤把石蚌拴成一串，装进布袋里，就像把一群绳捆索绑的囚犯关进监牢。他越抓越顺手，越抓越有趣，直到弯着的腰断了似的酸痛，才悠悠地伸直身子，屁股搭在一坨突兀的石头上坐稳，从淤泥里拉出自己的双脚，红艳艳的血染在石头上，石头上像开出了一朵鲜红的花。他想，假若他跟禾妮讲了这件事，禾妮一定吃不进石蚌肉。

勒黑背着血换来的石蚌回到家，心急地要见到禾妮，向禾妮表达他真挚的爱意，可在屋里找不到姑娘的身影。

虎头王冷冷地看着儿子，说："禾妮走了。"

勒黑一听这话，一股怒火憋得他脸发紫。他一句话没说，将手里拎着的石蚌袋丢在地上，一头冲出家门。

勒黑去了禾妮家，禾妮像看陌生的路人一样看他。他问禾妮发生了什么事，禾妮冷冰冰地回答："你问我，我问谁？为了我，为了你，今后……"她本来想说"今后跟你的表妹亲热去吧"，又咽回了这半句话。她说不出口，即便勒黑欺骗了她，毕竟他们有过那么一段数星星、吻月亮的日子。

"勒黑，走吧！我家的墩坨坐不热你的屁股。"禾妮斩钉截铁地把绝情的话砸了过去。

痛苦啃噬着勒黑的心，他怎么也想不明白禾妮为什么翻脸。他想问阿妹，或是问阿爸，但转念一想：人家已经变了心，问了有何用？男子汉不是铁，也是树，你禾妮瞧不起我，难道要我低三下四不成？我可不是那种任人撒灰还一味讪笑的男人，周围团转寨子里，我勒黑的正直能干是出了名的。你禾妮不念旧情甩了我，我男人的气血却不能没有，哪怕痛苦得心在滴血，也不会跪在你的裙下求情。

勒黑回到家里，一头扎在床上。

虎头王见儿子脸色苍白，痴呆呆地躺在床上，知道是自己的药方起了作用。他有点内疚，又可怜儿子，在床边安慰地说："一只哈尼小山鸡而已，有什么了不起，她嫌我们家穷，就不想跟你好了。我看她那身花里胡哨的装扮，就不是一个正经女人。"

勒黑脸红脖子粗地吼起来："谁叫我们家穷！你损人家做什么！"

"我损她？你哪点不比她强？是她瞧不起人！"虎头王的声音和儿子一样大。

勒黑发火后又有些后悔，自家穷怎能怪阿爸呢？整个太阳地不是都一样穷吗？只怪自己这村长太窝囊，没法让整个村子变得富裕。禾妮嫌贫爱富，这样的姑娘不要也罢，免得今后成了家，惹是生非，大家都痛苦。于是他反过来安慰虎头王："阿爸，强捉来的野鸟养不长，她的心不定，走了也好……"

饭桌上，石蚌的眼睛鼓冒冒地望着勒黑，勒黑想起禾妮，想起她那双黑灵灵的眼睛，一点胃口也没有，也懒得动筷。他怕阿爸和阿妹伤心，耐着性子逼自己草草吃了一点，就找个借口出了家门，踩着破碎的月光走去寨前的草皮地。

虎头王有点发颤的手在空瘪的猴皮兜肚里一下一下地抠，终于抠出一点碎烟末，按进烟锅洞里，却忘了点火，就凑到嘴边吧嗒吧嗒地抽起来。他的脑袋发涨，仿佛自己的眼珠都胀裂成碎屑，被撒向黑暗的深谷，膜网里吸进来的都是黑光。他整个人也好像在深谷里飘荡。这毛病他从小就有，多怕一脚踏空，真的在那黑暗里迸裂呀。他想站起身，脚却翻了筋，使不上力气。人呀，原来是一个宇宙，阴阳造化，相生相克……

虎头王是个情感很少外露的铁汉子，看到勒黑这些天像头不顺沟的犟牛，说不上三句话就顶角，真不明白儿子哪儿来这么大的火气，就因为那只哈尼小鸟？值得发这么大的脾气吗？望着儿子不思饮食、呆呆发愣的模样，他想起生儿子的那天，太阳是黑的，为了一块坟土，他被人用柴块劈断了左臂。婴儿落地，妻子对着黑太阳断断续续地吟唱，他安慰她说，不要担心，手臂断了，但儿子有了。

娜木芸跨进门槛，见阿爸堆满日子的苍老眼睛滞滞地盯着她，知道阿爸定是想起了阿妈。

"阿爸，你在想啥？"娜木芸抚着虎头王的肩膀。

"想你阿哥！"虎头王想，女儿不会明白自己的心思，"这些日子，你阿哥心上插着尖刀。"他把烟锅凑到火苗上点燃，咂了两口，锅洞里的烟末冒出了亮晶晶的火星，"那个哈尼姑娘禾妮，嫌我们家穷，甩了你阿哥，他能不伤心嘛。"

娜木芸对阿爸的话有些反感，她觉得禾妮是个挺好的姑娘，才不是那种人。也许是禾妮那天来家里，阿爸说了什么过头话，得罪了人家。不过，转过头来说，她家和禾妮家相比，真如天上地下，隔了十万八千里，没法比。禾妮家里的电灯、手表、缝纫机……都是她做梦也渴望的东西。禾妮阿哥还是个拿工资的大医生。也许阿爸说得没错，禾妮就是嫌她家穷酸。

娜木芸气呼呼地说："她有什么了不起的，我给阿哥说一个姑娘。"

虎头王笑眯眯地瞅着女儿："我知道。"

"谁？"

"把你竹笆床睡凹一个窝的耶努。"

"阿爸不愧是虎头王，心里有数。"

虎头王捋着被太阳晒白的胡子。他能不高兴吗？女儿提的耶努姑娘正是他看准的儿媳妇。

"阿爸，我现在就去找耶努。"

"火大了，会把粑粑烧煳的。别这么急，等个时机，你旁敲侧击把话传给耶努，让她好好想想，等有那个意思了，再跟你阿哥……"虎头王像个指挥作战的将军，给女儿出着点子。

娜木芸手搭着阿爸的肩，望着火苗想，耶努，比她小一岁的耶努，如果真成为她的嫂嫂，她该咋样喊呢？从小喊耶努喊顺了口，要是当上了她嫂嫂，还喊耶努？

咚，咚，咚！院门被敲响。

"谁呀？"正想着心事的娜木芸问。

"我！"一个温柔的女声不紧不慢地传进来。

"耶努来了。"娜木芸高兴得半天摸不着门闩，"现在才来，你的魂早在我心头悬着了。"

"想我吗？"

"我都两天没见过你了。"娜木芸在耶努红扑扑的面颊上烙了一口。

耶努勉强笑一下，难以自抑的泪水渗出了眼眶。

"发生什么事啦？"娜木芸揽住她的肩，拉她进屋。

耶努张张嘴，嗓子像被什么噎住，说不出话。

"耶努，谁欺负你了？"虎头王问。

"阿舅，阿爸花了四川人的钱，喝了四川人的酒，要把我嫁给他。"耶努呜呜地哭出声来。

虎头王以前没太留意过耶努的相貌，现在仔细端详起来，她的个子和娜木芸一样高，脸庞秀秀气气的，皮肤没娜木芸那么白，可也不算黑，眉眼有点像那哈尼姑娘禾妮，这会儿流着眼泪，更有几分伤感的美。他充满同情地看着这性情软弱的姑娘，不知怎么安慰她才好。耶努的阿爸是个酒鬼，不在家好好干活，整天跟做生意的四川人瞎跑，在山外跟四川人赌博，输光了老底，把耶努都抵上了。

娜木芸掏出手绢替耶努擦眼泪，安慰道："别着急，我阿爸会替你想办法的。"

"我阿爸又犟又横，他想定了的事，十条牛也拉不回来。"耶努绝望地说。

"我阿爸是太阳地的虎头王，他开了口，你阿爸一定不敢驳。"娜木芸很有信心。

耶努感激地望着虎头王："阿舅，你一定得劝住我阿爸，别把我嫁到四川。我离不开阿妈，离不开你们，离不开太阳地。"

"耶努，你放心，阿舅一定帮你！"虎头王摸着耶努的头，语气坚定地说。

"谢谢阿舅！"耶努双腿一弯，跪在虎头王面前。虎头王赶忙将她扶起来。

耶努眼角上挂着的泪珠在火光中闪耀。

虎头王紧紧地捏着鼠骨，他确信他的妻子还活着。依据是什么？就是这串他一直焐在心口窝的鼠骨，他唤它，它会答应。手掌上湿淋淋的汗，是她浑浊热辣的泪，有好几次，那热热的细流从他手中的鼠骨上淌下来。

天黑了，月亮明了。

那时妻子啪啪地拍打衣服，她说，她要打死月亮。月亮太讨厌了，时时爬在她的衣服上。她脱下衣服使劲搓擦，领角上的花揉掉了好几朵。她说："月亮死了，我也要死了。"

他捏着鼠骨，流着泪，紧紧地攥着妻子的手，说："你不会死，鼠骨还暖着我的手心窝。"

茅屋里有细细的风声，那是妻子在呻吟。风在火塘上盘旋，火苗歪歪斜斜，仿佛妻子在床上挣扎的身影。"让火烧死我吧！"妻子痛苦地翻滚着，向他狂喊。青筋暴突，像一条条野狗在妻子全身乱窜。

东方的白光堆在山垭口时，妻子安静地躺在竹笆床上，一动不动了，而他捏在手心窝的鼠骨啃噬着他，撕咬着他。妻子暴病而亡，寨人说要烧得一点不留。人们用白布重重裹住她。三岁的勒黑和刚刚走稳的娜木芸拖着白布不放。白布的一角脱落，露出了妻子焦炭似的脚掌，勒黑将阿妈的脚趾一个一个掰开，娜木芸卷着小嘴唇，拼命吹脚趾缝里不存在的灰。他俩一个抱住阿妈的左脚，一个抱住右脚，号啕大哭，眼泪泼打在白布上，声音如同雨点打在树叶上一般。

柴堆码得很高，火焰疯狂地舞动，妻子身上冒出的黑烟将太阳裹得黄黄的。依照古老的法规，暴卒的女人属妖魔缠身，为了太阳地的安宁与洁净，她们不得入先祖居住的那块圣地，要送到离太阳地坟山很远很远的地方，让太阳暴晒，让蚂蚁啃噬。妻子合眼前对他就说了一句话：她不愿到阴冷的地方，她害怕，她要跟先祖在一起。

他握紧妻子的手，点点头，嘴唇上的黑麻子跳跃着。

妻子的眼睛灼灼闪亮，像两束火把照亮屋里的黑暗。上嘴唇那颗红痣像火灰里的爆豆，一蹦一蹦的，绽着满足的微笑合了眼。

寨人和以往一样，把妻子归为不洁净的女人，要送到那条远离太阳地的、恐怖阴森的峡谷里焚烧，那里孤鬼麇集，他怎么舍得呢？他想替妻子求情，却始终张不开口。圣地的每一粒老土都是太阳地人的先祖用血河洗出来的，寨人的眼睛像狼一样盯着那里的每个角落，如果谁要玷污或偷走圣地的一粒老土、一块石头，寨人们会毫不犹豫地用自己的心脏砸死这无耻的恶人。他，太阳地的虎头王，怎能开这个口呢？他对妻子承诺了违犯太阳地法规的事，然而他做得到吗？能做吗？可是，妻子为这个家劳累了一辈子，为茅屋的根永远坚固，给了他勒黑，为茅屋的花永远开放，给了他娜木芸，就凭这些，他也该满足她的心愿。她生前一无所求，临死前也就提出了那点愿望，他能不答应她吗？他怎么忍心让她流着酸泪走呢？不能！他抵上命，也要满足妻子这辈子唯一的要求。

有人告诉过他，人进入了阴曹世界，魂魄和肉体就会分离。他似乎经历过这种感觉，不过没有清晰的记忆。一天深夜，他潜入孤魂憧憧的峡谷，身上没带任何武器，只把妻子的头发和装灵骨的小布袋焐在心口窝。据说，亡灵害怕武器，所以他卸下了随身携带的腰刀和弩箭。阴冥之中，几点闪着绿光的磷火盯着他——坏了，遇上恶狼了。他在心里叫苦，右脚一个踩空，滚进了一条深沟，头重重地磕在尖石上。

呜——野狼嘶吼。

野狼的嚎叫连同剧痛，如尖刀般猛戳在身上和心头，他一颗心蜷缩得贴在了肋骨上。顺手一摸，摸到了一把焚尸剩余的茅草，他斜躺着，从猴皮肚兜里抠出火镰，将草揉成一束点燃……野狼从他头顶跃过去，畏缩于他手中通红的火苗。他额上的鲜血汩汩流下来，浸透了他半边身子。草点完了，火熄了，野狼缓步朝他逼近。他脱下血淹的衣裳，用牙齿将衣裳撕成一绺绺的条布，打亮火镰，血的焦煳味熏得野狼远远遁去。他顾不上抹净糊满鲜血的眼脸，一边收集引火之物照明，一边搜寻妻子残余的尸骨。

夜，比泼了墨还要黑。虎头王从枕下拽出热烘烘的袋子，挟在手臂下，出了屋门。他落下门闩，沿着墙根走一步，停一步，每一步都沉沉地喘一口气。

"勒黑妈！"他对着黑暗呼喊。那声音在夜风中飘得很远很远。

"勒黑妈，我是虎头王。"他抹了一把眼泪，又说，"我们肉贴着肉，现在就送你到先祖身旁……"

寂静的夜空弥漫着绵绵的细雾。他仿佛见到妻子就在雾中，那修长的身躯软弱无力地扭动。"我要死了，求你……"紫黑的血块在舌头上翻滚，"我要死了，求你……"

他用尽全身的力量，撑住沉重的脑壳，他仿佛在空茫茫的湿雾里旋转，那凄切的声音如影随形。他伏在地上，一把一把地抠出泥土，就在离先祖不远的地方……

"勒黑妈，还你愿。天知地知，你知我知，还有先祖知……"他的十个指头磨出了鲜血，却丝毫没感到疼痛。

第三章

　　娜木芸的心沉甸甸的。昨晚阿爸和阿哥争吵，阿爸说："你死了那条心。"阿哥说："我一辈子不要女人。"阿哥一向最疼她，最宠她，每次她遇到不愉快的事，阿哥就像个医术高明的大夫一样，想方设法硬从她嘴里抠出来，然后寻着开心事儿安慰她，说些让她捧腹大笑的话，把不愉快从她脸上撵跑了才算完。然而自从禾妮和阿哥决裂后，阿哥仿佛变了一个人，整天闷闷不乐，性子暴戾得让她骇然。她从小无忧无虑，没学会安慰别人。见阿哥像一只闷在洞里的狗，叫不出声，她知道阿哥的心腌着辣子，但她没有洗辣子的水呀。

　　朦胧的晨光泻进屋里，天很快就要亮了。家中寂静无声，她好像落入一个无人的空谷，被孤独和凄凉包围。

　　她在床上辗转反侧。这张竹笆床是她从小睡到大，很多个夜晚，阿妈也睡在她身旁。在她的记忆中，阿妈慈祥、端庄，上唇的那颗红痣永远在微笑。有一次，阿妈揽着她的腰，让她坐在阿妈的膝上，她纤细的小手摸着阿妈的红痣，嚷道："阿妈，我也要一颗小红豆。"

　　"傻孩子，阿妈已经给你了，快摸摸。"阿妈拉着她的小手摸下去。

她摸到了，在自己左臀的偏上一点，比阿妈唇上的还大。她高兴得像一只蹦跳的小兔，使劲一撑，阿妈和她滚到地上。阿哥赶快跑过来，扶起阿妈和她，三个人笑成一团。

阿妈走的那天，天暗得十分恐怖。风卷着雨丝飘飘荡荡，小草瑟瑟寒颤。没多久，暴雨如注，远处的山体破裂了，山泥、崖石扭成浑浊的流体，疯狂倾泻。阿妈就在这天崩地裂中沉沉地合上了眼睛。阿哥说，阿妈的脚趾缝里有灰，她和阿哥抱着阿妈的双脚，又擦又吹。那时，她还不到两岁。

她多想家里的火塘边再多一个女人啊，可以跟她说悄悄话，可以跟她一起向阿爸和阿哥撒娇……前些天，她把话传给耶努，耶努不出声，只抿着嘴笑，看得出那笑容中藏着对阿哥的爱。

她又把话递给阿哥，阿哥不出声。被她催急了，他冰冷地斥责她："没泡牛屎高，也管我的事？"

阿哥的话刺得她眼泪暴淌，好几天没跟阿哥说一句话，发誓永不再管他的事。可人心都是肉长的，见阿哥的面颊像刀削一般瘦下去，她又觉得可怜。阿哥被折磨成这般模样，千怪万怪，就怪狠心的禾妮，她恨得咬牙切齿，打定主意要去哈尼寨，用她知道的最脏的话把禾妮臭骂一顿，最好用唾沫淹死那姑娘，为阿哥出一口气。

她已经走到岔路口了，却被错木迎面堵住。她原本喜出望外，自觉得了援军，于是迫不及待地向错木道明原委，要他陪她一起去哈尼寨，错木却垂着脑壳劝她："娜木芸，没搞清事情就去指责人家，会越弄越糟的。"他羞涩地瞅她一眼，又小声说："我俩的事，你阿爸一直不同意，说不定结果和他们一样糟。"

错木的前半截话没扯住她的脚步，后半截话却拉住了她。是呀，错木给阿爸下跪了好多次，阿爸眼角都不瞟一下，说："错木你死了心吧，你跟娜木芸的婚事我是不会同意的！"

错木的阿爸死于意外，十个月后妻子才生下错木。太阳地人怀疑错木的身体里掺杂有外族人的血。

娜木芸垂头丧气回了家。屋前疏疏的果林里洒着明亮的光斑，一只翠绿的小鸟站在枝头喜滋滋地鸣叫，娜木芸却只想哭。

"这个家没有我会更好！"阿哥的声音传来，愤然、委屈，而又无可奈何。

娜木芸望过去，阿哥蹲在门槛前的石坎上，两只瘦骨嶙峋的大手抱住头，双眼失神地望着果林，老半天一动不动。他黧黑的额头多了几条皱纹，太阳穴暴出青筋，凹陷的面颊一抽一抽的，仿佛有许多话要说，却又无法发泄。

"阿哥。"娜木芸喊道。

勒黑站起身，见娜木芸涌着泪水，却连劝慰她的力气都没有，只黯然地说："阿哥给你和阿爸带来那么多烦恼，是阿哥对不起你们。"

"不是的，阿哥……"娜木芸颤抖着嘴唇，只能说出半句话。

"阿妹，在太阳地办街子的事已经定了，我想到山外走一趟。"勒黑扶住娜木芸的肩头。

"阿爸知道你要出山吗？"娜木芸问。

"我起床时阿爸已经出去了，等阿爸回来，你告诉他……"勒黑反身进了屋，把早已准备好的布包斜挎在肩上，又出了屋门。

"阿哥……"娜木芸追在他身后。

茅屋像死了儿子的老妇，在凛冽的风中呜呜哀泣。夜鸟似窥视到屋里的什么秘密，抖动着翅膀，望着惨淡的月光长一声短一声悲鸣。

虎头王威严地端坐在火塘旁的木墩上，沉着脸，目光活像两支利箭，射向跪在他面前的娜木芸和错木："你们死了那条心吧，亵渎先祖的事，我变成肉泥也不会同意！"

娜木芸全身酥软，心脏麻木，血流都凝滞了，灵魂悠悠荡荡，像坠入深渊。

错木愣愣的，他的心、他的全身、他的灵魂都战栗不已，虎头王的宣判，瞬间把他俩打入了地狱！为什么这么绝情？为什么这么狠心？为什么要人为制造一道天堑，把他和娜木芸之间的爱意一刀斩断？

"阿叔……"错木喃喃道，那不是从口中淌出来的话，而是从心窝里喷出来的血，"我和娜木芸……"

"阿爸，我和错木死也要死在一起！"娜木芸泣不成声。

"神灵啊！你为什么要降下苦难给我呀！"虎头王拖着哭腔，惶惶地高呼。

错木不禁打了个寒颤，他手撑着地，低垂着头，悲怆地安慰道："阿叔，是我不好……"

虎头王老泪纵横："孩子，不是我要分开你们，你和娜木芸都是好孩子，能有你这样的男子汉做女婿，我打着火把也找不着呀。但不能呀，先祖给太阳地定下的规矩不能变！我何尝不想让你们在一起呢，可亵渎先祖的事我不能答应，你们更不能做！"

错木的眼中涌出了泪水，动情地握住虎头王苍老却有力的手："阿叔，我是真心喜欢娜木芸啊……"他痛苦得哽咽出声。

娜木芸号啕大哭，跳起身，冲进屋外无边的黑暗中。

哭声萦绕了很久。

开始狗还在叫，渐渐地，狗也不叫了。

娜木芸哭累了，泪水也几乎流干了，她走一步停一步，不知不觉接近了葬着先祖灵魂的圣地。

栗刺花像魔鬼的手，捧着金色的花角扎在娜木芸的脚上，娜木芸蹲下身，拔出刺角，朝一条蜷缩的白虫扔去，白虫被扎中，流出透明的浆汁，像泪水。

"娜木芸……"声音被风刮了过来。

娜木芸听清了，是错木的声音。

"错木，我在这里！"

栖在树上的鸟儿被娜木芸嘶哑的喊声吓得成群飞起，她无处发泄的悲切顿时开了闸，似哭又似吟唱：

> 茫茫黑夜哟！
> 走也走不到尽头哟！
> 爬到山顶哟！
> 抖颤的脚掌刺痛心哟！

> 茫茫黑夜哟！
> 走也走不到尽头哟！
> 下到箐脚哟！
> 抖颤的嘴唇哭不出声哟！

> 茫茫黑夜哟！
> 走也走不到尽头哟！
> 走到先祖面前哟！
> 抖颤的眼泪淌爱心哟！
> ……

错木撒开双腿，朝那凝重伤感的歌声飞去。

娜木芸转过头，错木已经站在她的身后。两双眼睛穷追不舍，碰撞出雷电闪烁，黑暗的夜变得雪亮。

娜木芸一手拉住错木，一手将盖住脸的长发捏成一束，往背后一甩，露出目光恓惶的双眼，耳垂的银环剧烈摇晃，整个身子都跟着震颤。"错木，"她厉声叫道，"阿爸是魔鬼！"她一个趔趄，双手像藤蔓一样缠住错木的肩膀。

"娜木芸，你冷静点！"

"我要去质问先祖！"娜木芸将错木一推，裙角和长发飞扬起来，拔脚朝那块圣地狂奔。错木紧紧地追着她。

他俩在先祖的坟前跪下。天快亮了，坟头的小草凝着亮晶晶的露珠，被他俩的呼吸震动，一滴一滴地往下落……

娜木芸眼里放出从未有过的光，像红霞一般耀眼，像山上的野花一般娇艳。

错木山一样的身躯渐渐侧过去，舌头探入娜木芸的双唇……娜木芸纤细的指头像一条条小虫，在错木身上爬来爬去……

拂晓的风很凉，渐渐变得热烫。

"火把……有火把……"错木惊叫，声音浊重碎裂，像是从剖开了的腹腔里滚出来。

"快跑！是阿爸带人追来了！"娜木芸催促他，吓得声调都变了。

错木拉着娜木芸的手，两人像被野狼追急了的兔子，跌跌绊绊往山坳里跑。

"啊！"娜木芸一声惊叫，身子落空，手从错木的掌心窝被扯了出去。错木定住步子一望，朦胧中只见娜木芸躺在一块两人高的滑石板下，一动不动，像是昏迷了。

"娜木芸……"错木大声呼喊，从石板上滑了下去。

勒黑淋着小雨，在哈尼寨前徘徊，时而向前走，时而转身后退，这样反复了无数趟，还是在原地打转。他整个人狼狈不堪，活像个疯子。

他告诉自己，最后这次来哈尼寨，是要向师傅道个别。可是，他的师傅就是禾妮的阿爸。师傅把雕弩弓的绝活传给他，他做出的弩弓，射猎百发百中。他凭这手活名扬十里八寨，甚至盖过了师傅的名头，幸好师傅一点也不介意。他跟师傅的情分几乎比跟阿爸的还深，虽然也挨过师傅的臭骂和巴掌，可师傅关心他的冷暖饥饱，传授技艺时一点也不藏私……

他跟禾妮能拴上线，也是师傅默许甚至暗中促成的，现在这根线断了，他该怎么向师傅交代呢？

"哪儿来的野狗，窜到我们寨子来找腥味！"

勒黑抬头一望，是他在哈尼寨最好的朋友扎木，对方牛似的眼睛瞪视着他，目光里全是愤恨。

"扎木……"

"别喊我，你这不要脸的野狗，一口咬着两根骨头，我们哈尼人算是瞎了眼睛！"扎木怒气冲天，扔下他就要走。

勒黑受了这般侮辱，脸像被火猛烧，热辣辣地涨红，脖颈上的青筋直蹦。

"站住！"勒黑拿出打架的气势，堵在扎木面前。

"你伤害了禾妮，还想欺负我？来吧！"扎木冲上去，一拳擂在勒黑的胸脯上。勒黑一个趔趄，被掀出了两步远。

"打得好！打这条野狗，别让他再进寨子伤人！"一群哈尼寨的人围了过来。扎木的拳头攥得咯嘣咯嘣响，又朝勒黑扑上去。

"扎木，别这样！"禾妮淌着泪，冲到两人中间拦住，"扎木，你千万不能打人啊！"

"禾妮，这条野狗欺骗了你，也就是欺骗了我们整个哈尼寨，让扎木狠狠教训他一顿！"众人怒吼。

"不，不行！"禾妮紧紧抓住扎木。

"禾妮，他骗了你，你为什么还护着他？"扎木更生气了。

勒黑听到人们的怒骂声，紧攥着准备拼斗的拳头像一坨遇水的泥巴，完全散了。他望着围住他的人群，个个一脸怒气，神情鄙夷，像在围打一条落水的狗。他胸腔里塞满了一大堆委屈的话，他受不了这种侮辱，想为自己申辩，他想说自己为了禾妮，在冰冷的箐水里捞了一天石蚌，双腿麻木得像石块，还被水蛇狠狠咬了一口，淌了那么多血……他满心欢喜地拎回了石蚌，禾妮却嫌他家穷，没等他回来就跑了。

禾妮，你的良心呢？勒黑梗着脖子说不出话，在眼中打转的泪水差点就滚下来了。

"什么都别说了，你走吧，我不想再见到你！"禾妮哽咽道。

"野狗快滚！快滚！"人们齐声怒吼。

雨越下越大，扎木拖着禾妮，跟随众人一齐往寨里奔。勒黑猛追了两步，又停下来，抱住湿淋淋的核桃树使劲摇晃。他希望核桃树能听完他的倾诉，理解他满腹的委屈，告诉他这件事究竟错在何处。然而老树不理睬他，密密的水珠从叶片上滑下来，噼噼啪啪地打在他的脸上。昔日，他和禾妮曾在这棵老树下紧紧依偎，两双眼睛透过叶片的缝隙遥望洁白的月亮、明亮的星星……那时老树是那么慈祥，丝毫不见如今的残酷。

老树不一样了，禾妮也不一样了，他们再也回不到从前……他的心碎成千千万万片，一股难以抑制的悲戚淹没了他。他的眼泪和雨水汇合在一起，淋遍了他的全身，冰冷无情。

勒黑在大雨中狂奔，不辨方向地狂奔……

娜木芸凄厉地叫了一声。她在做梦，梦见自己走进一条峡谷，峡谷里热气奔涌，太阳像一只滚动的圆球，在热气里翻腾。渐渐地，热气变成了一条血河，血水里伸出许多魔爪，爪上的指甲有一拃长，锋利的红指甲上穿着噗噗跳动的心脏。突然，张着血盆大口的魔鬼从血河里扑出来，要用红指甲扒开她的胸腔……

娜木芸叫了很久，声音像系在屋檐上的铃，敲击着黑暗。

火塘里的炭已经附上了白白的灰，屋里黑漆漆的，风拽着屋顶的茅草，仿佛在哭泣。耶努在这个时候醒过来，喊了一声："娜木芸！"没听见回音。她又喊了一声，还是没人答应。她伸出手，摸上娜木芸树皮一般满是褶皱的额。"娜木芸！"耶努突然长唤一声，翻身扑到火塘旁，战兢兢的手扒开炭灰，吹亮了火塘。

娜木芸的脸煞白，像被魔鬼吸干了血，变得十分可怕。

"娜木芸，娜木芸……"耶努的十根指头像十只耙齿，紧紧地攫住娜木芸的肩头，边摇边喊。

娜木芸的意识被耶努的声音猛刺了一下，身子像被猎人射死在地上的兔子般抽搐，却睁不开眼，嘴巴半翕半张，说着胡话。耶努端着碗温水，凑到娜木芸嘴边，浸润她干裂的嘴唇。

耶努哭得泪眼模糊。比姐妹还亲的娜木芸一夜之间变成这般模样，简直令人不敢相信。难道女人都是这样命苦吗？她为娜木芸，也为自己悲伤啜泣。

"耶努，阿舅的命怎么这般苦啊！"虎头王站在耶努身后，泪花闪烁。

"阿舅，娜木芸伤得不轻，得赶快送去山外医院。"

"她亵渎了先祖，给太阳地造下罪孽……"

"阿舅，现在不是数罪过的时候，得赶紧把娜木芸送到医院。"耶努皱紧眉头紧催。

"罪过呀，罪过！"

"阿舅，我去喊人帮手……"

"别操心了，由她的命吧！"

"阿舅，给娜木芸一点慈心吧！"

耶努听不到回答，她回头张望，虎头王像一匹精疲力尽的老马，拖着脚，缓缓消失在门外的黑暗中。

耶努陪在昏迷的娜木芸身旁，束手无策。娜木芸出事的当晚，她就叫错木出去找勒黑，已经两天了，两人都是踪影全无。错木呀错木，你一定在外面多找段时间，千万要找到勒黑。

耶努也在担心勒黑。

娜木芸在床上疼得呻吟抽搐，耶努看着她痛苦的模样，心急如焚，偏偏一点办法也没有。她想，一定是魔鬼咬住娜木芸不松口，于是在碗里放了几颗山谷饭、一点菜，冲上水，朝黑黢黢的屋外泼了出去，念着撵鬼辞：“崖子鬼，滚开吧！趁着天没有亮，人们看不清你的样子，滚开吧！再不滚，我就用刺泡树断你的路，用松毛针戳你的眼。快滚吧！要吃的我送在门外，天亮了小鸟的嘴壳会叼走山谷饭。崖子鬼，快滚吧！岩洞里有挡风的石板，聋子虫为你做好了窝窝。再不滚，我就用刺鞭撵你，用火炭烙你，用铁树做的弩箭射你，用挎在门头上的木刀砍你……”

耶努认真地撵着鬼，突然想起娜木芸说的话：“阿哥说我是狗屎花，夸你是月亮花。”

勒黑和禾妮分手后，整天不说一句话，耷拉着脑壳，眉头皱得紧紧的。男人成了这样子，比挨了一刀还痛苦。她为勒黑抱不平，又因为自己不如禾妮漂亮而自卑，她想，如果她像禾妮那么漂亮，就能理直气壮地安慰勒黑，抚平他的痛苦。

她见到勒黑就脸发红，还存了以前不敢有的奢望。过去她认为自己跟娜木芸是最要好的姐妹，勒黑是娜木芸的哥哥，也就是她的哥哥，现在，娜木芸的话好像一根红线，把她和勒黑拴在一起。她真希望做娜木芸的阿嫂呀！

耶努蹲下身，将冒烟的柴头扔进火塘，火熊熊燃烧起来。火光映着她的脸颊，那潮红还没有褪尽。她看看自己的胸脯，又摸摸自己的下腹，小腹像熟透的果子，厚嘟嘟地发弹。她捧着脸，周身似乎有火苗在燎烧。

“啊！啊……”娜木芸呻吟着，身子不停地抽动。

耶努眼中涌出两颗晶亮的泪珠，面颊渐渐苍白了。娜木芸能看到自己当上她的阿嫂吗?

　　湿气浸透的冰寒之夜,像一双黑翅膀般死死盖住岩洞,月亮坠落到山梁后的另一个幽冥世界。冷风在草尖上滑行,腥臊味弥漫在凄清的夜色中。

　　呜——呜——呜——

　　勒黑谛听那洞前草丛中传来的、被寒风割碎的狼嗥,没有半点恐惧,反而感到一种无边的快意。

　　他不端弩箭,左手挑动了一下身旁的柴片,闪闪火苗从柴头上被拽出来,好像幽冥中飞出一串串灿烂的花朵。他紫檀木一样黧黑的皮肤在火光中发亮,山草般的乱发飞扬。这些天,他的颊骨似乎长高了一截,像两座山峰般耸立在鼻端两侧,占去脸的大部分,黑黝黝的眼珠深藏在乱发后,灼灼似火,能看得野狼胆战心惊。

　　呜——颤抖的呜咽声传来,勒黑循声朝草丛中望去,那凶残的魔鬼蜷缩着,头藏在坚硬的凸石后,一排利刃似的牙齿龇露,显得十分胆怯,却又跃跃欲试,令人不禁毛骨悚然,必须时刻戒备。

　　勒黑也像他的敌手一样,心烦意乱,暴躁不安。他是要赶回家救人的呀,怎么偏偏在半道被这群魔鬼截住了?他数过,他的五支箭穿透了十只魔鬼的眼珠,本以为它们会被吓得屁滚尿流,逃得远远的,没想到这群饿瘪了肚子的魔鬼不顾一切地包围了他,而且慢慢缩小包围圈,把他堵在了岩洞里。他看准了,躲在凸石后的魔鬼就是它们的头领,如果剩下的两支箭射不翻它,自己的骨头就会在这群魔鬼的牙缝里暴响。他能施的手段都用尽了,魔鬼只是躲在凸石后阴阴地窃笑。这真是巨大的耻辱,他从十岁起就是太阳地有名的猎人,十年后的今天,反倒被这些畜牲弄得手足无措,无计可施。

　　他真是窝囊啊,无论在家里还是家外。虽然名义上他是太阳地的村长,但寨人们从他家的门槛上出出进进,找的都不是他,而是他的阿爸。

上级领导每次开会时都强调，有事找村长。然而寨人们说，虎头王才是太阳地的当家人。他分不清到底是村长大还是虎头王大，反正，上级布置要办的事，他都原原本本地向阿爸汇报，阿爸应了，事就办得顺利，阿爸不应，事情只能告吹。有好几次，他完不成上级交给的任务，被领导刮了鼻子。他不服气，但什么都不能说，别人觉得他无能，他也辩驳不了。

前月，领导说，要在太阳地前面的大草地上办个大街子，让太阳地周围寨子的人不用再走三四十里的路，到山外赶街。他觉得这是件大好事，太阳地办起大街子，寨人的山货还愁没销处？太阳地人还愁富不起来？他当即向领导下了保证。没想到回到家，给阿爸一汇报，阿爸眼皮都不眨一下，就说什么太阳地办起了街子，那些不干净的浑水就会泼进来，亵渎先祖的灵魂。

办街子的事紧急得很，领导多次托人带信，要他赶快办。他的嘴皮都磨破了，阿爸却还是那句话。他没有脸面去见领导，禾妮又跟他分了手，他的心被烦恼勒成了七八瓣，血一滴滴往下淌，痛苦不堪。处于这种境况的他，只能逃离太阳地。本想在外面闯荡两年再回去，可错木找到了他，说阿妹出了事……错木死死活活要陪他一同回寨子，可娜木芸受了伤，阿爸和寨人怎能饶得了错木？他左劝右劝，好容易劝住错木，同意在山外躲一段时间。

呜——呜——呜——

幽幽的绿眼在闪动，那魔鬼躲在凸石后，长长的前爪不停地拍打地面，别的魔鬼随着它拍地的节奏，一步步向洞口逼近。他往火里投了几根柴，火苗呼呼地旺起来，他把一根燃着火的柴片丢出洞外，魔鬼们退缩了几步。密林深夜，格外瘆人，群狼一会儿攒簇着向前推进，一会儿又分散后退，莹莹绿眼交织幻化成各种图案，身躯摩擦得草丛唰唰地响。在凸石后督战的魔鬼似乎不满意它这群无能的手下，前爪拍地的声音更响。

他的手洇出了汗，视觉和听觉高度紧张。人眼与狼眼，交汇在一条线上，这是意志与意志的抗衡，力与力的对垒。任何偶然的因素和微小的动作，都会使战况发生意想不到的转变。

他的毛孔扩张，血液加速流动，一股仇恨的火焰在身上漫延，牙齿咬得咯咯响。

呜——呜——呜——

这声音仿佛是阿妹在床上呻吟，她的眼睛闭得紧紧的，美丽的面庞白得像一张纸，喃喃地喊着他："阿哥……阿哥……"

雾在夜空中流动，隐隐约约现出朦胧的月亮。月亮就像那失血过多的少女，颜色惨淡。

那晚，他坐在院门外的石坎上看月亮，阿妹在他身边坐下来，小手扶住他的肩膀，调皮地做出母亲关心儿子的样子，一本正经地说："耶努哪点不好？你别摆村长的臭架子，耶努要不是和我是好姐妹，你请十只画眉在她身旁唱歌，她也不会动心的。"

"哪个说耶努不好了？阿爸和你舍不得她，把她请来家里住着就是了。"他暴躁得像条不分好歹乱咬人的野狗，高声喊叫，惹得阿妹眼泪汪汪的。

发完火后他又觉得后悔，不该把阿妹的好心当成狗肺。在太阳地，没有比耶努更能干、更美丽的姑娘了。她阿爸是个浪荡的酒鬼，谁给他酒喝，他就把身家给谁。那个做生意的四川人给了他点钱和几瓶好酒，他就把耶努许给四川人，后来是虎头王领着一群提腰刀的汉子把那人吓跑了，耶努才逃脱了一场灾难。那些洗得发白、打着补丁的衣裙穿在耶努身上，不但不难看，反而出奇的美。假若耶努家境好，能像别的姑娘那样好好打扮，他敢肯定，月亮见了她也会动心的。

呜——呜——呜——野狼叫得更加森寒。

他的思绪被狼嚎声拉了回来。

群狼借着浓密的山草和矮树的掩护，大胆地跳跃起来，尾巴翘得高高的，像一把把兵刃，在洞前扫来扫去。

他往火堆里添了几根木柴，拿出猎人的习性，紧盯着敌手，抽空拾起搁在身边的酒葫芦，猛灌几口酒，精神振奋了几分。突然，凸石后的魔鬼幽灵似的一个猛扑，将他撞翻在地上。他没料到魔鬼这般凶猛，危急关头奋力一脚，正踹在野狼的肚子上，将它踢出几步开外。与此同时，他抓起噼噼啪啪燃烧的柴片扔出岩洞，把其余的野狼吓得后退。那只头狼又朝他扑来，他拽住它的一只前爪，却听见咔嚓一声，自己的两个手指在狼嘴里发出暴响。"啊！"他差点疼晕过去，然而理智告诉他，现在绝不能松手。他像老鹰抓着小鸡那样，死死地攥住狼腿，狠命地一抡……

一圈，两圈，三圈……野狼硕大的身躯像片叶子般在空中飘飞。他趁野狼被转得头昏脑涨，猛力一掷，野狼一声惨叫，撞上坨尖石，从石尖上滚落下去。他紧跑几步，又拽起失去抵抗力的野狼，将它的脑壳对准石尖猛砸下去，野狼嗷嗷几声惨叫，脑浆四溅。其余的野狼闻到头领脑浆的腥臊气味，顿时逃得无影无踪。

"哈哈哈……"他兴奋地大笑起来，手指上的鲜血更加汹涌。当时错木告诉他，阿妹是伤了腰，于是他买了盒云南白药揣在衣兜里，现在他得先用了。掏出药，用牙齿咬开瓶盖，他把红籽吞下，药面抖在手指上，撕一块布条包扎住。一切妥当后，他精疲力尽地坐在篝火旁，只觉得全身都酸痛不已。刚才那场惊心动魄的搏斗中，他根本没有余力感受疼痛，脑子里只有一个念头：杀死恶狼！直到该死的死掉了，该活的活下来了，他的灵魂才回到躯体内，脑壳晕沉沉的，眼前发黑，像有许多蜘蛛在他眼睛上爬来爬去地网丝。这样的疼痛他一辈子没经历过，闪烁不定的火苗把他苍白而略带青黑色的脸揉皱作一团。

湿柴在火堆中吱吱呻吟，蛇信子般的火苗把褐色的枝丫烤成灰黑色的炭，又把炭化成惨白的灰。这是森林的规则呀！就像野狼想将他变作粪便一样，是一个痛苦的循环过程。

呜——呜——呜——远方断断续续传来野狼的嚎叫，像是在哀泣。他想起了阿妹，心里一阵阵恐慌。等天一亮，他必须赶紧跑回家，好把阿妹送进医院。禾妮的阿哥是个医术高明的大夫，一定能治好阿妹的腰伤——不，不能找禾大夫！如果对方问起禾妮和他的事，他怎样开口呢？直说禾妮嫌他家穷，以禾大夫的人品，是不会放过禾妮的；如果不说实话，就变成自己对不起禾妮……唉，人真是太难做了！还是阿妹的伤要紧，他只能豁出去了，全部的希望都寄托在禾大夫身上。

天亮了，岩洞前的铁线草显现出原本的灰白色，叶片弯弯地下垂，吊着亮晶晶的露珠。

勒黑平端着受伤的手，迎着太阳，奔跑在曲曲弯弯的山道上。他想，自己伤成这样，是因为离家时把智慧都交还了阿爸。

勒黑朝自己的家没命地奔去，他面色苍白，被野狼和荆棘撕得丝丝缕缕的衣服浸透了汗水和雨水。

他狂奔，顾不上饥饿和伤口的灼痛。他从未跑得这么快，这么急，这么远。

他飞跨过寨外的栅栏，奔进自家院门，一口气奔进屋里。阿妹的床边站着好几个人，耶努坐在床上，怀里抱着阿妹，低低地哭泣。

"娜……娜……娜木芸！"勒黑剧烈地喘息着，呼喊阿妹。

"勒黑阿哥，你可回来了！"耶努噙着泪水，"娜木芸她……她……"

娜木芸双眼紧闭，躺在耶努怀里一动也不动，平时像山茶花般美丽的面庞罩着一层青灰色。

勒黑急得咆哮起来："为什么不送医院？"

耶努的眼泪涌出来，半张着嘴说不出话。

"我阿爸呢？阿爸难道死了吗？"勒黑大吼，脑门上的青筋直蹦，"娜木芸呀！我的好阿妹！"他嘶声吼叫，鲜血从他断指上汹涌而出，流到娜木芸的胸口窝。

"血！血！"耶努失声叫起来。

勒黑像根被锯断的木头，颓然倒在地上，失去了知觉。

"勒黑阿哥……阿哥……"耶努赶忙将怀中的娜木芸放到床上，俯下身用沙哑的声音呼唤他。

"勒黑！勒黑！"屋里的人都慌了。

勒黑听不到这声声呼唤，湿漉漉的、血渍斑斑的躯体横在地上，一动不动。

"阿哥！"耶努扑跪在地上，抱起勒黑的头，"阿哥，你醒醒……醒醒……"

勒黑没有醒，伤痕累累的脸上青紫一片。

一个汉子蹲到勒黑身旁，用拇指和食指死死掐住勒黑鼻端的穴位。

"勒黑！我的儿呀！"虎头王跌跌绊绊，从屋门外扑进来。

"放心，勒黑是又伤又饿又急，才昏晕过去的。"汉子安慰神情焦急的虎头王，继续掐按勒黑的穴位。

……

勒黑悠悠醒过来，听到阿爸在身旁痛哭，他顾不上想自己发生了什么事，睁开干涩的眼睛，第一句话就像是在责问："阿爸，阿妹为什么成了这样子？"

虎头王像被审判的囚犯，耷拉着脑壳，噙着泪。他满心伤痛，又带着愤怒。娜木芸伤成这个样子，外人见了都垂泪，身为阿爸，他难道不心疼自己的女儿吗？勒黑出走，他的心就像撒上了辣子面，没几天女儿又……他走过的路，射过的猎，是什么时候得罪了山鬼、水鬼、树鬼、老熊鬼、野狼鬼……为什么那么多的苦难落到他的身上？先祖定下规矩：有肉大伙吃，有火大伙暖。他身为太阳地的虎头王，从来把饭平均分到每一个太阳地人的碗里。太阳地人猎的熊、杀的猪，他的刀刃就是公正的法官。打拢伙时，太阳地人的山谷、豌豆都堆在他家，他就睡在谷豆堆旁，没日没夜地撵老鼠。有一次，还没懂事的娜木芸抓了几颗豌豆塞进嘴里，他发现后，硬是从饿得面黄肌瘦的女儿嘴里抠出豆子，还用树条狠狠地抽女儿的手，女儿的小手肿得像面团，哭得死去活来，要不是寨人抱住他，夺下树条，女儿还不知道要吃多大苦头。那次，全太阳地的人都落泪了。这么多年来，太阳地人吃的每一颗谷豆都经过他的手。有一年，太阳地人挖绝了山上的黏楂楂①，寨人饿得害水肿病。政府派马帮驮来山谷，他把自家的份分出一半，给了寨里那个无儿无女的患病老人。老人活下来了，他的妻子、儿子和女儿却差点被野鬼领走。

他反躬自问，自己从来只有助人之心，没有害人之心。对生灵，也是只存善心，不存恶念。在老林里砍野竹时，他被山蚂蟥咬得流血，却只是将它们捋下身子，一条也没弄死。走路时也特别小心，生怕踩死路上的蚂蚁。他一言一行，都是按先祖的规矩办的。女儿亵渎先祖英灵，亵渎了圣地，这让他愤怒，绝对无法宽容。现在神灵惩罚了女儿，他觉得理所应当，即使神灵不降罪这一对男女，他和寨人也不会饶恕他们。然而，看着女儿在床上痛苦挣扎的样子，他心里又十分难受，女儿是他和妻子身上掉下的肉呀！他痛恨女儿，又怜悯女儿，这种煎熬不比女儿的苦痛轻多少。

"阿爸，求你了，快送娜木芸去医院！"勒黑苍白的脸上泪珠滚滚，声音都破碎了。

"这是神灵的惩罚，由她的命运吧！"虎头王干皱的脸颊也被泪水濡湿了。

"不，是你伤害了娜木芸！你为什么领着人追他们？"勒黑的声音激愤，他猛地从地上跳起来。

啪！虎头王一巴掌扇在勒黑的脸上："孽种，你身上淌的难道不是苦聪人的血？！"他嘴唇上的黑麻子剧烈颤抖，又把手举得老高，然而第二个巴掌始终没落下来。

---

① 一种根茎粗壮的藤本植物，根茎黏性大，可以食用。

他长叹一声，转过身，东倒西歪地走出家门。

屋里静得恐怖，人们的眼睛一眨不眨，盯着虎头王那脚步虚浮的背影……

寒雾白茫茫地笼罩着太阳地，阴森压抑，像是随时会有潜伏的恶兽跳出来噬人。家禽和野鸟仿佛都被封住了嘴，寨子静得似一块没有生命的蛮荒之地。

勒黑背着娜木芸，耶努在旁边扶着，三个人连成一体，顶着纷纷扬扬的雾雨，踩平茂盛的野草，踉踉跄跄地朝他们的希望行去。

入冬了。

山草枯黄，老土皲裂爆皮，寒风把撒在地面的枯枝败叶扫成一堆。牛羊立在荒坡上，只剩下掏空的身架子，脊背上稀疏的毛丛在凄厉的风中颤抖不已。

错木的骨节咔咔直响，像野狼在咀嚼山羊的脚蹄。他用闹羊藤熬水，洗他溃烂的脚，五天来，他一直这样洗，眼看着脚快好了。

脚伤愈合了，走去医院看娜木芸就能快些。娜木芸住院的时间可能会很长，他从哈尼兄弟那儿借了二百块钱。

他家没人住过院。阿妈告诉他，阿爸是从树上跌下来死的，过了十天才发现。树脚一群黑糊糊的乌鸦呱呱叫，阿妈见时，只剩骨架……

阿妈背了两捆柴，把阿爸的骨架垒在柴上烧了，用装草药的小箩把骨渣背了回来，交给虎头王。虎头王把太阳地人全领到坟地里，对着先祖数了一番阿爸的功德，再挖坑下葬。纸钱在风中纷纷扬扬，虎头王领着大家唱安魂调：

> 坟地里放着你要吃的米饭，
> 葫芦里装着你要喝的美酒，

安心地睡吧！

最圣洁的地给了你，

最圣洁的水给了你，

最圣洁的床给了你。

……

睡在先祖身旁，

是神灵赐你的福分。

阿妈望着阿爸摔死的树，哭了一回，又哭一回。

阿妈知道自己有孕了。睡在竹笆床上的时候，她做了一个梦，梦见树上的小猴子把红鲜鲜的果子扔给她，她没有接住，果子掉在地上裂成两半，一个嘻嘻笑的男孩子从果子里跳出来。

阿妈做了这个奇怪的梦后，跪在阿爸坟前哭，九个月后便生下了他。他五岁时爱唱歌，阿妈用一根藤子背着他，到阿爸摔死的树下跟乌鸦赛嗓子。乌鸦比不过他，阿妈乐得哈哈笑，笑完之后又哭。

阿妈每天给他讲很多故事：乌鸦叼麻蛇，母猪和狗打架，老鼠被石板压死……天上地下，包罗万象。

他劝阿妈歇一歇，阿妈说，她不累。

阿妈的手轻抚着他的头，五根手指缓缓地钻进他的头发棵，弄得他又痒又舒服。

"错木，错木……"阿妈轻轻地呼唤他，"寨里遍地是狗粪，看到了吗？"

他说他没看见。

阿妈叹着气，说他的眼睛要用老鹰胆来补。

阿妈坐在石板上呜呜大哭，哭累了，哽咽着说："错木，牵我到你阿爸摔死的树下。"

他的手掌在阿妈眼前晃了晃，两颗眼珠一动不动。阿妈的眼睛瞎了！他不敢哭出声，眼泪簌簌地流过下颔，掉到衣服上。

"找医生吧。"姑娘的声音娇嫩好听。

"娜木芸。"还是阿妈听出了是谁，"不用了。我那手巾里包着些钱，你俩拿去买红本本。"

娜木芸搂住阿妈的肩，眼泪像断了线的珠子，打得阿妈的肩头啪啪响。阿妈的手变成了篦子，翻来覆去梳理娜木芸油亮亮的长发，长发像水波般光滑柔顺，映出的点点光斑跳入他的眼中。

"阿妈，我给你晒席子。"娜木芸和阿妈脸偎着脸说。姑娘脸上的热气蹿遍阿妈全身，熨平了阿妈额头深深的皱纹。

他和娜木芸溜进大山里幽会。娜木芸把聋子虫扔在他身上，耍笑他，他伸手去捉她，她像灵巧的蝴蝶一样在树丛中翩飞躲闪。追着躲着，两个身影不知不觉就融在了一起，撞碎星光，贴住岩块，贴住树干……他的身子像被投进火里焚烧，娜木芸依着他，他想让她也一起燃烧。他吻她的额头，额头像草地一样绵软；他吻她的面颊，面颊像丝绒一样滑腻；他吻她的嘴唇，嘴唇像熟透的果子一样甘甜多汁……娜木芸水蛇一样的长臂软软地盘住他的脖颈。于是，火焰烧熔了大山，烧熔了大树，烧熔了星星和月亮。

"错木，我头发乱了。"娜木芸柔声说。

"正好遮着月亮的眼睛。"他说。

"你坏！"她在他的面颊上咂了一口。被咂过的地方像虫子在爬，痒了好久好久。

"错木，月亮不走了。"

"娜木芸，大山瞌睡了。"

……

娜木芸笑了。他俩倒在聋子虫做窝的地方，看着银河奔腾……

错木哭了，泪点随着脚步飞洒。

医院的四排老屋像寨子的栅栏，四方而立，把阳光切成方块。院子正中的大树下支着四张水泥桌，每张桌旁围着四条水泥条凳。粗心的清洁工扫拢了一小堆枯叶，却没有倒进垃圾桶，就让它们在桌下趴着。

勒黑和耶努分坐两条凳子，都神情专注地盯住手术室的门。

勒黑紧张得坐立不安，陷在枯叶堆里的脚板点弹着，枯叶嚓嚓直响，被踩碎了不少。

耶努除了紧张，还有窘迫。从她降生在这个世界上以来，大概还是第一次和一个小伙子坐得这么近，这么久。她心里跳荡着娜木芸说的那句话："阿哥说我狗屎花，夸你月亮花。"一股苦涩的喜悦泛上舌尖。能得到勒黑的夸赞，说明她在他心中也占了一小块位置，哪怕这个位置小得仅能容一只蚂蚁爬进去，她也满足了。在此之前，她似乎都陷在一个河水一般长的梦里，在这个没有尽头的梦中，所有的男人都不会爱上她。看到娜木芸和错木爱得像藤缠树，她羡慕又嫉妒。她天生命苦，除了阿爸今天许一个四川人，明天许一个贵州人，从没有正儿八经的小伙子跨过她家的门槛，笼过她家的火塘。娜木芸的话把她从梦中唤醒，她从勒黑的话里照见了自己。萎萎的黄叶在雾雨中化为绿叶，她一颗凝结冰凌的心变得灼热，炙烤着全身。

娜木芸说："做我阿嫂。"她听了后羞涩地笑，像嗔怪似的用指头掐娜木芸的大腿，仿佛娜木芸被这么一掐，还会重复那句话。她拉起娜木芸的手，按在自己的心窝上，她把自己柔软的手臂圈在娜木芸的颈上，好像这样她们就成了幸福的一家人。听到娜木芸叫"阿嫂"，她就像喝了最美的返青酒，多想就这样永远醉着，永远甜着。她不想醒，她希望把日子泡在甜滋滋的酒里，让自己永远微笑，做一个千年的美梦。

"耶努，太阳都等得叹气了！"勒黑头发棵里冒着冷汗，焦急地说。

"嗯！"耶努呆呆地应了一声。

"我问你，太阳都吊在树尖上了，娜木芸的手术怎么还没做好？"

"嗯？"

"我在问你！"勒黑发了火。

"我也急啊！"耶努黑亮的眼珠被泪水蒙住了。

勒黑见耶努像只蜷缩在窝角的小鸟，后悔刚才的火气，语气有点自责："耶努，对不起，我不该跟你发脾气。"

"你心里难受嘛。"

耶努体贴的话触动了勒黑，他突然用审视陌生人的目光打量起她。耶努是娜木芸最好的姐妹，多年来，姑娘像燕子一样在他家的门洞飞出飞进，他从没认真看过她一眼，印象里，那是个弱不禁风、瘦小蔫黄的少女……然而现在细看起来，姑娘像十五的圆月，盈盈亮亮；像清晨的霞光，金金灿灿；像春日的花朵，红红艳艳；像深山的泉水，甜甜润润……

他突然想起了禾妮。那一天，在禾妮家，只有他俩。

禾妮说："屋里很冷。"

他说："是老鼠掏通了墙壁，风进来了。"

禾妮不说话，像一只冷得发抖的小鸟般缩着身子。她把两床棉毯合起来，盖住露在裙外的脚。他也把脚伸进棉毯。两双脚交缠在一起。

禾妮说："我明天要去放羊。"

"我也去。"

"你别去。"

"松毛针上有毛毛虫，会戳人。"

"我不怕。"

他把禾妮的头轻轻端过来，让她的下巴颏搭在他的肩头上，就像只小野兔趴在高坎上吃青草。他细心地将禾妮的秀发拢在背后，用茸茸的胡子撩禾妮鲜红的面颊，问她痒不痒。第一次，禾妮说不痒。第二次，禾妮说不痒。第三次，他冷不防亲了禾妮一口，她咯咯地笑起来，红着脸，贴住他的耳朵说："门开着。"

"你阿爸的弩箭挺准。"他说。

禾妮的气息就在他耳边，咻咻的，像找奶喝的小狗喷出来的。她的眼睛发亮，像萤火虫在游动。

他的眼神在禾妮的胸峰上溜来溜去，像蜜蜂在寻找花蕊。

"我热。"禾妮的身子几乎整个贴过来。

"我也是。"他抚在禾妮胸脯上的手心窝冒着汗，额头也沁出了汗，大粒的汗水顺着他的鼻沟往下淌。他的脖颈莫名其妙地抖颤，像晒热了的鸡，要找水喝。

"你都会做什么？"禾妮的声音低低的，腻腻的。

"我会雕弩弓。"

"还有呢？"

"逮树上的小鸟。"

"……"

汗水在他和禾妮的面颊上汇合，像细密的波浪，往下涌淌。棉毯里的四只脚像争先恐后驶离港湾的小舟，散开在广阔的海面……

手术室的门吱呀一声开了。禾大夫神色疲惫地走出来，身后跟着两个穿白大褂的助手，用白盘子端着用过的手术器具。

勒黑和耶努立刻从条凳上跳起身。勒黑一边叫着"阿哥"，一边跑过去。

禾大夫脸色阴沉。

"阿哥！"勒黑急切地叫道，想问又不敢问。

"勒黑，你阿妹……"禾大夫把手搭在勒黑肩膀上，用力拍了几下，以示安慰。

"她怎么样了？"勒黑追问道。

禾大夫看看周围，对勒黑说："走，回我宿舍再谈！"

走出医院，穿过一道窄巷，到了禾大夫的家。耶努面对禾大夫太拘谨，勒黑就留她在门外等，自己和禾大夫进屋谈。

勒黑紧张得脚杆打颤，坐都不肯坐，惴惴不安地问："我阿妹……"

"你们太粗心了，受伤就该立刻送医院。经 X 光透视，她断了的脊椎骨已经发炎，也许永远都站不起来了！"

"什么？"勒黑睁大眼睛，"不！阿哥，你一定会治好她的……"

"勒黑，光着急是没用的。"禾大夫神情和口气都很严肃。

"我们该怎么办？！"勒黑的泪水倾泻而下。

"别急，我会尽一切努力……"禾大夫安慰他。

"阿哥，求求你……"

"事已至此，我们都得冷静，不能太激动。"

勒黑像一根没有生气的木桩，呆立在那儿。禾大夫的话让他从头凉到脚。娜木芸，一个小鸟一样欢快、鲜花一样美丽的姑娘，就这样被宣判终身不能站立，她还要去放羊，摘鲜花，赶街，撵月亮，摘星星……她怎么能永远睡在床上呢？命运对她太残酷了，她才十九岁呀！

救救她！救救她！

"阿爸，饭凉了。"一个扎着羊角辫的小女孩来叫禾大夫。

"外面还有个阿姐，你喊她一起来吃饭。"禾大夫让女儿去找耶努。

勒黑意识到自己该告辞了，说："阿哥，我们不饿，你吃饭吧，我们先走了。"

"勒黑，不能急呀！你的伤也不轻，明天该换药了。"

"明天再说。"勒黑转身想走。

"自家人客气什么，要是阿妹晓得你不在我家吃饭，要骂死我的。"禾大夫开了句玩笑，拽勒黑坐下。

听了禾大夫这句话，勒黑的心像被放进磨齿里碾，放进油锅里煎，泪水情不自禁地流下来。

"痛苦也没用，我说了，会尽一切努力救她的。"禾大夫把勒黑按坐在桌旁。

小姑娘也拉着耶努进屋了。

屋外大风呼啸，灰尘遮住了太阳，世界一片昏暗。

病房的门半掩着，娜木芸静静地平躺在病床上。和她同房的是一个断指的中年彝族妇女，伤已经基本痊愈了，此刻妇女面带喜悦，垂着头专心致志地绣衣服上的花边。

娜木芸的眼睛半睁半闭，病痛的折磨使得她原本红润的面颊变得灰蒙蒙的，头发也有些凌乱。她似乎正在思索，眉宇间透着缕缕哀愁。

勒黑坐在床边，愣愣地望着她，想说些安慰的话语，却张不开口，喉咙里像塞了一团乱麻。她起不了床，起不了床，起不了床……禾大夫的话令人无望而恐惧。他想呼喊，想发泄，想痛哭……如果眼泪能把落在娜木芸身上的苦难和不幸全部冲走，该多好啊！他有点恨禾大夫，为什么要下给娜木芸那无情的咒语？阿妹才十九岁呀，她还要做数不尽的事。之前他把要在太阳地办街子的事告诉阿妹，阿妹高兴得拽着他的手团团转，转得他分不清东南西北。阿妹能不高兴吗？办起街子，她就不用再去山外背盐巴、水油，买花线、衣服……她会用灵巧的手绣出许多花围腰，把许多山货摆在属于她的摊位上，让来太阳地赶街的山外人尽情挑选。阿妹对他许下心愿，要用自己的辛勤换一只亮晶晶的手表送他。这心愿还没有实现呢，她怎能永远躺在一张小床上？禾大夫呀，你的医术这般没用吗？我真的无法相信！

可勒黑不能哭，也不能叫。望着阿妹伤戚的面容，他勉强抑制住自己的情绪。禾大夫有什么错呢？大夫只能说实话。要恨该恨阿爸，不，该恨的是先祖……

勒黑整理了一下思绪，他觉得病房里太凄清，自己有种孤独感。不该撺耶努回家呀，有耶努陪着，也许阿妹的情绪会好一点。他强打精神，微笑着轻轻喊了一声："娜木芸！"

娜木芸从沉思中微微抬起眼："阿哥，你出去走走，别老闷在这屋里。"

"阿哥是来守你的，走哪儿去？你别自己想心事，禾大夫说了，心情放开，病才好得快。"勒黑见阿妹还顾着关心他，不禁喉头一酸，说话都带了鼻音。

"阿哥，等太阳地办起了街子，我一定给你买块神气的手表。"

"阿妹……"勒黑再也抑制不住，头往后一转，眼泪噼噼啪啪地滚到地上。阿妹哪里知道，她再也不能……

"阿哥……"娜木芸的眼中也涌出了泪珠。

"阿妹，禾大夫说了，你的手术做得非常好，我心里高兴。"

"禾大夫是世上最好的好人，等我能起床，要给禾大夫磕一千个头谢他。"娜木芸含着泪笑起来。

阿妹呀，怕是永远见不到你给禾医生磕头了！勒黑的心像被几百把尖刀戳刺，痛苦万分。

"阿哥，你干吗撺耶努回家？我真想她啊！"娜木芸见他不出声，换了一个话题。

"耶努家缺人手，我守着你就行了。"

"耶努是个可怜的姑娘，她那二流子阿爸不拿她当女儿待。"说起耶努，娜木芸充满怜惜。

"嗯，耶努是好姑娘。"勒黑重复阿妹的话。

"你还看不中人家。"娜木芸斜睨阿哥一眼，苍白的面颊上绽出笑容，"阿哥，我白天盼，夜里盼，就盼耶努当上我的阿嫂。"

"耶努那么贤惠，我怎么忍心让她受我这臭脾性？"

"你改改嘛！"

"狗难改吃屎的路。"

"狗能改吃屎的路！"

"阿妹，你安心养伤，别操那么多心。"

"你娶了耶努，我的伤定会好得快。"娜木芸将阿哥一军。

勒黑为难呀。不答应，怕阿妹生气烦恼，伤病恶化。答应阿妹，可他心里只有禾妮，即使禾妮甩了他，他心中的情影也永远无法抹去，他已经暗下决心，哪怕打一辈子光棍，也不会再爱第二个姑娘。这事能跟阿妹说吗？不能！现在只要是能让阿妹快乐的事，他都必须毫不犹豫地应承。

勒黑勉强向阿妹一笑。

"阿哥答应了？"娜木芸晶亮的大眼睛闪烁着兴奋的光彩，"真的？"

"阿哥什么时候骗过你？"

娜木芸心满意足，不禁想到错木。阿哥不让错木回寨子，错木知不知道她已经住院了？会不会来看她？她相信错木一定会来，伤心的是她不能和错木并肩坐在一起，仔细看他是不是瘦了，问他这么多天躲在什么地方，是岩洞？树洞？还是朋友家？

禾大夫进了病房。

"娜木芸有个寸步不离的好阿哥照顾，多幸福呀！"禾大夫和蔼地跟娜木芸开玩笑。

"都怪你，让我睡了这些天，不许我起床。"娜木芸天真地回敬。

禾大夫苦笑一声，赶紧转去和勒黑说话。

"阿哥，难为你惦记着娜木芸，每天来看她一次。"勒黑感激地说。

"说的哪里话，这是医生的职责嘛。"禾大夫顿了一下，说，"我把娜木芸住院的事写信告诉了阿爸和阿妹，估计这几天阿妹会来看娜木芸的。"

"告诉了禾妮？"勒黑心里五味杂陈，不知道是忧是喜。

娜木芸听到禾妮的名字就生气："禾大夫，我们家是穷……"

"阿妹！"勒黑掐断了娜木芸的后半截话。

　　兄妹俩的反应让禾大夫摸不着头脑，莫非勒黑和禾妮的感情出了岔子，发生了什么不愉快？他琢磨半天也琢磨不出个道道，干脆单刀直入："勒黑，我阿妹得罪你了？"

　　兄妹俩默不作声。能怎样说呢？难道直打直地告诉禾大夫，禾妮嫌他们家穷？这话多伤禾大夫这个好人的心啊！

　　"唉……"娜木芸长长地叹气。

　　勒黑垂头丧气，双手抱着脑壳，谁也不敢看。

　　小雨徐缓而轻柔地飘落，勒黑走出病房，伫立在院中，让小雨浇淋。

第四章

禾妮向山垭口疾跑。

天上射下来的阳光，一绺绺都是红红的眼泪。

在垭口凹地，她站住了。

稠密的林荫透不进阳光，像一道绿色的深渊，让她看得眼晕，看得眼冒泪花。

"哀牢山——冒耳山——"她突然大声喊道，群山中回荡着她的声音，飞鸟惊起，啊啊地叫着，在树顶打转。

远远近近的山腰围着一圈白雾，几个黑色的小点在雾带周围时隐时现，时起时伏，那是最自由自在的山鹰。

禾妮呆立一会儿，狠狠往自己的脸上打了一巴掌，耳中立刻轰鸣起来。她身子摇晃，倚着一棵小树站定，吐出一口血沫。小树的枝杈网住了她的长发，她心烦意乱地解了片刻，却解不开，索性用力往外一扬脑壳，只觉得头顶一阵刺疼，她伸手去摸，摸到一块血皮。

她从衣袋里掏出小圆镜想照照自己的伤，却突然暴躁起来，自言自语："有什么用?!"把小圆镜用力摔在石头上，镜子碎了。她愤然吼道：

"臭苍蝇、懒蚊子、辣蚂蚁，回你们的窝里去吧！别来缠我！"

今天那个在山外供销社工作的小伙子又来了。之前小伙子往她家里跑了好多趟，阿爸已经点头答应了。她在痛苦绝望之中也没有拒绝。好多次，小伙子炽热的话语让她身上又有了暖意，她愿意把耳朵贴在小伙子的心窝，数小伙子的心跳。

昨天早上，她收到阿哥的来信。信的内容像一杯苦蒿水，让她从舌尖到心口都泛着苦意。从收到信那时开始，她就一直问自己：要去医院吗？心里掂量反复了七八回，还是没有做出决定。

小伙子来了后，把她约到寨边灌木丛中的樱桃树下。从她答应和他出来的那天起，他们就在这棵树下幽会。小伙子伸出铁钳一样强有力的双手，牢牢环抱住她。突如其来的情感风暴让她浑身酥软，心脏麻木，大脑停止了运转，血液停止了流动。她觉得自己变成了一只小鸟，毫无抵御能力地随着风暴打转。小伙子涨红的脸仍然是那么英俊，黑山楂般的眼睛闪烁着炙人的光芒，滚烫的嘴唇慢慢向她的脸颊压下来……

她有点发抖，惊慌的大眼望向小伙子。小伙子的双臂像网小鹿的网，越收越紧，困得她一动都不能动……

她心头生出一阵恐惧，那封信的内容突然在眼前闪现。她使尽全身力气挣扎，猛地推开毫无戒备的小伙子，小伙子一个趔趄，跌倒在树脚，眼神里充满诧异："禾妮……"

禾妮无力地靠在樱桃树干上，犹如一只刚刚逃脱罗网的疲惫小鹿。"噢，是我不好！"她似在忏悔自己的罪过。

小伙子愣住了，像头斗败的公牛，泄去了全副精力。他不想承认失败，只片刻就重整旗鼓，红涨着头脸扑向禾妮。

啪！一记响亮的耳光落在小伙子的面颊上。小伙子如梦初醒，转身冲出了灌木丛。

禾妮傻了好半天，她不知道，自己为什么要打小伙子？小伙子有过错

吗？没有！什么过错也没有！他是无辜地挨了她一巴掌……禾妮回身抱住
樱桃树，拼命地摇，她希望樱桃树能给她答案。

她撑着太阳，沿着树林无目的地漫游，看那些被叶片砍得破碎的光
斑，像小小的铝币一样在地上跳跃。看两只小鸟嘴凑嘴地喂食，左边的那
只动作敏捷，跳到右边那只的背上，嘴壳叼住对方脖子上的羽毛，和谐而
自在地扇动着翅膀。

禾妮捂住了眼睛……

天色已晚，袅袅青云萦绕山峰。

禾妮顺着来时踏出的脚印，在林中慢行。她想，不能让阿哥白白浪费
墨水和信纸，明天，她要去医院。

灰蒙蒙的太阳从云层里钻出来，昏昏的光洒在瓦楞上，瓦槽里泛着黄
的小草蔫蔫的，随着风摆头。

禾妮推开阿哥的屋门，见阿哥正伏在写字桌上抄写病历。

"阿哥……"禾妮叫着扑过去。

"阿妹……"禾大夫的双臂像鸟的翅膀般张开，迎向禾妮。

禾妮把头靠在阿哥的肩胛上，禁不住抽泣，柔软蓬松的黑发微微
颤动。

"也不怕别人笑话，这么大的姑娘了。"禾大夫双手按住阿妹的肩膀。

"见到你高兴嘛，眼泪又不值钱。"禾妮抹了一把泪水，两颊羞红了。

"阿爸好吗？"

"他很好，就是挂念你。你又没空回来。"

"医院里忙啊。收到我的信了？"

"嗯。"禾妮点点头。

"勒黑在他阿妹的病房里，快去看看他吧。"禾大夫催促阿妹。

禾妮脸上的红晕消失了，阿哥的话像一盆冰凉的水，劈头将她浇得清

醒，满心的委屈油然而生。她想跟阿哥诉苦，有许许多多的话想告诉阿哥，可又无法启口。进屋门前，她在心里把那些话掂量来掂量去，现在却连一个字都吐不出来，就像已经在围腰布上描画了许多花朵，手里捏着的针却不知从何绣起。如果不跟阿哥说实话……她张了几下嘴，堵在嗓子眼的话又都咽了回去。

禾大夫见阿妹半晌不说话，以为她来时累着了，连忙拉她坐下："阿妹走的路太远……"

"阿哥……"禾妮低垂着头，噘嘴了许久，也没说出话。平时像八哥鸟一样灵巧的嘴巴此刻变得木讷呆滞。她痴情的心被勒黑这个负心的男人撕得粉碎，她真想在全天下的人面前骂他，羞他，把他贬成一只臭鼠。可她最终没有这样做，连重话也没有说过勒黑一句。收到阿哥的信，她气跑了供销社那个英俊的小伙子，像被魔鬼牵着一样直奔医院来了，不是为了勒黑还能为谁？

"我去喊勒黑。"禾大夫急着让他俩见面，转身出了屋门。

"阿哥……"禾妮又尴尬又焦急，在他身后喊。

医院又浸泡在雾海中，院中老树的枝干上凝着水滴，像姑娘多情的眼泪在闪烁，几只鸟儿在树梢上长长短短地鸣叫。

禾大夫把勒黑从病房里喊出来，告诉他禾妮来了。

勒黑大吃一惊，忐忑不安，他没想到禾妮会真的来医院。说实话，这段时间他无时无刻不在思念禾妮，迫切地想见她，但从未期待愿望能实现。今天耶努捎来口信，说阿爸生病了，这两天他就得回家，就在这最后的时刻，禾妮来了……

就要见到禾妮了，勒黑难以抑制地激动，又有些犹豫惶恐。一个被女人嫌弃的男人，有什么资格回忆逝去的美好时光，有什么面目再见昔日的恋人呢？禾妮来找她阿哥，是兄妹之间的情分，未必想再见到他。他这般恋恋不舍，在她眼里是不是非常可笑呢？

勒黑跟随禾大夫进了办公室的门。禾妮痴痴地坐在凳子上，正好面朝着他们，却好像一个失去光明的盲人，半点反应也没有。勒黑暗暗吃惊，这才多长时间呀，禾妮就变了，面颊憔悴得像个饱经忧患的少妇，失去了往日的光彩。

"阿妹，你看谁来了？"禾大夫依然兴高采烈。

禾妮仿佛从一个残破的梦里刚醒过来，站起身，默默地望着勒黑。

"难得见面，你俩好好谈谈。我查房的时间到了，待会儿再回来。"禾大夫拍拍勒黑的肩膀，把他向禾妮一推，自己出了办公室。

勒黑和禾妮相对无言。他们离得那么近，呼吸可闻，却仿佛分站在两个山头上，中间隔着不可逾越的深渊。

沉默许久，禾妮手揉着衣角，喃喃道："娜木芸……"

"脊椎骨折。"勒黑轻声回答。他越仔细端详禾妮，原本怀着的怨恨越被怜惜取代。她瘦了。唉，这些日子想必她过得也不好。一个花朵般娇嫩的女孩子，是不应该委屈她蹲在茅屋的火塘边陪他，想到这儿，他反而有了一种莫名的歉疚感。

禾妮也陷入矛盾之中。她心目中那个热情奔放、顶天立地的勒黑不复存在，面前站着的这个唯唯诺诺的男人让她觉得是那么陌生。变心的他不是应该意气风发吗，为什么表现得像个等待审判的罪犯？禾妮伤心的泪水止不住，骂自己竟然鬼迷心窍来了医院。

勒黑缓缓垂下头，心头剧烈地悸颤："禾妮，你阿爸好吗？"

"你还想得起我阿爸?！"

"他是比我阿爸还亲的师傅啊……"

"收起你那套骗人的话吧，我不会上当了！"禾妮语气激愤。

"禾妮……"

冰冷的泪水在面颊上无声流淌，禾妮希望它能浇灭自己心中最后那抹残焰。

勒黑走过去，两只颤抖的手抚上禾妮的肩头："禾妮，我没有做过对不起你的事。"

禾妮猛地甩掉勒黑的手，推开他："勒黑，这是我阿哥的办公室，你放规矩一点！"

禾妮的话像河中巨浪，劈头盖脑朝勒黑砸去。勒黑感到自己的身子骤然下沉，仿佛要被汹涌的波涛打进万丈深的河底。他失魂落魄地呆立着，从顶至踵都在抖颤，许久，他才迈开僵直的双腿，一步一步地挪出了屋门。

"走吧！快走吧！"禾妮望着勒黑的背影，哭喊起来。

禾妮的哭叫声像铁锥一样猛刺勒黑的心，刺出了血。勒黑几乎把嘴唇咬破了，才抑制住自己回头的欲望。他强忍着痛苦，直奔娜木芸的病房，在门口就听见娜木芸含泪的呼唤："错木——错木——"

寒风扑打在错木的脸上，他抬头看天，一只山鹰在空中盘旋。他的头有些晕眩，脚步一滑，跌倒在枯草上。他急忙护住怀中抱着的东西，生怕被摔坏。幸好，地上的枯草很厚很软，圆镜完好无损。他揩去沾在镜面上的草屑，将圆镜重新抱在怀中。娜木芸没受伤之前，想要一面大些的梳头镜子，他去了供销社好多趟都没找到好看的，娜木芸的心愿就一直没有了却。他曾经托人从县城带了一面，照出的人仿佛老了十岁，他一气之下，把它丢进河里照鱼去了。

透过薄薄的山岚，错木望见了那座灰蒙蒙的医院。他的心情越发焦灼，干脆把磨脚的解放鞋脱下来，赤着一双打了血泡的脚，朝医院大门飞奔。两只鞋子被拉出的鞋带拴在裤带上，像两条穿通了嘴壳的大鱼，在他屁股后面蹦跳。

他问清娜木芸住的病房，站在门前几番犹豫，心中实在有些恐惧。终于，他下定决心，抖颤着手，弓起食指，轻轻在门上叩了三下。

"谁？"勒黑问，走来开门，"错木！"

"错木！"娜木芸控制不住兴奋，从病床上转过头，长长的睫毛一闪，眼中渗出晶莹的热泪。

"娜木芸！"错木冲到床边，俯下身抓住娜木芸的手，"还疼吗？"

"不疼……"娜木芸颤动着薄薄的嘴唇，突然觉得浑身软绵绵、轻飘飘的，是睡得太多太久的缘故吧。她纤弱的小手紧紧握着那双大手，感到实实在在的男子汉的力量。没有了这力量，世界会灰暗，会衰退，会死亡。

"娜木芸，你猜怎么着，我走一步，心里就念你一次。"

娜木芸哽咽得说不出话，她把错木的手拉到自己脸颊上，用嘴唇摩挲。

两人都没有再说话，此时此刻，任何言语都是多余的。

娜木芸半闭着泪眼。她的惶恐、她的噩梦都如同雾霭，随风轻飘飘地飞走了。现在她沉醉于一个如诗如画、花团锦簇的仙境之中，仙境里除了她和错木，再没有旁人。

错木的泪水夺眶而出，他极力控制着情绪，娜木芸的伤需要静养，不能扰乱她的心神。从娜木芸紧皱的眉头可以看出，她是忍着极大的痛苦握住他的手的。

"娜木芸，那晚……我不该那么冲动，是我的过错。"

娜木芸望着错木黧黑的脸，仿佛回到令人心碎的那晚。烟熏火燎的茅屋里，她挨着错木冰冷发抖的肩，跪在阿爸面前。一对青年男女满心惧怕，跪在地上的膝头直打颤。

不记得她和错木是第几次给阿爸下跪了。在太阳地，阿爸是英雄，是几百人的虎头王。寨人说，太阳地的天是阿爸的，地是阿爸的，光明是阿爸的，黑暗是阿爸的。阿爸每件事都照着先祖的规矩做。多年来，太阳地人虽然穷一点，但能安宁平和地生活，有饭同吃，有衣同穿，有事大家帮，寨里没出过一个小偷，没冻死饿死一个人。太阳地所有的洁净、和谐、光明，都有阿爸的努力。面对寨人的称赞，阿爸却说，功劳都是先祖的，他只是执行先祖留下的规矩。那次一个产妇大出血，被抬到医院，没钱付医药费，阿爸卖了自家的种羊。又有一次，寨里有两家失火，房子财物都被烧光了，阿爸把自家的钱粮全给了他们。因为阿爸做出了表率，寨人也你一升我一斗地凑了粮食给那两家人。后来，阿爸一声令下，全寨人你送一根木头，我给一篓草，出工出力，花了十天时间盖好两幢新房。太阳地谁家有难，谁个有苦，都是阿爸的责任。寨人说，阿爸做的好事像山里的石头一样多。耶努的阿爸喝了四川人的酒，把她许了出去，阿爸带着一群汉子闯进她家，揪住耶努阿爸的衣领，甩了他两个耳光，又抽出腰刀，刀尖顶在四川人的脑壳上，四川人吓得像条漏网的狐狸，连夜逃出太阳地……这么好的阿爸，为什么唯独对自己的子女这般严苛？娜木芸真是想不通。

阿爸不同意在太阳地办街子，说："办了街子，太阳地会泼上脏水，那里睡着先祖……"阿哥一次又一次地求，最后阿爸发怒了，骂阿哥："再提办街子的事，蹬断你的肋巴骨！"她站在一旁，不服阿爸这样横蛮地对待阿哥。阿哥太可怜了，名义上是村长，却没一点权力，就跟没当一样。那晚错木流着泪向阿爸求他俩的婚事，阿爸还是那句话："先祖的规矩不能破。"阿爸说这话时滴了泪，看得出被错木和她的诚意打动，心情极为矛盾和痛苦，嘴唇都咬得渗出了血，但最终还是没同意这桩婚事。她跟错木商量要私奔，错木不同意，说那样做是羞辱先祖，羞辱阿爸，羞辱太阳地……唉，想不到事情的结局会是这样。她睡在床上这么多天，早就厌倦了，她多么渴望再做一只无忧无虑的小鸟，在天上自由翱翔。

"错木……"娜木芸紧紧抓住错木的手，伤心地抽泣。

"别哭了，我再也不会离开你，我发誓。"错木极力安慰她。

"阿妹，别哭了，禾大夫说过，你的伤不能激动。"勒黑走到床边，掏出手帕给娜木芸擦眼泪。

"娜木芸，听阿哥的，别哭了。你看，我给你买什么来了？"错木把放在床头柜上的圆镜递给她。

娜木芸打开包裹的手巾一看，哭得更加伤心。

"谁的眼泪把病房冲洗得这么干净？"禾大夫笑吟吟地走进来。

"阿哥，他是我们寨子的，叫错木……"勒黑拉着错木向禾大夫介绍。

"你就是错木啊，这名字把我的耳朵都磨出茧子了，难怪娜木芸高兴得淌眼泪。"禾大夫若有所悟。

"勒黑，你要有自觉性哟……"他转向勒黑，神秘地一笑，略去了后半截话。

医院上空浮动着金色的云朵，鸟儿们感受到缕缕阳光的温暖，幸福地拉开嗓门婉转歌唱。娜木芸听着窗外的鸟鸣，为它们也为自己高兴。今天天一亮，错木就替她洗脸，喂饭，之后她要在手术室做个复查。禾大夫说了，复查完，没有意外情况，她就能回家休息，过几天就可以站起来，蹦蹦跳跳地跟姐妹们玩"三跺脚"①，像小鸟、小鹿般在山野里自由穿梭……想到这美好的前景，她的脸上泛起红晕，嘴角控制不住地上翘。

娜木芸被推进手术室，这里的天是白的，地是白的，没有星星和月亮，没有太阳，世间万物都不存在。她只觉得自己躺在一片很宽阔的树叶上，飘呀，飘呀，飘向那恐怖的深渊。终于落到黑暗的渊底，她的腰部被什么坚硬的东西猛刺了一下，粉身碎骨般的疼痛袭来，她像一只中弹的鸟儿，弹挣了几下，便死去了。

娜木芸渐渐清醒，意识到自己并没有死去，还活着。她微微伸展躯体，腰上像有万把钢刀在砍剐，她疼得宁愿死掉，也好过这般受苦受难。她大声地呻吟起来。

"娜木芸……"

---

① 一种舞蹈。

她听清了，是禾大夫鼓励的声音。

她把呻吟含在嘴里，使劲咽了回去。为什么这么黑呢？她伸出手摸摸自己的眼睛，上面盖着一块柔软的纱布，光明的世界原来是被它吞噬了。她的意识又开始混乱……魔鬼长长的指甲抠去了她的眼珠，她孤零零地躺在充满死亡气息的地狱里，毛骨悚然。快离开，否则会腐烂在这儿！她命令自己向前爬行，手抓着魔鬼的枯骨，脚蹬着魔鬼的牙齿，贴着冰冷的魔鬼身躯一寸寸移动……越往前，越阴暗潮湿，越阴森恐怖。她发觉方向不对，于是停下来，像一条离开了水在沙滩上喘息的小鱼，张开嘴拼命地吸气。她绝望地寻找方向，然而除了黑暗，还是黑暗。她呼喊求救，却无人理睬。最终，她高声地祈求道："太阳，太阳，我要太阳！"

一线白光出现了，指引着她爬出黑暗的魔窟。白光绽放得越来越大，一片灿烂的光辉。

娜木芸缓缓地睁开眼，眼上的纱布已经被扯去了。一位穿着白大褂的女大夫慈祥地俯身看她。

"大夫……"

"静静地躺会儿吧，你需要休息。"

"禾大夫……"

"禾大夫有事出去了。"女大夫白净的面颊上泛着笑，用一条洁白的手帕替她擦着额上的汗珠。

娜木芸的眼中涌出了泪花。从她住进医院的那天起，医院的每一位大夫都像亲兄弟、亲姐妹一样关怀她，爱护她，她欠了这些好人的情，然而今生今世恐怕也无法报答。除了流几滴表达感激的热泪，她什么也做不了，这让她十分内疚。

娜木芸嚅动着嘴唇，想说几句感谢的话："大夫……辛苦你……"

"姑娘，安安心心养伤吧。"女大夫宽慰她，泪水却滴在她的脸上。

娜木芸紧紧拉住女大夫的手，长长的睫毛一眨一眨，晶莹的泪珠滑过面颊，淌进嘴里，她吞咽着自己苦涩的泪。

突然，错木哀求的声音从门外传来，是那么凄惨无助："禾大夫，你不能这么绝情呀！求求你，让娜木芸站起来……"

"晚了！晚了！"禾大夫伤感地叹息。

"不，禾大夫……你得让阿妹能走路呀！"是勒黑在哽咽。

"勒黑、错木，一个十九岁的姑娘，以后只能永远躺在床上，我这个大夫却束手无策，难道心里就好受吗？可是，娜木芸的脊椎骨折……"禾大夫的声音也含着泪。

娜木芸什么都听清了。进手术室前那美好的梦想，被禾大夫的话碾得粉碎。她的眼前漆黑一片，耳朵里嗡嗡作响，她看不见窗外蔚蓝的天空、高耸的大树，听不见婉转的鸟鸣……她再也不能在太阳地的街子卖绣花围腰，卖自己挖的草药、自己摘的木耳……她答应过阿哥，要送他一只漂亮手表的。她的一切渴望都成了泡沫，被风一吹就散了。在一块床板上躺几十年，想想就可怕。这样的一个人活在世上，还有什么意义呢？她不想活了，一天也不想活，一刻也不想活。她对不起阿爸，对不起阿哥，阿爸和阿哥养她到十九岁，是多么不容易呀，她吃的山谷饭堆起来能有小山一样高。错木，可怜的错木，她跟他好一场，连个草芽都没给他留下，她也对不起错木！

娜木芸在身旁摸索着，想寻找能结束自己生命的工具，却什么都摸不到。"刀！给我刀！"她失控地哭泣着，喊叫着。

"姑娘……"女大夫惊慌地过来看她。

"求求你，杀了我吧，我不想活了！"娜木芸哭得死去活来。

"姑娘，不要这样绝望，你的伤会好的。"

"大夫，别安慰我了，我什么都知道了，与其苟延残喘活着受苦，不如让我痛痛快快地死了吧！"

病房的门开了，禾大夫、勒黑和错木都跑进来。

"娜木芸，你的伤能治好。"禾大夫握住娜木芸软弱无力的手，安慰道。

"禾大夫，别瞒我了，我永远不可能站起来了。你们要是为我好，就别让我受罪了，好好送我走吧！"娜木芸的目光黯淡，心如死灰。

勒黑的脑壳像被猛击了一锤，一片混乱，什么安慰的话都想不出。他扶住床沿，愣愣地望着阿妹："娜木芸，别钻牛角尖，医院的所有大夫都在想办法，一定能治好你的伤。"

"阿哥……"娜木芸半闭着泪眼，"你们说的话我都听到了。"

"别说了！我求求你，别说了！"勒黑把脸贴在阿妹的脸颊上，兄妹俩的泪水汇成一条溪流。

娜木芸悲怆地低语："我……阿爸……耶努……耶努是个好姑娘。"

勒黑替阿妹揩泪："等你的伤好了，我们一起回家，回去看阿爸，看耶努。"

"娜木芸，我就算死，也要找大夫把你的伤治好！"错木斩钉截铁地发誓。

娜木芸的眉眼动了动，伸出干苦的舌头舔舔嘴唇："错木，我俩的相爱就是一场梦，既然无缘，你就干脆放手吧，我不会怨你的。将来，你找一个比我好的姑娘，甜甜美美地过日子，我就心满意足了。"她的脸上绽出一个含泪的微笑。

"不，娜木芸，我们俩一辈子也不会分开！"错木失控地跪倒在娜木芸的床边。

窗外的太阳变得灰黄，被烟尘重重包裹着。一阵冷风吹来，院中的老树飘落无数黄叶。

"我想见阿爸。"娜木芸喃喃道。

勒黑止住哭泣，说："明天我就回太阳地，接阿爸来医院看你！"

虎头王的脑壳滚烫发涨，他恍惚觉得自己头顶上烧着一堆火，火苗像毒蛇的红信般，在他的身子上四处乱舔。他的头发烧红了，眼睛烧红了，鼻子烧红了，牙齿烧红了……渐渐地，五脏六腑都像泡进了滚烫的铁水。他的面色紫红，像刮掉了一层皮，凹陷的眼眶里眼珠疯狂地弹跳，像失水濒死的小鱼。

他趴在床边，一手捂住嘴，一手招唤蹲在火塘旁煮药的耶努。

"哇！"他吐出一堆腥秽的污物。那天，他看见几条山狗争食一只刚从母牛肚子里滚出来的死牛崽，血淋淋的还喷着热气，回家后他就躺在床上发恶心。太阳地的老老小小都来看他，还商量着把他送进医院，他不依。女儿还躺在医院里，他去凑什么热闹。耶努守了他三天三夜，他粒米未进，也不知道哪儿来的这堆污物。他全身无力，像一堆散掉的竹篾笆，心里却想，先祖不该这么早来请他，他的骨头还没有枯槁，他的灵魂还能系住太阳地人的心，他们即使在大石头上睡死过去，他也能用绳子把他们拖回来。他已是他们的树，大树枝杈上掉下来的果子变成了他们梦里的篝火，篝火能撵走他们的噩梦，照亮他们的美梦。虎头王！太阳地人都这样称呼他，这就足够了，无须问他姓什么，叫什么。本来他期望儿子勒黑也能无需名姓，但他的儿子命里注定，受不住这个英雄的称呼。他彻夜不眠，脑子里像棕匹滤水，琢磨了一千遍一万遍，寨里的年轻人就数错木最出色，可错木……惨呀！这么大个太阳地，找不出第二个能当大任的青年。难道就任由太阳地人的血这样浑了吗？不行！先祖传下的虎神，先祖创造的太阳地，不能在他的手里被玷污！

最让他气愤的是，儿子煽动寨里的一伙年轻人，天天跟他缠磨，要在太阳地办街子，这有辱先祖的事，就算放尽他的血，他也不会同意。他不同意，家里家外的年轻人都不让他安生，他真想把儿子痛打一顿，好警告他们别再轻举妄动。从儿子他又想到女儿，娜木芸从前是多么乖巧懂事呀，没料到……他已经打算好了，让耶努守着家，自己去医院看女儿。他不相信女儿的伤像耶努说的那般严重。他就这么个独闺女，即使犯了天大的错，也得把她接回家，慢慢缓缓地教训。现在是女儿最痛苦的时候，他去了，女儿才有主心骨，才有依靠……唉，他的脚还没跨出门槛，身子就趴在床上挪不动窝了。

"阿舅，洗洗手，漱漱口，把药汤喝了。"耶努端着一盆热水站在床边。

"阿囡，你没日没夜地守我，太累了，给勒黑捎个信，让他回来换手吧。"

"阿舅，谁个病了都要人帮的。你发病那天，我就给勒黑阿哥捎信了，让他回来看你。"

虎头王疲倦地闭上眼睛。阿爸和阿妹都病倒在床上，勒黑此刻该是多么心急如焚啊！

勒黑迎着刺眼的日光，在陡峭壁立的山崖上行走。

他心里好像烧着一团火，炙烫着五脏六腑。他真想对着无边无际的山林高喊出胸中的焦灼："阿爸，你不能病啊！不能啊！"风过林梢，似乎已经听到了他的心声，在呼啸应和。

眼前就是岔路崖。他想起两年前他和禾妮到这崖上砍做弩的木头，禾妮一个不慎，和断了的树杈一起直直滚到崖下。他吓呆了，醒过神后大叫一声，丢了手中的砍刀，从两人高的崖壁上跳下来，一把抱起昏过去的禾妮，拼命地边摇边叫，直到禾妮终于醒过来。

当时禾妮躺在他怀里，没事似的嘻嘻笑着，说："看你急的，我死不了。"

两只崖鹰站在崖头，虎视眈眈地盯着他俩。

"哎哟！"禾妮突然皱紧眉头，痛苦地呻吟起来。他低头一看，一根大拇指粗细的干枝戳进禾妮的小腿，血顺着枝条往下淋。他一时不知如何是好。

"死人，发什么呆？快帮我把树枝拔出来。"

"不行，我没带止血药……"

"我衣袋里有鹿啃木，阿爸给装的。"

"你闭上眼睛。"

"我不会叫的。"禾妮疼得说话都颤抖，"你唱那支我最爱听的歌吧，我听着就不疼了。"

他心疼得直流眼泪，声音颤颤地唱起来：

> 东方亮着太阳，
> 我们攀上崖头掏野鸟，
> 采朵白云做翅膀，
> 啊！白云你不要飘走。
>
> 南方亮着月亮，
> 我们钻进洞里捉虫，
> 采匹叶片做兜兜，
> 啊！叶片你不要蒂落。
>
> 西方亮着星星，
> 我们躺在河里洗澡，
> 采个浪花做皂水，
> 啊！浪花你不要淌走。
>
> 北方亮着篝火，
> 我们围着篝火起舞，
> 采条火苗做裙带，

啊！火苗你不要熄灭。

……

他唱着歌，心儿紧张，手指发抖，不敢下手。

"拔吧，听着你的歌，我根本不觉得疼。"禾妮鼓励他。

勒黑把脸转向一边，摸索着把戳进禾妮小腿的干枝拔了出来。

"勒黑……"禾妮失血的脸上竟然泛起了红晕，"你唱的歌真好听……"话没说完，她就昏了过去。勒黑把止血的鹿啃木药面抖在伤口上敷好。

禾妮一声也不叫，忍着痛让他治伤，他简直不敢相信世上有这么坚强的姑娘。那天在医院见面，禾妮的表现有点反常，如果不是娜木芸等着复查，如果不是他急着回家接阿爸，等到禾妮心平气和时，也许他们能好好畅谈一次……理智告诉他，禾妮对他不是完全冷漠，她愿意来医院，就说明他们之间还有一根无形的线牵着，只要这根线不断，他和禾妮还有可能……

山风狂吹，林涛如潮。勒黑越过最后一道山口，眼前呈现一间间幽深的茅屋，它们像藏在草丛中的一群黑熊，带着威胁的气息窥伺他。

禾妮缓缓睁开眼睛，原本朦胧的光斑渐渐清晰，阿哥那亲切的面庞就凑在她眼前。她想从床上翻身坐起，却一点力气也没有。

她在床上睡了两天后，情绪已经平静下来，开始觉得后悔，不该那样对待勒黑。只是，勒黑的手搭上她的肩时，她的耳中突然响起虎头王说的那句话：勒黑和他表妹喝了火笼酒……她的心头一阵厌恶，下意识地甩开了他的手。后来，她跟阿哥说要去病房看看娜木芸，实际上是打算向勒黑赔个不是。到了病房，错木告诉她，家里捎来信，虎头王生病，勒黑一早就匆匆回家了。她是那么失望，差点当场哭出来，却不得不强装出笑颜，安慰了娜木芸一番。等回到阿哥家，她一头倒在床上，用被子蒙住头，痛痛快快地哭了一场，想用泪水把胀在肚里的所有伤心、所有委屈、所有埋怨都冲洗干净。

人的感情太复杂了。她明明在恨勒黑，可是一收到阿哥写的信，就跟中了蛊似的，按捺不住想见勒黑的欲望。那个供销社的小伙子，人长得英俊，还是国家干部，条件比勒黑强多了，阿爸也喜欢，偏偏自己鬼迷心窍，气走了人家。

"阿妹，勒黑走了你难过！"阿哥闪烁着大夫才有的目光，仿佛能透视别人的内心。

禾妮嚅动着嘴唇，不说话，默默地看着他。

"你和勒黑闹了什么别扭，能给阿哥说说吗？"阿哥慢声细语地劝导她。

禾妮咬着嘴唇，说不出口。她能把勒黑欺骗她的事端给阿哥吗？勒黑在她家当阿爸的徒弟时，阿爸把他当亲儿子待，不，比待亲儿子还好。阿哥也把勒黑当亲兄弟。在全家人心目中，勒黑就是家里的一员，连寨子的人都是这么看。杀一只鸡，两条大腿她和勒黑一人一条，阿爸和阿哥都是这样分。勒黑在她家时，娜木芸经常来看他，每次都带些木耳、白参、香菌……娜木芸说，家里穷，拿不出别的东西。阿爸每次都高高兴兴招待，等娜木芸走时也给她带些吃的用的。后来阿爸发了话，要勒黑带她到太阳地认认未来的家，她也多次求勒黑带她去太阳地，可是勒黑总显出为难的样子。她想，山里人讲究面子，客人去了总要破费……那以后，她就没提过去太阳地的事。等勒黑回太阳地后，他俩经常在分隔山里山外的那条大河边会面。那天，娜木芸来接她，她精心打扮，跟着娜木芸迈进太阳地，跨过那道陌生的栅栏门，谁知虎头王把勒黑的老底端了出来，如同晴天霹雳般击中她，她都不知道自己是怎样回到家的。一个山外富庶寨子的姑娘，打算嫁到那穷苦地方住一辈子，凭的是什么？不就是男人的情嘛。勒黑却背着她跟别的姑娘喝了火笼酒，欺骗玩弄她真挚的感情，她能不伤心吗？她哭干了眼泪，哭哑了嗓子，阿爸也为她的不幸而郁郁寡欢。眼下，她不想让阿哥再跟着自己一起难过，不想让他为了兄弟的背叛而满怀悲愤。

"阿哥，我跟勒黑只是吵了几句嘴。"禾妮眨着潮红的眼睛，强颜欢笑。

"你们的感情那么深厚，一定会没事的。"

禾妮转过脸，担心自己忍不住，对着阿哥号啕大哭。

"最可怜的是娜木芸，永远不能再站起来了。"

"阿哥，无论如何，你要医好娜木芸。"禾妮紧紧拉住阿哥的手，哀求他。

"我是无能为力了，只能转到昆明的大医院试试看，不过要先筹一笔医药费。"

"要筹多少钱？"禾妮急切地问。

"至少三千元！"

"要这么多钱？！"禾妮倒吸了一口气，勒黑家可拿不出来。

"是呀，还要托在昆明工作的朋友帮忙找医院。"

"太阳地人穷得叮当响，上哪儿找钱？"

"你回家做做阿爸的工作，家里那点钱合上我这里的，能凑将近两千元，再让勒黑和错木跟朋友借上千把块……我带娜木芸去昆明。一个大夫医不好自己的病人，良心上永远背着一笔债，我不能让这笔债一辈子欠下去，那样我活着也不会安乐的。"

"阿哥，阿嫂没工作，身体又不好，禾园上学也得花钱呀！"

"救人要紧！你去喊错木来吧。"

橙黄色的阳光在蓝色的天幕下漫延，院中那棵老树的枝干被勾勒出金色的线条，耀着人的眼。

错木斜靠在病床边醋睡，两条长腿无意识地伸到床沿上，头一点一点的。这几天下来，他心力交瘁。

娜木芸将被子拉开，盖住错木冰凉的双腿，心头涌起难言的苦味，一股酸涩涌上喉咙，眼睛跟着湿润了。

禾妮拉开病房的门，脸上泛着微笑，轻轻叫了一声："娜木芸！"

娜木芸转过脸，按捺下痛苦的思绪，招呼道："啊，是阿姐！"随后羞涩地推了一把错木，被推醒的错木睁眼看见禾妮，连忙站起来，请她坐在病床边的位置。

"娜木芸，心胸放开阔一些，阿哥正想办法治你的伤，还是有希望的。"

"阿姐，禾大夫为治好我的伤，用尽了心血，这辈子我变牛变马，也报答不了他的恩情。"娜木芸似乎已经接受了自己的命运，不再怨天尤人。

禾妮两只手拉住被角，往娜木芸颈下挪了一点："阿哥打算把你转到昆明的大医院……要我喊错木去商量。"

"不，我不去！"

"不去哪行？不到二十岁的人，难道一辈子躺在床上？"禾妮摸不清娜木芸的心思。

"阿姐，去大医院要花好多钱，家里……"

"这你就别管了，阿哥和错木会商量出办法的。"

"剐了我的骨头卖，也要把你的伤治好！"错木原本惺忪的眼睛立刻闪出光芒。

"阿姐……"娜木芸双手抓住禾妮的手，痛哭起来，晶莹的泪珠打湿了长长的睫毛。

"你安安心心地养伤，治好了伤，我送你回家。"禾妮也忍不住抽泣。她虽然不像娜木芸一样要忍受肉体的痛苦，但内心的伤痛不比娜木芸少。娜木芸还能毫不掩饰地表达悲伤，获得阿哥这些大夫们的关心、勒黑和错木的抚慰，而她除了默默舔舐自己的伤口，什么都不能做。

错木看着两个姑娘抱头痛哭，他的眼睛也潮红了，生怕自己忍不住陪着她们哭起来，赶紧转身出了病房。

禾妮想起阿哥的嘱咐，朝站在院中的错木喊道："错木，阿哥在家里等你呢。"

错木请禾妮先陪着娜木芸，自己去和禾大夫商量转院的事。禾妮望着错木在金红色夕阳中远去的背影，又想起了勒黑。

勒黑望着陈旧粗陋的茅屋，心头阵阵酸楚。晚霞红得像血，缓缓在他眼前漫流，染红了附近的山山岭岭。深冬了，人们都退缩到最温暖的地方，也就是自家的火塘前，经受着火烟的洗礼，不肯轻易出门。寒风在茅屋顶上呼啸，掠过寨子前的草地，卷着烟囱里冒出的刺鼻的柴烟绕过山弯，顺着萧瑟的老林溯源而上，仿佛要去寻找一个崭新的世界。

他其实是不愿意回来的。他原本想离开这块老土，走得远远的，白云看不到他，蚂蚁找不着他，然而命运像一棵古老的树，伸出许多横枝，每一条横枝是大路，每一条细枝是小路，他就像一条毛毛虫，先顺着大路走，碰到岔道就走上了小路，等走到叶脉的尽头，路就没了，前面是万丈深渊，他只好折回来……

这两天他又梦见了昔日的时光。勒黑，是王老师给他取的名字，苦聪人没有叫这种古怪名字的。他从小就对什么都觉得好奇。那年王老师他们工作队从山外来到太阳地，王老师就住在他家。每天他都看到王老师从衣兜里掏出钢笔，在小本本上唰唰地写字，他就半弓着腰站在王老师身旁，眼睛一眨不眨地望着老师写字。王老师见他这样专注，抚摸着他的头，问他想不想读书，他点点头，于是王老师给了他一支圆珠笔、一个小本本，教他写字。他的字写得清清秀秀，王老师看得很激动，在饭桌上当着阿爸的面一次又一次夸奖他聪明。阿爸是个要强的人，儿子能得到王老师的表扬，让他笑得嘴角上的黑麻子直跳。王老师离开太阳地前，说通了阿爸，他跟着王老师到了山外的哈尼族小学读书。在太阳地时，王老师只叫阿爸老队长。出了太阳地，王老师问他阿爸姓什么，他告诉老师，阿爸叫虎头王。王老师知道"虎头王"不是阿爸的姓，想起太阳地有座高耸的勒黑大山，就把这个名字给了他。他是太阳地第一代文化人，王老师相信他一定能成为那座雄伟的大山，庇佑寨子的人过上好日子。他跟王老师睡一张床，吃一锅饭，王老师对他就像亲儿子。他也没有辜负王老师的期望，勒黑的名字在小学里一天比一天响亮。两年之后，他的名字飞出了学校，哈尼寨的人没有一个不喜爱他的。在学校里跟他坐一条凳子的禾妮，成为他最好的朋友，他经常去她家玩。禾妮的阿爸是个弩弓大师，他雕的弩弓，能射下天上的月亮，在十里八寨都有名气。每次去禾妮家，他都痴迷地蹲在禾妮阿爸身旁，看神情专注的弩弓师用指甲片大小的钢刀在弩上雕出大雁南飞、山鹰翱翔、仙女散花、猛虎下山、小猴攀崖……个个图案栩栩如生，活灵活现。他对禾妮阿爸雕好的弩弓爱不释手，翻来覆去地欣赏研究。他深信不疑，用上这弩弓，定能百步穿杨。

禾妮的阿爸性情古怪，不准任何人看他雕弩，包括女儿禾妮在内，只有勒黑例外。勒黑蹲在他身旁看雕弩，他不问，也不撵。勒黑在禾妮阿爸身旁蹲了两年，虎头王托人捎来了话：马缨花红了又白，白了又红，锣锅里的饭煳了好几回，儿子应该回家了。

王老师调到其他学校，想继续带着勒黑走，虎头王不依。勒黑蹲在禾妮阿爸身旁抹眼泪，禾妮阿爸第一次跟他说话："男人不该哭……蹲了两年都不敢张口，没出息。"

"大爹，我要跟你学雕弩，你收了我吧！"他扳住老人的肩膀恳求道。

"两年前我不就收你了吗？"禾妮阿爸冷若冰霜的脸上露出一丝笑容。

他辍了学，回家给阿爸捶背，换烟锅水……阿爸嘴角上的黑麻子绽出了笑。得到阿爸允许，他留在了禾妮家。

师傅的眼睛像幽谷里的篝火，熠熠发光，眉毛和胡须像冰雪中的树枝，挂满了洁白的木屑。师傅说："记住，第一刀雕的是星星，第二刀雕的是月亮，第三刀雕的是太阳。"

他郑重地点点头，表示已经铭记在心。

师傅手把手教他捏住雕刀，面对着太阳。师傅的手像烙铁，散着灼人的热力，五根手指像拨动大江中小舟的篙杆，有力地扳屈他的手指。渐渐地，他的手不再热汗津津，手指变得稳定而灵活，木屑流畅地从手指缝里往下漏，像一条欢快的小瀑布。

他背着师傅悄悄教禾妮雕弩，师傅发现了，脸色铁青，颧骨下的阴影仿佛洪水般向四周漫延。他第一次见师傅发这么大的火，惶恐不安，想做一番解释又不敢，话憋在喉头，急得迸出了泪花，老老实实等待着师傅的训斥。

师傅见他可怜，叹了一口气，放松了脸色，抚摸着他的头说："勒黑啊，你的心我知道，你教禾妮并不是坏事，我也曾想过把手艺传给女儿，但我的师傅死时留下话，手艺只传男，不传女，而且只能传一人。师傅一辈子只带了我一个徒弟，我这辈子也只带你一个徒弟。"他皱纹纵横的眼角渗出了泪，"师傅留下的规矩能破吗？"

师傅的话含着无尽的苦涩，勒黑喉头发紧，一股又酸又涩的热气在胸臆间翻腾、膨胀，怎么也压抑不住。他眼睛一热，倒在师傅温暖的怀抱里……

哇——头顶上响起一声凄厉的叫喊。

勒黑如梦初醒，惊惶地抬头看去，一只乌鸦栖在树上，两只灰红的眼睛瞪视着他，嘴壳一张一合，一副迫不及待要扑人的模样。勒黑的额头沁出冷汗，愤怒一下子涌了上来。他拾起一块刺棱刺角的石头，骂道："恶魔，你当我是死尸吗？！"拿出高超的射猎技艺朝乌鸦掷去。被击中的乌鸦惨叫一声，从树上摔下来，殷红的血溅在草叶上，两只小眼还圆瞪着他。他俯下身，拉起乌鸦的腿，用力甩出去，晚霞把乌鸦的身子拉成一条血红的线。

此刻，他的心头空荡荡的，胸口却胀得发闷。阿妹受伤睡在医院，阿爸生病，禾妮头也不回地离开……也许，他的心就这样永远空了一块，再也无法补上……

暮色渐渐浓重，一滴水珠从刺梨树的叶片上坠下，落到勒黑的眼角。他烦躁而无力地低语：“由命吧！”拔腿朝寨里奔去。

虎头王觉得自己的腿脚不如以前了，抖得厉害，扔了拐杖就喘粗气。拐杖敲得他的心空响，在地上点一下就陷一个小坑，像聋子虫扒的窝窝，走一路，陷一路。天色已晚，地面凸起的坟包在暮色中浮现得突兀，袅袅的香火像一根根绳子捆缚着它们。他确然没想到自己能走这么远，低下头，他一步一步顺着先祖踩出来的脚印走。大病了一场，他的身子佝偻了，但他并不伤心，反倒觉得这样离老土更近，更亲切。他的步履蹒跚，速度很慢，宽大的裤脚像把扫帚，扬起干燥的灰尘，升腾在腿边。他被呛得干咳了几声，往尘埃上啐了一口。

他经过一扇被岁月的流水冲缺了齿的石磨，磨心像一只空洞的眼窝，正正地对着天。他把拐杖伸进去，里面跳出一只绿得像叶片的青蛙，鼓动着腮边的一对响铃，憎恶地望着他。他竟然有点为此伤心：难道我这么讨厌吗？今天他来太阳地，是怀着极大的喜悦的：儿子被他的眼泪磨软了心，答应跟耶努姑娘成婚。他要把这喜讯带到太阳地，告诉躺在先祖身旁的妻子。他没有辜负妻子的期望，辛苦把一双儿女带大了，还给儿子搭了个窝，他对得起妻子。

不，他对不起妻子，二十多年前他对妻子的野蛮暴行永远是罪过。那天，他从老林里打猎回来。在屋外见一个汉子坐在火塘旁跟妻子讲话，以为是汉子趁他这些天不在家……他怒火中烧，瞪着牛卵子般大的眼珠，冲进屋里，拽着汉子的领口拉起来，一拳打在汉子的下颌上，咔的一声，汉子晃了一下，倒在火塘旁。他没有住手，又像野狼一样扑过去，拉起汉子拳打脚踢。妻子先是被这突如其来的殴打吓呆了，等见到汉子嘴角涌出鲜血，便使尽全身力气扑过来，想把他俩分开，最后抱住他的手狠狠咬了一口。

他攫住妻子的长发，手臂猛地一甩，妻子飞到了竹篱笆上，衣服被篱笆棍撕破，一面小圆镜从衣袋里掉出来碎掉了。妻子嘤嘤地哭泣，蹲下身去拾玻璃碎片，半边面颊眼看着红肿起来，额角流下一串血珠。

"大嫂子！"汉子大叫一声，挣脱他的手，扑通一声跪在妻子面前，手拍着地，"大嫂子，对不起，对不起你……"

他瞪着血红的眼，愤然吼道："蚱蚂虫，臭屎虫，让你们的血流到大海去吧！"

"队长，快，止血花！"汉子朝他发话了，血沫子从口角喷了出来。汉子捧住嘴，像一头公牛似的耸动脊背，吐了一口血沫。

这声音很熟悉，他稍稍清醒了些，看清汉子原来是送过他棉衣的区长。"区长！"他手足无措地扑过去，"我没认出你，是我的错，我的错……"

"队长，快给嫂子止血。"区长催他。他抖颤着手从猴皮兜肚里掏出鹿啃木药面，让区长含在嘴里。

"黑心的老鸹，区长给太阳地人送山谷……"妻子惨白着脸，哼哼着骂他。

他自觉是个罪犯，跪在区长和妻子跟前不起身。区长扶起他，微笑着说："你是干部，遇事得看看清楚，动动脑筋，蛮干是要坏事的。"

"区长……"

"可不能有下次了。"区长没多说一句责备他的话。

二十多年过去了，这事一直盘旋在他心头，每次想起，他都有种罪过感。

粗犷的歌声从林子里传来：

　　我俩像树一样，你串着我，我串着你。
　　我俩像藤子一样，你缠着我，我缠着你。
　　我俩像篱笆一样，你编着我，我编着你。
　　……

　　是年轻男人的声音。他不禁想起了儿子，儿子能有这小伙子的精神气吗？这么野的歌，只有山里才能听得到，它是太阳地人的生命之歌。那热辣辣的气息，夯劲有力。

　　钝刀砍柴，有牛样的气无用，
　　冷水泡茶，泡三天也不出味。
　　阿哥哟！
　　要把树上的斑鸠抱回家，
　　请到豌豆地找。
　　……

　　树林里又传来姑娘的歌声，像嚼野橄榄一样回甘无穷。
　　他盯着密密的树林，听着甜美的歌声，像喝了山谷酒一样醺醺然，仿佛年轻了十岁，不，是二十岁、三十岁。他鲜嫩的脸皮已经被太阳背走了，不过他不遗憾，他也有过年轻的好时光。
　　"阿爸，你让我好找。"身后传来勒黑的声音。他转过身，见儿子直喘粗气。
　　"有哪样事？"他问。
　　"乡里来领导，跟你商量办街子的事。"勒黑看了阿爸一眼，把头垂得低低的。
　　"你去告诉他，没的商量，太阳地不能办街子！"虎头王的话里带着愤怒，硬邦邦地丢过去。

勒黑有点后悔，不该这样直打直地把事情端给阿爸，阿爸的犟脾气他不是没领教过："阿爸，领导走了老远的路……"

"皇帝来了，我也不见。"

父子俩仇人似的对峙着。

怎么办？勒黑在心里问自己，额头沁出了虚汗。情急之下，他突然想到一个好借口，把语气放得非常温和："阿爸，你追着我跟耶努结婚，我俩的红本本在哪儿？你这样待领导，领导不给我们办证，结空气的婚？也好，我才不想结婚呢！"他一甩头就要走。

儿子说得是呀，假若领导不给办结婚证，他用来磨儿子的眼泪不是白流了吗？"回来！"他朝还没走多远的儿子吼道。

勒黑听阿爸开了口，好不欢喜，知道自己这招奏效了。他返回来，手勾着阿爸的手弯，继续进攻："阿爸，我们太阳地穷得叮当响，吃政府送的盐巴，穿政府送的棉衣，盖政府送的棉毯，这么多年了，你不臊我臊，欠人家这么多良心债，我们拿什么还？现在领导是为我们着想，要在我们太阳地办个大街子，让寨子尽快富裕起来，这是打着火把都遇不上的好事！你的思想就是不开窍。"

"富了不会长一尺，穷了不会矮一寸，你天花乱坠胡说什么！再穷，能卖太阳地里的坟包吗？太阳地人世世代代都这样过来了，现在要把他们的血变浑吗？"

"阿爸，搬这些老掉牙的理……"

"人老，道理不老，规矩不老。不要以为你当村长，识几个字，就比我懂。我打的野兽比你的头发还多，你算什么？还没出窝的小鸟，翅膀软塌塌的，还想飞过大江大河！"

"不办算了，我也不想结婚，你就抱着你那虎神的脚趾睡觉吧。"

虎头王不吭声，吱吱地抽着老旱烟。

"阿爸,寨人敬佩你、服你,这是好事,可那些孩子买不起裤子穿,腿脚冻得青肿红紫,你忍心看吗?你为寨人着想,我也是为寨人着想,我俩都是想让寨人过得好。再说,阿妹在医院治伤,要花钱呀!现在,除了我交的一百块,错木借的两百块,其余的钱都欠着医院,能不还吗?办了街子,让寨人找些山货卖卖,孩子们就有裤子穿。我有手艺,雕些弩弓卖,还上欠医院的钱,阿妹也才能继续待在医院……"

"别大套大套端新道理了,要办街子我答应,但不准在寨边的大草地里办。"

"阿爸,整个太阳地,除了大山就是那块大草地,不在那里办街子,难道到山顶上办不成?"

"……"

父子俩互不相让,直到跨进栅栏寨门还在争论,像两只一来一往斗架的山羊。

野雾暗哑地呻吟着,从层层叠叠的山缝里钻出来,大口大口地吞噬山峰、树林、河流、草地……吃饱了,就在空茫茫的世界里疯跑。

"钱,钱……"错木满脑子都在旋转着这个字。唉,禾大夫一家是世上最好的人,为了娜木芸,连供女儿上大学的钱都凑了出来,即便这样,去昆明的大医院也还是不够。还差一千块……不,能找到两千块更好。上哪儿找这么多钱呢?撸树叶都要撸一座山。禾大夫要他回太阳地跟勒黑商量办法,可勒黑又能有什么好主意呢?身为娜木芸的阿哥,他能抠出来的钱都已经垫在医院里了。虎头王病了,村里也一大堆事,压在勒黑肩上那两根瘦骨的担子太沉重了,他怎忍心再拿钱的事去打扰勒黑。天大的困难,他一肩扛了!把娜木芸托付给禾妮,他在山里山外转了五天,该找的熟人朋友都找了,钱却一点着落也没有。他吃不下,睡不着,冥思苦想,就是生不出个弄钱的道道。

那天晚上，他做了一个梦，梦到有人用大红纸包着钱塞到他的衣兜里，他激动得热泪盈眶，大声欢呼："我有钱了！"醒来后，眼泪把枕帕濡湿了一大片。第二天，他遇到了个生意人，闲谈中对方知道他是太阳地的，便问他有没有鹿茸卖。他突然茅塞顿开：是呀，他是一个猎人，而且是个能数清野兽眉毛的猎人！为什么早没想到这招呢？真是猪脑壳！为了娜木芸，他得冒险进一趟自然保护区，不被抓着，算他运气好，被人抓着，是他罪有应得！

一只格外雄壮的山鹰突兀地立在峰顶，蓝幽幽的羽毛在金灿灿的阳光中合上又参开。它炯炯的目光四下扫视，头像织布机上的梭子，左一下右一下地抻动。突然，山鹰低啸一声，平展开翅膀，向峰峦下的一棵大树扑去。它锐利的嘴壳猛啄一条蠕动的花带，又伸出黑亮的爪钳，抓住蠕动的花带，得意地啸叫着飞回峰巅。

错木看清了，那是一条花蛇。他惊木木地站了片刻，掮着的弩、挎着的刀好像骤然沉重了许多：猎人最忌遇上这样的倒霉事。"呸！"他狠狠地朝山峰啐了一泡唾沫。昨天晚上他发痧，肚子一阵阵绞痛。他自个儿用弓起的指节往肋巴骨上刮痧，大黑痧像水田里的泥鳅，一条一条地翻起来。他又刮又掐，硬把大黑痧撵跑了，胸部的皮肉变成紫红色，浑身松快多了。没想到，今天又遇上这背运事，难道真的是凶兆不成？他的腿有些发软，几乎迈不开步子。不，哪怕面对的是一只老虎，他也要冲过去，娜木芸那双伤戚的泪眼一直印在他的脑海里，他已经什么都不怕了。

他镇静了片刻，朝面前的树桩飞出一脚，树桩嗖的一声，脱出泥土，像利刃一样撞在一棵大树的树干上，树干沉沉地空响。他放心了：自己还有前两年那一脚能踢死狗熊的力气。作为猎人，是在野兽的血水里打滚的，以命换命，没这力量不行呀！太阳地祖祖辈辈的猎人，不知发生过多少惨事，头天晚上拿女人的胸脯当枕头睡觉，第二天进了老林，再回家时，是女人们用泪水为他们洗尸。还有些缺鼻掉眼的，算是走运了。唉，想这些干什么，他是为救人来的，只要娜木芸能再站起来摘鲜花，他断手断脚又有什么关系，人的模样不值钱。不过，他可千万不能死在老林里，必须活着出去，禾大夫和娜木芸还等着他呢。

他要打一头带角茸的鹿。他想起自己那年放回老林的小鹿。小鹿被豹子咬伤后腿，他从老林里把它拾回来，用草药治好它的腿伤。小鹿从此成了他的尾巴，半夜出门解手，它跟在身后拱他的屁股，弄得他一身臊尿，为这小鹿没少挨揍。他几次三番放小鹿回老林，每次它都听着他的脚步闻着他的汗味跑回来。后来，是勒黑把它放回老林……求神保佑，千万别把那头小鹿——现在应该是头大鹿了——挂在他的箭镞上。

托……托托……

托……托托……托……

仿佛两个和尚在对坐着敲木鱼。是啄木鸟在为大树治病。

褐色的老土在充沛的阳光下油亮油亮的，林棵藤蔓都疯狂地向上生长攀援。愈往里走，愈多了些热闹，树梢上的花蜘蛛闪着金亮亮的光。

咯——咯咯——

声音像老母鸡带着小鸡在地上啄食，有种温柔的亲切，又如花红树下的姑娘吹响叶弦。

他看清了，是一只雄性白鹇鸟在向它的露水妻子献殷勤。是啊，时光被黑暗挪了一半，剩下的一半要干的事情太多，得抓紧时间。再说，谁能料到明天是什么样，也许荒火焚烧了森林，也许恶狼咬断了它们的脖子……在这野性的世界里，谁能担保它们的命运？

一群小鸟喳喳乱叫，从枝头惊飞。他立即闪到一棵大树后，掩起身子，迅速端平弩弓，目光集成一束，向前方搜寻。

咔嚓！踩断枯枝的声音传来，随之而来的是热烘烘的粗重喘息声。

他嗅到一股浓烈的腥臊气味，掺和着烟味。坏了，遇上了老虎！他这样判断，把腰刀抽了出来，刀尖紧贴着大树树干。他的心突突狂跳，只听那声音愈响愈近。天啊，打了这么多年的猎，他还没见过老虎呢，也没听说别的猎人遇到过。他的腿微微颤抖，头发根根沁出了冷汗，心想，万一真是老虎，别说一个错木，就是十个错木也只能束手待毙。他仿佛听见自己的骨头在它锐利的牙齿中暴响，像嚼一把豆子。不，他不能死，他的命还系着娜木芸的命……一股力量从他脚板上升，渐渐漫到全身，他恍惚觉得自己能拔起一棵大树。他握紧了腰刀，聚精会神，等着使出致命的一击。

老虎在离他二十多步远的地方站住了。他全身的肌肉都在收缩，手上青筋暴突。然而老虎只望望他，没有表现出任何伤害他的意图。他屏住呼吸，仔细地打量了老虎一番，那瞪起来铜铃大的眼睛慵懒地眯缝着，嘴巴上的胡须像长在岩嘴的两蓬山茅草，向下耷拉，肚子鼓胀得像木鼓。无疑，它才饱餐完一顿，也许是头马鹿，也许是只羚羊。

天下就是有这样的异事，老虎噗噗地屙了一泡屎，扭转身子，慢慢踱向老林深处。错木长出一口气，脸上的笑容越绽越大。

林里弥漫起大雾。错木在雾中跳跃，奔跑，呐喊。他能不高兴吗？毕竟白白捡了一条命呀。不知跑了多久，他的胸膛溢满了汗水，肚子咕咕地响。他停下，目光四下搜寻着野果，却发现不远处的一棵树干上淌出清水。"从出娘肚皮，怪事都碰在今天。"他低声自语，凑近淌水树仔细看。原来是树皮裂了一个小口子，扁扁的水线从口子里流出来。他把干裂得冒烟的嘴唇凑过去，凉丝丝的水顺着喉管流到胃里，整颗心都被滋润了。他觉得自己的眼睛变得明亮，面颊开始红润，疲乏的手脚也轻松多了。难道是仙水不成？他这么猜度，又觉得好笑。

不远处的野林里喊喊嚓嚓地响。他已经猜到了几分，十有八九是一群野鹿。

咿呦——咿呦——果然不错，正是野鹿的叫声。他弓起身子，小心翼翼接近鹿群，藏身在一棵两杈树后，拉满弩弓，对准鹿群正中那头长茸的公鹿。

嗖！箭飞了出去，不偏不倚，正正插进了公鹿的心窝。它惨吼一声，跌倒在地上。其余的鹿先是一惊，发现是有人放暗箭射伤了同伴，便撒开四蹄朝他扑来。他一跃，翻上身旁的大树，野鹿扑了个空，瞪着血红的眼睛望着树上的他，更加疯狂，飞起的脚蹄踢到树干上，打得树叶哗哗地落地。

疯狂发泄之后，野鹿们来到被射死的同伴身旁，脚蹄扒着老土，哀哀戚戚地悲噪，每头鹿的眼睛都是濡湿的。错木在树上望着这一幕，自觉像个犯了谋杀罪的恶人，竟有一种负罪感。

野鹿们守着同伴哭了两天两夜。他在树上吃了好多树叶，屙出的屎都散着叶腥味。等它们离开后，错木从树上下来，走到那头公鹿的尸体旁，扳住茸角把它翻了个身，鹿腿上熟悉的疤痕闯入他的眼帘。"啊！是小鹿！"

他的身子定住，心像沉进了枯井。他救过它，现在却杀害了它，神灵和他的良心不会原谅他！突然，他听到身后的树丛哗响，一转身，只见一只大黑熊向他猛扑过来。说时迟，那时快，他抽出腰刀，朝长着白毛的黑熊胸窝刺去。锋利的刀刃钻进了黑熊的心窝，它一声凄惨的嘶噪，猛地一个高跃，鲜血从伤口喷了出来。黑熊沉沉地砸到地上，挣扎着滚动几圈，一动也不动了。

他傻呆呆地盯着死去的黑熊。在自然保护区里连杀两头野兽，他的罪过可大了！

禾妮扶着门框站稳脚跟，泪水淹没她的面庞。娜木芸把什么都告诉她了，她不明白，勒黑的阿爸为什么要编造那样的谎话，把她和勒黑都骗了。为什么？为什么？

那天，勒黑就是被她从这道门里撵出去的。那个子虚乌有的"表妹"

撕碎了她的心，被蒙骗的她又狠狠伤害了勒黑。她要去太阳地，当面向勒黑赔不是，要和勒黑抱头痛哭，重归于好。她还要当面质问那辈老头，为什么那么狠心，破坏儿子的终身幸福？这样做的后果，对他们任何一个人都没有好处！

"阿妹，你又哭了！"禾大夫从门外进来。

"阿哥！"禾妮极力做出微笑。她不打算把整件事的原委讲给阿哥听，却无法掩饰她的痛苦。

"阿妹的心事能讲给阿哥听吗？"禾大夫扶住禾妮的肩膀，试探地问。

看阿哥脸色苍白，神情疲惫，禾妮话到嘴边又咽了回去。阿哥劳累了整整一天，该让他好好休息，哪能拿这牵扯不清的感情事让阿哥分心呢？她只能苦笑着回答："阿哥，我这眼泪不值钱，伤心时要淌，高兴时要淌，不痛不痒时也要淌。你太累了，有什么话明天再说吧。"她躲闪着阿哥的目光，溜回自己房间，关上了门。

禾大夫坐在自己房间的桌案前，抽出钢笔，打算完成那份《临床治疗新法》，这报告他已经写了一个礼拜，还没有完成。

从禾妮屋里传来低低的哭泣声，禾大夫立刻跑进去，看到阿妹用被子包着头抽泣。

"阿妹！"禾大夫把被子拉开，"有什么事别憋在心里，会憋出病的。"

禾妮羞愧地低着头，那些事怎样向阿哥启齿呢？

"是和勒黑的事吧？你俩一直瞒着我……"

"阿哥……"阿哥已经窥见她内心的秘密，她不再隐瞒了，"我要去太阳地一趟。"

"去太阳地？是很重要的事吗？"

"嗯！"禾妮点点头。

"可是错木去找钱还没有回来，我又不方便时刻照顾娜木芸，若你走了，她肯定孤单又难过。这样吧，等错木回来了，你再去……你到底要去做什么？"

"我要当面问那犟老头，为什么编谎话骗我和勒黑？我俩伤心得差点要跳崖！"禾妮愤愤地叫道。

"虎头王说了什么谎话？"

"他骗我说，勒黑和他的表妹喝了火笼酒，又告诉勒黑和娜木芸，我嫌他们家穷，害我俩分了手。这老头太坏了，我要当着勒黑的面，揭他的老底！"禾妮抑制不住激动。

禾大夫见阿妹有些失控，搂着她的肩抚慰她，掏出手帕擦拭阿妹面颊上的泪水，说："阿妹，冷静点！老人不同意勒黑和你相好，总有他的难处和理由。你不弄清老人的想法，就一味指责，会把事情弄得更糟……"

禾妮截断阿哥的话："我知道，他一定嫌我不是苦聪人！那又怎么样？我和勒黑情投意合，是不是同族人，又有什么关系？"

"当然有关系！苦聪人和我们的生活习惯、风俗信仰都不同，从来不通婚，老人能没有想法？阿妹呀阿妹，你太天真了。老人想不通，得慢慢做工作才行！"禾大夫一半开导，一半责备。

禾妮不出声了，静静听完阿哥的一席话。阿哥的话全是理呀！苦聪人历来不和外族通婚，虎头王又是太阳地的头领，他不愿意要她这个哈尼姑娘做儿媳妇，只要细想就能想得到。她没有站在老人的立场上思考，只是一味指责，凭这一点，她就不配做老人的儿媳妇！

禾大夫望着阿妹失神自责的样子，不由得心疼。作为阿哥，他对阿妹的爱和关心实在太少了。更何况，当初为了他的学业，读小学的阿妹被阿爸喊回了家。尽管她死死活活缠住阿爸要读书，阿爸却说："全家人的肋巴骨就这么几根，你要读书，把我的皮子剥了去卖！"

幼小的阿妹懂事早，再也不在阿爸面前提读书的事。然而她背着阿爸，每天像小猫似的缩在小学校后山墙的旮旯里，听老师讲课。赤裸的小脚被寒风咬出一条一条的大口子，血珠从裂口里沁出来，染红了墙旮旯的石子。他发现后，抱着阿妹哭了一天，还给阿爸下跪，求阿爸让阿妹读书，可是阿爸愤怒地把假期没完的他撵回了学校……他能有今天，是阿妹的血换来的呀！

禾大夫的眼窝潮红了，泪水打着转，说："阿妹，阿哥没能帮上你的忙……"

"不，阿哥，你说得对。我遇事光想着自己，不理别人的难处，是我做得不周全。"禾妮低着头，内疚地说。

"待错木归来，你到太阳地住几天，好好做做老人的工作。人心都是肉长的，老人看到你和勒黑谁也离不开谁，一定会同意你们的婚事。"

"阿哥，你真好！"禾妮破涕为笑，脸上泛起淡淡的红晕。

月儿懒懒地爬了出来，掩在灰蒙蒙的薄云后面。

"泪水洗被，被子可是要发霉的哟。"禾大夫开起玩笑来。

禾妮脸上露出两个酒窝，又是之前那个无忧无虑的少女了。

第五章

天已大亮，太阳地在晨光的召唤中吐尽了黑雾。

比莫抑扬顿挫地高诵喜事调。

虎头王抱着虎神，坐在比莫身旁，心中悲喜交集。他想起了阿爸蛮，那个为老林而生，为部落人而死的汉子；想起妻子，那个心地善良却懦弱的女人，因为暴病早早地结束了生命。现在，儿子终于要成家立业了，成为真正的男人，这茅屋很快又要添一个抬木头的男孩子。大喜啊，他要向亡人报喜！

他想起自己的婚礼，那是一场灾难中的婚礼，简单得不能再简单了。他打了两只松鼠、两只野鸡放在篝火上烧烤。比莫唱完了喜事调，往他和妻子的头上放了两颗山谷，前来贺喜的人们吃完了松鼠和野鸡干巴，婚礼就这样结束了。他甚至想，妻子的早逝和这简陋的婚礼有关。正因为如此，几十年来不管谁邀他参加婚礼，他都不去。他不愿看到人家婚礼的热闹、气派，挑动戳在自己肋骨上的那颗刺。这次儿子的婚礼，他本打算办得隆重非常，让太阳地的每张嘴都灌满酒，发出醺醺然的欢呼。这样，他和妻子昔日的耻辱才能够得到一点补偿。可惜，躺在医院里的女儿让他的心思少掉了一半，心一阵阵地难受。

勒黑对这门婚事更是心灰意懒。这些天，他活像根木头，愣愣地发呆，任人摆布。到了婚礼这天，帮忙的人都来了，他还不起床。

"勒黑……"虎头王朝屋里喊。

勒黑拉着衣襟，像山兽般嘘嘘地喷着鼻息，脚板仿佛被火烫伤了，歪歪斜斜地循阿爸的声音走过去。

虎头王见儿子脸色苍白，眼睛猩红，知道儿子一夜没睡着觉，心中有些怜悯。他本想对儿子多嘱咐几句，最终却只说了一句："这个样子，咋跨进人家的门槛？"

勒黑疲软得像一团麻丝，似听见又似没听见。

正午的太阳像个火团，正正地烧在太阳地上空。

勒黑眼前一阵阵发黑。他很累，他没兴趣，更装不出兴趣。他垂丧着脸，一屁股坐在门槛前的石条上，深深浅浅地叹气。

"勒黑，刚刚有人找你！"扎旺凑到他身边，低声说。

扎旺是勒黑的好朋友。他身材伟岸，可惜一次打猎时被熊抠去了左眼，眼窝陷得很深，像口阴森空洞的枯井，周围那些破损的皮肉时不时抽搐一下，看着有些吓人。

"勒黑，我告诉找你的姑娘，你今天结婚，要她来喝喜酒。她不肯，要你出去，说在寨边的核桃树下等你。"扎旺的话像竹筒倒水一般，一股脑流了出来。

勒黑顿住，从坐着的石条上猛然崛起，把满头的乱发狠命一摇，大声咆哮道："喝鬼的喜酒！"

扎旺一惊，后退了两步，扔下手中装松毛的背篓，独眼像放着红光的火炭，冷冷地瞪视勒黑。

勒黑像从火中拽出来的竹筒，炸完了，也泄了气。他知道自己的言行太疯狂，扶住扎旺的肩膀真心道歉："扎旺，对不起，我心里难受，却朝你乱发脾气。"

"不怪你，我知道那姑娘是谁了。快去吧，她还等着你呢。"

太阳高悬在天穹，白得刺目的光倾泻下来，照得大地一片惨白，似乎立刻就要毁灭。

勒黑看见了禾妮。

禾妮背对着他，连脸带身体都紧紧地贴在核桃树上，肩膀耸动不止，十只纤长的手指深深抠进树皮的凹陷处，也在微微地抽搐。

勒黑像被雷霆劈中，呆立不动，眼前飘过一大片暗影，差点晕厥过去。

禾妮听到脚步声，抬起溢满泪水的眼，咬住颤抖的嘴唇，她咬得那么用力，以至唇上迸出细细的血流。

"禾妮……"勒黑艰难地吐出两个字。

没有回音，长久地没有回音。

呜咽声使大树都筛颤起来。

禾妮恍惚觉得自己做了一个梦，她真希望是梦啊。脑壳仿佛被重石压住，沉沉的，脖子都支不起来，眼睛也几乎睁不开。可她还能感觉到勒黑的目光贪婪地在她周身游动，舍不得离开。树影从身旁流过，栖鸦的叫声扯动她的耳膜，太阳光在她筒裙上逡巡……她握紧拳头击在树干上，那疼痛终于使她清醒了。

"给我一支烟。"禾妮用舌头搅动唾沫，濡湿干裂的嘴唇，她的声音像一只落入捕兽夹的獐子发出的，细微而凄惨，"我熬不住了……"

"不……禾妮……"勒黑哭出声来。

"别哭了，给我一支烟。"禾妮衔住下唇，悠悠地叹了一口气。

叭！勒黑用肘弯猛然一击自己的面颊，暗灰的眼眸死死盯住禾妮。他的手指在烟壳里颤抖了许久，也没有把烟夹出来。

禾妮突然攥紧勒黑的两臂，指甲陷进他的皮肉。她的眼神是那么绝望，渗着血丝的嘴唇翕张，断断续续吐出几个字："不……只能……你和我！"

勒黑哽咽着，身子哆嗦得像浸在冰雪中："我……你……"

太阳似乎也不想看到这一幕，躲进了厚厚的云层中，四周骤然阴暗下来。

勒黑面无血色："为什么……你不早几天来……哪怕是早一天……我们……"

禾妮茫然地摇头："我不知道……也许，这就是命，神说我们不能在一起。"她含着泪微笑起来，"那个独眼汉子告诉我，你今天结婚。"

勒黑舔舔嘴唇，点点头。

"买了银镯？"

勒黑点头。

"买了银圈？"

勒黑不回答。

禾妮盯着他，又叹了一口气："有件事，你听了别着急……错木到老林里打鹿、打熊，公安的人把他拘留了！"

勒黑眼神发直，像是没听懂，禾妮重复道："错木想偷猎找钱，被公安……"

勒黑突然狂吼一声，挣脱开禾妮的手臂，跪倒在地上。他的手指在泥土里乱抓，额头一下一下地磕在地面上，喉中嗬嗬低响，就像一头濒临死亡的、受伤的野兽。

禾妮用力拉他，他更大力地磕下头去，额角被石子的尖棱硌破，鲜红的血流了满脸。禾妮索性也跪下去，掏出手帕替他揩血。

禾妮轻声地啜泣起来。勒黑抬起被鲜血糊住的眼，眼神迷乱，几乎没有焦点。

"勒黑，你没事吧？你看看我。"禾妮没见过这副神态的勒黑，心惊胆战。

"耶努……"勒黑的目光终于落在她身上，喃喃地叫道。

禾妮怵然一震："我是禾妮，你看清楚，我是禾妮呀！"

"不，你是耶努。"勒黑呜咽起来，"求求你……耶努……你脖子上没有红痣，饶了我吧！"他拼命抽动脖颈，喉咙像被一根绳子缚住，"求求你……"

"我是禾妮！不信，你看看我的脖子！"禾妮拉开衣领，露出脖颈上的那颗红痣。她抱住勒黑的头，想让他看清楚。

"禾妮！是禾妮！"勒黑大笑起来，笑声却像苦蒿水，没一丝甜意。他用尽全身力气抱紧禾妮，仿佛想把她嵌进自己的身体……

禾妮听到远处有人在叫勒黑的名字。

"有人喊你。"禾妮从勒黑怀里钻出来。

"什么？"勒黑神情恍惚。

"一个男人喊你。"

"是错木在喊我？"

"错木被关着。"

勒黑用指尖将一把银项圈从自己的心窝里挑出来，项圈被他的体温炙得滚烫。他郑重其事地把银项圈从禾妮的头上套下去，紧紧按在她的脖颈上："多亮，在石头上磨过的。"他盯着她："我早早就为你预备下了，你喜欢吗？"

"骗人！"禾妮伏在树上抽泣。

勒黑忽然生气了："你……我们说定了的！"

扎旺气喘吁吁地跑来，离老远就喊："勒黑，大伙等急了。"

"做什么？"勒黑若无其事地问。

"接亲的人等急了，要我来喊你。"

"给禾妮的项圈已经戴好了，我这就领着她去。"

"不，是去接耶努！"扎旺急了。

禾妮的泪水不断。此刻，所有来打扰她和勒黑的人都是恶人。她瞥见扎旺空洞抽搐的眼窝，那眼窝似乎是给他俩带来不幸灾难的魔窟，于是，她的目光变得灼灼凶冷。

"快呀，还愣着做什么？请禾妮姑娘去喝你的喜酒。"扎旺急催勒黑。

勒黑如梦初醒，颓然跌坐在地上，面如死灰。

禾妮像头母兽般搂住勒黑，身子整个儿压了上去，两排牙齿死死咬住勒黑的肩胛。

勒黑疼痛得痉挛："禾妮，你是想咬死我吗？随便你！"

禾妮牢牢叼住勒黑的肩膀，像水鸦叼着一条小鱼。她的心被绝望击穿，头晕目眩，陷进勒黑皮肉里的牙齿颤抖不已。她好像从头到脚都被剜割了，剁碎了……蓦地，她松开口，从地上一跃而起，拔腿就跑。绕过核桃树，穿过寨子，奔向山垭口，她的脚板是那么硬，踩碎了凸石，压断了山草，踏出了一条小路……

勒黑不追也不叫，他就站在那儿，望着禾妮消失得无影无踪。

天渐渐亮了，红霞从山坳里慢慢上升，升到山顶，像悬挂着一盏红灯，光华四射，远远近近的山峦金冠银冕，熠熠生辉。

娜木芸醒了，深深地抽着长气，身子一动也不能动，嘴角尝到一点咸咸的泪。昨天晚上，她梦见手掌拍着岩板的声音，有音乐响起，她在梦里一步一步往前走，宽大的裙摆罩在滚动的小石块上，好像整个地球在她裙子里旋转。阴湿的草地上开着一大片喇叭花，她徘徊在花丛中，听到有人在吹喇叭，于是顺着一串新鲜的脚印，循着喇叭声走去，看到一座黑房子，兴许是打猎的窝棚。房子老得缺了牙齿，腐朽的草秆上吊着青苔，岁月的快刀把青苔割成一绺一绺的。青苔里挤出水，在屋檐下旋出一泓深潭，潭里趴着一只白青蛙，鼓着眼珠瞪她。她跺跺脚，白青蛙凶猛地耸动腮帮，潭水掀起一片浪花。她抖抖裙子，白青蛙沉入水底，水面上开出了硕大的洁白花朵。她拾来一根棍子，轻轻挑动大白花，心想，这大白花挺美，可以送给禾大夫……被挑动的大白花合了花瓣，珍珠般的莹亮，玉石般的澄明。

铃铛声响起，是马帮来了。她掬一捧水，洗净耳朵，听清是北来的马帮，驮子上花花绿绿的东西是要摆到太阳地街子上卖的。会有手表吧，她想，她要给阿哥买只神气的手表。她从篾箩里捡出围腰，绣着一只只鸟儿在蓝天里翱翔，像活的一样，肯定会卖个好价钱。她还看见了阿爸，他把酒葫芦搁在地上，惬意地笑，从火炭上夹了一片兽肉递给她，唱起了好听的褥歌：

> 至尊的，
> 你的子孙带来了最甜的山谷酒、最瘦的野猪肉，
> 太阳的镜子照着你，快醒吧！
> 冷了的野猪肉会发瘀，
> 淡了的山谷酒会生泡。
> ……

唱完了，阿爸把嘴里含着的酒喷向天空，一群渴得烧干了舌头的鸟儿像飞蝗似的，扑向纷纷扬扬的酒水。

赶马人问她："买铃铛吗？"

"铃铛太刺耳。"她说。

赶马人朝她灿笑，脱下汗渍渍的布衫，两手捂住铃铛要送给她。那精赤的胸膛上喷出燥热，熏得她有点醉意。她的身子不由自主地凑近了一点。已经很久很久没闻到这样香甜的汗味了，她的鼻孔窸窸响着，像有小蚂蚁在里面爬，痒酥酥的很舒服……她闭上眼睛又睁开，赶马人变成了

错木，他燃起一堆篝火，黧黑的面颊像火炭一样通红。"错木……"她倒在他的怀里，想寻找一点依靠，在这片土地上，只有错木才属于她。她的哭泣让错木的面色变得苍白，他心疼地说："你放心，我永远也不会离开你！"

一片浓雾把她和错木托到一座悬崖顶上，崖壁下涌动着一条血河，一群大大小小的鱼儿在河中奋力追逐。

"错木，它们在追什么？"

"钱！"

"钱在哪儿？"

"钱去了医院。"

"我已经好了！"她的眼窝和睫毛上挂着清泪。

"天阴了还会疼的。"错木抚摸着鸟屎堆起来的石，石头乌亮，像田里的螺壳，"你阿爸的虎神，眼睛裂了一条缝。"

"用太阳地里的老土补合了。"

"是用粘鸟的树脂胶。你阿爸的衣服通了一个洞。"

"是虎神的眼。"

"火星烙的。"

"虎神的眼！"

"火星烙的！"

"……"

"别争了，你的腰是虎神断的！"错木发火。

"记住，月亮生了你，有堆篝火；太阳生了你，有棵大树。"她灼灼的眼放着光。

"娜木芸，我得下血河捞钱。"

"我不要，让它漂走。"

"没有钱，你的骨头就散了架。"

"剥我的皮拴着。让钱漂走。"

"不，那钱要送你上昆明……"错木一跃跳进血河里，浸成了个活脱脱的血人。

"啊！"娜木芸从噩梦中惊醒，哭了。

两天没来看她的禾大夫出现在病房门口，娜木芸忙揩去眼角的泪水。一股暖流从她心头流过，仿佛河面上的冰块解冻，她生命的春天绽开了花蕾。一个多月相处下来，她知道禾大夫在她身上倾注了多少心血，她感激他，敬仰他，信赖他。

"禾大夫，你几天都没来，我想你了。"娜木芸像个孩子似的撒娇。

"你脸色好苍白，是哪里不舒服吗？"禾大夫关切地问。

"我很好，只是想念阿爸和阿哥，还有，错木走了这么多天，一点消息都没有……"

一股冷风吹得禾大夫打了个寒颤。他把听诊器按在娜木芸的心窝上，听着她强劲有力的心跳，胸中泛起难以表述的复杂滋味。

谁能想到错木为了筹钱，竟潜入自然保护区打鹿、打熊，闯下了大祸？禾大夫听到错木被拘留的消息后，又是惊又是悔。早知道错木为人这么冲动，自己就该出面向同事借借找找，不该把筹钱的事推给他。

禾大夫亲自到县公安局，找局长说明了情况，希望能对错木从轻处罚。局长也很同情娜木芸的不幸遭遇，却还是说："禾大夫，你的热心令人敬佩，从感情上讲，我和你一样，希望错木能尽早回到娜木芸身边……可是，他的行为已经触犯法律，案子正在审理中，我不能徇私情啊！"

禾大夫怎能把这令人心碎的消息告诉娜木芸呢，她羸弱的病体经得住这种打击吗？

"禾大夫，我不上昆明……给错木带话，让他快点回来吧……"

"禾妮到了太阳地，捎信说你阿爸的病好了，勒黑和错木过不了几天就会来看你，等他们来了，我们一起送你上昆明……心胸放开阔些，别想那么多。"禾大夫强装笑颜，又是开导又是安慰，说了好长时间。

两串泪珠垂落，娜木芸纤弱的手紧紧攥住禾大夫的手。禾大夫的手也在颤抖。

院中的大树上，一只鸟儿在鸣叫，凄凉得令人心碎。

勒黑呆着眼端坐。耶努缩在竹笆床的一角，偷偷地看他。

勒黑面色苍白，像一块去了皮的树肉贴在泥塑的人像上。他的掌心凝着血块，手掌晃，血块也摇，在掌心滚动。勒黑看了一会儿，凄然笑一声，将血块喂进嘴里，脖颈一鼓，吞了。

"禾妮走了，你为什么不走？"他眼角也不瞥耶努，突然出口质问。提着瓶清泉般清澈的酒，用牙齿掀了瓶盖，不换气地直灌进嘴里，酒液从嘴角溢出来，湿了衣衫。他把瓶底高高悬起，摇晃了几下，发现没酒了才抛开。

他长出一口气，把酒气喷得很远，煤油灯也醉了，火苗斜斜地倾倒。

耶努呜呜地哭，脸贴在被褥上。

"别哭了，你的哭声像恶虱，爬在我的皮肉上咬我。阿妹病了，错木被抓了，我的皮肉也被你的哭声咬烂了……"勒黑似乎觉得窒息，一把撕开了上衣。他埋下头，两只手可怜巴巴地抓扯着头发。

屋外万籁俱寂，只有鸡棚里的鸡凄厉地叫了一声。

耶努伏在被褥上抽泣，抖散的头发如一张黑蛛网，垂盖到她的腰部。

过了很久很久，耶努的眼泪似乎哭干了。她坐起身，舒展了一下四肢，麻木得近乎冷漠的眼睛直盯着勒黑。"酒是山谷烤的吗？给我一瓶。"她的声音嘶哑低缓。

勒黑被酒烧得通红的眼里闪过一丝慌乱。他审视着耶努：蹙起的眉毛，灼灼的眼睛，微尖略翘的鼻子，抿成一条线的嘴唇，封锁了太多太多的苦痛……

"给我一瓶酒！"耶努的声音抬高了，冷冰冰的，瘆得人从骨髓里往外冒凉气。

勒黑似乎觉察到了某种不祥："你会喝酒？"

"我想喝酒。"

停了片刻，勒黑拎起一瓶酒："只剩一瓶了，我还没有喝够。"瓶盖在牙齿里喀嚓嚓地响，像老鼠啃骨头。耶努瞪圆了眼，倏地像一头小狼般猛扑过来，一把夺走勒黑手中的酒瓶，咕嘟咕嘟往自己嘴里灌，就像羊倌往小羊嘴里灌汤药一样。

酒没了，耶努想哭，没有泪，后来居然笑了，很快活的样子。她脚步踉跄，摇摇晃晃地走到篱笆下，将一串小米辣子提了来，扯下两个，放在嘴里使劲嚼。她用瘦骨嶙峋的手擂胸，把干涸了的苦水擂出来，吐一口，叫一声，声音凄惨得令人心碎。

勒黑的醉意被擂走了一半，抢了耶努手中的瓶子："耶努，别这样，是我对不起你！"

痛苦像根绳子，绞得耶努透不过气来。

"勒黑……求你……求求你……我的身子没有恶水，没腥臭，我笼了你家的火塘，你就给我留个种吧，哪怕比草芽还小。"耶努的喉头艰难地滚动着，一咬牙，飞快地脱掉了筒裙。裸身的她立在地上，像一株被剥了皮的花树，在冷夜里瑟瑟地抖颤。

勒黑慌了，然而目光不由自主地被吸引，顺着那修长、圆润、雪白的双腿往上移……第一次见到那生命的发源之地，他的视线游弋了许久许久，嗓子发干。

酒劲上涌，耶努呕吐起来，污物顺着嘴角往下流，弄湿了胸口，她索性解开衣襟："求你……求你……给我留下草芽，我就离开你家的火塘……让禾妮……"

勒黑端来一盆水，把毛巾蘸湿，擦拭耶努的前额、面颊、嘴唇、脖颈……他的手忽地停住了。耶努肩胛下也有颗红痣，位置比禾妮的生得低一些。他中了蛊似的，伸出双手颤颤地抚着它。是他熟悉的红痣，浅浅的淡红，像一朵含苞的花，像一颗羞怯的星。他的手贪婪地逡巡着，力道渐渐加重……

屋子里很黑，很静，能听到小小的飞虫们嗡嗡地哼着歌，它们是那般的无忧无虑，玩耍得自由自在。

耶努舒展地躺着，压抑不住地喘息。她赤裸的身子被酒烧得热烫，像浪一样波动，眼里流着似醉非醉的醺红，扑闪的睫毛上绕了一圈又一圈乞求的光。勒黑伏在她的身上，大汗淋漓。这是属于他的土地，他要在这块肥沃的土地上翻犁、播种，如同阿爸和其他苦聪人做过的一样。阿爸栽种了他，郑重其事地托付了他，祈祷这块土地里永远有种子发芽，生长，一代一代地延续。

"你怨恨我吗？"耶努突然问道。

勒黑的动作停顿了。耶努的话把他从梦幻中拉回了现实世界，一连串纷杂的人和事浮现在他的脑海里。他咬着牙，眼眶渐渐积聚出水汽。

耶努觉察到他的情绪，在黑暗中凄然地笑了。她举起两条手臂，牢牢箍住勒黑的腰，把他的身子拉近自己，喃喃地道："不要再想了……为了你的阿爸，为了我……祖祖辈辈的日子都要这么过呀……"她哭了，滚满泪珠的面颊贴上勒黑的脸。

勒黑闭上眼，身子一半火热一半冰冷，被两种力量撕扯着。泪水在眼里凝固，久久流不出来。

他突然抱紧了耶努，迫切地要用她热烫的身子驱散那股寒意。他们双双呻吟着，堕入一个远离尘嚣的、奇异的世界。

禾妮在踩不秃的山道上晃荡了半天，也未挪出山外。她的眼睛被泪水淹黑了，几乎看不清路，只能扶住山道旁的树干和崖壁，高一脚低一脚地慢慢走。从前她最怕一个人在阴森森的大山里赶路，没有人说话，就像是一缕游魂。阿妈说过，一个人孤孤单单地行路，路鬼会来做伴。此刻她宁愿阿妈的话是真的，她太希望有个伴，能听她倾诉满腹的痛苦，满腹的苦涩，满腹的辛酸……哪怕是老虎、豹子、老熊、豺狼这些野兽都行，只要能陪着她。如果鬼和野兽送她去阴间，远离那些让她受苦的人，她也愿意。可是，据说在阳间痛苦的人到了阴间更痛苦，因为天神不让他们进幸福的灵魂居住的地方，那里有太阳，有篝火，有清泉，有鲜花……

禾妮扯住裙角的手背被荆棘划了好几道口子，细密的血珠争先恐后地从伤口中渗出来，她也不觉得疼。鼻孔里酸酸痒痒的，她不知道自己是想笑还是想哭。

太阳燃烧未尽。风在草丛里乱窜，拉住草叶遮太阳，然而太阳不让它躲避，穿过草叶的空隙到处撵它，草丛簌簌地抖颤。

禾妮像块石头，整个人发着僵死的白光。她只感觉风在头发棵里钻，阳光从她的手指缝里漏。好不容易走到山边草场，阴湿的风骤然加大，掠过草地，戳得她的脑壳像囤山谷的簸箕，千疮百孔。几头黄牛躺在草地上，嘴巴磨面似的嚅动反刍。两头公牛低吼着踱步，像是在决斗，眼睛血红，如同一夜没睡觉。一头母牛伫立一旁，可能在助威。她明白了，一定是母牛设的圈套，让公牛们为它斗得头破血流，然后它跟随胜利者走到草丛中、溪水边，尽情地缠绵，交媾。斗败的公牛只能吞下满腹的痛苦和仇恨，除此之外别无他法，谁让它先动了情呢。看，那头斗败的公牛垂头丧气地走开了……

禾妮哭了，瘦伶伶的双肩剧烈颤动，她为自己伤心，也为那头斗败的公牛伤心，从那头躲躲藏藏的公牛身上她看到了自己。为了勒黑，她勇敢地追到太阳地，却万万没想到落了个这样的结局。离开太阳地时她暗暗发誓，要忘记一切痛苦的往事，就像把一堆乱麻线丢进火堆里，让它化为灰烬一样。可她没有做到。她的眼睛耳朵都像分了叉，看到的听到的都

恍恍惚惚。勒黑怎么能属于那个名叫耶努的姑娘呢？勒黑天生就是禾妮的
男人，他背着阿爸教过她雕弩，他给她包扎过伤口，他俩的脚在棉毯里拢
过，他俩的舌头在那个炙热的下午交缠过，小花狗可以作证……记忆让她
的脑子冻结了，心破碎了。她知道，这一切都不会再来，就像草丛里的野
鸡下了蛋后飞走了，哪怕草籽开花一百次，绿树抽芽一千次，银蛇脱皮
一万次……蛋永远不可能孵成小鸡了。

　　她记得，在那个阴凉的岩洞里，在兽血涂抹的岩壁下，勒黑捉住她的
手，激动里全是力量："禾妮，太阳地要办街子了！"当时她和勒黑同样
兴奋，热流在全身漫涨。她欢叫着，解了腰带，兜住勒黑的腰，拉着他一
起旋转。太阳地的山道将响起马铃，马脚会把山里山外连起来，太阳地有
的是山货，一定能富裕起来。到那时，她在太阳地的日子就和现在自己家
的一样，可以在电灯下绣花，写字，听音乐……

　　月亮的梦还没有醒，太阳的光却碎了。她打了个退步，将嚼碎的冷气
呵出去，一撩长裙，挟住自己的影子，风似的钻进洞里。洞里很暗，她的
手扶住兽血层层涂抹的岩壁，嗅到残余的血腥味。"你是哈尼人的种，太
阳的一滴血。"她对自己说，用指甲挑开手背上被荆棘划破的口子，先伸
出舌头舔了一口，咸咸的苦涩。她端着手背，用手指蘸着血，在岩壁上画
了一个放着光辉的太阳。洞里没太阳怎么行呢？鸟儿看不见陷阱，猎人
看不见危险。她又想起勒黑，岩壁上的血渍里也许还烙着他的指纹，如果
他再来岩洞，会想起她吗？勒黑呀，你的良心被石头砸碎了，不然就是被
老虎抓走了。不，不能怪勒黑，他也是身不由己呀！那么强壮机灵的小伙
子，成了根傻木头，他的心一定也腌在盐巴辣子水里，只不过作为男人，
还得有几根骨头撑着。

　　禾妮身子僵直，两眼无光，无力地拍打着岩壁上的血太阳，低声求
告："你让星星开花，你让月亮结籽，你让石头成双……勒黑呀，血太阳
会让我们成双的！"

禾妮呜呜地哭，蹲下身，长裙蜷落在地上。她像一只无助的小兔子，头埋在耸动的双臂中抽泣。血太阳黯淡着，洞口投进来的余光把她放倒在地上，影子裹着黑灰，像埋进了土里。她吸着黑黢黢的寒气，整个身子向下沉，仿佛要和影子一起陷落。勒黑给她戴上的项圈像一条银蛇，死死地缠住她的脖颈，不，它是一道枷锁，她正往枷锁里钻。她想把它取下来砸个粉碎，摸索了半天也解不开，不知勒黑当初是怎么给她套进去的。唉，做新娘的耶努没有项圈，该多伤心，自己怎么这般狠毒，抢了属于人家的东西。得把项圈送回去，不属于自己的，一根针都不能要。她想象着耶努戴上项圈的模样，心头又酸又涩，那个姑娘会戴着勒黑精心挑选的、本该属于她的项圈，欢欢喜喜地和勒黑吃饭，睡觉，种地，赶街子，生娃娃……留下她孤零零的，躲在黑暗的角落里。

悲切的歌声传来：

> 太阳啊，太阳！
> 你拉长了羊的胡子，
> 羊胡子编的绳子呀，
> 捆了我二十年呀，二十年。

> 太阳啊，太阳！
> 你拉长了马的尾巴，
> 马尾巴做的鞭子呀，
> 抽了我二十年呀，二十年。
> ……

可以断定，这唱歌的牧羊人被太阳折磨了二十年，才这般抱怨。禾妮觉得，牧羊人的歌是在预言她今后的日子，那些日子会像一盘巨大的石磨，磨碎她的头发、眼睛、牙齿，磨碎她的精神、意志、希望……然后，把它们抛向空茫茫的天空，变成苦雨，洒在河里让小鱼和野鸟喝。

牧羊人的歌声盘桓了很久很久。起初还有鸟应和着，后来鸟也不叫了，它们肯定和她一样，被凄切的曲调搓揉出了泪。还有太阳，太阳也躲到云层里哭了。

禾妮从岩洞里出来。蹲久了的腿先是麻木，后来抽了筋，小腿的肌肉纠结在一起，疼得她迈不开步。禾妮咬着牙，披着黄灯芯绒布一样的昏暗，沿着茅草道走一步停一步。太阳很灰，人的影子混在地上的灰土里，几乎分不出来。冬天的刺泡树萎靡不振地立在道边，干枯的叶片打着卷，一只蚂蚁在里面转来转去，就是爬不出叶片，这只蚂蚁不就是她吗？

"勒黑——"禾妮气闷之极，忍不住把手圈在嘴边，对着群山放声大叫，声音像臼棒落在碓窝里那般沉闷。

她像块落石，纵跃着下了山坡。河水淙淙，她望着河中那块她抱着小花狗和勒黑幽会的石板，久久黯然神伤。

耶努的神情不同以往，做姑娘时的那种轻松俏皮荡然无存，中年妇人的忧虑过早地爬上了眉梢和眼角。她经常凝望那放叫的公鸡，长时间不眨眼，继而，轻叹一口气。她的眼睛经常红肿着，手上做着活计时无端地停下来，呆呆发愣。她不愿意和人说话，包括勒黑和虎头王，仿佛舌头已经锈死在牙齿上。

虎头王的脸色难看，他一只手搭在勒黑变得瘦削的肩膀上，勒黑立刻觉得肩胛骨好像一座桥般从正中间断裂，驮不起阿爸的手掌。勒黑想，阿爸的手一定是从火塘里抽出的柴棒，柴棒头上的火苗还没有熄灭，落到哪儿，哪儿就是一个烙印。他想起坟地里那棵神树，它被太阳地死者的尸首滋养了那么多年，树皮皱裂却油润。据说那些枝干是死人骨头接起来的，挂着雪花就会抽芽开花。以前寨里的一位老人去祭奠先祖，忘了带香火，顺手拾了根神树的干枝替代，燃起的火苗比松明还旺。然而虎头王当时丢下话，说老人等不到神树上的雪花融化。果然，没过多久，老人喂猪时绊了一跤，连瓢带人跌到石坎下的猪槽里，死了。

"勒黑，你给我听着，这屋子是只鸡笼，笼子里要关小鸡，半年后，耶努的肚子再不鼓起来，你的肋巴骨别想有一根好的。"虎头王的手指冷硬得像虎爪，钳住勒黑的肩胛骨不放。

"阿妹在医院躺着，错木在监狱关着，你还有心思抱孙子？要抱，你到坟地里跟先祖要去吧！"勒黑愤然吼道。

"你哪像是我的骨血？简直连野种都不如！"虎头王攫住勒黑的领口摇晃，"树要开花结果，鸟要下蛋孵卵，人要生儿育女，这是天神的旨意。你身为太阳地的子孙……"虎头王的腰板挺直，用一种不容置疑的口吻宣示，没想到被儿子猛然打断，勒黑圆瞪着双眼，恶狠狠地说："别说了！我恨透了太阳地，恨透了这栋屋子，恨透了你那些先祖……"

啪的一声，勒黑趔趄着后退，一股鲜血从嘴角涌出来，顺着下颏淅淅沥沥地滴在地上。

耶努听到争吵声，从屋外奔进来，见父子俩像两头斗红了眼的公牛般对峙着，彼此虎视眈眈。她惊呆了，一口气都不敢喘。见勒黑嘴角流着血，她红润的面颊罩上了苍白的颜色，头晕目眩，捂住脸不敢看。恐惧让她的神经紧绷，身子微微颤抖，渗出了细密的冷汗，两鬓的柔发像鸟翅一样扬动。最后，她嘤嘤地哭了起来。

虎头王黑丧着脸，眼睛鼓得牛眼般大，捏得咯咯响的拳头又缓缓举起来。

"阿爸，再来几拳吧，我的血流尽了，会更好受些。"勒黑吐了一口血沫，带着乞求的口吻说。

"你这野种，窝窝囊囊不像个人样，只会欺负家里的女人！"虎头王嘴角上的黑麻子飞跳，怒目骂道。

"阿爸……"耶努叫了虎头王一声，扑到他怀里伤心地抽泣。

耶努的眼泪像一股苦涩的黄连水，注入虎头王心头。可怜呀，多么乖巧的姑娘，竟落到自己家受苦！结婚的第二天，勒黑就搬到了娜木芸的竹笆床上。自己这个阿爸的嘴皮都磨出了大泡，犟种儿子就是不进耶努的屋。唉，罪孽呀！是他害了姑娘，他才是罪魁祸首！虎头王伸手抚摸儿媳妇的头，皲裂的茧刺挂了耶努的头发，他精心把那绺头发抚平，叹息着说："孩子呀，我有罪，我对不起你！"

"阿爸，我是心甘情愿的……勒黑随口说气话，你不要当真。"耶努抬起泪眼，恳求虎头王。她转身扶住勒黑的肩膀，细看他嘴角的伤口，掏出手帕轻轻地揩干净血迹。

"疼吗？"耶努小心翼翼地问。

勒黑摇摇头，又点点头。

"今晚再在娜木芸的床上睡觉，老子拿火枪崩了你！"虎头王口气严厉地对儿子下了禁令。他把屋子留给两个年轻人，自己步履蹒跚地出了门。

勒黑梗着脖子不作声，耶努端来热水和毛巾让他擦脸，努力挤出一丝笑容："你不该惹阿爸生气，他有口无心，做儿女的哪能句句当真。"

耶努的话，让勒黑长久以来的内疚更深了一层。他不该这般折磨一个纯洁多情的姑娘，和她结了婚，又冷漠地把她抛在一边，让她飞快地憔悴下去。

耶努是太阳地最美丽、最温柔、最善良的姑娘。也许，就是因为她什么都好，对他也太真心实意，他才不愿意让她留在自己身边，耽误她的青春。禾妮的身影会永远隔在他们之间，他无法自欺欺人，无法给耶努她应该享受到的真挚爱情。

他望着耶努满是泪痕的面庞，再也抑制不住心中的歉疚和怜悯，双臂一勾，将她搂在怀里，喃喃地呼唤着她的名字，以往那伪装的冷漠像夏天太阳下的冰块，融化得无影无踪。

耶努的身子先是僵直着，渐渐战栗起来，那是幸福的战栗，她感到了勒黑拥抱中的善意和怜惜。她抬起头，泪光晶莹闪烁，眼底是清澈的喜悦。

"耶努，对你们，我都是罪人！"勒黑抱紧了耶努，仿佛是想汲取一点支撑他的力量。

耶努像只乖巧的羊羔，一动不动，然而她的目光直刺勒黑的心窝。那隐藏在他心底的秘密，已经暴露在耶努的眼神里了。

"阿哥……我还是这样称呼你吧，我不该踏进这个家门，让你们都痛苦，我应该安安分分做娜木苣的好姐妹……可是，事情到了这个地步，为了阿爸，为了我能光光彩彩地出这道门槛，你就给我留个芽芽吧，求你了！"耶努卑微地恳求道。

勒黑的心毕竟不是冰山，他在女人如怨如诉的声音里迷茫了，融化了，坍塌了……

夜幕降临，两只小虫在壁脚的墙洞里扇着翅膀鸣叫，叫得满屋缠绵。

虎头王不食言，把那支附满尘灰的老火枪搂在怀里，守野兔般地蹲在院门外，窥伺屋里的动静。

无数残败的香火插在太阳地的坟茔周围，像一些胡乱丢弃的树枝。袅袅余烟一丝丝、一缕缕地缠绕着绿茵茵的山神树，蛛网似的罩住了天空。

"先祖惩罚你不孝的子孙吧！"虎头王的额头冒着虚汗，声音像猪食锅里沸腾的水响。

他跪在阿爸阿妈的坟前，从斜挎在左臂上的篾箩里掏出松毛撒在四周，又插上一束点燃的香，霎时间烟气氤氲，模糊了他悲苦的面容。他俯身叩拜，喁喁祈告："阿爸、阿妈，你们荫庇的太阳地有最神圣的碧树、最鲜艳的红花，太阳地人世世代代竭诚供奉你们，他们嘴里吐出最动听的歌声，传扬你们的美名。阿爸、阿妈，我是你们用脚趾弹到这世上来的。

现在，你们的孙子勒黑，要在你们安息的太阳地开办街子。罪过！罪过！
你们惩罚无能的儿子吧，让儿子被刀刃砍成碎末，被兽蹄踏成肉泥，不要
把灾难降给勒黑……"他刺啦一声扯开前襟，皱皮的脖颈像黑蛇的鳞壳，
暴露在灰蒙蒙的太阳下。

他捧起一把老土，双手平平地向前伸着，以一种乞求的姿态，断断续
续道："阿爸、阿妈，求你们在先祖面前求个情，孙女娜木芸亵渎太阳地，
儿子甘愿受罚，替她偿还罪过，保佑她治好腰伤，平平安安归来。还有错
木，也保佑他平安无事……"

老土像褐色的泪点，缓缓地从虎头王的手指缝里漏下去，青绿绿的松
毛上堆起了一个土包，蚂蚁爬上土包四下张望，像是对虎头王祷告的一个
回应。

虎头王步入坟地时浑身冰凉，直到对阿爸阿妈说完一番话，心头才轻
松些。他仰望长得格外茂盛的神树，那些叶片像一只只小小的眼睛，悬着
密密的、闪亮的水珠。

"先祖在看着我。"虎头王自言自语。

勒黑满心都是一种创造的冲动，在脑子里进行着整个街子的设计布
局。这件事，在他看来将是自己生命中最辉煌的成就。把外面的世界搬
到太阳地，不啻于把山峰削为平地，把石头碾成黑土。从有了这个构想开
始，他浑身的筋肉拧得跟麻绳一样紧，额头上一直冒着细细密密的汗珠，
汗水淌干了，便渗出了血水。他像是在一面巨大的蜘蛛网里来回奔突，差
点被粘得动弹不得，幸好他坚持住，把网撕出了一个缺口。

他成功了，终于能够在那块宽广的草地上驰骋，按照自己的梦想开办
太阳地的第一个街子。老一辈的太阳地人骂他是一条叼抢先祖骨头的恶
狗，他不顾唾沫洗身，几次三番缠住人家把办街子的事说个清道个明。人
家一开始以为他疯了，后来静下心仔细咂摸他的话，方才悟出点道道。年

轻人的心都向着他，只是畏惧老人们的权威，不敢出头。

扎旺告诉他："有人说，雷劈你五瓣。"

"先祖也想看到太阳地富庶，雷劈就先劈先祖。"他扬手指着那块坟地的方向。

"胆子真大！"扎旺倒抽了一口气，"你别乱说。"

他也有点惶恐，手指暗暗捏在一起。在太阳地，每个人从落地的第一天起，就被教导了先祖的神圣，而且是亘古难变的神圣，任何力量都无法摇撼它。所有不合先祖规矩的行为，在老人们看来都是罪恶，最终必会受到惩罚。娜木芸，他可怜的阿妹……还有他对禾妮的爱，都被这太阳地的老土埋葬了……耶努的肚子一天比一天凸，浮肿的双腿像两条胖黄瓜，家里的男人们都劝她歇歇，她却坚持着步履蹒跚地做饭，做家务。

阿爸吩咐他："耶努肚子里的小人是全家的希望。从今天起，你给耶努做饭，碗里要有一块浸了盐巴的肉。"

耶努脸上绽出满盈盈的笑靥，接过阿爸的话："我能做饭，干活。吃不吃肉，我的心也比喝蜜水还甜。"

阿爸喜滋滋地点头。

看着阿爸和耶努那兴奋劲，他却只感到深深的悲哀。这就是幸福吗？阿爸和耶努就这样满足了吗？一个满心怨恨的儿子，一个貌合神离的丈夫……而且，他们的笑不正是禾妮的痛苦吗？被他们全家人反复伤害的禾妮，何其无辜！他眼底流过一道恐怖的死光，他觉得自己疯了，竟偷偷剪了一个小小的纸人，用松明火把它烧掉。据说，这办法对那些没见过天日的小人特别灵验。

假若阿爸和耶努知道他做下这事，一定会气死，可他真的不甘心呀。他跟耶努结婚第三天，就借口阿妹没人照顾，要去医院。阿爸却说，只要他前脚跨出门槛，自己就撞死在他的后脚上。阿爸枪子头一般的话，震得他浑身发麻。他知道阿爸的脾气，活到这般年纪，阿爸也不容易呀！他思前想后，没有离开家。那一个月，阿爸端着火枪，像猫儿盯老鼠似的，把住门口守着他。

耶努像小鸟一样在家里飞来绕去，让他有种罪过感，觉得对不起禾妮，于是睡到了娜木芸的床上，没想到阿爸的火枪眼像虎眼一样凶恶，盯得他毛骨悚然。他屈服了，反正就那么几下，比种山谷还容易……他和禾大夫送娜木芸去昆明的大医院，在那儿待了几个月，等回到家，耶努仿佛变了个人，长高了，也长胖了，孕妇特有的蝴蝶斑在脸上活泼泼地跳，显现出她即将成为母亲的骄傲和自豪，仿佛拥有了整个世界。然而他竟有种莫名其妙的预感：耶努的悲剧还远远没有结束……

他去探视错木，蜷卧在木板床上的错木见到他后猛然跳起，满头乱发摆动着，大声咆哮："我要出去！我要见娜木芸！"

他自觉像堆腐叶般疲软无力，只能久久地握住错木的手，嘴唇嚅动了半天，连句宽慰的话都说不出。错木深涧一般幽黑的眼睛盯着他，眼神逐渐绝望，最后低沉地抽泣起来。

"你走吧！告诉娜木芸，我很好，求她听禾大夫的话……"错木闭上眼，一副心如死灰的模样。

他也落泪了，比错木的还密。直到出了看守所，他才想到应该嘱咐错木安心服刑，不用担心瞎眼的阿妈，全寨子的人都会照顾她。县人民法院送来的判决书说，错木被判了一年刑。幸好阿妹上了昆明，不知道这事。

月和星相依相偕，向幽邃的西天坠去，留下清清冷冷的天空、空寂黯淡的世界，万物都在沉睡中。

"合眼吧，明天还要去山外接领导，视察办街子的选址。"勒黑在心里劝自己。

恍惚间，一种淡淡的、他所谙熟的馨香在腮边萦绕。"禾妮！"他把炽热的气息搓成一根钢绳，拴住这股馨香，他用滚烫的胸膛贴住她的身子，如同两条交汇的河水……他看不清她的眼睛，她的长发盖住了脸庞。

他像蝴蝶追逐花蕊一般，双手上下探求漫游……他差点惊叫出声，她咯咯一笑，捉住他的手，停在那丰满而富有弹性的凸面上……

"儿子——儿子——"声音源自地底的涌动。

"滚开……当心我用两根指头掐死他……"他的心狼一样嗥叫，颤颤了黑夜。

山枯了，又绿了。

禾妮把自己房间的窗条都拆了，让圆的月亮、弯的月亮、胖的月亮、瘦的月亮都跑进房里，她抱着月亮躺在床上。天空中那条很长的银河，像一根系着铃铛的万丈长绳，将星星拴缀起来，她的心也好像变成了一颗星，被长绳吊得离地万里。她似乎做了万年的长梦，在这悠长的梦中，所有的男人都死了。然后，她又实实在在地醒了一万年，那颗高悬在空中的心像走得衰疲的时钟，上得满满的发条走到了尽头，连她仅余下的躯壳也要崩裂了。

她不想再忍受这种残酷的折磨。上天给每个女人一块大地，大地上的万物要得到甘露哺育方能生长，一座座山峰拔高，一条条溪流涨满，一棵棵大树抽枝发叶……而她得到的是苦涩的蒿水，会将青草浇得枯萎，红炭浇成黑炭。她在全世界的河水里照自己，河水里映出一个满面忧愁的女人，像在尘世飘荡的游魂。

窗外有个人影在晃动，是供销社的小伙子。他已经连续来了两天，她一直不理睬。小伙子在她家窗前久久徘徊，太阳和风让他的身躯缩小了一圈，脸色像黯淡的黄昏，只有眼睛里跳荡着一点光，像黑暗岩洞里挂在石尖上的水珠。

自己未免太残忍了，为什么迁怒一个无辜的男人呢？男人是草芽芽命，经不住狂风和暴雨。禾妮心里漾起了一层热浪，细密的波纹在周身毛孔里扩张，泛成一股暖融融的感动……

　　房门咯吱一声，被拉开了，门缝里露出禾妮黑溜溜的眼珠。

　　小伙子走近禾妮，捉住她的手，轻轻抚摸："它们现在硬得像石头，不要紧，我会用真心让它们熔化。"

　　禾妮感到小伙子的一双手就像听诊器，测着她的心跳。那手掌出奇的柔软，像鸟窝里还没有脱去茸毛的小鸟。其实，小伙子不用多说，他的手能传递出他全部的真诚。

　　"我决不骗你。男人是生根的山峰，说了谎就是崩了崖。"

　　"我相信你。"

　　"禾妮，世间的姑娘我就爱你一个。"

　　"我有男人了，不骗你，是太阳地的勒黑。"

　　"勒黑已经结婚了。"

　　"那又怎么样？我会把他从那女人的肚皮上抢回来。"

　　"禾妮……"小伙子惶恐不安。

　　"你是个好男人，一定会有好姑娘爱你。"禾妮想哭，鼻子里酸酸痒痒的。

　　"不！不！"小伙子突然跪倒在禾妮膝下。

　　人的心都由血肉生成，更何况女人的心少一层皮脉，经不住男人的眼泪。禾妮纤长的手指握住小伙子宽厚的臂膀："快起来，男人的膝盖不是这样用的！"声音像从竹筒里倒出来的水一般清亮。

　　小伙子涨红着脸站起来，一下子把禾妮揽在胸前。禾妮感到自己的脚悬空吊着，身子被一道铁箍箍住，接着，松针一样的胡楂和小伙子口中的热气燎在她的面颊上。世界在旋转，她头晕目眩，然而勒黑的影子在她脑中依然清晰。

　　"那巴掌今天就还给你吧！"禾妮伸手去拉小伙子的手。

　　小伙子的额头积满了热汗，嘴唇翕张着说不出话。

　　"打吧！打我一巴掌，把挂在樱桃树上的那笔账销了。"禾妮把小伙子的手放在她的面颊上。

听禾妮这样一说，小伙子颤抖的手生出了一丝燠热。

禾妮闭上眼睛等着。她突然想起很久之前的一个夜晚，月光抚过山峰，抚过大树，抚过泉水，抚过勒黑的头发，抚过她的衣裙……她脖颈里落进了冰凉的露珠，怕得浑身簌簌地发抖，担心夜露会让她的肚子里长出一棵小树，枝丫结满小人一样的红果……她决定了，明天就去太阳地，让那个叫耶努的姑娘把勒黑还给她，她要像牵小羊一样，把勒黑牵到哈尼寨，在房里插满迎接勒黑的鲜花。

小伙子没有往禾妮的脸上甩巴掌，而是用双手捧住她的面颊细细摩挲。禾妮想挣开，小伙子的手却越收越紧。"放我，放开我！"禾妮的手像剥棕叶似的，撕扯着小伙子的头发。小伙子终于醒过神来，仓惶地松开双臂。禾妮像一只钻出洞口的山兔，从他的手弯里溜出来，一转身冲回屋。

夜碎了，像熄了火的火塘灰，光影成了灰色的梦。

禾妮把自己酥软的身子勉强拖到床上，汗水和泪水往撩在枕上的长发里滚。拒绝人，和被人拒绝，原来都是一样的伤心难过。

隔了很久，小伙子又酸又软的声音传进来："我等你……"

禾妮裹紧棉毯，闭着眼睛把脸贴在枕头上，仿佛还能看见小伙子痴痴伫立的身影。床下的小花狗愣愣地瞅着她，不敢出声。

屋外响起牛咀嚼夜草的声音。

禾妮不见了踪影，禾妮的阿爸满寨子找。最后一个早起背马草的男人告诉他，天吐白光时，看到禾妮在进山的茅草道上走。

禾妮躲在太阳地的寨门外，让个小孩子把耶努叫了出来。远远地，她看到了耶努凸起的肚子，来之前在心里掂量了好几遍的话，顿时一个字都吐不出来了。

耶努上下打量禾妮，心惶惶蹦跳，她努力压制住："你是不是……哈尼寨的禾妮姑娘？"

禾妮嗫嚅着，最后轻轻点了下头。

"阿姐，来太阳地该进家才是。跟我回家吧，我给你烧茶做饭。"耶努勉强做出笑容，去拉禾妮的手。

禾妮像是被火炭烫了一下，猛地向后退："不用了，家里不是我俩交心的地方……耶努，我听娜木芸讲过，你是个好姑娘，我和勒黑，都不该伤害你……可是，可是，我如果不来太阳地找他，见他，一定会死掉的……我知道，这样做对不起你，可……"她痛苦得说不下去，只能抽泣，"勒黑……勒黑……"她反复叫着勒黑的名字，心中充满了绝望，她知道，这个男人已经被命运推得离自己越来越远，他不可能再属于自己了。

太阳亮白的光爬在两个女人的身上，她们把彼此的神情看得清清楚楚。

"阿姐，有话慢慢说。"耶努心里的苦水也喧腾着要往外涌，她扶住禾妮，轻声说。

"我是个恶女人……"禾妮吼起来，声音艰涩，仿佛是从掐断的脖颈里泄出来的残喘，"我本来想跟你说，太阳和月亮合起来造了我和勒黑，我要从你的肚皮上把勒黑牵走！"她一口气吼完，脸色发青，额上挂起了一层冰冷的汗水。

耶努的脸即刻涨红了，她想咆哮，想拧禾妮的嘴，抽那张美丽的脸，往那窈窕的身躯上啐唾沫……她不敢想象，如果面前这个姑娘真的要带走勒黑，自己会做出什么疯狂的举动。

禾妮用尽全身的力气说完这句话，终于像一匹经不住棍打的老马，软软地瘫倒在地上。

耶努的愤怒突然消逝了。她蹲下身，扶起禾妮的头枕在自己腿上，用衣襟擦拭禾妮脸上的泪水和尘土，颤颤地说："阿姐，我们都是女人呀，我怎会不明白你的心意！你和勒黑是天造地设的一对，只怪我迷了心窍，答应进他们家的门……"她也掩脸哭了起来。

禾妮的神志渐渐清醒，从耶努的怀抱中直起身。她喘息一阵，把脖颈里的银项圈脱下来，塞到耶努手中："我差点犯下大罪孽……这项圈应该是你的。"

"阿姐，我是草籽命，收不住勒黑的心。我笼过他家的火塘，肚子里留了他的草芽，已经知足了……"

"不，是我不好，我是只自私的野山蜂，只知道往自己脚上抓花粉。"

"阿姐，勒黑和你是神灵配好的，我不该恋着他家的火塘不走，你别恨我。等我生下肚子里的孩子，马上就迈出那道门槛。你耐心等一等，千万别抛下勒黑，有你在身边，他才会幸福。"

"我俩的命为什么都这么苦啊……"禾妮紧紧攥住耶努的手，两个女人的身子贴在一起，泪水汇成了一条清亮的溪流。

第六章

开街的鞭炮响了。

临时搭盖的外贸站收购棚、供销社售货棚前，火药的黑烟冉冉飘升。人们欢呼跳跃，下了驮的马群高声嘶嗥，系在马颈上的铃铛甩得叮叮当当响。蓝天高远，山风把烟雾舒开，一圈套一圈，连成长链系住太阳。

太阳地的景致今天分外美丽。瘦高的老乡长挥舞着手臂，抖动着白胡子，激动地向汇集到草地上的人们宣告："乡亲们，太阳地办起街子，是开天辟地的大事情！从今往后，不再分山里山外，大家都活在一块天地，太阳地人的日子就像刺泡果，会越来越红火，越来越甜……"

虎头王听着老乡长讲话，心里全不是滋味。为筹办街子，老乡长已经在太阳地住了十多天，好心的寨人把最香的松鼠干巴端给老乡长下酒，他却梗着脖子不出声。老乡长找他商量开办街子的事，他不理不睬，家里的恶狗还撕烂了老乡长的裤子，在老乡长的小腿上烙了一排狗牙印，流下的鲜血染红了门槛。他以为，老乡长遭到这样的冷遇，不会再登他家的门，谁知道老乡长反而搬到他家，跟他合睡一张床……他的心被磨软了，老乡长，也就是昔日给太阳地带来新希望的冯连长，在寨人心目中，是和先祖一样的大英雄，如果连老乡长的话都不信，这世上还有谁能信任？他终于看了鹰骨卦，没有说话，只是向老乡长点了点头。

今天这种场面，先祖们能安宁吗？阿爸阿妈的灵魂会不会受侵扰？他灰黄着脸，悄悄退出了街场，脚步朝着坟地移去。那里的每座坟茔都砌满先祖们的英雄业迹，一石一木地在寨人心田里烙印。太阳地人一路走来的历史，被寨里众老反复吟诵。他们往往扬着银丝飘动的头颅，把松弛的下颏绷得紧紧的，站在坟茔前，眼珠从这一座移到那一座，叙说它们的邃古以及坟中人物曾经的辉煌。数到蛮时，他们扶正了脸相，敬仰地肃立，木雕的虎神在布满皱纹的手掌上依次传递，缺齿中漏出一句不容置疑的断语：生为太阳地，死为太阳地。

这次他拗不过老乡长，点头同意在太阳地办街子，让他们恨得咬碎了牙齿，说他不如一只蚂蚁，蚂蚁不会让野鼠钻进窝穴。然而他们不知道，他宽大的袖管积附了厚重的灰垢，气管被堵得只剩下一条缝隙，对太阳地他已经力不从心，那鲜花盛开的岁月从他手中永远流逝了。世界是个新的，太阳和月亮换了颜色，连树上鸟儿的叫声也变了，他猜不透其中的含义。大家都想让太阳地的山麓开遍红花，太阳地的河流游满小鱼，可勒黑说他是老观念、老保守，像枯树上的青苔，这话招来不少他在熊身上练出来的巴掌。最讨厌的是那群年轻的山猴子，被勒黑扭成一股绳，他们的脚板磨损了他家的门槛石，赖在凳子上给他换烟筒水，安烟，点火……之后就提出办街子的事，他任凭他们说死说活，就是不点头。他们一个个哭丧着脸溜出门外，骂太阳地是泡臭牛屎，先祖是牛屎堆里的辣蚂蚁，还扬言要削平太阳地里的坟茔，于是众老用劈柴教育自家和别家大逆不道的儿孙。这样的事几乎每天都在发生，他知道，寨里老人和年轻人之间的矛盾，就如同铁皮壳里放了炸药，早晚有一天会爆开。他并不怕，从土匪的枪子眼里钻出来的人，还有什么唬得住？

最后答应办街子，并不完全是碍于老乡长的面子或者年轻人的纠缠，其实，他是有私心的。女儿娜木芸上昆明的大医院治伤，错木为给女儿筹钱犯了法，钱！钱！儿子勒黑对他保证，自己雕的弩能在街子上卖个好价钱。他隐了这层任何人也捉摸不到的私心，向老乡长点了头。

赶街的人像潮水一般涌来挤去，草地上摆满了令人眼花缭乱的货物。阳光照在勒黑的脸上，整张脸流光溢彩。他手臂上隆起的肌肉是那么有力，衣襟里露出的胸毛充满了男子汉的气息，许多人围住他雕的弩弓惊叹，爱不释手地抚摸上面活灵活现的山鹰，慷慨地掏出钱来。没有抢到弩弓的人很是失望，好在勒黑脸上带着令人信任的笑容，承诺下次一定给他们预备更多更好的弩弓。

一伙汉子盘蹲在汤锅旁，兴奋地颠动着腿杆，猜拳的声音活像一群公牛在撒欢，从碗里泼洒出来的酒液在他们身下积成一泓清潭。

耶努闪着润润的大眼，用采来的木耳跟一个山外的汉人换了套漂亮的小孩衣服，嘴角陷出玉盅似的笑窝，盛满了蜜水。

一个头发斑白的老妇人提着黑筒裙走到耶努身旁，耳坠荡得哗哗响，眼睛攫住那套衣服，说："荞子花开了，泥土里要剥出一个小人，他在没有星星的黑夜里，能射下树杈上的松鼠。"老妇人干瘪的嘴唇轻触耶努的面颊，之后颤悠悠地走了。耶努摸着她亲过的地方，面颊生起燠热，燠热里透出无限的骄傲，再迈过人群时，脚步像浮云一般翩然。

虎头王仓惶地跪着，额头贴住坟茔的泥土，像一头自省的猛兽般凄然喊道："先祖，是我没有吐尽心迹，是我答应办起了街子，我有罪，你把我溺死在黑河里吧，别让乌鸦叼到尸骨。"

街子上热热闹闹，笑语声响成一片，谁也不知道坟地里跪着个孤寂的男人。

湿雾像层翳膜，紧紧笼罩刚犁翻的土地。勒黑把牛赶得飞快，土坷垃硌得脚掌心生疼，他感觉得出来，这块老土里有古恒山的砂，有古猿猴的残骨……从十五岁开始，他的脚就在这块老土里踩来踩去。那时，牛和犁还挎在阿爸的肩上，他只跟在阿爸屁股后面捡犁沟里翻出来的土蚕，阿爸说："土蚕会吃山谷籽籽。"

他捡得是那么认真，额上细细的汗浸染了春天的霞光。等他长成一棵树，阿爸把他拉到地沟里，在他手心放了一撮山谷，从山丘般的牛肩上取个弯担搭在他肩上。他原以为，接过父辈的责任，该是一种多么庄严的仪式，原来就这么简简单单地握上被阿爸布满老茧的手掌磨滑了的犁把，踏上被阿爸宽厚的脚板碾碎了的老土……这些年，他心里一直不是滋味，总觉得阿爸这样随随便便地把弯担挎到他肩上，是对他的轻视和怠慢，先辈人血肉浸透的老土，要贴上下辈人的脚板，总要昭告天地吧，起码得让太阳地人知道，这块老土已经易了主人。他曾打算正儿八经向阿爸提出来，转念一想，即使太阳地人知道了，又有什么实际意义？他们都看着阿爸的眼色过日子，老土易不易主，就和他当不当太阳地的村长一样，从来不被他们放在心上。整个寨子都把他这个村长挤在眼旮旯里，大小事全找阿爸，比如哪家的猪没死透，熰了一半的毛跑了，主人开口就说，请虎头王想办法。

明澄的阳光披在他身上，他的肩背感受到了那份热力。他舒展一下筋骨，抬眼望那湛蓝的天空，心头的郁结散掉了不少。

一块巨大的土饼翻倒在勒黑的赤脚板前，透出深藏的水汽，湿润了他的双眼。大群喜鹊从炽白的太阳光里飘下来，如同纸花般撒在新犁翻的土块上，跳跃着，欢叫着，尖尖的嘴壳叼起蠕动的土蚕。

地边的林荫浸渍着比天眼还深邃的蓝色，渐渐显露出一个女人的身影，是耶努送饭来了。

勒黑扶正犁把，吆喝大黄牯子牛："驾——"大黄牯子牛喷了一口粗气，拼命拉动木犁。勒黑抖抖缰绳，打算在吃饭前将余剩的一小片地犁好。他赤裸的上身被太阳烙得赤红，汗水从发棵流到胸膛，浓密的胸毛像

一条条新开的小沟渠，把水引得曲曲弯弯。

　　耶努背着小竹笏，走几步就得扶着身旁的小树歇一歇。她的肚子已经很沉重了，心情却比肚子还要沉重几分。自从和禾妮见面后，她知道自己笼家里火塘的时间不会很长了，可她舍不得呀，这个家曾让她做了多少温馨的美梦。有几次，她把竹筒水灌进火塘，想浇熄留在火塘里的情义和记忆，然而她的心像撕裂般地痛，那厚厚的白灰向她涌过来，淹没了她的腿杆，爬上了她的喉头，让她几乎窒息……

　　"我的儿子！"耶努在周围无人时对着树上的喜鹊说，"我死了后，你要含着岩蜂蜜喂他，让他五月里开花，六月里结果……"

　　太阳光把她的影子剪成碎片，挂到很高的树枝上。一树密密的钩刺像是刺进了她的心，流出点点心头血。耶努不甘心呀，她这个年龄，应该还有九十九条路要走，有九十九条河要过。她摘了摞绿叶当枕头，拿马缨花嫣红的花蕊涂自己的面颊和嘴唇，花和叶滋养她，她会有好运气的。

　　天落了雪，又落了雨，雪花和雨点都寻着最瘦弱的小草碾压。耶努从山顶向下望，幽深的峡谷里，一条银链在飞舞，那是一群南徙的候鸟要北返。

　　"带我走吧！"耶努对它们呼喊，她渴望去一个没有勒黑、没有禾妮、没有太阳地的崭新世界，"带我走吧！"她低头看到自己圆滚滚的肚子，声音越来越弱，像从刺梨叶尖上落下的水珠。

　　她梦见一处泉水，一对白青蛙鼓着眼睛瞪她，嘴巴上的胡子气呼呼地抖动。青蛙嘴里喷出白水，她掬一捧，甘甜甘甜的。她不打算回家了，这白水能喂大儿子呢。

　　可是虎头王牵着大黄狗，踩出深深浅浅的土窝到她面前："耶努，那串浸了盐巴的松鼠干巴等着你去炒呢。"

　　大黄狗咬住筒裙，把她拉回了家。她为父子俩炒肉，上酒。即便是在这道门槛上磨脚板的日子不多了，她也还和以前一样，一心一意地履行自己的职责，这个家里只有她一个上酒的女人呀。

看到她的肚子越来越沉，勒黑没日没夜地抽烟，嘴唇燎起了大泡。一天夜里，他忽然搂住了她，贴在她耳边说："白鹇鸟再美，也不能撵走自家窝里的斑鸠。"

从那天起，勒黑变成了一堆篝火，几乎把她融化。她却越来越不安，簌簌流出的清泪被她滴在手心里端着。这哪里是泪，是一颗心，一颗妻子对丈夫的赤诚之心。可她答应过禾妮，那是个比她还可怜的女人，她变成飞灰也不能反悔。她把手上的泪水倾倒在火塘里，哧的一声，烟消云散。

扎旺送来一封信，说花信封是从医院寄来的，写着勒黑的名字，她猜到里面一定装着娜木芸的消息。等不及虎头王回来，她把做好的饭菜分出一半盖在锅里，拿着信来找勒黑。

"耶努，裙子是割不断草叶的。"勒黑大声把话丢过去。

树荫里，耶努掩口呵呵地笑，娇甜的话丢回来："鹦鹉要听八哥叫，请进林荫端坐好。"

勒黑把牛肩上的弯担一脱，像只鹞鹰般扑进林荫里。耶努闪在一棵小树后，小背箩挂在树杈上，像一只斑鸠在枝头悠荡。

勒黑擒住耶努，双臂把她揽到胸前："斑鸠叼了哪山的岩盐坨？"

"松鼠干巴一小串，葫芦美酒一小壶。吃饱喝足，还有好事等着你。"耶努说话像唱歌。

包头布挂在树枝上，长长地垂下来，一圈圈打着旋，在煦风中飘动，展开的影子遮住了像鸟儿一般亲昵度食的年轻夫妻。

"你摸摸我兜里揣着什么好东西。"耶努揩着勒黑嘴角上的酒珠。

一只厚实的大手从耶努的短褂领口伸进去，像犁铧似的在她丰满的胸脯上来回穿梭。

"鸟儿在枝头看着呢！"耶努娇嗔。

"是你让我摸的。"

"谁让你……"耶努羞涩地推开丈夫的手，从衣兜里掏出那封信。

"禾大夫来的信！"勒黑惊喜地叫道。他伸出舌尖舔湿了封口，双手激动得直颤，小心翼翼地打开信封。

"信上写的什么？快念给我听听。"耶努迫不及待。

大伯、勒黑你们好：

娜木芸已经从昆明转回县医院，速来。

"就这么一句话？娜木芸医没医好一个字也没有提。禾大夫也真是，多写几个字又费不了他多少墨水。"耶努嗔怪道，她急于知道娜木芸的近况。

勒黑眼睛一眨不眨地盯着信，陷入深深的沉思。

春天的哀牢山，黎明时分犹有寒意，原野上洒了一层薄薄的白霜。一片片草叶仿佛冰针，沉沉地插在老土上。

走在山道上的勒黑脚步越来越沉重。他一夜没合眼，琢磨着禾大夫这一句话的信，越琢磨越觉得事情不妙。如果娜木芸治好了腰伤，以禾大夫那么高的文化，他至少会写两张纸，不，应该是四张、五张……整个晚上，家里的气氛都十分沉闷，谁也不想跟谁说话。清晨出门之前，他还安慰了阿爸和妻子一番，只是那些话连他自己都不信，纯属自欺欺人。

茅草道上能看见许多新鲜的洞穴，是穿山甲刨完蚂蚁窝留下的，那成千上万的蚂蚁可能正在穿山甲的肚子里打滚呢。它们做梦也想不到，灾祸就在一瞬间降临，它们失去了家，甚至失去了生命，却完全无法抵抗。勒黑叹了一口长气，人在厄运面前，又有多少还手之力呢？

县城的城楼在晚霞中是一片黑色的剪影，忧伤地矗立着，等待勒黑一步步走近。

因为是下班时间，勒黑直接去了禾大夫家，正遇见他拖着疲惫的身躯归来。禾大夫握住勒黑的手，还没说话就先叹气，一副忧心忡忡的模样。

"禾大夫，阿妹她……"勒黑惶惶不安。

禾大夫避开勒黑的视线，望向窗外渐渐浓重的暮色，还是不出声。

"禾大夫……"勒黑的心怦怦直跳，已经预感到了不幸。

"你要冷静……"禾大夫终于开口，"医学的力量实在太有限了，昆明的大夫们竭尽全力，可是……"

"不，禾大夫，阿妹要走回太阳地的！全家人都在等她，还有错木……"勒黑双手紧紧攥住禾大夫的肩膀，央求道。

"勒黑，我们都得接受现实，现实就是很残酷！"

"求求你，救救阿妹，救救阿妹……"勒黑不禁哭喊起来，禾大夫任由他发泄，并不阻拦。

窗外飘起凄凉的小雨，雨点拍打着玻璃，也像在伤心哭泣。

"抹抹你脸上的泪吧，我们现在去看娜木芸，她见了会更难受的。"禾大夫从门后的铁钉上扯了一块毛巾，丢给勒黑。

雨滴一直陪着他们穿过巷道，走进医院。

白色的灯光，白色的墙壁，白色的被子，白色的床单……娜木芸静静躺在白色的世界里，那张苍白的脸庞消瘦了许多，眉宇间流露出无限的伤感和哀愁。她神思茫然地仰望着天花板，那眼神似乎在问：月亮哪里去了？星星哪里去了？

"阿妹！"勒黑冲过去。娜木芸从沉思中被惊醒，微微转过脸来。她没有见到亲人的惊喜或委屈神情，只是嘴角颤动，露出一个万分艰涩的笑。

看到这比号啕大哭还要痛苦百倍的笑容，勒黑的心就像在油锅里煎熬，缩成豆粒大小的一团，让他几乎喘不过气。

"阿妹，阿哥来了，你痛痛快快地哭吧！"勒黑心疼地说。

"阿哥，我的眼泪已经流干了……"娜木芸的眼神黯淡而枯槁，"我想你们，想回家，你带我回家吧……"那声音细弱得风一吹就断掉了。

"阿哥这次来就是带你回家的。"

"不，你说谎，你们还想把我放在医院！阿哥，我不愿意在这儿，我要回家，要回家……"娜木芸痉挛的手紧紧抓住勒黑，像一个落水的人在绝望中抓住一根稻草。

勒黑把嘴唇咬得渗出了鲜血，才止住自己冲口欲出的号哭。

禾大夫想冲散这愁云惨淡的气氛，强笑着拍一下勒黑的肩膀："听说你们太阳地办起街子了，有什么新鲜事？给你阿妹讲讲。"

勒黑明白禾大夫的意图，顺着他的话题，努力装出欢快的声调："阿妹，我们寨子开街那天，草地上全是人，老乡长先讲话，纸炮放了一大箩……还有，我雕的弩弓卖出好价钱，给你买了一大堆五颜六色的花线，等你回家绣花围腰用。"说着说着，他的嗓音哽咽，再也说不下去了。

禾大夫见勒黑蹲在床脚抽泣，只好自己上阵，劝慰娜木芸："你耐心在医院治疗，等伤好了，我送你回太阳地，你领我去逛街子。"

娜木芸紧紧抓住禾大夫的手："禾大夫，这段时间幸好有你照顾我，你就如同我的亲人一样，从今天起，我就喊你阿哥了。阿哥，求你别把我留在医院，我要回家。给我一张你的照片吧，等回了家，我绣两张挂像，一张寄给你，一张挂在家里，太阳地人会记住你的。"

"阿妹，你不住在医院，伤怎么能好呢？"禾大夫恳切地挽留她。

"阿哥，你为我把心都操碎了，还送我去昆明最有名的大医院，我知足了，只怪我命不如人……我不愿意在医院里熬日子，我想家，想太阳地……"

娜木芸的态度太坚决，禾大夫只好让步："阿妹，回家后别胡思乱想，要像太阳地的大山一样坚强，不怕风吹雨打日头晒。我一有时间就去太阳地看你，如果你还是这么瘦，我就接你回医院，天天喂你吃三斤肉。"

"阿哥你放心，我回家后，一定吃完睡，睡完吃，等你来时，说不定认不出面前的胖姑娘是谁。"

娜木芸强打精神和禾大夫说笑，字字句句却拖着凄伤的尾音，就像一只受伤的鸟儿仍要啼啭……

满山的鲜花像一颗颗红红的眼泪，染红了原野，疏空的林荫里透出明澄的光，鸟儿叼着绒草开始搭窝，阴湿的石壁上附着绿绿的水垢，像一层绿蛇皮，小蜜蜂从花蕊里蹦出来，脚上挂着两坨花粉，朝耀眼的太阳飞去……

勒黑背着娜木芸，在山岚里伫立了很久。

春风拂着娜木芸秀丽的黑发，发丝似鸟翼般扇动。这些天来她的脸上第一次流露出略微兴奋的神情，像娇嫩的花朵一样在阳光里闪亮。她望见那条和错木捉过红尾巴鱼的小溪，还记得有条水蛇从他们脚面上游过，留下一长串涟漪。那时她刚刚抽长了骨架，饱满了胸脯，浑圆了臀部……

当晚她做了一个梦，梦见自己变成了大树，变成了长河，变成了崇山，变成了太阳，最后变成一朵能把所有小虫熏死的狗屎花，她被气哭了，泪水渗进老土，冒出的热气奔流向高空，卷成漫天的旋风，把所有叶脉上探路的小虫掀进深渊……现在她意识到那是不祥的梦，预示她将被迫离开这块深藏着她的根的老土。太阳地人最怕背离自己的老土，即使这老土眯瞎了他们的眼睛，磨断了他们的血管，他们也徘徊着不愿离去。曾经有两个偷情的男女被寨人撵出了山外，可是直到他们死，嘴里和衣袋里还塞满了太阳地的老土，最终寨人把他们抬了回来，埋在离太阳地坟茔很远很远的位置。

这次阿哥背着她，顺着蚯蚓爬滑的山道回来了。假若背她的不是阿哥而是错木，她肯定要让错木把她放进小溪，再感受一次那份清凉……错木，可怜的错木，为她付出了那么多。禾大夫在昆明的医院里讲给她这件事，她不吃不喝，痛哭了一整天。

阿哥说，他要写封信告诉错木，她回到太阳地了。她想破脑壳也想不出自己要在信里给错木讲哪些话，心绪乱得像团麻线。

树林里穿出一个背柴的汉子。

"阿哥，那不是扎旺吗？"

勒黑也认出了朋友，大声喊道："扎旺……"

扎旺乜斜着脸庞，炯炯的独眼看向喊他的人，随即把柴架往身边的土坎上一扔，高喊一声："娜木芸！"话音未落，人已经扑到兄妹俩面前。

"扎旺！"娜木芸想说的话一句也说不出来，睫毛上挂起了滚烫的泪花。

扎旺张了几次口，也是结结巴巴说不出成句的话。等娜木芸哭了一阵，他似乎想起什么，一转身朝寨里奔去。

寨子里响起了嘭嘭嘭的火枪声。

"娜木芸回来了！娜木芸回来了！娜木芸回来了！……"枪声伴随着扎旺洪亮的声音。

勒黑背稳了娜木芸，跑得像一头出山的野鹿，脚板扬起了一条长长的尘土。

寨里的人都出了家门，骑在矮墙上，靠在篱笆上……拍手欢呼，迎接兄妹俩。耶努挺着鼓鼓的肚子，在路边采了一束喇叭花，扔给娜木芸。接着，女人们都纷纷采花扔过来。娜木芸把花都堆在阿哥的肩背上，脸上笑盈盈的，一路点头打招呼。

离家只有几步远了。迎候在门口的虎头王见兄妹俩身后跟着一大串人，赶紧跑回屋，从床下抱出一罐老陈酒。酒还是儿子结婚时剩下的，他一直舍不得喝。众人进了屋，遮得光线忽明忽暗，他的皱纹一会儿疏朗，一会儿又显得深黑。不管怎么说，一个苦聪汉子活到这把年纪，有过眼泪化成血的日子，也有过苦恼化成笑的日子，他的家能拥进这么多寨人，说明他烧在太阳地里的香火没有熄，他的生命和太阳地连着。不管年轻人承不承认，太阳地是寨人的生命之源。有了这生命之源，他的门槛才有这么多的脚板来搓，他作为太阳地的虎头王，才有幸福可言。以后，他还要在太阳地熬酒，把太阳地的大人苗、小人苗都灌得星星一般闪亮，任什么野兽鬼怪望他们一眼都会灼瞎了眼睛。

虎头王盯住趴在儿子背上的女儿，浑浊的老泪差点抑制不住地滴在酒罐上。

这么漂亮活泼的女儿，本来会有一个幸福的家庭、几个或乖巧或调皮的娃娃，那是先祖赐给她的。可是，那场灾祸改变了一切，今后她只能像匹关在厩里的骡子，数屋顶被火烟熏黑了的茅草。总有一天，她会数累的，到那时……他不敢再想下去了。

"阿爸！"娜木芸甜甜脆脆地喊。

"慢，先给你阿妹洗尘。"虎头王吆喝住儿子，抱起酒罐，往凳子上排开的瓷碗里倒酒，酒淹到了碗口的那一道细圈。他把酒罐搁到地上，端起酒碗，眉头微微一蹙，拇指和食指在酒面上蜻蜓点水般蘸了蘸，朝女儿掸酒……

细碎的酒滴浸湿了娜木芸的一片衣襟。虎头王把酒碗递给女儿，她伸出舌尖尝味，像一只在溪边戏水的小鸟。酒面袅袅地泛起涟漪。她被酒气呛了一下，连打几个喷嚏，人们哄然笑起来。娜木芸觉得自己已经微醺，是被人们的笑声灌醉的。

虎头王给每个人一碗醇酒，酒气弥漫了全屋，火塘里的火苗也醉得歪歪倒倒的。

人们在虎头王家喝了一夜，唱了一夜。屋外碧绿的花茎托着花盘，听得忘记了开放。公鸡被这高昂的歌声惊得不敢啼鸣……

耶努两颊像染了绯色的花粉，嘴角还有酒水的痕迹。她快活地笑着，拉过娜木芸的手放到自己圆滚滚的肚皮上："娜木芸，我肚里好像有两个酒鬼在猜拳。"

"哈哈哈……"笑声像炸雷般的响。

天亮了。

　　蓝苍苍的天穹，一块圆圆的月亮又缺了。娜木芸夜夜聆听着屋顶上的动静，风卷来小雨，她细数有多少雨脚，等天亮了，她打算爬出门外，看她数过的小雨。

　　从医院回到家已经三个多月了，三个多月来，她除了在白布上绣出两个禾大夫——不，是阿哥——的像之外，什么也没有做。她的勇气被日复一日困在床上的生活吸走了，消磨干净了。猪狗叫，人唱鸡鸣，好热闹的世界，但都和她毫无关系。她的脾气一天比一天坏，厌恨家里的每一个人，包括她自己。她厌恨阿爸无休无止地抽烟喝酒，厌恨阿哥在火塘旁、月光下没完没了地雕弩弓，厌恨耶努挺着大肚子在她面前大摇大摆地走来走去……她什么都看不顺眼，被名叫嫉妒的恶魔牢牢攫住。

　　她质问每天给她送鲜花的女伴，是不是嘲笑她不能自己走到屋外采花，还把花朵撕得粉碎，扔出窗外，说她们是一群没安好心的魔鬼。女伴们走了，她又伤心地大哭，骂自己是没有人性的野兽。阿爸、阿哥和耶努都是她发泄的对象，她把他们端来的饭菜泼到地上，发脾气说自己宁愿饿死。她也不知道自己从什么时候开始变成这样子的。阿爸说，她的魂怕是被妖魔勾了，请了山里最有名的比莫来给她撵鬼。比莫满脸抹成烟紫，身上贴了花花绿绿的纸条，手捏着黄泡果刺条，闭着眼念咒语，一边跳跃盘旋，一边在她头上胡乱挥舞黄泡果刺条。最后，比莫生生用牙齿将一只鲜活的小羊羔咬死，吸吮它的血。她看到这令人毛骨悚然的一幕，差点晕死过去。撵了"鬼"，她的脾性反而比以前更坏。阿爸想不出别的办法，就把在他兜肚里焐得滚烫的木雕虎神给了她。虎神给她带来了好梦，她梦见嗓子里淌着清泉，嘴里哼着不成调的歌。她剪裁白云，拣出其中最洁白的那块，喜滋滋地披在身上，走进一泓热泉，云纱流走了，她张开赤裸的双臂，拥抱着暖暖的水波，水波温柔地包裹着她的全身，像错木的手在轻抚她……太阳落了，月亮出来了，一个赤裸的男人悄悄接近她，那黝黑的身躯十分眼熟。她心头骤起丝丝说不出的甜意，笑得像山花一样烂漫。男人像一棵树般地立着，低沉地喘息，她的手在那赤身上逡巡，轻轻地呼唤他："错木……"

错木拨开她的长发，低下头亲她，那双像小鸟一样不安分的大手托住她娇圆的胸脯。她全身轻飘飘的，觉得自己飞了起来，落在崖顶上，和天上的星星离得那么近。星星又大又亮，颗颗都像太阳，然而最像太阳的，是错木流着赤火的眼睛。

"我唱歌给你听？"错木搂紧她。

"你学会了新歌吗？"

"我只会一支歌，你一辈子都得听它。"

"听厌了怎么办？"她娇羞地缩进错木的怀里，两个身躯四条手臂交缠在一起，像被蜂蜜牢牢粘住。

天亮了，错木悄然消失……

她感到火苗灼燎般的痛苦，甚至能听到骨头被火舌舔舐的炸响。那天她望瘦了太阳，半夜又做起同样的梦。她痴迷于虎神的力量，整天魂不守舍，颠颠倒倒。

这段时间虎头王坐立不安，只要一跨出屋门就心中打鼓，似乎床上的娜木芸马上会有什么不测。到屋外撒泡尿，腿也直打颤，好像有野鬼要绕过他进屋骚扰女儿。娜木芸时而大哭，时而大笑，时而大叫大骂，他束手无策。要说妖魔勾了魂，他也请了比莫了，谁知撵鬼后情况变得更坏。他把父亲传下的木雕虎神给了女儿压魂，这回女儿倒是不哭不笑不骂了，却变成了根木头，抱着虎神缩在床上，不言不语。他不敢多看女儿，每看一眼，自己身上就像被剐了一块肉。每天傍晚他都去给至高无上的先祖点上香，祈求他们给这个家降福，给女儿免灾。唉，可怜的姑娘，从小就没了妈，长大后一时糊涂，只犯了一次错，就被先祖惩罚了。先祖啊，把所有罪孽都归到我这个父亲的身上，宽恕我的女儿吧！

疲倦已极的虎头王倚靠在火塘边，嘴里衔着旱烟锅杆，慢慢合上了眼皮……

女儿向他走来，花筒裙勾勒出苗条的身材，瀑布般的长发流泻在背上，她丰润的脸庞红得醉人，一双又黑又亮的大眼闪着摄人心魄的光彩。她走进屋门，带来一阵春风，像一只翩飞的花蝴蝶。"阿爸，我绣的花围腰给你换来了好酒。"她把金光闪闪的酒葫芦举到他面前，晃来晃去，醇香的酒气四溢，馋得他直咽口水。终于，他抵挡不住这巨大的诱惑，一跃而起，追逐女儿手中的酒葫芦……

"娜木芸！"虎头王惊醒了，向女儿屋里望去。只见耶努坐在床边，抚着娜木芸的手，轻声说："阿妹，还记得我俩四年前栽的蜜桃吗？结果喽！等你伤好了……"

"嗯……？"

"等你伤好了，我俩爬到树上吃个饱，像松鼠一样趴在树杈上睡觉。"

"好啊好啊……那该多高兴呀！"娜木芸脸上泛起笑容，眼里闪着光，像在憧憬着那美好的情景。她像个孩子似的笑出了声，眼角却涌出了热泪。

耶努掏出手巾给娜木芸揩泪，娜木芸的目光滑到耶努手袖的花边上，呆呆地盯了一会儿，脸色骤然一变，像洒了一层寒霜。她愤怒地将耶努的手推开，大声吼道："骗子！你们都是骗子！明明知道我是躺在床上的死人，还说这些话戳我的心！我知道，你们恨我这样不死不活地拖着，连累你们……"她伤心地号啕起来。

"阿妹……"耶努急红了脸，安慰的话被娜木芸恶狠狠掷出的字句截得七零八落。

"出去！出去！我恨你……恨你！"娜木芸满脸泪水，无法自抑地号叫。耶努战战兢兢地从娜木芸床边站起来。

"耶努，我的好阿嫂，你别走，我怕！是我不好，我被魔鬼缠疯了，别离开我！"娜木芸突然清醒了，乞求地对耶努伸出双手。耶努抱住娜木芸，和她一起痛哭。

虎头王的心被她们哭碎了。他冲到女儿身边，那张树皮般皱裂黧黑的脸欷欷地抖颤，深陷的眼窝是干涸的——他的眼泪早就流干了——只有嘴角边的黑麻子不停跳动，像山谷籽在锅里炸花。

"阿爸，我想见见错木。"娜木芸仿佛在黑暗中企盼一线光明，仰着脸殷殷地望向阿爸。

虎头王悚然，连嘴角边颤动的黑麻子都僵住了。良久，他咬牙切齿地警告女儿："先祖的惩罚难道还不能让你醒悟吗？你和他……是冤孽，只能远远地分开，如果再见面，必定有更大的灾祸！"

"阿爸，求求你，让我见见错木。"娜木芸仿佛听不到阿爸的威吓，从牙缝里挤出艰涩的声音。

丝丝冷流钻进屋里，将虎头王从头到脚裹住。他觉得眼前无光，天地迅疾地暗下去，脚底的地面一个劲旋转……他一头跌倒在地上，不省人事。

"阿爸！"耶努惊惧地大叫，怎么也拉不动晕厥的虎头王。

"阿爸，错木是魔鬼，我不见他，不见了！"娜木芸声嘶力竭地叫道，在床上挣扎着想起身，却差点摔到床下。耶努又手忙脚乱地赶过去扶她。

虎头王一醒来就吩咐耶努："别管我，快去把勒黑喊回来，我有话对他说。"他的眼睛眯成一条裂岩缝，眼神冷冽。

日光昏昏黄黄地裹着远远近近的山，勒黑踏进了家门。

虎头王已经抽了好几锅烟，整个人被烟雾熏得萎缩了一圈。他对儿子说："男人是山，女人是洞，有山才有洞。你去求个情，让错木来看娜木芸一眼。"

勒黑像一扇僵直的门板，硬邦邦地说："阿爸，错木在监狱，出不来。"

"你给人家多磕几个头，别说人了，岩石也会心软的。"虎头王信心十足地鼓励儿子，"去吧，虎神会保佑你的！"

勒黑知道阿爸的话是异想天开，阿妹的心愿不可能被满足，但他没有力气做多余的解释，只是含糊地应了一声，迈开沉重的双腿走出家门。

他无处可去，在空旷的草地上徘徊。一丛丛深绿色的草叶凝着水珠，像娜木芸和耶努濡湿的睫毛。

一大群鸟儿像撒落的纸屑，纷纷落到草地上。其中一只小鸟不知受了什么伤，姿势怪异地从半空坠下，像一颗石子般撞上地面，收束着的翅膀平平摊开，抽搐几下就不动了。勒黑走过去，捧起那只小鸟，阴凉滑润的羽毛在他指缝间飞扬。他合拢手指，把风关死。小鸟已经死得够悲惨了，不该再受恶风袭扰。

活着很艰难，死亡却来得很容易。鸟儿到临死前，恐怕还不知道是什么夺去了它活泼的生命。他想起死去的阿妈。给予他和娜木芸生命的阿妈，却没有力量活下来。阿爸从来不讲阿妈的事，即使一对儿女追问也不讲。阿爸是全忘了呢，还是记得太深太沉？

娜木芸在床上受苦，错木在监狱里受罪，然而只要活着，就有重逢的希望，除非死亡把他们分开。但愿他们比阿爸阿妈幸运。

出家门前的那一幕情景浮现在他眼前。阿妹原本富于曲线的身躯现在成了一根枯焦的木棍，眼眶周围布满了阴影和皱纹，眼珠子像两条惊慌的小鱼，游动不定。她举起木雕虎神仔细端详，又把它紧紧贴在面颊上，像依偎着久别的情人，闭着眼睛又哭又笑，喃喃自语："你把我带走吧，我随你去。他们到处追杀我。逃出医院，逃出太阳地……错木，我们逃走吧，沿着蟒蛇劈出的小径……"

他扯着阿妹瘦骨嶙峋的手臂摇晃，阿妹似是从恍惚中醒来，眼睛直直地盯着他。蓦地，她急手忙脚褪下腕上的银镯，递到他面前："阿哥，这是我赶街给你买的手表……戴上吧，先祖不会怪罪！"她咧开嘴笑，那笑容令人心生恐惧。

他的牙齿打架，发出锯子落在木板上的喀喀声，舌尖痉挛得说不出话："阿妹，你……醒醒……"他向阿妹伸出手臂，像是要驱赶什么，最终却无力地垂了下来。

……

天边释出了一道微红的光。

"天往地下沉，地往天上飘。"勒黑想，那是死光。

娜木芸痴痴地望着木雕虎神，虎神眼角上一道被粘胶抚平了的缝隙，两个眼洞又黑又深。几天来，她不说一句话，就这样抱着虎神发呆。

虎头王从烟杆里捅出黑浓的烟屎，冲上开水，灌进女儿嘴里。娜木芸像野兽一样嚎叫，没多久嘴唇发乌，丝丝缕缕的血污从肚里拉出来。

耶努吓呆了，说："娜木芸变成白泥，变成衰草，该喂哪样药？"

虎头王说："大雪压了衰草，雪融化了就会抽新叶，别担心。"

勒黑不说话，心想，这几街很顺当，雕的弩弓卖了好价钱，再苦上几个月，赚个千把两千块钱不成问题，能还清阿妹欠县医院的住院费，还有禾大夫出面借的、带阿妹上昆明医院的那些钱，也该尽快还给人家。虽说禾大夫反复宽慰他，说借的那些钱自己先想法还，可他哪好意思呢？禾大夫那几文工资，要负担家里的衣食住行、柴米油盐，还要攒钱供女儿上大学，够难的了。人家帮忙是热心，咱不能把人家的善良当成理所当然。勒黑下决心挣钱，等有了钱，他就求禾大夫带阿妹到上海，到北京，一定要治好阿妹的伤。他有这个决心，也有这个信心，阿妹会像从前一样，在老土上跑得飞快，攀到树顶摘蜜桃……

上次禾妮来赶街，背了好多草药要卖。她打扮得十分漂亮，面颊粉红粉红的，像用苦荞花染过，修长的脖颈上闪着银光灼灼的项圈。他认得出，项圈是自己送给她的那个。他现在很后悔，不该把项圈送给禾妮，让耶努受到伤害。他已经习惯看到耶努的身影在屋里穿梭，习惯她端上来的香喷喷的饭菜。他很苦恼，他舍不得耶努，因此怕见到禾妮，一看见她的身影就赶忙闪到了树后。可回到家，禾妮赫然就坐在屋里。

在他进门之前，两个女人已经交谈过一番。耶努的眼神恓惶："娜木芸病得太重，要人照顾，我跨不出这道门槛。"

禾妮晃动着十根手指，赶忙说："别误会，我是来看娜木芸的，你之前那些话，我把它当肥料，撒到苦荞地里了。"

"是我对不起你……"耶努搂住禾妮，泪水滴在禾妮的肩上。

"耶努，我已经结婚了！"禾妮抚摸着耶努的头发，眼角莹光点点，她强忍着不落下泪来。

"不是说好的吗，你为什么要反悔？"耶努抬起泪涟涟的脸庞。

"女人为什么要嚼女人的心？"

"阿姐……"

……

"勒黑，娜木芸怕不行了！"

还没等勒黑想好怎么跟禾妮打招呼，耶努惊慌失措的声音就迎面扑来，她的眼睛被泪水淹得柔红，肿得像山桃。

勒黑冲到床边，捉住娜木芸僵挛的手，往上面呵气。娜木芸紧攥的手指渐渐松开，勒黑从里面剥出虎神，递给阿爸。

娜木芸脸上一层僵白的死光，两行泪簌簌地落在勒黑手心，求道："阿哥，还我虎神，虎神会带我去和错木相会的地方，那里还冒着我俩的热气。神灵错待了我俩，它现在要补偿……"

"别乱说，先祖会降罪的。"虎头王抖动着黑麻子，吓唬女儿。

"先祖是骗子，是魔鬼，我用筒裙罩死他。快，快给我虎神，虎神能让我安心……"

人的魂魄与肉体分离时，会说出比黑暗更恐怖的话语。虎头王想。

"虎神，我要虎神！"娜木芸眼中泛着一种几近凶狠的光，盯着虎头王手中的虎神，虎头王只好把它递给女儿。娜木芸抱住虎神，竟然用牙齿去啃虎神眼角上那条粘胶糊平的缝隙。

虎头王像一头撞在岩石上，眼冒金星。他不能眼睁睁看着自己的骨血冒犯神灵，于是硬生生地从女儿手里抢回了虎神。望着一窝窝齿印，他像一只老狼，凸起嶙峋的胸骨，从喉管里发出了一声痛苦的干嚎。

娜木芸失去了虎神，用头撞着床，撕心裂肺地哭泣。耶努和禾妮忙着安抚她。

娜木芸的哭声突然止住了，她的意识掉进了阴冥之地，整个身子似乎泡在一条混沌的血河里，胸腔撕裂了一条大口子，狂跳的心喷着血，血沫射得很远很远。

勒黑见阿妹很久都没有醒来，一股怒火蹿上了胸膛。他看阿爸没有归还虎神的意思，猛然冲过去，从阿爸手中抢过虎神摔到地上，像头野牛似的吼道："还我阿妹！"

虎头王突然遭到儿子的袭击，一时愣住了。等他醒过神来，面颊上的老皮直抽搐，冷不防一头撞倒了勒黑："竟然亵渎虎神？我和你拼了！"他从地上捡起虎神，紧紧地护在心窝上。

黑夜吞噬了世界，太阳地的神树上传来猫头鹰恓惶的一声短啼。

娜木芸拉开细密的睫毛，眼睛神采奕奕，两颊奇迹般地浮起了红晕。她握着耶努颤抖的手，喜滋滋地说："猫头鹰领我来了……它带我……"她的声音逐渐短促含糊，攥住耶努的手指一根根无力地松开。

娜木芸吐出了最后一口气。

屋外，火枪的曳光划破了阴沉的天穹，遥遥地消逝在另外一个世界。太阳地轰然倒下。

虎头王跪在娜木芸坟前，双膝冰冷。他的脊梁弓起，他说，是勒黑用弩弓弹弯的。他还说，娜木芸是替他这个阿爸死的。说这话时，他的头颅慢慢下沉，恍惚觉着自己正立在千丈的悬崖上，山风摇撼着他。他没有被刮倒，像棵老树般沉稳地攀住崖壁，俯瞰脚下的深渊。他又惶惑又自豪，这把年纪了，他不知道自己还能经受住几次风雨和雷电。

"娜木芸！娜木芸！"勒黑伏在坟上哭喊，拼命地拍打新土，土粒簌簌飞扬，又被勒黑大滴的热泪浇回到坟丘上。

"娜木芸！娜木芸！你甘心就这样死了吗?！"

虎头王抬起头，眼中有一层疯狂的血色："娜木芸还活着！她的眼角上挂着泪，我摸过她的手，像青苔一般软软的。"

勒黑被吓到了，他怀疑阿爸也像阿妹一样疯了。

虎头王语气沉痛，说这是自己的罪孽。他没有守好太阳地，让山外淌进来的污水在太阳地里漫流，报应到娜木芸身上。办街子是个大错误，害得女人肚子里的男娃变成女娃，耶努就是例证。

虎头王屈起枯瘦的手指，像五根耙齿在勒黑的头发棵里犁。他说，是他的骨血，头发就得和他一样粗硬，像能顶开石板的野草。

"阿爸，我们回家吧。"勒黑扶着他。

"你听着。"虎头王按住儿子的肩膀，"那天刚下过雨，有人告诉你阿妈，说我被大河的水卷走了。你阿妈赶路到山外，在哈尼寨歇夜。哈尼女人对你阿妈说：'看你的样子快要生了，走那么远的路不容易。'她家的老人爬到火塘边，说：'打个鸡骨卦吧。测准了你男人还在，你就央人去找。要是真被河水卷走了，你就趁早回去吧。'你阿妈说身上没带一个钱，买不了鸡。老人说：'家里还有一只下蛋的母鸡，杀了吧。'哈尼女人说：'全家人的盐巴钱就靠母鸡屁股屙出来哩。'老人说：'救人要紧。'哈尼女人杀了鸡，在土锅里煮了一个时辰，老人剥出鸡骨，闭上眼睛念了一番咒语，凑到火苗上仔细探鉴，最后长嘘了一口气，说：'你男人还在。'你阿妈欣喜若狂地冲出哈尼寨，在回家的路上，你掉到草棵里……一个好心的放牧老人把你阿妈和你背回家。以后，你每长一岁，我都捻捻你的头发。快二十年了，我什么事都忘了，就是忘不掉捻你的头发……"

由远而近的脚步声响起，父子俩都抬头看过去，竟然是禾大夫。

禾大夫脸色阴郁，一言不发地站在娜木芸坟前，久久地凝望着那堆新土。一个活生生的美丽少女从此就长眠在黑暗阴冷的地下了吗？在医院时自己答应过娜木芸要来看她，他食言了。娜木芸，你死之前，是不是恨过你这个说了谎的阿哥？

禾大夫的心碎了，终于抑制不住地痛哭起来。勒黑没有劝阻，男人的悲痛只有男人最懂。他陪禾大夫站了一会儿，突然想起什么，悄然离开了。

残败的香火像丛丛杂草在燃烧，袅袅的青烟一丝丝、一缕缕，缠绕住禾大夫颤抖的身躯，好像姑娘伸出温柔的手指触摸他。

虎头王刺啦一声扯开衣襟，直条条虬龙般的肋骨露出来，虎神似乎刚刚睡醒，从他的胸窝里探出了惺忪的眼睛。虎头王飞快地掏出虎神，恭敬地捧在手中，微闭着眼睛喃喃祈求："央告虎神，有罪的女儿娜木芸在人间遭到了鞭笞、践踏、砍斫……她的身子留下刀斧的痕迹，她的脚趾留下青石的印记，头发被老鸹叼光了，牙齿被小虫啃噬了……求求你，求求你，给她一棵乘凉的碧树……"

勒黑回来了，手中拎着一筒包裹好的白布，对还沉浸在悲伤中的禾大夫说："禾大夫，这是阿妹给你绣的。"

禾大夫擦拭着泪眼，接过勒黑递来的包裹打开看，不禁吃了一惊，布面上的他满脸泛着温存的微笑，惟妙惟肖。他不知道娜木芸的手这样巧，绣得和照片上一模一样。他的眼窝又积满了哀泪，伤感的心阵阵抽痛。他望向太阳，太阳被黑云吞噬了；他望向群山，群山被浓雾遮蔽了。他恨不得钻进地下向娜木芸忏悔罪过。作为大夫，他没能消除病人肉体上的痛苦；作为阿哥，他没能拯救阿妹苦难的灵魂。娜木芸无法欢欢喜喜地在世上绣天，绣地，绣山，绣水，绣人，是他的巨大罪过。禾大夫把白布凑近鼻端，深深地吸气，似乎还能嗅到娜木芸身上馨香的气息，缭绕不绝。

虎头王伸展一双黧黑的手，搭在膝上，虎神在他十指间一圈一圈旋转。他微闭着双眼，大声问勒黑："娜木芸的绣线还剩下多少？"

"不知道。"勒黑回答，和禾大夫对视一眼。

"她绣的花围腰放在哪个箱子里？"

"不知道。"

"她今晚要回家，门头上那把驱鬼的木刀赶紧取下来！"

"阿爸……"

"萤火虫给她引路，快冲好蜂蜜水让它们解渴！"

"阿爸，你醒醒！"

……

虎头王蓦地站起来，打了勒黑一巴掌，厉声说："你这头没心没肝的野狼！"

禾大夫冲到父子俩中间阻拦。虎头王颓然倒在地上，一口鲜血喷到抱住他的勒黑衣襟上。

"他病了。"禾大夫的手轻抚虎头王的额头。

虎头王的脸色发青，蓬乱的头发白了一半，罩住皱纹纵横交叠的前额，像夹着泥土的积雪覆盖了大地。他的眉头紧锁，双唇泛白干裂，喷出的鼻息滚烫而孱弱。

勒黑对正在开药方的禾大夫说："阿爸以前很少闹病，自从娜木芸……

这一阵他尽说些古里古怪的胡话，谁要追问，他就大声詈骂，还经常捧着虎神在太阳地招魂唤鬼地呼叫一通。"

耶努说："阿爸好几天没正经吃饭了，劝也劝不好。"

禾大夫说："虎头王是伤感过度，引起脾胃虚弱、厌食、失眠，导致气血两亏。你们放心，喝了这几服药，他就能吃得下饭，睡得着觉，病就慢慢好起来了。"

虎头王苏醒了，惊疑地看着满屋的人，嘴唇翕动。耶努给他灌了几口水，他才发得出声音："勒黑，喊比莫来给我撵鬼，我的脖颈被蟒蛇鬼缠得生疼，心在野狗的爪子下蹦跳……"

"阿叔，把这煨好的药汤喝了，再睡一两天，你就跟以前一样，能上山打黑熊。"禾大夫端着热气腾腾的药央求。

"娜木芸已经被你毒死了，现在还要毒死我不成？"虎头王一掌将药碗掀翻在地上，"勒黑，快去请比莫！"

药味在屋里四散，人们一时都愣住了。

"勒黑，听你阿爸的，快去请比莫！"额头凸得像牛肩的扎旺阿爸最先回过神来。

"撵鬼！撵鬼！你们撵了几百年的鬼，把人都撵进了土里！"勒黑的怒气突然爆发。

"你……"虎头王怒目瞪着儿子，脸涨成了紫黑色，舌头直打结。耶努抹了一把泪，看看虎头王，又看看勒黑，哪个都不敢劝。

"阿叔，你看这样行不行，鬼也撵，药也吃。"禾大夫的语气像在哄小孩。

"撵了鬼，我的病才会好。"虎头王态度坚决。这几句话已经耗尽了他的精神，他又晕晕沉沉地睡过去了。

"勒黑，快去请比莫吧！你阿爸把你养大，就盼着头顶上有片树叶遮阴哩。"扎旺阿爸又催促道。

勒黑无言以对，却倔犟地站着不肯动。

"阿叔，前阵子我坐月子，家里的鸡芽芽都杀光了。"耶努滴着泪，为难地说。

"我家还有一只啼得凶的大公鸡，给虎头王撵鬼正合适……"扎旺阿爸的脚板扫着尘埃，迈出屋门。

火苗明明暗暗跳荡，整间屋子罩上一层暗红的光，所有人的脸都显得阴森可怖。比莫出了一身热汗，汗水很快化作寒冽的露珠，附在裸露的肌肤上，在火焰照耀下闪闪亮亮。

"哦——嗬嗬——嗬嗬——"比莫往虎头王面上喷了一口水，一只手紧紧钳在虎头王的肋间，湿津津的长发随着他的动作飞扬，火光把映在墙壁上的人影撩起又抛下。比莫龇着牙笑，笑声低沉，回荡在寂静得瘆人的屋里。

虎头王躬着身子，双手撑住床沿，脊梁绷紧了弦，像一匹等待架鞍的老马。他的眼珠闪亮，像深黑洞窟里的两团鬼火。

比莫一刀削了公鸡头，吮吸鸡血，又抓了一把鸡毛抛向空中。他仰面望着悠悠飘落的羽毛，大声祈告："老鹰鬼、乌鸦鬼……折了的翅膀我给你们缝合，掉了毛的身子我给你们栽上羽毛，石洞里给你们搭好了做梦的窝，小溪边给你们摆好了美味的肉……快快飞走吧，你们的嘴壳啄错了地方……"

浊重粗嘎的声音仿佛一条野狼在啃嚼骨头。他一边念诵，一边用狼牙般的十指在虎头王的胸部和腹部又拧又钳，掐出无数青肿乌紫。

虎头王疼得连连呻吟着，浑身沁出丝丝冷汗，却不敢躲闪。

禾大夫的心沉甸甸的，好像置身于漫无边际的大海，举目四望，看不到一块可以落脚的礁石。他想上前阻止，满屋虔信的面庞又让他举起的脚缩了回去。尽管屋里燃着火塘和火把，他却觉得周身寒彻。此刻，他多么希望太阳升起，温暖和照亮周围的一切，让这个古老的山地部落明白世间真正的道理。

再让比莫折腾下去，虎头王就没命了。

"住手！"禾大夫终于牢牢抓住比莫的双手。

比莫恶狠狠地瞪着禾大夫："银蛇脱了皮，才能自由自在地游走。"他一把甩掉禾大夫的手，尖长的指甲又触碰到虎头王的身躯。

勒黑再也无法忍受了，一掌掀开比莫，俯下身，大声呼唤晕厥过去的虎头王："阿爸！阿爸！"

"掰开他的嘴，把药汤灌下去。"禾大夫让勒黑帮手，小心翼翼地给虎头王灌药。一碗灌完，耶努又赶忙去熬药。

其他人都像一株株枯死的树，默立着，惊恐的目光在禾大夫和比莫之间来回逡巡。

"老鹰鬼啄了虎头王的脚趾，乌鸦鬼啄了虎头王的手指。你们不信，就等着瞧吧！"比莫眼里闪着威胁的寒光，像一条毒蜈蚣似的慢慢踱出屋门。

人们像吞了一口火塘里的冷灰，话语都哽在嗓管里。

"大家别听他的。虎头王服了药，很快就会醒过来。"禾大夫安抚惶惶然的众人。

耶努熄了火把，拨旺了火塘，屋里渐渐有了安谧的气氛。

虎头王枯白的面颊逐渐爬上血色，嘴里轻轻地哼着，聚拢的眉心向两侧太阳穴松动，脖颈上鼓起的筋条也平伏下来，胸脯有节奏地一起一落，呼吸变得绵长。

人们的目光变得平和喜悦，听到虎头王清晰地说出一句话："舌头真苦。耶努，给我碗蜂蜜水，要浓浓的。"

"禾大夫，我服你了！你是苦聪人的好朋友，太阳地有你一个位置！"扎旺阿爸拍着禾大夫的肩，兴奋地说。

虎头王像从云端里牵回了魂魄，睁开艰涩的双眼。他看到勒黑坐在自己身旁，于是喁喁道："儿子，你可怜呀，这个家就剩你这棵独苗了。我老了，虎头王的名号该有合适的人来接。做太阳地的虎头王不易呀，得像屋架上的茅草，经得住风，遮得了雨，等到朽了糟了，还要烧成草灰，背到地里肥山谷……不，虎头王应该是棵大树，寨人冷了能砍下树枝笼火，热了能摘片树叶遮阴，树干能拴马，拴牛，拴羊……马用蹄子踢，牛用犄角抵，羊用牙齿啃，大树照样抽青叶……靠血水沤透了的老土沃根。"

"阿爸，这我知道。"勒黑埋下头。

"知道就好。你活在世上，做千事万事，唯有卖太阳地的事不能做。"

禾大夫听着虎头王的话，心里挺不好受。虎头王朴素的语言是他一生的真实写照。他病了，出山的男人归来，下地的女人赶来，全寨人不吃不喝地守护。他是寨人心目中真正的参天大树。不管天降什么灾祸，惊飞的群鸟盘旋几圈，还是会落回大树，望着厚重的云、横行的风呼唤虎头王的名字，这是太阳地人发自心底的声音。

星星疲倦地隐去了，人们仍守护着虎头王不愿离去。

第七章

山雾早早地蹿进了老林，最后一股脑团在屋檐上。那些从石缝里钻出来的小草，像伸着嘴壳的雏鸟，贪婪地吮吸露水。一群鸟儿飞到太阳地上空，探出红色的小脚爪，翩翩投入神树的庇佑。最初，它们还带着惺忪的睡意，一言不发地栖落在树梢上，然而当朝霞染红了天际，太阳洒下万道灿然金线，天空泛起庄严的湛蓝，它们蓦然拉开嗓门，齐齐向逐渐汇集起来的人流欢唱。

驮马们在山岚里急行，蹄子扬起的湿雾飒飒落下。山道被揭去一层旧泥，马蹄和人的脚板凿开一条崭新的阔路，直通到太阳地的草皮上。

马铃满峰满箐地摇响，摇醉了人们。这声音吐露着富足的气息，让人们的心痒痒的，眼睛亮亮的。

最早到达太阳地的那支马帮，赶马阿哥们个个傲气精悍。他们抬下马驮，手疾眼快地解散包裹，于是，一条五彩斑斓的河流在草地上漫延开来。继而，他们站到鞍架上，向列队舞蹈的姑娘们招手致意，听着无数双脚杆擂响山根……人流一会儿分涌，一会儿绞合，蜿蜒不断。他们欢欢喜喜地挑选着花衣圆镜、丝线肥皂、瓷碗铝锅……以及一切看起来新奇的物件。

耶努已经一年没赶过街了，起初是不好意思在人山人海的街场上挺着肚子拉别人的目光，后来是生孩子，养孩子……她像一头在笼栅里关久了的小鹿，猛然被放出来，大千世界竟然变得陌生了。她如花的青春，她似锦的韶华，都被岁月遗忘在身后，和这个崭新的世界隔了一层。她甚至不愿追忆，一回想就伤心。她的筒裙洗旧了，镜台灰暗了，木梳焦裂了，她纤细的双臂变得粗圆，滑润的眼角堆起纹路，细腻的脖颈开始粗糙，她的长发变疏，脑壳发木……她感到惶恐。

她隆着高高的肚子时，娜木芸怀着极大的渴望和兴奋把目光久久地搁在她的肚子上。她感到自豪，但这自豪从第八个月的第一天起就消失了。她几乎是一天天呻吟着熬日子，大多数时间都躺在床上，让勒黑查看肚腹上的脐眼满了没有。勒黑告诉她，快满了。她高兴得几乎晕厥过去。她给虎神叩头，感谢先祖赐给她拥有太阳地人纯正血液的子孙。她等待的那声啼哭终于在一个黑夜到来。之前勒黑告诉她，公鸡叫过了，但她没有听见。她的整个身子被阵痛扭曲，似乎有一百头狂奔的野鹿从她肚子上踏过。她喉头滚动着时断时续的呻吟，在某个时刻，她的后脑抵在床板上，双腿猛地弓起，嘶喊一声……她精疲力尽，跌落在床上，像一具无声无息的僵直尸体，婴儿的哭喊声直刺耳膜，她却没有力气撑起身看上一眼。

她生产时，虎头王举着虎神在屋外狂笑，说他的孙子降生后，会荡涤整个家族的不幸，然而他失望了。他把耶努生下女娃这件事归咎到办街子上，认为是先祖的警示，才让儿媳妇肚里原本的男娃跑走了。他用一片笋叶剪了捧着虎神的男形小人，自己跪在地上，膝盖深深地陷进泥土，眉心凝着虔诚，庄严地念诵："下一回，灯光结籽时，来的是一只叼着小兽的公豹子……"声音肃穆悲哀，似乎能远远地传遍群山，刺穿大地。耶努听了，长长的指甲把手心的肉抠出一个洞。

女婴吮吸着耶努的乳头，猛力蹬踹她的肚子。耶努长时间盯着女儿，眼神充满了慈爱。然而她还是用白鹇鸟的羽毛蘸着净水，刷洗女儿蹬过的地方。她相信，身体洁净后，先祖会将遗漏的虎头王家族的种子重新栽进她的肚脐，种子发芽长成一棵阳树，阳树开花结出一个能捧虎神的男娃……

可是这心愿恐怕今生今世都无法实现了。禾妮上次来太阳地时说了谎，她根本没有结婚。耶努打听实了，那个供销社的小伙子被禾妮撵走了，她拒绝一切求婚者，摞着树叶熬日子。耶努在心中反复盘算，是该拉着勒黑到乡公所打离婚证了，然后在寨边盖座小茅屋，自己带着女儿像孤鸟似的歇进去……她想到那情景就全身打颤，多么冰冷可怖的未来啊！可这一步她非走不可，两个女身拴住一个男身缠磨，只能大家都在情火里烧焦。

"耶努，拿着吧。一年没赶街了，好好转转，爱什么东西就买下。"虎头王从耶努背后赶上来，树皮一样皱巴的手上捏着一沓钱，笑眯眯地递给她。

"阿爸，我有钱，勒黑给的。"

"假话！勒黑雕弩弓卖的钱，一分一厘都交给我，他手上哪有钱。拿着！"虎头王把钱按在耶努掌心里，"你看街子上的姑娘，都打扮得花蝴蝶一样，你也不能比她们差。"

一个姑娘扑到耶努面前，将一团热气呵在她脸上："耶努，这个时候还呆愣着？好东西都被人抢光了。"姑娘伸手扣住耶努的臂弯，嘻嘻哈哈地说笑着，带她挤进人群。

恍惚间，耶努觉得一种淡淡的谙熟的馨香牵着她走。那馨香像系在萤火虫的屁股上，萤火虫一路飞过，一路的草叶都染上香气。她像一只急着去叼岩盐的绿斑鸠，扑棱棱地振着翅膀疾飞。眼底流过了太阳，太阳是红花；流过了白云，白云是白花。她在人群里左奔右突，像踏在浪尖上，人潮一波波涌起，退落，又涌起……推搡得草地像一张巨大的摇床，晃晃悠悠动荡不已。她终于寻到了馨香的源头，是被人围得水泄不通的勒黑。无数双眼睛拴在勒黑手中的刻刀上，看他手下雕出的青山绿水、花虫鸟兽……她分辨不清那馨香是木屑散发的，还是勒黑肌肤上喷薄而出的汗水气息。

虎头王也挤进了街场。川流不息的人群，花花绿绿的货摊，汉子嘴里喷出的酒气，女人身上附着的粉香……这一切都让他觉得陌生，又有种无端的兴奋。十天一街，人们都把期望搁在这十天的最末一天，在这天，人们的情绪被调动到最高点，所有冲动的欲望都呐喊着，渴望得到满足。新鲜的事、别致的物、奇异的人，让人们发狂发痴，发呆发木。猴子给人喂饭，蛮汉吞碎玻璃，巨石压不死人，满脸稚气的小孩能扳倒一头大牯牛……这些稀奇古怪的事，他活到这把年纪了，别说见过，连听也没听过。看他们卖艺，他得拿一块篾片刮额上的冷汗。

卖艺的山外人说，他们的功夫是练出来的。鬼才相信。手掌砍木头，牙齿嚼石头，这神力只有山鬼才有。他认定这些是趁乱会聚到太阳地的各路山鬼，心中万般恐慌，脑壳上像压了一座大山，沉甸甸地疼。卖完弩弓的勒黑知道后，说他刚认识一个气功师，能治头痛。勒黑把那气功师领回家，气功师在离虎头王五步远的地方挥舞了一阵手臂，接着用尖长的手指戳上他的脑壳。说也怪，被那手指一戳，就像一盆冷水泼在脑壳上，清凉凉的，舒服极了。气功师停手，虎头王的脑壳再也不疼了。他没敢跟气功师说一句话，只是用审视的目光上下打量，想弄清气功师是人是鬼。他本想让勒黑把比莫喊来家里，辨别气功师是哪路山鬼，但转念一想，对方的法术能治病，就算是山鬼也属好鬼。

血红的月辉与月晕交叠在天穹，黛色的街场依然喧闹无比。男人们围住无数火堆，猜拳的手杆像大地的轮轴一样旋转。夜风中回荡着令人欢喜的长声吆喊，生活的轮毂隆隆向前，势不可挡地一路直冲过去。

虎头王端出装钱的木箱，脸上得意地微笑着，搓搓微湿的掌心，等待勒黑把赶街卖弩弓的钱如数交给他。箱子里不同面额的纸币已经有几厚沓了，方方正正，见棱见角，沾着一家人的汗垢。这个数字超过了他做梦梦到的，甚至远远超出了他的计算能力。开始他还数得清，加得准，后来张数越来越多，数得他喘不过气。他像摞树叶一样，把纸币按面额分开，在箱里整整齐齐地垒成大小不等的几沓，收在家中最隐秘的角落。

虎头王完全想不出，这么多的钱对他，对他的一家，甚至整个太阳地，到底是祸是福。当初他答应老乡长在太阳地办街子，是存了让儿子赚钱还清医院欠款的私心。太阳地人欠了别人的债，就像被虫子啃噬着心，没个安稳觉睡。他隐瞒办街子的真正企图，先祖狠狠惩罚了他，不仅领走女儿，让耶努生下女娃，还让他大病了一场。为此，他每日每夜向先祖忏悔罪过。

勒黑走进屋，见阿爸双手按住钱箱，那全神贯注的模样中透出几分隐隐的喜色。

"阿爸，"勒黑故作神秘地凑近他，低声说，"我做了一个梦。"

"你的梦不是已经捏在手里了吗？要圆要扁还不是由你？"这段时间虎头王逐渐习惯跟儿子开玩笑了。

"阿爸，我梦见自己从山外人手上买了一台十二匹马力的柴油机。"

"什么，买十二匹马？"虎头王听得云里雾里。

"不是马，是铁做成的机器。"

"买那破玩意儿做啥？"

"碾米，磨面。"

"不稀罕，家里的山谷有耶努捣。"

"阿爸，你老了，耶努又带娃娃，我经常不在家。有了那机器，不用一颗山谷一滴汗地在手擂臼里捣了。再说，那机器碾磨得又多又快，全寨的人都能用。"

"去买吧，先祖的教导就是要多为太阳地人谋福祉。"虎头王颧骨上不悦的阴影飞走了，"多少钱？"

"一千块。"

"一千块?！"虎头王惊问。

"是，整整一千块。"

"买一坨金子也才一千块。"

"这还因为是朋友，让了价钱。"

虎头王咬紧了牙根，身子和面庞一阵燠热又一阵寒凉。终于，他两眼燎起了火焰，粗厚的手掌微微颤抖，嘭地将钱箱盖掀开，从箱底捞出最大的一沓纸币递给勒黑。

勒黑心里漾起一层热浪，细密的波纹在周身扩张，身体仿佛融成了一条溪流。他看见太阳刚被水洗过，满山的红花开了，山鸡孵窝，母鹿带子，耶努恢复了姑娘的模样，面颊浮起醉人的红晕……一切在嬗变，在新生。他的希望，就在他手心里沉甸甸地捧着。

他还记得，在一个太阳赐予大树嫩芽，赐予泉水温暖，赐予母亲乳汁的季节，他的十指耗尽夜的精髓，雕出一片金灿灿的云霞，禾妮阿爸看了后夸奖他，还给他钱。他拿这钱买了两条短裙，一条给禾妮，一条给娜木芸。禾妮穿着短裙，兴奋得尖尖的小鼻子沁出一层细密的汗珠，迈开两条圆润的长腿飞奔，长长的黑发摇曳在背后。阿妹穿了短裙，全寨的姑娘都跑来看，还一个劲缠着他，要他也给她们捎短裙。阿爸把姑娘们轰出门，怒骂他是一只毛都没长齐的小狗，说街上卖的牛肉还拿芭蕉叶包着，这个家挂着两条姑娘的大腿像什么样子！阿爸逼着阿妹换下短裙，用木棍子挑着短裙丢进火塘，阿妹哭了一夜，十分伤心。阿妹，你不该就这么早早走了！阿哥赚了好多钱，能一口气给你买十条八条短裙，让你换着样地穿。等买回柴油机、碾米机、磨面机，买回更多更大的机器，阿哥会让寨子整个变个样！偷偷告诉你，阿哥还有个更大的心愿，就是建座大电站，让姑娘和小伙子们在电灯下读书写字，编篾绣花。这事除了老乡长，你是第二个知道的人。

勒黑哭了，泪水像一摊滚油，炙烫着手中的纸币。

耶努背着熟睡的女儿跪在神树前，四周一片寂静。天空渐渐昏黄，早出的月牙跃出了山脊，又跃上了天幕。那月光暗沉晕黄，像个失血过多的垂死少女。她祈求月亮能永远伴着她。在过去的日子，月亮启开了她的心扉，看着她从无忧无虑的姑娘变成脚步沉重的妇人，在将来的日子，她希望月亮指点自己，蜕变出新的生命……夜空高远，月牙一步步升到天穹顶，像一盏吊在她头顶的灯，却仍然黯淡得令人窒息，星星们原本应该陪着它，也被它的伤感弄得不敢睁开熠熠的眼眸。

耶努哭了。

今晚……明天以后，云和山都会变个样子。她感到恐慌，攥紧了女儿的裹被，这个小生命是唯一确实属于她的，能让她汲取到一丝丝勇气。虎头王今天中午出了山，要过四五天才回来，她必须在他回来之前和勒黑坦白一切。

积在地上的黄叶还没来得及腐烂，万千蚂蚁在叶缝间簌簌疾行。一只松鼠从树杈上弹起，踏过的枝叶在月影中跃动不已。

耶努张开嘴，咬住一条垂下的苦藤，涩涩的汁液浸透了她的心。

夜风在屋顶上呼啸，像头长嗥的老狼。勒黑两只巴掌抱住头，蹲在屋角一声不吭。

耶努咽下一口苦水，冷冰冰地说："明天必须和我到乡上打离婚证。"

"我不去。"勒黑斩钉截铁地回答，却一眼不敢看耶努的脸。

"你不离，我今晚就撞死在这墙上！"耶努的火气炽旺，语调坚决。

勒黑被吓到了，从地上一步跃起，颤颤的双手按住耶努肩头，似在乞求："耶努……真要打离婚证，也得等阿爸回来……"

"不，不能等！阿爸不会同意我俩离婚。"

"阿爸和我都不同意！耶努，求你了，看在女儿分上，别提离婚的事。"勒黑跪倒在耶努脚下。

"再这样过日子，不如拿刀杀了我！"耶努吼掉了所有的力气，身子几乎立不住。

"耶努……"勒黑抱住耶努的脚杆，像一头疲累的老牛，痛苦地耸动肩背。

耶努一阵头晕目眩，栽倒在地上。勒黑仿佛在火中焚尽了自己，双臂软塌塌地抱着她，哭不出声。

醒过来的耶努，软弱得像一团棉花，在勒黑怀里嘤嘤抽泣，浸湿了自己的黑发和勒黑的衣襟。她颤着双唇，似笑又似哭，平和地说："禾妮是个好姑娘，她一直在等你。"

"不……不……"勒黑的双臂紧紧缠绕住耶努，舍不得放开。

"我想定了，只求你给我女儿。"耶努偏过头，口吻不容勒黑违拗。

勒黑木木地盯着耶努闪着幽光的眼睛。

"去看看你的女儿吧，不管怎么样，你都是她的阿爸。"耶努觉得自己像一株倒在地上的枯树，疲倦得抬不起一根手指，只能用目光和话语支使勒黑。

勒黑像被抽掉了魂，只能听从耶努的指挥。他一步步走近躺在床上的女婴，俯下身，女儿两颗黑珍珠似的眼睛盯着他。他沉迷在这精灵般的眼神里，确认她是他的骨血，他们的灵魂之间有一条神秘的纽带，拉住他，让他不至于堕入万劫不复的痛苦深渊。

……

虎头王从山外回来，看到儿子仰躺在床上，像死人一样。

虎头王不经意地问："耶努带女娃出去玩了？"

勒黑半天没答话，最终长叹一口气，声音哽咽："得到人心艰难，失去人心容易。你是我的阿爸，我不能责怪你，不能把罪过都推给你。女人有的是，躬着身子捉虱子的，头发被太阳晒得焦白的……随便谁进这个家都可以。"

虎头王的目光像山猫般锐利，他跨前一步，扯住儿子的领口尖吼："她们母女去哪儿了?!"

勒黑苦笑着，眼角溢出浓稠的泪，舌头像嚼干草一样，一下一下磨蹭牙齿："走了……走了……"他脸色发青，颧骨上一大片阴影，仿佛几天几夜没合过眼。

虎头王松开他，抽出烟杆含在嘴里，折两根树枝从火塘里拈炭，抖颤的手半天也夹不稳火炭。

勒黑突然气势汹汹地吼起来："我抱住她的脚杆求她不要走，还要我怎么做!"

虎头王点不燃烟锅，把烟杆从嘴里抽出来，扔出门外。他牢牢捏住儿子青白色的下颌，把他的上半身从床上拎起来，一字一句地说："五天呀，我才走了五天……"他狠狠一拳打在儿子的脸上，勒黑滚下床，栽在地上。

勒黑一声怒吼，两只眼睛鼓冒着，从地上爬起来，喷着血沫扑过去抱住虎头王的肩头，猛咬一口。

虎头王痛叫，血渍从肩衣下渗出。勒黑见到阿爸的血，似从噩梦中惊醒，突然抱紧了阿爸，悲怆地号啕起来。

寨人听到吵闹声，纷纷围拢在门前。耶努抱着女儿，也站在人群中。她痴愣愣地看着屋里的情景，泪珠一连串地落在胸前，落在女儿身上。倏地，她双肩猛力一颤，似从野兽的口中挣脱出来，疾奔进屋："阿爸!"

虎头王轻轻地呻吟着，微闭双目，听到耶努的喊叫，意识才像一只沉在海底的古龟，渐渐浮了上来。他费力地拉开眼睑，凝重的目光落在凑近的耶努母女身上，伸出一只枯瘦的手，轻轻抚摸熟睡的小孙女额头，嘴唇颤抖了半天，才说："记住，白天她是我的太阳，晚上她是我的月亮。"

耶努哭泣着点头，觉得自己像被架在火上烤，烤干了血，烤得身子泛着焦黄，沉落在阴冥之中，被老鹰啄，野狼啃，四脚蛇抓……

"孩子，回来吧！缺了柴的火塘，就是一堆死灰。"虎头王喘息着，青筋暴突的手牢牢抓住耶努。

耶努不吭声，不摇头也不点头。

"耶努，回来吧！阿爸离不开你，我离不开你，这个家也离不开你……"勒黑铁钩般的手死钳住耶努的肩胛，哭求道。

怀里的女婴哇的一声哭了，耶努惊得跳起来，不知道是哪里来的力气，居然挣脱了虎头王父子的手，惶惶然地逃出屋子，隐没在黑暗中。

勒黑瞪大了眼睛，难以置信。虎头王仰望着被烟火熏黑的屋顶，一声惨笑。

一只喜鹊在院里的梨树梢上啼叫。

禾妮慒慒懂懂醒来，推开窗门，红霞流进屋里，她整个人被涂抹成一朵晨曦中的鲜花，黑圆的眸子像宝石，熠熠生辉。

她不禁想起昨晚的梦，脸颊烧得通红，又变成青白。梦里勒黑鲁莽地把她拽到怀里，火苗般的手指在她胸脯上燎，她的身躯软瘫成一团泥，简直化在了勒黑的拥抱里。两人眼神醺然，全身沁出潮红，喘息声高高低低地交织，像涌动的海浪……

"多久了？"她问勒黑。

"夜鸟刚叫过。"

"多久了？"

"公鸡刚叫过。"

……

他们在山林中嬉戏。他追撵她，像猎人追一头小鹿。小鹿跑到崖顶，俯身向下面的深谷张望，猎人惊恐地大叫："禾妮！"

禾妮不解地回头，勒黑抱住她，在她腮上落下嘴唇："吓死我了！山谷又深又远，你这只小蜜蜂不要飞下去，在我这朵花心里采蜜就好。"

"你这朵花的蜜我已经采够啦！下面山谷里的樱花苞刚刚绽开。"她故意开玩笑。

他攥紧她，想捏碎她，捏出一蓬花粉。

"野风把我的睫毛吹散了，有几根落在太阳地的老土上。"她的面颊贴过来，说话时温热的气息一直钻到他耳朵里。

"那就是实实在在地种下去了。"他托起她的脸细细端详。

"能长出草芽吗？"

"等待甘露下落。"

"能长成多高？"

"我俩在一起的时间越久，长得越高。"

"也在哈尼寨里栽一棵？"

"哈尼人的规矩我不懂。"他贴近她的脖颈闻那馨香。

她甜笑着……蓦地，一个婴儿的啼哭声远远传来，细弱得像蚂蚁唱歌。

两人交缠在一起的身子倏地分开，只见耶努披散着长发，手里抱着已经僵直的小小躯体，步履蹒跚地向他们走来，在离他们几步远的地方停下。

耶努撩起裙子，蹲下身，用十根手指挖土，直挖得满手鲜血淋漓，才刨出个浅坑。她把婴儿的尸体小心翼翼地放进坑里，嘴里喃喃地祈告着。

禾妮心惊胆战地看着这一幕，听到头顶上传来凄厉的鸟鸣。她一仰头，大群的乌鸦扑下来，啄透了她的皮肉，尖尖的嘴壳钩住她的肋骨，带着她向天穹飞去。她越过森林，树叶簌簌败落；她越过河流，水浪片片干涸；她渐渐到达天顶，众多的星星光芒黯淡。她看见勒黑骑着太阳马，急急忙忙追来。

她问："耶努呢？"

"管她做什么。"勒黑坐在很高的鞍架上回答。

"她是你的妻子。"她心中激起一丝悲凉。

"你才是！"勒黑大声反驳。

心脏像沉甸甸的铅块，坠得她喘不过气。她奋力挣扎，终于从梦中惊醒，出了一身冷汗。她瘫软在床上，活像一堆腐叶，脑壳涨裂般地疼。

她倚在窗口，让霞光洗涤身子，攥住探进窗子的一根梨树枝条，再一松手指，枝条轻轻盈盈地弹跳起来。有飞虫扑进她的鼻孔，酸酸痒痒的，弄得她想哭。

前天耶努从太阳地赶来，说自己已经跟勒黑打了离婚证，现在勒黑脾性很坏，动不动就暴跳如雷，寨人都不敢劝他。耶努让她赶紧去找勒黑，好好安抚他。

耶努的话像一颗尖利的刺，深深扎进她的心窝，刺透了她的脉管，血泪汩汩地淌出来。耶努是为践约而来的，虽然眼睛周围没有哭过的痕迹，但脸色灰黄，鼻翼发紫，声音嘶哑得像吞下了一大把岩石末。为了女人之间的承诺，耶努付出了巨大的代价，残忍地把自己撕碎，任痛苦无情地侵蚀……不，啃噬耶努的是她，她才是罪魁祸首，天神永远不会饶恕她的罪过！

禾妮的思绪乱成麻，不知不觉把一条梨树枝捋得光秃秃的。她决定了，不管自己的心多么痛，一定要劝耶努带着女儿回到勒黑身边。

哒哒哒哒……柴油机启动，大地震颤，一股青烟冲出铁烟管，拧绞成巨绳，长长地伸向天际。

人们看呆了。勒黑的脸像朝阳一般明亮。

"哦嗬！哦嗬！……"扎旺在柴油机旁挥臂吆喝，脚板擂地。

人们也跟着欢呼起来，一条条手臂互相勾挽，连成跃动的一圈，脚杆高提又落下，踢腾起大片尘埃，呛得人圈中心的勒黑和柴油机一块咳嗽。

虎头王抱着木雕虎神，四平八稳地坐在平展的石板上惬意大笑。阳光照进虎眼，漾起一圈金色，似乎在注视着所有狂舞的黑色头颅。

勒黑将一箩山谷倒进铁斗，碾米机像一只下蛋的母鸡，颤动着身子从尾部喷出白花花的米粒。

人们掬捧着亮晶晶的米，向天际高声祝颂："太阳地万岁！太阳地万岁！"泪珠纷纷滚落在米粒上，一样的闪亮，一样的甘甜。

勒黑从白闪闪的米粒里看见了太阳地的将来，他一颗勃勃的心就在此刻急剧地膨胀，狂野的念头在脑海中奔腾。这一天，公元 1980 年 9 月 19 日，先祖赐给他千载难逢的机会，暗了一千年的太阳明了，瘦了一千年的月亮胖了，铁树开花，顽石点头，全靠草地上那颗甘露的滋润。在盐末从国家银行里抠的年代，太阳地人的致富梦永远虚无缥缈，再看现在，哪个寨人的皮兜肚里没有闲钱打瞌睡？他飞快地策划着，计算着，又不禁有些内疚，先祖给了他一颗聪明的脑壳，他却把主意打到了寨人身上。但狂热的欲望一旦产生，没有人能够抗拒它的诱惑。他暗自下定了决心……

几十双手伸进箩中白花花的米，捧起一把，用闪动喜悦光彩的眼珠使劲盯，再放在鼻下闻，最后淅淅沥沥地从手指缝中漏下去……人们擂脚板，拍大腿，有节奏地耸动身躯，唱起古调。

"大伙听着，别怕铁物放臭屁，把家里的山谷背来。我虎头王芭蕉叶上分的兽肉多了，有福气当然是全寨的人一起享。"虎头王跳上老树墩，高声大嗓地宣布，脸上的皱纹一瞬间都展平了。

人们欢叫，聚拢过来托起虎头王，让他仰面朝着太阳。虎头王嘴角上的黑麻子像被泉水清洗过的黑芝麻，在太阳的光辉里蹦跳。

勒黑听着阿爸的话，牙齿磨得咯咯响，不满的眼神藏都藏不住，鼻孔里喷出一团愤气："哼，只知道做人情！柴油不要钱买？"

　　三个月后，虎头王隐隐约约听到传闻，说勒黑挨家挨户收碾米磨面钱。虎头王不相信，儿子怎么会这样做呢？起初儿子总是念叨柴油贵，他就让来碾米磨面的寨人交点柴油钱，家境困难的他不要，这些钱都给儿子了。现在儿子收二遍钱，不是贪得无厌吗？说这话的人一定是啄木鸟往好树上啄洞，他不相信。

　　晚上虎头王按惯例到碾房巡查，先看柴油机，再摸碾米机、磨面机，最后凑近屋角墙壁，像猫儿似的嗅嗅有无老鼠屙屎撒尿。他一边查看，一边想着寨子里的传闻，越想心越不安。俗语说无风不起浪，他信得过自己的儿子，但也得弄清传言的根源。确定一切正常，他走出碾房，打算顺路去问问耶努家和扎旺家。耶努娘家境况不好，他没收柴油钱。扎旺家他收了。

　　虎头王就近先去耶努家，脚板下的石子硌得他骨钻肉地疼。刚跨进门槛，就见耶努阿妈抽动着两肩在哭。耶努阿妈比同龄的女人都显得苍老，鬓发上落着重霜，脸色像枯了的树皮，毫无光泽，层层皱纹像蛛网，纵横在尖瘦的面庞上。望着耶努阿妈枯槁的形容，虎头王又怜惜又内疚。耶努阿爸常年不着家，山一样的担子全靠耶努阿妈单薄的肩膀挑着。勒黑跟耶努离婚后，耶努阿妈的脸上又多一层愁容。虎头王自觉全家都对不起她。

　　"阿妹……"虎头王先出声招呼。

　　耶努阿妈抬头望他一眼，呜咽声像山脊似的高起来。

　　"家里遇了什么难处？"虎头王蹲到耶努阿妈身旁，关切地问。

　　耶努阿妈突然伸出两只皱巴巴的手，紧紧抓住虎头王的手臂，伤心地诉说："阿哥，我家穷，人贱，耶努离婚又是罪过，可勒黑到家里跟我要碾米钱……"

　　虎头王浑身一震，两侧太阳穴像插进冰刀。他无话可说，只能把牙根咬得铁紧，颧骨下两团阴影像焚烧森林的野火，越扩越大，一股怒气在胸口漫延。倏地，他从地上蹦起来，吼道："这条不沾人味的豺狼……"

耶努阿妈掩着脸哭，求道："阿哥，勒黑没错，不怪他。碾米磨面都要烧油费机器，只是能不能少收点……"

虎头王苦笑着，艰难地点点下颏，说："阿妹，我们父子俩对不起你和耶努。"他像一只笨重的陀螺，被耶努阿妈眼泪的鞭子抽出门外。

虎头王没有再去扎旺家，他使劲撑住自己发涨的脑壳，深一脚浅一脚地走回自己家。恍惚中，耶努阿妈的哭声变成一台巨大的碾机，把他整个人碾碎了。在他眼中，天地倒悬，日月无光。都说太阳地的男人和女人是天神指定的红心人，但现在太阳地有了黑心人，这黑心人正是自己的骨血。他感到前所未有的耻辱。他的双手痉挛着，似乎在渴望扼住某个人的脖颈，把它狠狠摇断。

虎头王撞进屋里，重重地栽倒在床上。

"阿爸！"勒黑见阿爸一副失魂落魄的模样，连忙凑到床前。

儿子的声音听在虎头王耳中犹如鬼叫，他睁开眼，费了好大力气才抑制住自己，没有朝儿子脸上重重挥一拳。

"阿爸……"

"别喊我，你叫我阿爸时我觉得恶心。"虎头王几乎想啐唾沫，"我没有杀你的勇气，但不可能再对你露笑脸。天理公平，河分两汊，鹰长两翅。是我前世造下罪孽，把你的血沤污了，把你的心染黑了。"

勒黑愕然无语。虎头王号啕着，一下一下把自己的额头狠命撞在床板上。

装满的葫芦往下淋水，耶努抹了抹湿漉漉的肩头，凉意阴森森地往下蹿。她哆嗦了一下，将肩背上的葫芦口扶正，想回家，然而两条腿像坠着沉重的石板，酸软得迈不开步。

峡谷里的雾随着山风漫过来，树枝死气沉沉地垂着，像铁栅般锁住太阳地。那条进箐的小道上尽是湿软的稀泥，上面陷满了背水女人的脚印。

虎头王凝视了片刻大雾，雾在树叶上响，然而他还是听到了细细的抽泣声，是从女人喉管里流出来的。他嗅着叶缝间汹涌的潮气，循声走上取水小道，模模糊糊看见一个伫立着的女人身影，被浓雾沉沉地裹着。

"耶努。"虎头王试探着轻唤一声。

耶努转过身，走近了十几步，才看清是虎头王。她将背上的葫芦靠在一棵小树上，凑过来挽住虎头王的臂膀，问道："阿爸，你来抬水？"

"嗯。"虎头王长长地叹了一口气，"你走了，家里也没个背水人。"声音瑟瑟抖抖的，透着悲哀。

耶努心思纷乱，装作没听出虎头王话里的含意。她见虎头王的脸色肃穆而伤感，不禁从心底涌起一份怜惜。身为父亲，这些日子他遭受了多少意想不到的冲击啊！耶努关心地说："阿爸，这抬水的小道泥软路滑，你还是让勒黑……"

"别提他！他的心被锅烟子染黑了，靠不住！"虎头王怒目圆睁，"耶努，我对不起你们一家。"

"阿爸……"耶努倒在虎头王怀里失声痛哭。

虎头王垂下斑白的头，轻轻抚摸耶努的长发，半晌，他语气执拗地说："总之，勒黑把你撵走，还跟你阿妈收碾米钱，都是不沾人味的豺狼行为，我永远不会原谅他！"

耶努摇摇头，脸色灰白："阿爸，这一切都是我的罪过……"

"不，他背叛了你，背叛了太阳地，背叛了先祖，背叛了苦聪人纯正的血脉……"虎头王愤愤地说。

"阿爸，人总有一时糊涂把火苗当太阳的时候，勒黑……"耶努忽闪着泪眼，替勒黑求情。

"你别为勒黑说话了，他的心就像牛滚塘里的石头，被街子那潭臭水沤黑了，我再也忍受不了跟他住在一个屋檐下。"

"不，阿爸，别这样说勒黑。"

"我说得一点也没错。身为太阳地的虎头王，不能让人把骨头当柴棍，扔在火塘里烧。耶努，来跟阿爸住吧，阿爸打算离开那个每天能染白三根头发的家。"

耶努颤颤地抬起手，搭在虎头王肩上，满怀凄苦地叫了一声："阿爸……"

勒黑往柴油机的油箱里灌满油，拧紧盖子。他发现机身上一颗铆钉掉了，便拎出工具箱，侧身对着窗外射进来的阳光，在箱里仔细搜寻替换的零件。不管怎么说，作为太阳地第一代文化人，他在很早时就得到了某种启示，不能再像前辈人一样活，像前辈人一样死。他承认自己血管里是太阳地人纯正的血液，但那是平静了上千年没有活力的血。他要让自己的血像红河一样奔腾，要让自己奔腾的血感染太阳地的每个同族人。这注定是一个痛苦的过程。依着古来的规矩，太阳地的太阳是大伙的，月亮、星星是大伙的，山山水水、树木花草都是大伙的，大家走路、吃饭、睡觉……也只能是同一种姿势。假若有谁创造了另一种奔跑的姿势，族人会像放牲口一样把他赶到野地里，说他望过的月亮有斑点，跨过的河流有水垢……把罪恶与耻辱统统推卸于他，归咎于他。人们只要把他忘了，他就不再步入人的梦里，就如同死了一样。可细想起来，太阳地人一直以来过的是什么日子？是朽草腐了根，死潭积了苔，山羊没了眼……一块兽肉打伙吃，一张羊皮打伙穿，祖祖辈辈过得都不惬意，阿爸就剩副晃里晃荡的空骨，可见他背上的山有多重！

他补收了被阿爸唾弃的那份碾米磨面钱，最终的目的，还不是想积钱为寨人办个电站，让他们日日夜夜活在光明世界里？这钱最终还是要花在寨人身上，一分一厘也进不了他的腰包。阿爸说他背叛了血族，心被锅烟子染黑，没指望了。他说，时代不同了，那种一张芭蕉叶上分兽肉的做法要改一改。阿爸说，千年来照亮太阳地的日头都是同一个，自己不怨别人，就后悔不该同意在太阳地办街子，让山外的苍蝇蚊子飞进太阳地，爬脏了人心。阿爸一边说一边掉泪，他的劝说和安慰就像水浇到石头上，一丝作用也不起。那斑白的头颅几乎缩进胸腔，阿妹死时都没见阿爸这么伤痛过。这些天，他在阿爸面前连头都不敢抬，不敢细看阿爸每一条凝着悲怆的皱纹。是啊，他对不起阿爸！

勒黑想到这事就烦躁，一脚踢翻了工具箱。窗外涌来浓雾，太阳在浓雾里下沉。他瞪着一双空茫茫的眼，不知道该往哪里看。

错木跪了很长时间，他把身子倚靠在坟包上，才不至于软瘫在地。一年了，他离开这块老土足足一年了。临出狱那几天，他内心潜隐着难耐的冲动，心脏时不时怦怦地慌跳一阵。在长久的等待中，他已经反复筹划了好几遍出狱后要做的事。他要去看娜木芸，他相信禾大夫和虎头王父子会千方百计弄到钱送她去昆明的大医院，听人讲，现在科学发达了，没有治不好的病。一年了，娜木芸樱桃叶似的眉毛是否舒展开来？脸色是否恢复了红润？眼睛是否又像星星般闪烁，一眨一眨地寻找他？等见到她时，他一定先紧紧把她搂在怀里，叫一声"娜木芸"，然后再张开双臂，让她仔仔细细看清楚自己，是胖了还是瘦了。然而真正到站在寨门前的那一刻，他又犹豫了，在寨门外徘徊了好几圈，既没有去虎头王家，也没有回自己家，而是掉头进了坟地，想在先祖把他的心情抚平后，再去见那些亲人。

缭绕在坟包上的青烟是从未断绝的历史，整个太阳地的绵延都是这青烟催生出来的。纯正的血液不容劫掠，也不容混杂。他和娜木芸把爱挂在太阳地的小树丛上昭示，让虎头王伤心失望，觉得是耻辱。那晚追赶他和娜木芸的人群打着火把，像群狼的眼睛，紧盯着两只惶惶然逃命的小鹿……娜木芸，对不起，让你受苦了，我一定会补偿你！

他曾经像一只蚂蚁，努力攀高到叶梢，却狠狠摔了下去。他被带离老土，到了陌生的地方，那里的土像石头一样硬，砸在脑壳上尽做噩梦。现在，他回来了，回到温暖安宁的太阳地，他熟悉的野草红红火火地开花，他熟悉的小虫缠缠绵绵地唱歌。他抓起一把熟悉的老土，细细捻着，他能分辨出老土里渗的是春天的甘露还是秋天的雨水，是男人的汗腥还是女人的馨香……

先祖坟茔前有什么在颤动，若隐若现，仿佛是一只巨蜥。错木立起身，踩着满地的铁线草走过去，看清那是一具在坟前屈伸的人体，两条瘦骨嶙峋的长臂支撑着疲弱的身子一起一伏。这不是虎头王吗？他一激动，脱口喊道："阿舅！"

虎头王扭过头来，两只眼睛像深坑一样凹陷，却亮得瘆人，眼角上干枯的肌群剧烈抽搐，阴黑的眼珠在错木身上滚动。打量一番后，虎头王一言不发地转回头，继续凝视坟茔，坟茔上弥漫的烟雾将昏黄的太阳紧紧锁住。

错木看见，虎头王长喘了一口气，拉拢两只眼皮，像是不想看到他。

"阿舅！"错木又喊。

虎头王的一口气哽在喉咙里，猛然从地上跃起，摇动满头乱发，咆哮道："恶鬼，该被毒箭射死的恶鬼！你那乌鸦叼出来的臭心，野狼都不闻！"

他疯狂地挥舞双臂，不让错木靠近。

"阿舅，我是错木！"

虎头王像是才看清他，颓然地垂下双臂，身子摇摇晃晃，几乎站不住，错木抢上前扶住他："阿舅，我回来了。"

"你真的是错木？"虎头王的脸逐渐生起一层血气。

"阿舅，我真的是错木，你仔细看看。"

虎头王用力咬住颤抖的嘴唇，黑麻子含进嘴里一半。他像山兽一样，咻咻地喷着鼻息，在错木脸上嗅来嗅去。渐渐地，他眼里浮出水雾，干瘦的手指牢牢扣住错木的肩头。

"是我害了你们。"虎头王喃喃道,"娜木芸……她……她……"

错木被虎头王的话勾起一种不祥的预感,面色发黑:"阿舅,娜木芸……是没治好伤吗?"

"她死了,被我害死了!"虎头王突然狂吼,紧闭的双眼中溢出泪水。他不敢睁眼,不敢看错木此时的神情。

错木猛然放开手,虎头王的身子变成一摊泥,软倒在地上。错木愣愣地瞪视着虚空,半晌,他突然仰起头,像受伤的野狼般长嗥一声,震动了整个太阳地。

第八章

虎头王站在离勒黑三尺远的地方，挥舞的拳头恨不得砸在儿子脸上，厉声吼道："你还是不是我的儿子？是不是太阳地的子孙？"

勒黑双手抱在胸口，面无表情地盯着阿爸气得飞跳的黑麻子。这些天来，他已经习惯了阿爸雷暴天似的脾气，再也不会惊慌失措了。

"你说！"虎头王磨着牙齿，一脸凶狠。

勒黑点点头，又摇摇头。

"你这个孽种！"虎头王满面通红，愤愤地从身边的篱笆墙里抽出一条竹棍。

勒黑半点不闪避，反而跨前了一步，长长地探出脖子："打吧！让你打个痛快！"

虎头王举到空中的竹棍滞住了。

"打吧！打完了，我还会在街子上和山外人跳舞。"

"先祖作证，这发情的野鹿不知羞耻！"

……

虎头王把这话重复了五遍，额上的褶皱像犁翻的地沟，又深又长。他愤然地高声大叫:"虎神作证,血族的胸窝长了毒疮!"

勒黑的目光转了一圈,周围已经聚集了不少寨人,几个老人像石柱似的竖在阿爸身旁。

"勒黑,你可是村长啊,太阳地有老有小,你咋干这种事!大白天搂着山外女人在街子上跳什么交谊舞,扭头甩屁股的,谁看了不脸红!"扎旺阿爸发话。

"可不是,你搂着女人乱蹦跳,看不见太阳,听不见人声。别人咋说的?太阳地的勒黑村长手艺不错,能雕漂亮的弩弓,能搂美丽的姑娘。我听着,这块老脸没处搁。"一个手杖拄到胸口的老人说。

"我家那孽种也放臭屁,说什么下街他也要跳……勒黑,你是太阳地年轻人心中的大树,可不能……"另一个老人说。

虎头王的脸涨得紫红,挥起竹棍向勒黑的肩臂劈过去,勒黑不闪不避。竹棍在勒黑的肩上折成两截,用力过猛的虎头王一个趔趄,险些栽倒在地上。勒黑及时扶住他,脸上挂起忍着痛的微笑,问:"阿爸,还打不?我再去给你找根棍子。"

"让先祖蒙羞的东西!"虎头王怒吼,耸起枯瘦的两肩朝勒黑撞去,"让你把碾米磨面的钱退给大家,你不退;让你不要招惹山外的女人,你不听,我的老脸都被你丢尽了!你这只乌鸦,你这只臭虫……啊!"他非但没撞倒儿子,自己反而像个草团,滚到勒黑脚下。

"阿舅,你们不要骂勒黑了。山外人学我们的舞,我们学山外人的舞,值得你们这样大动肝火吗?"扎旺从人群里蹿出来,伸出双手挽扶倒在地上的虎头王。

扎旺阿爸飞起一脚,踢在儿子大腿上:"野狗,给我闭住你的臭嘴!你要是干出这种不知羞的事,我也拿藤条抽你。"

"跟你们说不清!勒黑,我们走!"扎旺被激怒了,转身拉住勒黑的手臂就跑。

"敢跑？拿你们的脚杆骨当篱笆！"扎旺阿爸少了两颗门牙的嘴唾沫横飞。

"羊啃过的草不开花，蚂蚁爬过的树不发芽。针粗了石上磨，针细了花里戳。冷土埋红骨，太阳笑哈哈。冷土埋黑骨，月亮泪汪汪……"错木歪歪倒倒地从寨巷里钻出来，手里攥着两块石头互相敲击，嘴里嘟囔着莫名其妙的语句。

"错木！"扎旺阿爸叫他。

错木的目光冷漠呆滞，他死死盯了扎旺阿爸一会儿，突然身躯战栗不已，声调恐怖地大声嚷道："走吧，快走吧！青面獠牙的山鬼，走你的弯弯道道，别来害娜木芸！走吧，快走吧！青面獠牙的山鬼，绕你的崖崖坎坎，别来害娜木芸……"他用尽全身力气敲击手中的石头，像在驱赶什么灾祸。人们愕然相顾，原本沉静的太阳地似在那击石声中簌簌震颤，千年的梦寐即将碎裂。

虎头王被错木击石的声音震得脑壳嗡嗡响，一阵阵眩晕。他微微闭上眼，想镇静一下自己，然而那敲击声越来越大，响彻耳际，蓦然变成一条绳索扼住他的脖子，死死收紧，让他几乎窒息。他身上的血管鼓胀，血液像汹涌的河水，在里面横冲直撞，迫切地要找到出口。

"天哪！"虎头王低声呻吟着，双手盲目地在身旁摸索，希望能摸到撑住他冷硬身躯的东西。然而，他的手心里空空的，只有无声无息、无色无味、无依无托的气流掠过。他觉得自己的身子渐渐变成一副流干了血、剐光了肉的枯骨，被埋进了冷土里。

"我的报应来了……"虎头王沉痛地自语，听到错木犹在疯疯癫癫地敲打叫喊。

勒黑刚回到家，虎头王就堵在他面前，两眼灼灼地闪光，厉声说道："听着，你本是我的根骨，可如今我已经灰心了。从今天起，老鸦离开旧窝，我离开这个家。"

勒黑惊得瞪大眼睛，不禁跪伏下去，哀求道："阿爸……"

"你丢弃了血族，玷污了先祖。"

"阿爸，求你了，你不能离开我，离开这个家！"勒黑颤颤地耸动两肩，双臂搂住虎头王的脚杆，满腹凄苦。

虎头王一言不发，儿子的声音忽起忽落，都没听进他的耳朵里。火塘跳跃的光映在他脸上，嵌进深黑的皱纹里，变成一条条红线。他觉得此刻自己的身子轻如枯叶，将被儿子抽噎的气息送去阴冥深渊。是的，他一定是犯下了不可饶恕的罪过，女儿死了，错木疯了，儿子成了个只知道往自己嗉袋里装食的猴子，都是先祖对他的惩罚。儿子撵走了家里的女人，在街子上干出见不得人的事，狗还知道找个背静的地方呢……他的骨血，他唯一的指望，浑身长了毒疮，生了脓血，脸上也满是绿霉。虎神作证，他去先祖面前哭过，希望乌鸦啄透毒疮，蚊子吸干脓血，蚂蚁把绿霉舐干净。可他的努力失败了。这些天来，他躺在床上怎么也睡不着，像一棵逐渐死去的老树，脑壳里的记忆一天比一天少。他怕再这样下去，连丢失了虎神、丢失了太阳地他都懵懵懂懂。他从这个家出走，为的是守住这一切。他要在盖的茅棚旁边挖一条很长很深的沟，堵住山外涌来的污泥浊水。他要跟先祖住在一起，日日夜夜祈告，乞求先祖赐福，让儿子的浊血变清，还有痴傻可怜的错木，像死了伴侣的孤鸟一般的耶努……

"阿爸，别离开我！"勒黑的两眼溢满泪水。

"晦气，太阳晒老的石头已经裂壳，我搁在你身上的目光开始变硬。"虎头王枯瘦的脚杆像被火燎到，不停抖颤，"我现在就得出家门！"他的语气愠怒。

"阿爸，阿妈死了，阿妹死了，家里只剩下你和我了！你可怜可怜我，别扔下我！"勒黑边哭边央求，手臂像铁箍般钳住虎头王的双腿不放。

"你若诚心悔过，就把你长疮的身子拖到太阳地里晒晒。"虎头王终于挣脱了儿子的手，头也不回地出了家门。

屋子里空荡荡，勒黑的心空荡荡，他茫然四顾，火塘边除了他自己，一个身影也不见。太阳落下去了……月亮升起来了……月亮落下去了……太阳升起来了……火炭烧成了一堆白灰，他浑身冰冷。

他的家人都一个个离开了他，只留他和自己的影子做伴。

"冷土埋红骨，太阳笑哈哈。冷土埋黑骨，月亮泪汪汪！"屋外传来错木反反复复的疯话。

耶努急匆匆吃了饭，刷洗碗筷时碗里锅里碰得叮叮当当响。她把屋里屋外打扫干净，洗净脸和手，换上一套整洁的衣裙，头发上还插了两朵白天出门时摘回来的鲜花。一切收拾妥当后，她像往常一样站到院子里，闪着眼望寨巷中出出进进的人。

按惯例，今晚勒黑应该来看女儿。她的心怦怦跳，一种温柔的情愫在五脏六腑间漫延。不知是怎么回事，这些天她的眼睛格外贪馋，经常偷瞄在别人家门口出没的男人，再回头看自己家，一点点少得可怜的男人气息都闻不到，显得十分空洞凄凉。勒黑像一只绝情的甲壳虫，按时来看女儿，却从不跟她多说几句贴心话，总是皱着眉头，来去都是一阵风。勒黑来一次，她的脾气就更坏一层。别人说男人是火灰，女人是火苗。不，其实男人才是火苗，女人是火灰。她经常骂家里的公鸡，说它们招惹了母鸡又扔下不管，是没有血性的畜牲。

阿妈想安慰她，干张了半天嘴却找不出合适的话，最终只能对着她哽哽咽咽地抽泣。

她一张脸晦暗无光，眼眶干涩得挤不出泪水。阿妈便伸出苍老的手指，满怀着怜惜一遍遍抚摸她眼角上的纹路。

屋里，躺在吊篮中的女儿失去了往日的耐性，哇哇地啼哭起来。

耶努正踮着脚搜寻勒黑的身影，听到女儿的哭声，赶紧跑回吊篮旁，眼睛一眨不眨地从那柔滑油黑的头发看到灵活闪亮的大眼睛，再看到粉嫩光润的脸蛋……一点异样也没有。她松了一口气，又有一点点恼怒，女儿用哭声把她唤回来，耽误了她迎候勒黑。

"哭哭哭，就知道哭……"耶努半真半假地在女儿肉嘟嘟的小屁股上拧了一把。从女儿稍大一点开始，她就有些嫉妒。女儿比她美，美得抢眼，假若她也像女儿一样美，勒黑会把她牢牢拴在身边，绝不会让她走。

女儿的小脚使劲踢蹬吊篮，吊篮飞速地旋转着。

耶努拉住吊篮，手伸进女儿的肩胛下，将她抱出来搂在怀里，轻声地哼着歌哄她。

女儿哭得很凶，一双小脚用力地踢她的胸腹，小手拽住她散落的头发，死命地撕扯。她把奶头塞进女儿的嘴里，女儿却狠狠地咬下去。她一声尖叫，扼住女儿的嘴巴，女儿的哭声立刻止住了，小脸涨得通红。她赶紧放开手。

耶努边摇着女儿，边低声诉苦："阿妈再坏，也得到云翳的庇护生下了你，你好狠心……"眼角不知不觉渗出了点点晶亮的泪珠。

勒黑在屋外听到女儿哭和耶努尖叫，以为发生了什么大事，三步并作两步跑进来，惊恐地喊道："耶努！"

耶努把脸贴在女儿身上，正暗暗地流泪，听到勒黑叫她，不禁全身颤抖了一下。她缓缓抬起眼，那目光就像是一头被野兽追赶的小鹿，在乞求能得到上天的垂怜。

勒黑被她看得瑟缩起来，垂下了头。

耶努骤然间做了决定。她将半入睡的女儿放进吊篮，一步步走近勒黑，蓦地张开双臂，死死搂住勒黑的脖子，几乎让他窒息。

"耶努……"勒黑将耶努的双臂扳松了一点，"你怎么了？"

"你说实话，这些天你是来看我，还是来看你的女儿？"耶努闪着两只灼灼的泪眼问。火光映上她俏丽的面颊，又缓缓流泻到圆润的脖颈，最后，在高耸的胸峰上闪烁。

勒黑的脸红红的，贴住耶努的耳朵说："耶努，我想你，今晚跟我回家吧！"

"回去……我跟你回去！"耶努动情地捉住勒黑的手。两人的掌心都积满热汗。

勒黑攫住耶努的肩胛，恨不得把自己整个嵌进她的身体，他喃喃地向她倾诉："阿爸扔下我走了，家里一个人也没有……耶努，回来陪我……我好难过……"

耶努忽然全身僵冷，比以往任何时候都冷。她的脖颈上好像套了根麻绳，绳结渐渐抽紧，眼前的火焰变成了一片蓝雾。她想跑，绳索却一直把她吊上了半空，她眼冒金星……

"你走吧！"耶努满面泪水，凄然地松开手。

"你不是答应跟我回家吗？"勒黑惊诧地拽住她。

"别说了，你走吧！"耶努哽咽着。

"不！"勒黑把耶努的手拉到自己肩头。

"只要你经常来看女儿，我就知足了。"耶努颤抖得像狂风中的一棵小树。

"不，我要把你和女儿领回家！"勒黑低声咆哮。

"别傻了，我和你已经离婚。你……你那么怕孤单，就快把禾妮娶回家，我不想做你随便充数的女人！"耶努咬破了嘴唇，猛一阵推搡，挣脱了勒黑的怀抱，软软地瘫坐在地上。

女儿在吊篮中翻了个身，小小地抽噎几声。

公元 1981 年 1 月 1 日，又是街天。马铃铛早早敲亮了天。

虎头王听着马铃响，不再像过去那样激动。那时马铃铛在山背后很远的地方一响起来，他就跑到山垭口那块大石板旁，把耳朵贴在石板上，听那悦耳亲切的铃声。现在他听到铃铛声，竟然有种厌恶的感觉。这感觉是从勒黑用斧子把手擂臼劈成木柴烧火塘那天开始的。唉，这孽种尽做些败坏先祖的事！手擂臼唱的是太阳地人流徙途中丢失了的古歌，那些古歌从臼窝里被深翻出来，臼棒擂透古歌的硬壳，溢出血色的光辉，缓缓注入血族邃古的血管。渐渐地，血族在太阳地繁衍生息。男人们撩开衣襟，裸露出他们坚实的臂膀，女人们婀娜地在山林中穿梭，时不时喧腾的笑语让神灵和先祖都心满意足……没想到，他才出山两天，这孽种就煽动寨人把手擂臼劈了，说什么有一台碾米机就足够了。那碾米机碾的是米吗？不，是在碾血族的骨头！太阳地的古歌丢失了，人的心丢失了……照这样下去，血族最终连个渣子也剩不下！

千错万错，错在太阳地办了街子，让马铃铛从山外响到山里，又从山里响到山外……他记得很清楚，有两个月了，他从失落到厌恶，终于上升为仇恨，而且这种仇恨越来越难以抑制，找不到一点解脱的办法。每逢街天，他就赶上为血族立下汗马功劳的大黄牯子牛到远离街子的地方。他看得出，大黄牯子牛也痛恨马铃声，有好几次，它暴着核桃大的眼珠，怒视马铃响的方向。要不是他紧紧拉住缰绳，恐怕那群驮马已经被大黄牯子牛踩在脚下了。是的，公元 1950 年 12 月 31 日，冯连长同他把大黄牯子牛牵回太阳地。三十年了，寨人把命运系在大黄牯子牛的肩上，它也没背离过老土，始终在田间不停歇地埋头劳作，寨人都跟在它的蹄子后面捡拾山谷。他想过，假若大黄牯子牛死了，他要在寨子里把它的功劳摆个透，在太阳地里给它留一个位置。大黄牯子牛有许多子孙，它居于寨中的牛族之首，捍卫着牛族的秩序。它的子孙都像它一样勤奋，连行走的步态、吃草的动作、睡觉的姿势都和它出自一个模子。而他，太阳地的虎头王，也居于血族之首，却弄得血族分崩离析，连儿子都背离了他。和大黄牯子牛相比，他能不感到深深的悲哀吗？

叮当……叮当……马铃声悠悠扬扬地从山道上传来。

"可恶！"虎头王怒骂一声，双手捂住耳朵冲出茅屋，打算赶紧牵着大黄牸子牛躲开。

离牛厩还有十几步，他猛然站住脚，被眼前的情景惊呆了。

大黄牸子牛死了，牛脖子卡在两根栅条的空隙中，一根栅条的炸签子扎进牛脖子，顺着签子淌出来的血已经凝结了，一大排栅条被染成暗紫色。

它的死状是那么痛苦可怜，虎头王几乎想抽自己几巴掌，为什么睡得那么死，听不见它求救的叫声？他拖着沉重的脚步走近栅栏，伸手端起下垂的牛头，轻抚那被太阳烧焦了的头毛，不禁失声痛哭起来。他的额头贴在牛头上，斑白的乱发在晨风中不停抖颤。

扎旺阿爸急匆匆地奔来，劈头朝抱住牛头的虎头王叫道："你不管一管勒黑？他把一个不要脸皮的山外女人领到家里，算什么名堂？！"

"有这回事？"虎头王抬起阴沉沉的脸。

"没这事，我吃胀了肚子找你？"

"这孽种！给我丢脸，给太阳地丢脸，给先祖丢脸，我不蹼断他几根肋巴骨不算完！"虎头王的伤心找到了一个发泄口，怒气冲冲地往家奔。

"不能打！好好训斥他一顿，他就明白了。"扎旺阿爸心惊胆战地紧跟着虎头王，一路劝说。

虎头王一头撞开了门板，像头公牛在吼叫："你是卵子大了，尽干些畜牲的事！"他从火塘边拽了块劈柴，挥动着朝勒黑和禾妮扑去。

两人没想到虎头王突然闯进来，来不及反应，劈柴重重地落在勒黑肩膀上。

"哎哟！"勒黑痛苦得弯下了腰，一条手臂软软地奔拉下来，动也动不了。

"畜牲，今天非把你捶成肉泥不可。"虎头王挥舞着劈柴。

"阿叔！"禾妮惊叫一声，双手抱住了虎头王举着劈柴的手，"有话慢慢说，勒黑没做大错事，你不能这么狠地打他。"

"放开我！就是你这小野鸡，勾引得他鬼迷心窍，攥走了自己的婆娘和女儿，你快给我滚！"

"阿叔，你误会了，我今天是来赶街的，刚才耶努阿妹……"

"阿爸，别错怪他们，是我把禾妮阿姐叫来的。"耶努从院门外冲进来，抱住虎头王的另一只手，身子拦在父子俩中间，苦苦哀求。

虎头王被耶努的泪水泡软了心，捏在手中的劈柴落到了地上。他把手放在耶努油黑的发顶，长叹一口气："耶努，我的身子朽了，就让我烂在外面吧。你带着女儿回家。"

"不！"耶努跪在地上，抱住虎头王的脚杆，哭得抬不起头："吐了的唾沫不可能再收回嘴里，和勒黑有缘分的是禾妮……"

"神灵系在我和勒黑之间的红线已经断了，我才不会插脚在这个家里！"禾妮急急地解释。

"走吧，你们都走吧！我谁也不要！"勒黑托着受伤的手臂，一头冲出门外。

他身后的三个人都呆住了。

天地颠倒了，世界错乱了。

惨白的太阳偎在石峰的夹缝里一动不动。山道上被无数赤脚拔起的浮尘悬在空中，结成一层冷雾。茅屋顶上的乌鸦像肚子疼得厉害，身子不安地左摇右摆，翅膀绞出喇喇的怪声。

寨门栅栏被推开，骚动的人群拥出去，像石块一样滚动到先祖的坟茔前，双膝跪下，对着昏昏的日光大声祈告："至尊至上的神，火苗烧死太阳只有一回，白青蛙的眼睛让我们恐惧，别让它再窜进我们的寨子……"

虎头王张开两只苍黄枯瘦的老手，一对鼓动着腮囊的白青蛙一蹲一跃，从他掌心里蹦了出去，牛卵一样凸悬的眼球闪着诡异的光。

扎旺阿爸气喘吁吁地从寨子里跑来，刚到虎头王跟前，脚尖还没稳在土皮上，就颤着嗓子宣告："不好了！乌鸦死在寨子里了！"

跪在地上的人们都惊慌起来，一波内容模糊的声浪在人群中翻卷，他们窃窃私语，传递最可怕的猜想。

虎头王从心口窝捧出热烘烘的虎神，然而被枯槁的血脉扯得痉挛的双手已无法把它高高地擎起来。

"比莫！比莫！"虎头王轻轻呼唤，声调走了样。

一颗瘦小发青的脑袋像蛇头般摆动着，从地上昂起来。

"比莫，看看鹰骨卦……"虎头王的拇指在虎神眼角那条黏合的缝隙上一点一点的。

哇——哇——哇——一群乌鸦在寨子上空惨鸣。人们惶恐地仰头看，猜测它们要勾谁的魂。

比莫突然一声长吟，那蜷缩的身子像一只将要气绝的野兽般簌簌发抖，脸皱成了干核桃，扭曲得十分可怕："不好了！太阳地里有不干净的东西，亵渎了天神，寨人会像害了瘟疫的牛，成群死去！"他捻着插满小竹签的鹰骨，惶惶地惊叫。

虎头王满脸凶狠，紧紧拽住比莫的手臂，像一头豹子般大吼起来："父老兄弟姐妹们，大家都亲眼看见了，白青蛙进家，老鸹死在寨里，这是太阳地从没有过的事！千灾万祸，罪在太阳地办了街子，山外人带进不干不净的东西！明天是街天，你们端出所有的火枪、所有的弩弓，把山外人撵出太阳地，从今往后，不准在太阳地赶街！"

"阿舅，怕整不得。"扎旺战战兢兢地说。

"怕什么？太阳地是我们的！"

"这么大一件事，还是等勒黑村长从山外回来……"

"扎旺，你去阴沟洞里说这话吧。勒黑是我卵包里孵出来的小鸟，几时轮到他做主了?！"虎头王恶狠狠地截断扎旺的话。

"闭上你的臭嘴！太阳地由虎头王说了算！"扎旺阿爸训斥儿子。

扎旺不敢再出声，心里却飞快地盘算：不行！这样做会闹出大事，得赶快出山去找勒黑！他趁人们不留意，悄悄溜出了寨子。

黑色浸透苍穹，仿佛打翻了一盆染料。

碧空澄澈，远远的山影勾着初升的太阳，一点点变得明亮。

叮当——叮当——悠扬的马铃声向着太阳地一路响过来。

"准备！"虎头王喝令。

端着火枪和弩弓的汉子们一字排开，黑亮的枪口和箭镞在山垭口的草丛中游动，赤裸的手臂上偾张的肌肉闪闪发光。

"记好了，一切听我喊话！赶街人退走就不准放枪放箭，如果赶街人硬往前冲，枪子和箭镞只往空中射，不许对准人！"虎头王紧绷着脸，向汉子们交代。

赶街的马队和人都拥到了山垭口。

虎头王向空中鸣枪，口气威严地朝人群喝道："山外的兄弟们，你们听着，从今往后，不准再到太阳地赶街！快点转身回去，谁要不听话，我们就用火枪和弩箭对付他！"

"你凭什么阻止我们到太阳地赶街？"走在最前面的汉子大声质问。他挑着满满两大筐货物，汗珠子淌得上衣都湿透了。

"让不让你们到太阳地赶街，是太阳地人说了算！你们快挑着东西去别的街子吧，还赶得及。"虎头王不想多解释。

"太阳地的街子是政府办的，除非政府告诉我们街子停办，否则谁也别想阻拦我们！"汉子态度强硬，半步也不退让。

"好话给你们说在前，谁要不听，我们的枪子和箭镞可不长眼！"虎头王怒喝。

"谁没见过枪？你够胆，就冲我来，别光吓唬人！"汉子大步流星地往前闯。

"站住！我们真要开枪了！"虎头王握枪的手和嘴角上的黑麻子一齐颤抖。

汉子置若罔闻，脚步越来越快。嘭！火枪响了。

"阿爸，不能开枪！"匆匆赶来的勒黑和扎旺钻出树丛，迎面朝虎头王扑去。虎头王措手不及，被勒黑一把夺下手中的火枪。

虎头王狠狠往自己胸骨上擂了一拳，像饿狼一样扑到勒黑身上，要把火枪抢回来。纠缠中他薅下勒黑一撮头发，勒黑忍着疼痛，把枪丢进路边的沟里，就势一侧身，将虎头王甩在地上。

虎头王用力过猛，稳不住脚跟，一头撞在凸起的石块上，鲜血汩汩地从额头上流下来。他哼都没哼一声，就晕厥过去。

勒黑蹲下身抱住虎头王，朝寨子里的人吼道："太阳地的街子是乡政府办的，我这当村长的都没权利不准别人来赶街！你们平时在街子上欢喜得乱跳乱嚷，现在一翻脸就来赶人！吃进肚里的东西还能吐出来吗？收起你们的火枪弩弓，打松鼠去吧！"

寨人们面面相觑，扎旺阿爸见别人都不吭声，硬着头皮说："我们也不想违抗政府……可你能解释得清，白青蛙进家，老鸹死在寨里，是怎么回事吗？"

"阿叔，这是动物的习性，和办街子是两码事。"勒黑耐心解释。

"两码事？比莫看的鹰骨卦还能有假？你狠心呀，放山外人进太阳地祸害！先祖把太阳地交给我们，我们一定要守住太阳地！"扎旺阿爸鼓着牛样的眼睛。

"阿叔，阿爸糊涂，你别跟着他糊涂！"勒黑一个眼神，扎旺和另外两个小伙子扑上去，七手八脚把扎旺阿爸拖到了一旁。

勒黑对聚在垭口前黑压压的人群大声喊道："快去赶街吧，太阳地永远欢迎你们！"

手持枪弩的寨人们垂下臂膀，默默地散开。人群潮水般涌过了垭口。

"阿爸！阿爸！"勒黑松了一口气，抱住虎头王呼唤。

许久，虎头王喘出口粗气，睁开了眼睛。他用涂满泥尘的手揩一把额头，举目四下张望了一阵，突然挥出一记裹着泥血的拳头，正打在勒黑脸上。勒黑像个圆果子似的滚在地上，一颗门牙喷了出来，满嘴鲜血淋漓。

虎头王东倒西歪地站起来，跺了几下脚，愤然吼道："草鞋虫、聋子虫，该把你们攥到阴沟洞里闷死！"他喊了一声"走"，领着几个老人向街场的方向狂奔。

勒黑爬起身，像树桩般呆坐了半晌，深深的眼窝里默默淌出两行清泪。他把掉在地上的门牙拾起来，放在手心，泪珠滴落在牙根上，冲淡了血色。

"阿爸，你也太狠心了！"勒黑喃喃自语。

"勒黑，不好了！阿舅和一个山外汉子扭打起来了！"跟去街场的扎旺又跑回来报信。

"扎旺，你快出山外接老乡长，他说过今天要来的！"勒黑十万火急地嘱咐扎旺，自己匆匆忙忙赶去街场。

街子乱翻了。

虎头王和几个老人挥舞着长竹竿，朝街场上的人群猛扫，人们四散躲避，许多货摊被掀翻，花花绿绿的货物撒了一地。

几个山外人手忙脚乱地收拢他们摆在地上的摊位。竹竿扫来时，他们用身子盖住货物，双手笼着脑壳，从手缝里透出惊慌失措的眼神。

虎头王横冲直撞，手中的竹竿砸在货摊上，叭叭地响，把地面戳出许多新鲜的白点。

一个全身黝黑的山外汉子高声提醒着人们躲闪。他望见虎头王的竹竿肆无忌惮地掀翻货摊，打碎货物，不禁狠狠地捏响了指节，纵身朝虎头王冲去。虎头王侧身一让，竹竿横在黑汉的双腿膝弯上，黑汉一个趔趄，差点栽倒在地上。

"你这只偷腥的山外野猫，滚出太阳地！"虎头王怒吼着又举起竹竿。

黑汉的眼神冷硬。他灵巧地左躲右闪，避开挥成一片扇面的竹竿，豹子扑羊般一个猛跃，铁硬的脚杆扫在虎头王腿上。虎头王站立不稳，滚倒在地上。黑汉一座山似的身躯顺势压上虎头王的胸口，竹竿远远地飞了出去。

虎头王攥住黑汉的头发，两个身子纠缠在一起，像草团似的滚来滚去。

"阿爸——"勒黑风似的旋奔过来，涨红了脖颈大喊，"都散开！"他见黑汉宽大的脊背严严实实地覆在阿爸身上，无处下手，便将全身的力气都贯注到两条手臂上，十指像鹰爪般钳住黑汉的脖颈。

黑汉喘不上气来，箍住虎头王的双手只能松开。

勒黑拉起黑汉的身躯，猛力一推搡，黑汉被掀出好几步远。

"阿爸！"勒黑又俯身拉虎头王。

"谁是你阿爸！你这坏了血脉的恶鬼！"虎头王咆哮着，顺手抓起一根搭货摊的木棒，当头劈过去。

勒黑一偏头，木棒打在手臂上。咔嚓、咔嚓两声，木棒和臂骨同时折断了。勒黑一声惨叫，豆大的汗珠糊满了额头。

"勒黑！"耶努惊叫着从人群中冲出来，扶住勒黑的手臂，心疼得直掉眼泪。勒黑像一匹断了腿的衰弱老马，软瘫在耶努身上。

人们惊呼着围拢过来……

勒黑觉得自己身处一条渺无人迹的荒谷，从黑崖上滚下的石头撵得野兽乱哄哄的，白狼在哭，黑狐在叫，只有野鹰不慌不忙地盘旋。他被一枝肥嘟嘟的花条绊了一下，花条上结着圆圆润润的果子，红得像玛瑙。他的喉咙发痒，连咽了好几口口水，终于摘了一只红果丢进嘴里……辣得他大叫一声，嘴里涌出了血水，脑壳都发木了。他向前方张望，一只孵窝的山雀也口吐鲜血，窝旁堆着许多红果的籽籽。他告诉自己，不能再往前走了，于是沿着来时踩平的旺草，又回到谷口。

"勒黑……"

"勒黑……快醒醒！"

"……"

勒黑隐隐听到许多声音在呼唤他，然而他的身子像被铁钉钉牢在木板上，一动都不能动。火烧般的疼痛在全身漫延，他想呼叫，舌头却像砸揉过的麻丝，声音网在麻丝上出不来。眼泪冲开了胶结在一起的眼睑，他慢慢睁开眼，一张张熟悉的面孔离他很近。他能一一叫出他们的名字，哪怕泪水很快就模糊了视线。

"勒黑，火苗燎过的山，草芽才发得快。"老乡长脸上露出痛惜的神情，坐在床沿上小心翼翼地替他揩汗。

勒黑两颊骤然泛起血色，感激地点着头。

"你安心养伤。绿树有根在，不怕烈日晒。"老乡长贴心地宽慰他。

勒黑伸出完好的左臂，紧紧地握住老乡长的手。

耶努躲在别人身后，哭得正伤心。勒黑早已听出了她的声音，目光扫过去，喊一声："耶努！"

耶努脚下趔趄，背着熟睡的女儿慢慢走到床边，一言不发，只是低头抽泣。

"耶努，我想你，也想女儿，你们回来吧！"勒黑对耶努从来没这么温柔地说过话。

"耶努，勒黑断了一条手臂，生活不方便，你……"老乡长帮着劝说。

"让我想想……你们别逼我！"耶努的心思乱得像麻线，哀求道。

老乡长见势转了话题："勒黑，在太阳地办街子、搞商品经济，和你阿爸当年带着寨人打土匪、栽山谷都是一个道理，叫'变革'。实践证明，变革一定会流血。当年你阿爸流了血，现在你也流了血，不用慌也不用怕，这是历史的必然规律。你要坚持下去，只有坚持才能取得胜利，只有坚持才能让太阳地繁荣兴旺！"他越说越激动，脸上纵横的皱纹都被希望之光照亮了，"你阿爸是经过风浪的人，敢想敢干，他脑子里那把铁锁总会撬开的。太阳地的太阳，必将永远明亮！"

禾妮是三天后来的。她的腿像一对沉重迟缓的木轮，在勒黑家门口转了好几圈，才把人搬进屋。见勒黑还躺在床上，禾妮的脸涨得通红，轻声跟他打招呼。

"禾妮，你是听说我受伤的消息了吗？放心吧，我没事。"勒黑赶紧下了床。

"是耶努阿妹到哈尼寨找我……"禾妮拨拨头发，理理衣襟，就是不敢接触勒黑的目光，脸上的红晕久久不散。

勒黑觉得禾妮的神态不同以往，心里有了些猜测，试探地问道："这么说，你是踩着耶努的话尾来的？"

"你不喜欢？"

"樱桃花开到家里我当然喜欢！"

"阿爸一再嘱咐，要我好好照顾你……我还给阿哥去了信，要他来太阳地……"禾妮鼓足勇气，一口气把话都倒了出来。

"禾妮……"勒黑的话噎在嗓子眼，吐不出来。其实，他也想不清自己该怎么说。禾妮和耶努，在他心目中都是这世上最好的姑娘，神灵为什么要把她俩一股脑都塞给他呢？

"冷土埋红骨，太阳笑哈哈。冷土埋黑骨，月亮泪汪汪……"屋外传来错木的疯话。

"错木夜里就睡在阿妹的坟上。"勒黑有意岔开话题，"他有时疯，有时清醒，阿妹要是看到他现在这副样子，不知道该有多难过。"

禾妮仰着脸说："我还欠娜木芸一捧新土，今晚我守她一夜。"

"你有这份心就足够了。太阳为阿妹洗了身子，星星为阿妹换了眼珠。错木睡烫的坟土，蚂蚁不敢挨。唉，他俩如果不是那么冲动，事情哪会搞到今天这个地步！"

禾妮端肃了脸色，若有所思。

三个月后，耶努牵着伤势痊愈的勒黑走出茅屋，禾妮跟在他们身后。迈过门槛时，耶努回身望了一眼，马上又挽住勒黑的臂弯。禾妮细心地给木门落下门闩。

三个人并肩走在寨巷里，全寨的人都看见了他们。女人们躲在家里的篱笆墙后向外张望，只见两个女人都精心打扮，黑发在晨曦中闪着耀眼的金光。勒黑穿着一套崭新的灰色衣裤，衣袋上方还绣着两只老虎，简直像个新郎官。人们都在心中默默念诵，祈告天神能赐予他们三个人幸福。

勒黑斜睨着耶努，面色内疚，再看看禾妮，喜悦情不自禁地流露在眉梢眼角。

路面上原本沉睡的石子被他们的脚板踢醒，叮叮咣咣地乱响。禾妮有些心不在焉，被绊到了好几次。

耶努侧头，对禾妮笑得甜蜜蜜："从哈尼寨飞来的白鹇鸟，终于要在太阳地落窝了。"

禾妮再也忍不住，走过去紧紧抱住耶努，热泪洒在她的肩头。耶努拍着禾妮的背安慰她，自己也掉下连串的晶莹泪珠。

勒黑望着两个女人哭作一团，原本的那几分喜悦没了踪影，喃喃道："我的心都被你们的眼泪揉碎了！"

"女人本来就是从娘肚子里哭着来的。"耶努哽咽着回答。

"耶努，我不想去了，我想回哈尼寨。"禾妮低垂着头搓揉衣角。

"你再这么说，我可要生气了！"耶努揩一把泪，强颜欢笑。

禾妮突然拔腿就跑，耶努追上去，紧紧拽住她不放。

"放开我！我反悔了，太阳地不是我的家，我要回家！"禾妮拼命挣扎。

"禾妮阿姐，我求求你，勒黑离不开你呀！这几个月有你在，勒黑才能打起精神做事，我们全寨的人都指望着他呢！"耶努突然跪倒在禾妮脚下。

禾妮连忙拉她，勒黑也上前帮忙，可是耶努情急之下力气竟然大得惊人，两个人都拉不起她。

"禾妮阿姐，我求你，一定要答应跟勒黑去领结婚证！"耶努抱住禾妮的脚杆摇晃。

"你跟勒黑已经是夫妻，还有那么可爱的女儿。你是女人，我也是女人，将心比心，我要是这样做，一辈子都洗不清罪过！"禾妮蹲下身抱住耶努，泪水涟涟，"耶努，我的好阿妹，听阿姐一句话，为了你们的女儿，复婚吧！"

"那不可能！我有女儿就足够了，为什么要在一个心里没我的男人身上浪费眼泪？"耶努语气坚定，"出了那个家，我的心会痛几个月甚至几年，留在那个家，我的心会痛一辈子！今天你一定得去跟勒黑领证，就算是为了我！"她猛然拖着禾妮站起来，不容分说就拽住她的手弯往前走。

两只金色的画眉鸟站在枝头的绿叶丛中，上下扇动着长尾毛高声歌唱，歌声送来了一片金霞，清爽的晨风在群山里萦绕回荡。

耶努把咸涩的泪咽回肚子里，和勒黑、禾妮一同走进乡政府的结婚登记处。她对坐在办公桌后的办事员说："我们来登记。"

办事员记忆力挺好，只瞟了一眼就认出了她和勒黑，脸上是宽慰的表情："是要复婚吧？本来嘛，年轻小夫妻，有什么矛盾要闹到离婚？你们这些人啊……"他起身打算去拿登记表。

"不……不是我……"耶努磕磕巴巴地说，"我是陪他俩来的。"她指向禾妮和勒黑。

办事员愣住了，来回看着这三个人。屋里一片沉默。

茅屋被包裹在迷迷蒙蒙的雾中，夜鸟在屋顶上恓惶地鸣叫。墙缝里两只蛐蛐不知是调情还是打架，嘿嘿声不断。

耶努盯着熟睡的女儿，眼泪擦也擦不干。她一次又一次对自己说："认命了吧！"然而心里总是无法平静。

屋外有轻微的沙沙声，她不禁心旌摇荡。那是勒黑的脚板摩擦土皮的声音，她不会听错，一定是勒黑找她来了。

沙沙声又消失了。耶努迫不及待地打开屋门，向外面张望，黑暗中有个若隐若现的影子在晃动。她欣喜地快步迎上去，张开双臂想拥抱那黑影，影子却躲开了，还汪汪地叫了两声，竟然是一条黑森森的长毛狗。耶努火热的手臂渐渐变得僵直，两行泪水不知不觉已挂在脸上。她像行尸走肉般飘回屋里，女儿还在熟睡，浑然不觉她的阿妈经历了怎样的痛苦和失望。

耶努在吊篮旁坐下，痴痴地望着女儿稚嫩的小脸。这是从她和勒黑身上掉下来的骨血呀。他们点燃彼此身上的火焰，在滚烫的土地里埋下种子，天上降下甘霖，种子生根发芽，结出一个彤红甜美的果子，就是他们的女儿。然而，一觉醒来，女儿身上铭刻的美好记忆变成嘲笑她的证据，每次回想起来，都让她全身战栗，恨不得立刻死掉。女儿……女儿……你太残忍了，知道洪水能淹没土地，为什么要降雨？知道大树会遭雷击，为什么要长高？阿妈爱你，又怕看见你！

她倚着吊篮迷迷糊糊睡着了。恍惚中，一阵微凉的风吹到她身上。是门板没有关严吗？她努力想清醒，却连眼皮都撑不开。

咻咻的鼻息声越来越近，热烘烘的气流扑到她脸上。她下意识地伸出手，摸到一把又长又乱的毛发。"啊！"耶努一声尖叫，用尽全身力气踢出一脚！

汪——是狗的惨嗥声！黑影腾空跃起，带翻了吊篮，小女孩被远远地抛了出去，重重地撞在墙上，刚刚发出半声哭喊就戛然而止。

耶努疯了，她扑过去抱起女儿，小女孩细弱的脖颈软软垂着，鲜红的血从嘴里源源不绝地流出来。耶努摇晃她的身子，没有反应，在她肉嘟嘟的屁股上狠拧一把，没有声息。那小小的脸庞渐渐变成冰冷的青灰色。

耶努抱着女儿冲出茅屋，对着冰冷空寂的夜空大声吼叫："耶努杀人了！耶努杀人了！"声音沁着从胸腔里涌出的血，尖锐而破碎，传遍了太阳地的每个角落。

被惊醒的人们纷纷冲出家门，目瞪口呆地看着怀抱女儿的耶努在寨巷里呼喊狂奔，她隆隆的脚步声出奇的响，整个太阳地都在筛动。

虎头王在茅屋里潜藏了很长一段时间。

他每天在同一时刻去坟地上一次香，然后就溜回茅屋，倒在床上，闭着眼睛摩挲虎神。他觉得自己全身麻木冰冷，像是储存在冰窖里的一具干尸。

昨晚寨里乱了一阵，可是他根本没有精神出门打探。老乡长来找过他，批评他不该下那样的狠手，勒黑是他的儿子，也是太阳地的队长，太阳地的将来还得看勒黑的呢。扎旺阿爸登过几次门，先是告诉他，太阳地的街子停办了，后来又跟他说，勒黑还是随禾妮领证去了，不过最后勒黑是独自回寨的，不知道中间出了什么岔子。从那以后他更是不愿意出门，怕见到耶努。都是他的罪过呀，他不该逼着勒黑把耶努牵回家笼火塘。耶努抱着女儿跨出了那栋老茅屋的门槛，他也没面目跨回去，就让他无声无息地臭在这座废弃的茅屋里吧。

天未亮彻，扎旺阿爸就在茅屋外变了调地嘶吼："老哥，不好了！你孙女出事了！"

虎头王以为自己的耳朵听岔了，怎么会呢？他活得这么久，上下的门牙还可以嚼豆。小孙女两岁不足，还是一朵娇娇嫩嫩的小花骨朵，家族的血脉还没真正流动起来，她怎么会出事呢？

"老哥，快去看看吧，你小孙女真个死了！"扎旺阿爸的话是从哭腔里迸出来的。

虎头王面色枯白，纵横的皱纹像一根根绳子，把整张脸的筋肉都吊起来，嘴角上的黑麻子突突抽动，像在米筛里蹦跳的又硬又小的黑沙。

"怎么回事？"虎头王从地铺上弹起来，还没等他去开门，扎旺阿爸已经像一只山鼠似的钻了进来。

虎头王急切地迎上去，眼睛在扎旺阿爸脸上扫来扫去，扎旺阿爸觉得那目光扎得皮肉疼，只好回避了不看，转身提起绊在地上的裤管，蹲在火塘旁呼呼吹火，茅屋逐渐明亮了一层。

湿重的树柴像患哮喘病的老人，上气不接下气地呻吟着，从柴头吐出一丝蓝焰。

两人都像闭紧了壳的老蚌，谁也不肯先开口。虎头王下意识地将虎神从胸窝里掏出来，攥在掌心，另一只手覆上去，虎神是温热的，两只手掌却冰冷而颤抖。半晌，他呜呜地号哭起来。

"牛马身上的虱子还能活几十年，女娃怎么走得这么早……"虎头王抹了把泪，失魂落魄地抬起眼。

"吊篮翻了，女娃摔断了脖子，耶努疯疯癫癫，说不清是咋回事。"扎旺阿爸伸出舌头，舔了一下干燥开裂的嘴唇。

天空一点点吐出血红的太阳，乌鸦被耀花了眼，趔趄几步，摇落神树枝条上的露水。

虎头王静了片刻，突然跳起来冲出门，重重地摔倒在尘土中。

太阳像一颗往外喷血的心脏，厚重的老土浸泡在血光里。

勒黑僵直地坐在昏迷的耶努身旁，怀里抱着女儿娇小的躯体。他一手拉着耶努冰凉的手，另一只手攥着女儿同样冰凉的两只小手，直勾勾的眼神里什么也没有，什么都看不见，包括围住他们或哭泣或叹息的寨人。

扎旺去掰勒黑的手，根本掰不动。是呀，活人的手、疯人的手、死人的手连在一起，神灵也不能撼动它们分毫。

扎旺喊着勒黑的名字，拼命摇晃他，终于，勒黑的身子动了一下，仿佛从噩梦中惊醒。他低头看那两母女，想哭，却流不出一滴眼泪。过了片刻，他转向扎旺，语气像是在哀求："扎旺，我要跟你家借钱，不，是跟全太阳地的人借钱，我要送耶努和错木去昆明的大医院，就算是剐了我的肉卖，也要把他俩的病治好！"

虎头王踉踉跄跄地扑进门，扎旺阿爸追在他身后，阳光在两颗霜白的头颅上打滑。

麻蛇睡洞的季节过了，女人们都烧一锅温水褪身，男人们开始整理农具。

这段时间，太阳地人日日夜夜牵挂的就一件事。

虎头王蹲在家里的火塘边，含在嘴里的旱烟锅已经熄了好久，他却根本觉不出来，只顾着神情焦灼地向扎旺抱怨："勒黑他们走了这么多天，丁点消息都没有！"

扎旺安慰他："放心吧，有禾大夫和老乡长陪着，不会有事的。"

虎头王还是放心不下："扎旺，你说说，耶努和错木的病能治好吗？"

"一定能！昆明的医院里高明大夫可多了，禾大夫讲过，精神医院的大夫能把人的脑壳像剥核桃似的剥开，哪点有病医哪点……"扎旺说得神秘兮兮的。

"真有这事？"虎头王像听天书。

"阿舅，不真的事，禾大夫不会讲。"扎旺语气坚定。

"虎神保佑，耶努和错木的病能治好。"虎头王喃喃地祈告着，手指揣在胸窝里摩挲虎神。这段时间他已经很少把它掏出来了。

不知谁在屋外大喊一声："勒黑回来了！"扎旺一转眼，虎头王已经像风似的卷了出去。

人们从各自家里聚集到寨巷，又跟着喊话的人跑向山垭口。虎头王也在人群里，他睁大眼睛使劲张望，认出来人除了勒黑还有老乡长。

虎头王一颠一颠地跑过去，山风撩乱了他的白发，截断了他的喊叫，只能隐隐约约听到几个字："……耶努……错木……"

老乡长停住脚步，面对拥来的人群，捋着银白的胡子笑嘻嘻地说："大家放心，禾大夫帮着昆明的大医生一起治疗耶努和错木的病，他俩已经有了明显好转，大概过不了多长时间，就能转到县医院做普通治疗了。"

他的话像春风，催开了寨人们的心花，欢呼声摇撼着太阳地。老乡长拉着虎头王的手直晃，仿佛有千言万语要说，却终于没有开口，那含笑的眼神一直看到了虎头王的心底，看得他的血呼呼地在全身燃烧。

虎头王突然流出了泪，心中的怨恨和愤怒都被这滚烫的泪水冲得干干净净。半晌，他哽咽着说："老乡长，太阳地人没有过上好日子，是我的罪过。年轻人费了大力气办的好事，不能毁在我手里。快点恢复街子吧！"他紧攥住老乡长的手，语调充满愧疚。

"太阳地的虎头王终于睡醒了！"老乡长拍着虎头王的肩头，目光像空中飞旋的老鹰翅膀，朝黑压压的人群扫了过去，激动地大声说道，"父老兄弟姐妹们，大家都听到了，虎头王要让马铃铛重新在太阳地响起来，这是我的心愿，乡政府的心愿，也是全体太阳地人的心愿。另外还要告诉大家一个振奋人心的消息：这里的大山，是个天然的药材宝库。勒黑村长送到省药物研究所的两种草药都有了实验结果。鹿啃木在动物身上的止血速度为二十七秒，比现知的国内最佳止血药快了三秒。过去传说，八十岁的老人吃了白翁草，白发能变黑，掉了的牙齿能长出来，还能生个胖娃娃，现在证实，白翁草确实有延缓衰老的功效。国家决定开发这两种药，推广种植。乡里一致推举勒黑和扎旺到外地学习栽种草药的技术，先在太阳地试种这两种野生草药。不久的将来，太阳地会变得前所未有的富庶繁荣……"

老乡长的话还没有讲完，人们的脚板就在老土上擂出了坑窝。他们沉浸在老乡长描绘出的美好前景中，全身激荡着一股热流，手弯套手弯，脚板踩脚板，在大地上旋转、呐喊、歌唱、嬉笑。

勒黑高声说："只要太阳地人血脉不断，就像勃勃旺长的谷苗，总有一个收获的金秋季节。"

太阳和土地都随着人们的舞步震颤。勒黑喘着气说："我浑身的骨头都散架了。"

虎头王说："你得跳，虎神看到我们这么欢喜，会加倍保佑我们。"

勒黑说："我跳不动了。"

虎头王说："把老土踩得陷出坑窝，才能存住血族的生命之水。"他跳得比谁都起劲，挂着汗水的脸庞红得像头顶的太阳。

人们的欢呼声飞散开来，响彻了群山，仿佛整个世界都在为他们鼓掌赞叹。

深邃的太阳地上，滚动着一轮新的太阳。

下部

第九章

月亮像只才出窝的小鸟，怯生生地从黑沉的天幕里探出头。

勒黑刚刚打了个盹，在梦里，他又回到了三十多年前，年轻的禾妮从树影里钻出来，惊得一群野兔四散逃窜。自己追逐着她，她那彩虹般飘飞的裙摆挂到刺树上，一对山雀从枝上弹起，掠过他们的头顶……禾妮停下脚步，眺望飞远的山雀。

"禾妮，刺泡果熟了。"勒黑喊一声。

"我想吃。"

"刺儿戳手。"

"我想吃嘛。"禾妮的声音娇娇软软。

勒黑扯了匹芭蕉叶，折个小方盒子，把摘下的刺泡果裹满爱意放进去。禾妮的气息里带着暖烘烘的果香，一直喷到勒黑的面颊上。勒黑的双唇像逐蜜的蝴蝶，落在禾妮的腮上、颈上，最后落在了唇上。禾妮含笑不语，柔软的手往勒黑发棵里钻。年轻情侣的絮语里有绿草与鲜花，飞鸟和彩霞……

虎头王板着脸隔在他们中间："哈尼人是水牛，苦聪人是黄牛，水牛黄牛不能同关一厩。"

场景纷纷乱乱，禾妮和耶努的泪眼轮番闪现。禾妮说："阿妹，听阿姐的话，勒黑家的火塘只能你来烧。"耶努说："布谷鸟离开那个窝，就再也回不去了。"

……

勒黑骤然惊醒，伸手抹了一把额头上的冷汗。真奇怪，怎么又梦见那么多年前的往事？他往亮着灯的堂屋看过去，有两个女人的身影在晃动，低低的笑语声传进卧室，让他长长地松了一口气。是啊，不管那些经历多么令人痛苦，毕竟都过去了。

当年他和禾大夫将耶努送进昆明的大医院，后来耶努治愈，回到寨里，他五次登门，恳求她回家。两年来朝夕相处，他和耶努之间的感情即使不是爱，也是恩，他欠她的太多太多，他愿意用下半辈子来一一偿还。

勒黑最后一次登门时，耶努笑盈盈地说，她要跟扎旺去领结婚证了。

那天勒黑像个孤鬼似的，晃晃悠悠飘出耶努家的门，眼眶里噙满了泪水，哭声哽在喉咙里。

耶努搬进扎旺家半年后，勒黑才缓过劲，踏上通往哈尼寨的茅草道。清冷的山风吹得林叶哗哗地响，一只秧鸡咯咯叫着，从路旁水田的秧丛中飞起。他远远望见穿着短裙的禾妮站在田里，弯下腰将鳝鱼笼子支在田垄的水口处，苗条的身躯和俏丽的面庞在晚霞衬托下显得格外曼妙。

禾妮从水田里拔出脚，迎面看见一条粗壮的麻蛇向她游来，吓得她连叫带跳地往茅草道上跑。勒黑恰在这时赶到，将禾妮严严实实地护在身后。禾妮探头一望，见勒黑牢牢掐住蛇的七寸，把它整个从地上提了起来，蛇身子像根麻绳，一圈圈缠紧他的手臂。不一会儿，麻蛇停止了疯狂的扭动，慢慢从勒黑手臂上垂下来，勒黑提着蛇尾巴抖了几抖，远远抛向草丛中。

"好险！幸好我及时赶到了。"

禾妮惊魂未定，愣愣地盯住勒黑，说不出话。

勒黑去牵禾妮的手，禾妮把手一缩，然而勒黑跨前一步，紧紧地抓住她的手不放："耶努和扎旺结婚了，我成了没有窝的鸟。"

"骗人！"

"是真的！"

禾妮觉得勒黑的话像一股热浪，瞬间席卷了她的全身，五脏六腑都暖融融的。

"阿爸把你送的烟锅别在了腰杆上。"

"谁知道能别多久。"

"阿爸说，等他入了土，烟锅要跟他埋在一起。"

"他还说过，黄牛水牛不能关一厩。"

"他现在说，黄牛水牛都是牛，照样可以相处得亲亲热热。"

禾妮忍不住涌出了泪。这些日子，她的心腌在盐巴辣子里，虽然来相亲的男人像赶街一样出出进进她家，但她一概拒绝。寨子内外，一支支流言蜚语的毒箭铺天盖地射来，她整个人像泡在臭水塘里，喘不过气。

"禾妮，我家的火塘熄灭很久了。"勒黑捧起禾妮的脸。

枯草回春成绿茵，岩石高耸成山峰，转机出现得太突然，禾妮来不及反应，竟然暗暗掐了自己大腿一把，生怕是在做梦。

勒黑捧起禾妮的双手，毛茸茸的胡楂在她手背上一拂而过。禾妮满载爱意的拳头不轻不重敲上勒黑的胸膛。浸泡在苦水里的日子，终于熬到了尽头。

那是个秧苗发青、溪流涨水的季节。

纵贯南北的哀牢山脉打开了叠合的天地，云翳挥戈向南，雾霭飘忽向北，那嶕峣的峰巅或尖或圆，在云雾中时隐时现。数百岁的老树成排成林，树尖像战士的森森戈矛，直刺青天。

2015 年年末，禾妮就由丈夫勒黑和女儿娜芸陪送，坐班车到戛漠坝镇，下车后步行，向哀牢山顶的扶贫点藤子箐村进发。

刚刚下了场春雪，山道两旁的树林挂着一丛丛冰针，仿佛道道银帘从半空中泻下。三人爬到半山腰，已累得精疲力竭，坐在路边的大石块上休息。

"你这只哈尼寨的白鹇鸟，飞来山里扶贫，要解决的第一件事，就是把公路修通。"勒黑揩着额头上的汗珠。

"是啊，不通公路，山区的百姓脱贫就是一句空话。可在这山高坡陡的地方修路，谈何容易！"

"再难也得把路修通。想想看，假若我们月亮田不通公路，老百姓的农副产品卖得出去吗？月亮田能有现在这般光景吗？"

"黑哥，你说修这条路大概要花多少钱？"

"至少也得五百万，如果当地百姓投工投劳，四百万可以修通。"

"这个数字听着让人心里直打颤。"

"我给你出个主意：打个报告给书记县长，取得县上支持，然后去找你那远房表哥陶玉章，他是平山县头号大老板，手下好多企业，如果他愿意支持，几百万元不算回事。"

"虽说是亲戚，不过两家来往很少。话说回来，去年他出了场车祸，很严重，是阿哥从死亡线上把他救回来的。"

"你是阿哥的亲妹子，这点面子他总得给。"

"唉，难啊！我俩做夫妻三十年，你什么时候见我求过人？"

"为了藤子箐的百姓，不求人是不可能了。"

勒黑和禾妮忙着款话，忘了身边的女儿，转眼再看时，娜芸已经趴在石板上睡着了。

"快走吧。"勒黑将熟睡中的娜芸叫醒。

"我还没睡够呢。"娜芸揉着惺忪的睡眼。

"走吧，再不走，天黑时都到不了藤子箐。"

"阿妈，领导把你分到这鬼地方扶贫，肯定是你得罪了他，他存心整你。"

"莫乱说，是阿妈自己要求来的。"

"阿妈，你是昏了头，还是吃错了药?！"娜芸一边说，一边就伸出手去摸禾妮的额头。

"光会鬼扯！"勒黑弹了娜芸一脑包，"你阿妈这样做没错。"

"你们两个都是疯子，还是疯得比较严重的那种。"娜芸皱着眉头，撇着嘴。

"现在不用跟你讲，以后你自然会明白的。"勒黑拍拍娜芸的肩膀。

"算了，不理你们！"娜芸没好气地跑到山道边，双手搂住一棵松树悠悠转了几圈，觉得有什么东西粘在了手上。仔细一看，这片松树林全被人在齐腰高的树干上砍了半边，松脂从创口流了出来。一些完全死去的松树掉光了松毛，还有些半死不活的，稍一摇动树干，枯黄的松毛就簌簌落下。它们光秃秃地耸立着，像一个个赤身裸体、伤痕累累的老人，无声地控诉着人类的罪行。

"太坏了！"娜芸大声骂道。

"你在骂谁?"

"阿爸，你看看，松树全被坏人砍死了。"

"唉，为了弄点松脂卖钱，竟做这杀鸡取卵的事。禾妮，你一定要制止这种犯罪行为。"

太阳落山时，三人终于走到了藤子箐村委会。村委会门前的平场上铺满绿茵茵的松毛，无疑是村里领导特意安排，为了欢迎县委扶贫工作队队长禾妮的到来。

村支书兼村主任易达在屋里见到禾妮三人，满面笑容地迎了出来，握住勒黑的手："老哥亲自送禾队长来藤子箐，藤子箐真是蓬荜生辉了。"

“你们俩从前就认识？”禾妮好奇地问道。

“县里开会时我俩住过一个房间。”勒黑笑呵呵地回答。

“黑哥，你太狡猾了，从没给我讲过你认识易达支书。”

“这不是想让你惊喜嘛。”

“老哥真沉得住气。”易达在一旁插嘴。

勒黑转向易达：“给老弟介绍一下，禾妮同志是你老哥的另一半，娜芸同志是我俩的小女儿，还有个大女儿娜木，在县农科站工作。”

“老哥好福气，竟有一对千金，真让人羡慕。”

“我肚子都饿瘪了，你俩还对吹个没完！”娜芸噘起小嘴。

“这孩子，一点礼貌也没有！”禾妮嗔怪娜芸。

“是我不对，只顾着和老哥款话，把别的事都忘了，大家快进屋吃饭！”易达边说边领着三人进了村委会大门。

屋里嘈杂一片，十多个人围坐在一张长桌旁抽烟“吹壳子”[①]，刚出锅的羊肉盛到大盆里，飘出浓重的膻香味。

“禾队长，我特意通知十二个自然村的村民小组组长来跟你见见面。”易达热情地给他们互相介绍。

“你想得真周到，多谢你费心了！”禾妮含笑说道，她的确很满意这安排。

“认识了他们，以后工作起来能少些麻烦。”

易达朝那些人挥挥手，大声道：“各位，现在我们全体起立，热烈欢迎县委扶贫工作队队长兼第一书记禾妮同志到我们藤子箐村指导工作！”

人们唰地从座位上立起来，热烈鼓掌。

禾妮有些不好意思，但还是走过去跟他们一一握手：“今后的工作全靠大家了。”

---

① 即闲聊。

"禾队长辛苦了！"人们异口同声地喊道。

禾妮并不喜欢这种浮夸的排场，不过觉得易达应该是出于好意，彼此又是第一次接触，不好立刻纠正。

"这位老哥呢，是率领月亮田人在荒山野岭里开垦出近千亩梯田的省劳动模范、月亮田村委会支书勒黑，这个漂亮姑娘就是他和禾队长的小囡。"易达颇以为荣地拍着勒黑的肩膀介绍。

人们又热烈鼓掌。

易达将禾妮三人安排在长桌正中的空位上，顺手拿了只大碗，给娜芸舀了饭又舀羊肉："姑娘，多吃肉少吃饭。"

"谢谢叔叔。"娜芸双手接过碗。

安顿好了娜芸，易达端着酒杯问禾妮："禾队长，我先敬老哥一杯酒，你没意见吧？"

"那是你们男人的事，我不干涉。"

易达和勒黑碰了杯，两人仰头将酒盅扣在嘴唇上，一饮而尽。

"老弟，一家人不说两家话，以后，我们月亮田村委会和藤子箐村委会携手合作，互助互济，一起拔掉穷根奔小康。"勒黑一杯酒下肚，眼睛都亮了。

"老哥说得对，有禾队长带领我们藤子箐自强奋斗，有你们月亮田无私支援，我们一定能打赢脱贫战，过上小康生活，不辜负县委和国家对我们的期望。"易达热烈回应。

酒过三巡，各个村组长轮番向禾妮和勒黑敬酒。娜芸怕阿爸和阿妈被灌醉，自告奋勇地站起来说："敬他们两位的酒都由我代喝！"

"小姑娘真是豪爽！"大家同时把酒杯递到娜芸面前。

"哎哎哎，人家是小姑娘，醉了不好。"易达连忙来解围。

"那我们敬支书。"不知谁冒了一句，大家又都把酒杯伸向易达。

"这不是瞎起哄嘛！你们说，哪家的酒我没喝过？说得出来我就喝。"

易达反将了村组长们一军。

"时候不早了，你们还得各自赶路回村。禾队长一家也走了老远的山路，早该累了，让他们早点休息吧。"听易达这么一说，大家喝干了自己酒杯里的酒，陆陆续续地告辞。

人都走完了，易达又凑到禾妮跟前："禾队长，要不要给你介绍一下藤子箐村的情况？"

"以后有的是时间。你也累了一天，快回家吧，有事明天再说。"禾妮劝他。

"我已经派人收拾好了住处，村里条件差，只能让你们一家凑合了。"

"别见外，我是来村里工作的，不是来享受的。"说完这话，禾妮觉得有点后悔，好像自己不近人情，把人家支书的热情好客没当回事。

一家人洗漱完毕，已经是晚上十点钟。他们躺在床上，听到屋顶两只猫头鹰发出婴儿般的哭号，山风掀得茅草顶哗哗地响，怪叫着灌进每一条缝隙，成群结队的老鼠在屋里追逐啃噬。

"阿妈，我怕！"娜芸吓得全身直哆嗦。

"别怕，老鼠咬不着你。"禾妮安慰她。

"猫头鹰叫得也瘆人。"

"明天阿爸把它们烤了。"勒黑逗娜芸笑。

"阿妈，等我和阿爸走了，你一个人咋办？"

"能咋办？咬咬牙扛住呗。听说过一阵会有两个年轻人来工作队，那时就好多了。"

枯萎的藤蔓抽出新芽，大大小小的动物在大地上游动，这预示着春天到来，万物开始复苏。

勒黑和娜芸已经走了，易达为禾妮在村委会摆了张办公桌，让她正式开展工作。

　　村组长白贺急匆匆地来找禾妮："禾队长，不好了，村里死人了！易达支书不在，你快去看看吧。"

　　"先简单讲讲事情经过。"

　　"村里有个叫愣头二的男人，在外面喝得酩酊大醉，回到家发酒疯，扯住老婆香草的头发，用柴块暴打她。他们的女儿小红才五岁，见阿妈遭阿爸毒打，就冲过去一口咬住愣头二的手，结果被愣头二推撞在墙上，手臂断了，人也昏过去了。香草见女儿受了伤，心里着急，一头将愣头二撞倒在堂屋门上，愣头二的后脑壳砸在门槛上，翻着白眼死了。"

　　"快带我去看看！"禾妮率先冲出门。

　　两人赶到香草家，只见门口聚集了不少村民，香草木呆呆地跪在丈夫尸体旁，嘴里反复念叨："我杀人了？我杀人了？我杀人了！你快起来，不就是喝多了吗？"

　　愣头二的母亲举着扫帚，拼命往香草的头上身上打，边打边大声叫嚷："还我儿子！还我儿子！"

　　禾妮冲过去拉住愣头二的母亲："你再这样打，会出人命的！"

　　"她打死我儿子，我也要打死她！"扫帚眼看要打到禾妮身上，白贺连忙上前阻拦，让两个女人把愣头二的母亲架了出去。

　　禾妮仔细观察现场，还做了记录。她和白贺商量："我送孩子去医院，你向派出所报案。"

　　白贺安排村妇女主任翠花陪着禾妮，一起送小红去医院。禾妮抱起昏迷不醒的小红就往山下奔，翠花跟在她身后叫："禾队长，我来抱孩子吧。"禾妮头也不回地说："孩子昏迷了这么久，一分钟也不能再耽误了。我俩轮流抱她，有多快跑多快！"

　　禾妮和翠花把小红送到医院，办完住院手续，请了个护工在医院守着，便匆匆赶回藤子箐，还有一大堆麻烦事等着解决呢。

　　禾妮再去香草家，想看看还有什么遗漏的地方。这个家破旧又简陋，堂屋正中的火塘东西两侧，搭着两张竹笆床，床上铺了厚厚的茅草，茅草上垫着蓑衣，发黄的毯子丢在床上，已经破了洞。缺了口的煮饭锅歪歪斜斜地担在灶台上，锅里的玉米糊糊结成了锅巴……看着这一切，禾妮心里难受，眼里发酸，眼泪不由自主地涌了出来。这么穷困的人家她近三十年来还是第一次见到，要让这样的家庭脱离贫困，可想而知是多么艰难的事。

白贺来找禾妮报告："香草被警察带走了，愣头二的老母亲没人照顾。"

禾妮想了片刻，拍板说："看看村里哪个女人能照顾老人，工钱由我出。"

"让禾队长掏钱不合适。"

"现在不是说这些的时候。"

禾妮拖着疲惫不堪的身体回到住处，看看时间已是夜里十一点。又累又饿的她没精力再做饭，从抽屉里拿了包方便面，冲上开水，氤氲的热气一下子蒸腾起来，散发出食物的香味。禾妮深吸一口气，终于感受到这一天唯一的幸福滋味。是啊，她的黑哥是天下最体贴的男人，说话办事细致周到，她真是自愧不如。送她来藤子箐时，他在镇上的超市里买了许多吃的用的，沉甸甸地背着上山，压得他大汗淋漓、气喘吁吁，她还埋怨他不该买那么多东西，他却挑着浓眉笑道："这叫有备无患，等住到山上，你就知道了。"

真该谢谢勒黑的先见之明，不然自己只能饿肚子了。禾妮美滋滋地吃完方便面，简单洗漱后便一头扎进被子里，却只听吱的一声尖叫，有个毛茸茸的东西从她手背上一掠而过，禾妮吓得立刻拉亮灯，原来是躲在被褥里的老鼠蹿了出来，一溜烟逃得无影无踪。

屋顶上，猫头鹰一声接一声地悲号，禾妮再也没有睡意，满脑子转着香草的事，盘算第二天再向村民们详尽了解。

经过一番深入细致的询问调查，禾妮终于得知了香草的全部悲惨身世。她本是藤子箐村最漂亮的姑娘，然而正应了"红颜薄命"那句老话，十岁那年父母就因为煮食草乌中毒而死，她成了孤儿。愣头二的母亲是香草的表姑妈，见她孤苦伶仃，便把她接到自己家抚养。香草懂得感恩，从小就特别听话能吃苦。她十八岁那年，愣头二的母亲以死相逼，要她嫁给自己四十岁还说不上老婆的儿子。愣头二的父亲死得早，母亲又惯着儿子，什么事都不要他做，一天到晚的口头禅就是："他还小呢，长大就懂事了。"愣头二被养得好吃懒做，还染上了酗酒的毛病，和香草结婚后，更是像条死麻蛇似的，从来不下地干农活。舂米磨面、烧火做饭、喂猪喂鸡、服侍老人、上山砍柴、下田种稻，都归香草一个人。谁不说是一朵鲜花插在牛粪上？

案发当天，香草因为护着女儿，才把愣头二撞倒在门槛上。她抱起小红要去医院时，发现愣头二没起身骂人，觉得有点反常，就踢了踢他，见没有反应，于是慌了，连忙叫表姑妈："你看二哥这是咋了？"愣头二的母亲一摸，儿子没气了，顿时呼天抢地，把村民们都惊动过来，于是就有了禾妮看到的那一幕。

禾妮斟酌之后，约上易达和白贺，一起去镇医院看望小红。接着又去县里，向相关法律部门反映香草是防卫过当才造成其丈夫死亡的情况，希望按照《妇女权益保障法》给予香草从宽处理。

禾妮在村里忙得像旋转不止的陀螺，心里还一直惦记着住院的小红，隔三差五买些好吃的好玩的去探望她，小红高兴得左一声"禾妈妈"右一声"禾妈妈"地叫。等到小红痊愈出院，香草还关在看守所里，禾妮又把小红带在身边，还买来新衣新裤，把小女孩打扮得漂漂亮亮的。此时，向县民政局申请的专项特困救济金已下拨，禾妮用这笔钱结清了小红的住院费，剩下的钱购买粮、油、盐巴等生活必需品，都送到了香草家。

三个月后，平山县人民法院对香草的案子进行了入村现场宣判，对香草免予刑事起诉，并做了关于反家暴法的宣讲，村民们这才意识到，原来打自己的老婆也是犯法的。

瘦了一大圈的香草回到家，看到老人和孩子都被照顾得好好的，对禾妮千恩万谢。禾妮觉得自己阻止了一场更大的悲剧发生，也颇为自豪，还把这件事讲给丈夫和女儿听。

让人意想不到的是，没过几个月，不幸又降临在香草身上。一天下午，她去山上砍柴，白贺儿媳妇的哥哥尾随其后，在一片灌木丛中扑倒了她。香草拼命挣扎，扯下男人的一绺头发，但终归力量悬殊，还是被他强暴了。

"你知道我亲戚是谁，识相的就乖乖听话，自然有你好处，否则……"男人威胁她。

香草欲哭无泪，在草丛中躺了许久，才起身跟跟跄跄地回家。她难以忍受这种羞辱，恨不得一死了之，可想到小红，母亲的心又摇摆不定。自己死了倒是痛快，无父无母的小红咋办？一路上她不断地问自己，为什么灾祸就是不肯放过她，一次又一次找上她？她香草是得罪了哪路神仙，为什么所有的苦难都由她来承受？

愣头二的母亲见香草进了家门，照例大声骂她是毒妇、杀人犯……香草只觉得天是黑的，地是黑的，世间万物都漆黑一团，看不到她的立足之地，她的情绪一下子崩溃了，颤颤抖抖从墙旮旯儿掏出杀虫剩下的一瓶敌敌畏。

住在隔壁的杨嫂这天先是听到有人找愣头二的母亲，给香草提亲，被骂跑了，后来又听到香草被骂却一直不吭声。好心的她想过去劝解，就见香草躺在地上打滚，身旁是敌敌畏的空瓶。

杨嫂赶紧给白贺打电话，报告香草喝农药自杀的事。白贺一边往香草家跑，一边打电话通知禾妮。等禾妮赶到香草家时，白贺也带着两个副村长赶来了。

两个年轻的副村长轮流背着昏迷中的香草，一行人风风火火奔往镇医院。

看到香草被送进急救室，禾妮对三个男人说："你们辛苦了，快回去休息吧。我留在医院就行了。"

"禾队长，还是我们留下，你回去休息。"

"别争了，我是女人，留下陪护香草更方便些。"

香草脱离了生命危险，在病房里渐渐苏醒过来，一睁眼看到禾妮坐在床边，眼泪顿时流个不停，紧紧地握住禾妮的手。

"有什么委屈尽管向我诉，别憋在心里，否则会把自己憋坏的。我能解决的一定帮你解决。"禾妮耐心地开导她。

香草哽咽着向禾妮诉说自己被强暴的经过，几次都哭得说不下去，禾妮温柔地安慰她。最后香草从衣兜里掏出一绺头发，递给禾妮："这是我和他拼命时扯下来的。"

第二天一早，禾妮到派出所报了案。

冬天掉光叶片的核桃树，被春光的箭射中，绽出新芽。两只松鼠从树洞里钻出来，蹲在枝杈上，借着空气中的丝丝温润一个劲洗脸。

朦胧的亮色刚从窗户里透进来，禾妮就起了床。今天村委会要召开有十二个村民小组正、副组长参加的普法教育总结大会，由禾妮总结发言。

屡禁不止的滥砍松林行为和香草案件的发生，说明村民们的法律意识淡薄，村委会成员一致认为，进行普法教育势在必行，这也是扶贫攻坚的重要一环。前些天，禾妮和易达商量后，请县法院的陈法官来到藤子箐村，为村民们开设了总共三期的普法教育。第一期开课前，禾妮发现村民们的参与积极性不高，于是和易达商定，由各村组长分别向组员强调这次普法教育的重要性，规定各自然村除老人小孩外，其余成年人必须参加课程。参加人数比例达到百分之百的自然村，给予奖励；比例低于百分之九十的自然村，扣发村民小组正、副组长半年的奖金。赏罚分明之下，各正、副组长紧急分工，各司其职，督促村民们按时分期到村委会接受普法教育。

就算之前村民们对课程没什么兴趣，但真正参加之后，发现陈法官的讲授竟然和他们的生活息息相关，个个听得入神。他们纷纷对禾妮说，这次上了课，才明白哪些事能做，哪些事违法，绝对不能做，今后要是能经常举办这样的课程就好了。

禾妮在总结大会上说："这次普法教育中，陈法官主要讲解了《宪法》《婚姻法》《妇女权益保障法》《土地法》《森林法》的主要条款，取得了良好效果。村民们纷纷表示，过去不懂法律，说话办事只凭蛮劲，有些事做了还不知道违法，比如，为了卖松脂赚钱，毁了大片大片的松林，这次学了《森林法》，才知道这种行为会被追究法律责任。在座的各位尽职尽责，按村委会的要求圆满完成了任务，参加人数比例达到百分之百。村委会履行承诺，各村组长奖励四百元，各副组长奖励三百五十元。"

全场响起了热烈掌声。待掌声结束后，禾妮转入下一个议题："大家都想想，制约藤子箐发展的因素到底是什么？"

"制约我们发展的根本原因就是不通公路，桃、梨这些果子熟了也是烂在地里，卖不出去。"老茅寨的村组长鲁大成说。

"老鲁说得对，不通公路，什么事都办不了。"老鹰寨的村组长叶大同说。

"大家都认识到，藤子箐村发展迟缓，无法摆脱贫困的重要原因是不通公路，那么，我们就要想办法解决这个问题。大家应该都记得月亮田人用八年时间开垦出近千亩梯田的事迹，我们也要发扬这种精神，不管遇到多大困难，一定要修通镇政府到藤子箐村委会的公路，大家有没有信心？"

"有！"大家异口同声地回答。

"这是一份关于修筑公路时各自然村投工投劳的同意书，大家看过后，如果没有异议就签字。等到工程正式启动时，需要哪个村抽劳力，哪个村就要积极配合。”

"好！藤子箐人世世代代梦想有条连接外面世界的宽广大路，可惜总是落空。今天，这个梦想终将由我们这代人实现，这是多么了不起的伟大事业！"易达兴奋地挥舞着拳头。

全场掌声雷动。

散会后，由刚才提到的修筑梯田的事，禾妮想起了丈夫勒黑，最近两人都忙，已经很长时间没碰过面了。

无数蚊虫穿过暮色的幔帐，扑向埋头吃草的牛群。

勒黑坐在沟渠边一块高凸的大石块上，点燃一支烟悠闲地抽着，目光扫向周围的四座山丘。层层叠叠的梯田气势雄伟，山丘被绿茵茵的秧苗一圈圈绕满，那景象极为壮观。勒黑看着，满意地吐出一口气。是啊，太阳地人八年的激情燃烧、八年的魂牵梦萦、八年的辛苦劳作，都浇注在了这四座山丘上，他们熟悉上面的每一个土粒，甚至能分辨出哪颗是虫子蚂蚁爬过的，哪颗是人畜脚板踩过的。他们没日没夜和这些土粒打交道，付出了惨重的代价，他自己丢了一条胳膊一颗籽，扎旺断了脚拇指，搓比被毒蛇咬伤，为了救搓比，禾妮还差点没了命……小伤小病几乎天天都有。但太阳地人深深知道，没有这些土粒，他们就会饥渴而死，因此人人不畏艰辛，流血流汗，花了整整八年，把大抱垴、滴水洞、大窝塘、野竹岭这四座山丘用一弯弯的月亮田镶嵌了起来。

还记得正式动工那天，他站在神树下，对着寨人们激动地高声宣讲："父老兄弟姐妹们，为了让我们的生命延续下去，为了开辟更美好的家园，神灵要我们去干一件先祖都没有干过的大事，就是开垦梯田！这关系到太阳地人子孙后代的繁衍生息，我们必须担起这个责任，必须拿出战天斗地的精神，哪怕花上十年二十年，也一定要完成这件事！"

他讲完话，虎头王牵来一只公羊，拉住公羊的犄角围着神树转了一圈，双手拍拍羊的脊背，公羊咩咩地叫。

虎头王抽出短刀，插进公羊的脖颈，鲜血从刀口飙出来，喷了虎头王一头一脸。

虎头王捞了把羊血，在神树的粗干上画个奇异的图案，祈告道："今天杀羊来祭你，男人下得了山，女人过得了河，砍来的树枝烧得了火，挖好的梯田栽得了谷子。神灵保佑所有离开太阳地的男人女人，不被老熊咬，不被野猪咬，不被蟒蛇咬……"

祈告完毕，虎头王唱起古歌：

> 头发棵的梦，
> 手臂上的暖，
> 老林里的泉水，
> 男人喝了脚劲大，
> 女人喝了手杆粗。
> ……

勒黑一挥手，寨人们背上行囊，浩浩荡荡地向四座山丘进发。

半个月后，山丘中间的平地上耸立起四座散发着青草馨香的工棚。一座男人住，一座女人住，一座当伙房，一座做厕所。

县委搬迁工作队免费提供炸药、雷管、斧头、砍刀、锄头等开梯田的工具，工作队队长尤为民让乡农机站把工具直接送到工地上。

开工第一炮在大抱垴打响，勒黑对寨人们说："我们苦聪人是山地民族，别说开梯田，好多人连梯田是啥都不知道、没见过，我家那只白鹇鸟的娘家哈尼寨周围全是梯田，这次就由她来担任技术顾问。"

"黑哥，你这不是赶鸭子上树吗？我也没开过梯田。"禾妮嗔怪。

"你那么聪明的人，一琢磨就会了。"勒黑笑嘻嘻地鼓励她。

禾妮也知道，整个太阳地没有比她更熟悉梯田的人了，好在小时候经常跟着阿爸到开梯田的工地上玩，明白梯田要怎样开才不会塌方，关得住水。她整天待在工地上，一会儿跑到东头指点挖土，一会儿跑到西头检查垒石，那样子就像个在指挥千军万马的将军。

她发现人们用小锄头把挖出来的土一点一点往身后推，这样干既累人又低效。她突发奇想，让勒黑在一块厚木板正中间安上把手，木板两头凿通洞，把两根结实的绳子穿在洞里拴好，然后一人扶把手，两人拉绳子，这样推土既轻松速度又快。

人们不明白为什么不让砍山丘顶上的树林，禾妮耐心地讲解给他们听，这些树能保持水土不致流失。在她的指挥下，工程有条不紊地循序推进，大家都逐渐掌握了熟练的开垦技术。工地上一派热火朝天，笑声、歌声、砍凿声响彻云霄。

"石三子，大家没力气刨树根了，上点荤菜吃吃。"扎旺揩着脸上的汗水，朝平日爱讲笑话的石三子喊道。

听扎旺这么说，大家都围了过来。勒黑接住扎旺的话补充："石三子，荤素搭配，太荤噎脖子！"

"村长，不好弄啊！荤的太荤，素的太素。"石三子做出为难的表情。

"别跟我耍滑头，你石三子什么菜都可以弄。"

"村长，我们要荤的！"人们起哄道。

"好嘛，好嘛，避开村长吃荤的。"石三子跑到离勒黑稍远的地方，人们呼啦啦地跟了过去。

"昨天晚上，我们两口子睡得早，老婆肥嘟嘟的，我的手摸着摸着就忍不住了……"石三子绘声绘色，把众人逗得人仰马翻。

"你小子吹嘛，昨天晚上你身边睡的是我。"扎旺揭石三子的老底，两人嘻嘻哈哈地扭成一团。

山野青黛一片，彩鸟被晚霞染红，歇在树梢上呼朋引伴。

两个月干下来，工地上渐渐没了歌声笑声，夫妻俩的吵骂声却多起来。勒黑明白其中的原因，但解决条件不具备，他只能装聋作哑。

有一天，他碰见青木和梨花夫妻俩扭扭捏捏地从大石洞里钻出来，茅塞顿开。他进过这大石洞，里面如同一栋天然形成的房屋，还分上、下两层，下层空间宽广，容纳几十号人没问题，上层就非常狭窄，也就铺一张床的空间，两层之间由一道石梯连接。这分明是神灵特意为人们开凿的爱之屋呀，工地上的夫妻都该感谢大自然的鬼斧神工！为避免几对夫妻同时进洞的尴尬，勒黑砍了截粗树干插在石洞口，宣布先进入的人就把自己的衣服挂在树干上，后来的人看见衣服自然就回避了。

男人们高兴得手舞足蹈，抬起勒黑往天上抛，勒黑好不容易挣脱开，整理好衣服，笑眯眯地问："谁先来？"

没人出声。其实，谁不希望自己是第一个在树干上挂衣服的人？只是都不好意思抢先罢了。

"村长先来！"石三子提议。

"对，让村长带个头！"人们异口同声地附和。

勒黑也不多推让，把自己那件草绿色军衣挂在树干上，还用绳子将衣服扎紧，以免被风吹落。那抹绿色映进所有男人的眼瞳，激荡着他们的心田。

女人们的脸上泛起羞涩的微笑，期待着自己男人的衣服出现在树干顶端，有几个平日要好的女人还暗暗比较着次数，互相调侃。

工地上一浪高过一浪的劳动号子撞击着群山，声音里都是喜悦和希望。

就在工程进入到紧张阶段时，一场灾难降临在勒黑身上。

那天傍晚收工后，勒黑让打炮眼的石三子和查水先走，自己一个人留下，往打好的炮眼里塞炸药雷管。看一切就绪，勒黑还认真检查了一遍，确认没有问题，才点燃引线，然后向安全区跑。刚跑出两三步，只听身后一声巨响，炸碎的石头满天飞舞，其中两块碎石重重地砸到勒黑身上，他痛得当场昏倒。

待他醒来时，已经躺在医院的病房里。门外传来低语声，他听出其中一个说话的是禾大夫，另一个是老县长。

"禾大夫，勒黑村长……？"老县长忧心忡忡地问道。

"唉，他的伤势很严重，左手臂三处粉碎性骨折，只能做截肢手术，更糟糕的是，他下身两颗籽，只保住了一颗。"禾大夫的语气沉重。

禾大夫的话像一把钢刀，插在勒黑的胸窝上。他只觉得全身的血液都停止了流动，手脚冰冷僵直。

少条胳膊还可以忍受，少一颗籽，对男人来说是最残酷的。一个男人的英武，说白了也就是两颗籽籽的英武。男人没了籽，就如同一只旺叫的公鸡被阄割成献鸡，只能遭母鸡嫌弃。现在他勒黑就是一只献鸡。他曾亲口答应阿爸，一定给虎头王家族栽一棵大树，现在希望完全破碎了。他不知道自己活在这个世界上还有什么意义。想来想去，他最对不住的就是禾妮，从她嫁到太阳地，没过上一天好日子，家里的事全由她操持，累得她漂亮的脸颊上时常浮起疲累的纹路，让他看了不禁心酸。现在他成了废人，更多的负担将加在禾妮身上，自己不能做一只自私的土蜂，羁绊住她。如今他唯一能补偿的，就是立刻和她离婚，不再拖累她。

禾妮不离不弃地守护在勒黑身旁，喂水，喂饭，喂药，讲笑话逗他乐。

勒黑根本笑不出来，他想向禾妮倾诉满腹的痛苦，却全都哽在喉咙里，讲不出一句。

禾妮见丈夫这般消沉，忍不住潸然落泪。勒黑抬起仅存的右手，揩净她眼角的泪痕："可怜的白鹇鸟，跟着我的日子只有黑夜没有白天！禾妮，我俩离婚吧。"

"藤子攀住了大树，要相依相伴一辈子。"

"如果大树死了呢？"

"大树的寿命比藤子长得多，藤子没死，大树怎么能死？！"

禾妮的话一下子催出了勒黑的泪。再肥美的花，少了雄蕊的授粉，也是永远只空开不结籽。禾妮这么好的妻子，凭什么跟着他挨日子？

他萌生了自尽的念头。

同为男人的尤为民明白勒黑所受的煎熬，借一次聊天的机会，装作不经意地对勒黑说，自己在部队当兵时，有一个战友进行攀岩训练，不慎跌下来，摔掉了一颗籽，然而那人后来结了婚，还生了个胖儿子。尤为民总结说，其实男人少颗籽，在生育和夫妻感情方面都不受影响。

本来已经绝望的勒黑从尤为民的话里看到一丝希望，虽说身心的痛苦短时间内还不能完全消除，但毕竟在慢慢减轻，加上禾妮一直在身边照顾他、安慰他，让他逐渐又鼓起了生活的勇气。

出院后勒黑休养了一段时间，努力保持自己的精神状态不陷入萎靡不振的境地。幸好，有禾妮一次次鼓励他，用女性的温柔把他整个人包裹起来。勒黑心上的那块阴霾逐渐消散，他们的家庭终于和所有的幸福家庭一样，热热闹闹，每天充满了欢声笑语。

勒黑很想念禾妮，她不在家时，他的心里总像缺了一块填不满。他抬眼望向藤子箐的方向：该去探望忙碌得回不了家的妻子了。

第十章

投工投劳的同意书签好后，禾妮反而开始犯愁：几百万元的修路费用，就算是树叶也有一大堆，她到哪里去找？小时候，阿爸会手艺，阿哥在县医院当大夫，她没缺过钱。嫁到太阳地后，生活虽然比在哈尼寨时拮据些，但黑哥脑子聪明会赚钱，日子还是比寨里其他人好过。现在，让她像乞丐似的跟别人要钱，她实在是拉不下这个面子。最令她难受的是，听到村民们凑在一起议论，说隔壁干塘子村委会的陈队长从烟草公司筹来了五十万扶贫款，黑头山村委会的刘队长从电力公司筹来了四十万，可藤子箐的禾队长在妇联那种穷单位工作，别说四十万五十万，就是四千五千都拿不出来，看来藤子箐脱贫没什么希望了。

村民们的话像山蜂刺一样扎在禾妮的心里。是啊，陈队长是烟草公司的副经理，刘队长是电力公司的办公室主任，那都是些有钱的单位，领导大笔一挥，几十万就敲锣打鼓地送过来，电视台还做报道，轻而易举皆大欢喜，而她禾妮只是个县妇联主席，手中只有单位的人头经费，既挪不出也不敢挪用一分一厘。可是，她对藤子箐村民们的承诺必须兑现，否则不是信誉扫不扫地的问题，而是能否继续在这个世界上立足的问题。哪怕碰得头破血流，她也要尽全力去做。

禾妮像是在刀尖上打转。她首先去找那些有钱的单位，有的领导笑脸相迎，对财务人员交代说挪一点钱给禾队长，别让她白跑一趟；有的领导就不那么友好了，冲她说："从中央到地方，拨的扶贫资金够多了，你怎么还来筹钱？"禾妮只好耐心解释："再大的蛋糕，分的份数多了，能到我们村的也就很少了。"

最令禾妮气愤的是一家矿业公司的老总，说话十分刺耳："你找我筹扶贫款，我找谁去？钱都给了你们，企业还活不活？职工还活不活？张三刚走，李四又来，我们公司可没开银行！"禾妮气得想跟他大吵一架，但转念一想，就算吵赢了又有什么用，能吵来钱吗？伤心失望的还是自己。她心里憋气，终于躲到路边的大树下，痛痛快快地放声大哭了一场。等哭够了，她擦干眼泪，平复了情绪，接着想办法解决问题。勒黑给她打电话时听说这件事，非常心疼，她却安慰勒黑说，只要藤子箐的村民们能脱贫致富，过上好日子，她禾妮受点委屈算得了什么。

禾妮奔波在筹集资金的路上。一晃半个月过去，她跑遍了能跑的地方，想尽了能想的办法，只筹集到六万元，这六万元凝聚着她的辛劳、她的屈辱、她的心酸，但对于几百万元的工程来说，无异于杯水车薪。原本禾妮不打算找那远房表哥陶玉章，毕竟是亲戚，她不好开这个口，但现在没别的办法了。

好在陶玉章的态度倒很温和："昨天郭副县长来跟我商量，说他的家乡东山村委会要修一条公路，让我支持一下。我刚刚召开董事会把这事定下来，答应给三百万，假如现在反悔把钱给你，郭副县长那里不好交代。这样好了，我个人有五十万元的支配权，这五十万就赞助给你。"

"这……谢谢陶总。"禾妮从陶玉章的办公室退出来。连续奔波十几天，她觉得疲累，就在走廊的椅子上休息一会儿，没想到坐下才几分钟就睡着了。

陶玉章一出办公室的门，就看见了顶着个黑眼圈熟睡的禾妮。其实细说起来，陶玉章和禾妮一家渊源颇深。陶玉章的阿妈和禾妮的阿妈是表姐妹，陶玉章小时候家里穷，考上省城中专的财会专业后交不起学费，幸好禾妮的阿爸借给了钱，陶玉章才能顺利地上学读书。禾妮的阿爸阿妈从未在小辈人面前提起过这件事，因此禾妮一点也不知情。

陶玉章叫秘书拿了被子给禾妮盖上，并交代秘书，等禾妮醒了就带她去会客室。

禾妮睡得很香，梦见勒黑抱着她，浑身暖融融的，忍不住哭了："黑哥，筹钱好难呀！"

"不怕，有我呢！笑一个，再愁眉苦脸就变成老太婆了。"勒黑逗她。

禾妮抬手想捶勒黑，结果捶到了椅子上，立刻惊醒了。看到身上的被子，她怪不好意思的，连忙去旁边的秘书办公室道谢："谢谢，给你们添麻烦了。"

秘书连忙站起来："陶总说，请您去三楼会客室。"

"不打扰你们了，我现在就走。"

"您还是去吧，陶总想和您好好谈谈。"

禾妮随秘书来到会客室，见陶玉章正和一个衣着笔挺的中年男人交谈，那人操着一口普通话，看样子是北方人。

陶玉章对禾妮说："阿妹，我给你介绍一下，这是云生堂药业集团的王总。"他又转向那中年男人："王总，这是县妇联主席禾妮，是我妹子，正在藤子箐村扶贫。如果王总能把你的药材基地选在藤子箐，我光辉集团就愿意和你一起投资。"

"好，要的就是陶总这句话！独我一家企业，资金成问题，有陶总的公司介入，底气就足了。我们两家企业联手，药材基地就定在藤子箐村！"

禾妮一脸茫然，听不明白是怎么回事。陶玉章趁着王总出去接电话的空隙，悄声对禾妮说："阿妹，我跟王总合作，藤子箐的路自然就修通了，懂吗?"

禾妮恍然大悟,高兴得热泪盈眶,紧紧握住陶玉章的手,左一声"谢谢阿哥",右一声"谢谢阿哥"。

"我这条命是你阿哥救的,我不帮阿妹还帮谁?不过,挑选施工队,以及和当地政府、村民沟通对接,这些事需要阿妹你去搞定。"

"没问题!"禾妮一口答应。

禾妮不在藤子箐这些天,村里传出谣言,说有人看见村支书易达天刚亮时从禾妮房里出来,等等。

易达是大黑箐村人,妻子石颖是藤子箐的,舅子石蛋还是藤子箐村民小组副组长。一天傍晚易达在石蛋家吃饭,在饭桌上听到了这些谣言,顿时火冒三丈,筷子一扔,就去找白贺,让他立即用播音喇叭通知村民开大会。

村民们陆陆续续来到会场。白贺看人到得差不多了,清清嗓子大声宣布:"今晚开个短会,下面请支书讲话。"

易达抑制不住愤怒的情绪,板着脸厉声说:"今晚开会就一件事:辟谣!有人不知怀着什么目的,在村子里造谣说看见我从禾队长的房间里出来,说我跟禾队长有一腿。谁看见的?现在站出来说,我奖他一万块钱!如果没人站出来,我就去派出所报案,告他诬陷罪,到时进监狱里造谣去吧!"

会场鸦雀无声,每个人都把脸绷得紧紧的,站得直直的,唯恐稍微一动就招来别人注目。

"大家刚学过法律,应该知道饭可以乱吃,话不能乱说,乱说了要负法律责任!人家禾队长为了让我们藤子箐村的老百姓脱贫致富,操碎了心,四处筹集修公路的经费,你们怎么忍心把脏水泼到她身上?有什么意见,你们可以找她谈,也可以找我谈,但不能这样挟私报复,乱造谣。谁造的谣，谁主动站出来向禾队长赔礼道歉，否则我马上去派出所，到时你就是真正的罪犯！"

"易达天天在家陪我，哪个黑心鬼造的谣？站出来给大家瞧瞧！"石颖破口大骂。

"让派出所来人，把这个坏蛋抓出来！"有村民怒吼道，其余的人也附和，会场一片群情激愤。

第二天一早，白贺的儿媳妇乔桂花哭哭啼啼地来村委会，找易达承认错误，说谣言是她娘造的，因为不满禾队长告发她哥强奸香草，想败坏禾队长的名声。乔桂花哀求易达不要去派出所报案，易达狠狠教训了她一番，说等禾妮回村后再定夺。

解决了修路的资金，禾妮高高兴兴地回到藤子箐，易达把这件事告诉了她，问要不要报案。

"谁会相信这种谣言？既然她承认了错误，你也批评了她，就不用报案了。眼下我们的精力要放在修路的大事上，我跟公路局联系过，工程交由他们完成，我们配合好就行了。"禾妮心平气和地说。

"禾队长宰相肚里能撑船。"易达竖起大拇指称赞。

"我可没你说的那么大度，只是觉得跟个村妇计较不值得，有这精力不如放在工作上。"

"说到工作，禾队长你太能干了，能引来云生堂集团和光辉集团两大企业，除了修路，还承包我们村的土地种植药材，村民们不仅有土地承包费可以拿，还能在两家企业打工，脱贫致富的步伐肯定会大大加快！"易达赞不绝口。

"全仗光辉集团老总陶玉章的力。哦，还有件事，我接到组织部电话，说我们工作队的另外两个队员明天就到村委会了，麻烦你安排人把他俩的房间打扫一下。"

"这下兵强马壮，我们的工作好搞多了。"易达高兴得手舞足蹈。

半个月后，禾妮又把易达找来交代："我跟月亮田扶贫工作队队长尤为民商量好了，打算引进香包厂、茶厂落户月亮田和藤子箐。这几天我要出去考察洽谈，不在村里。昨天公路局打电话说工程队开始施工了，如果有需要我们村配合的，你来安排。另外请你带着张猛和李浩两个年轻人摸清各自然村农户情况，按上级要求统计好建档立卡贫困户的报表。我联系完企业，就赶回来加强科技园合作社的建设，这样企业来了才好跟我们合作。一句话，我不在的这段时间，你和两个年轻人多辛苦点。"

"禾队长放心去忙大事吧！现在村委会上上下下都夸禾队长本事大，说跟着禾队长不是奔小康而是奔大康。禾队长要引多家企业入驻藤了箐，这是头等大事，我一定按禾队长的安排，带着两个年轻人把村里的事办好。"

"辛苦你们三位了。"禾妮满意地微笑。

"禾队长在外面奔波，比我们累得多。"

"大家都是为村民谋福利，用不着说谁比谁累。"

"禾队长交代的事，我和两个年轻人一定尽心尽力做好！"易达再次郑重地表态。

急骤的暴雨和着狂风汹涌扑来，山林被狂风暴雨卷得飒飒萧萧，莽莽原野一片苍茫。

禾妮在下山的半道遇上狂风暴雨，好在前面不远处有个崖洞，她快速地奔进崖洞里躲了起来。这些天工作太累了，禾妮坐在石块上，没几分钟就迷迷糊糊地睡着了。

一声巨响惊醒了禾妮，原来是暴雨过后土壤松软，崖洞前方的一块巨石朝山下滚去。望着这惊心动魄的一幕，禾妮心悸不已，立刻起身走出了崖洞。

一只老鹰从禾妮面前扑下来，锋利的鹰爪死死抓住草丛中的一只山鼠，腾空而去。禾妮有点心惊，目光却仍在广袤的原野里流连，雨水洗过的山野格外清新，那些喊得出名和喊不出名的山花争妍斗艳，似乎在宣告，万物之色永远只由它们拥有。

禾妮的目光扫向山脚下那片望不到边际的坝子，坝子居民中百分之九十五是花腰傣傣雅人。二十世纪四十年代中叶，天津南开大学教授、语言学家邢公畹先生对花腰傣地区进行了三个月的田野考察，写出了影响深远的小说《红河之月》。山脚不远处是陈赓司令员率领人民解放军围歼国民党陆军副总司令汤尧所部的地方，史称"国民党在大陆的最后一战"。藤子箐属革命老区，昆明"七一五"爱国学生运动中，国民党大肆搜捕爱国青年，中共地下党将爱国青年转移到哀牢山区的藤子箐小学教书，建立了滇中第一个党支部及第一支游击武装，领导人民和国民党反动派殊死斗争。

禾妮的目光往上移动，仿佛看到一条巨蟒蜿蜒在曲曲弯弯的山峦上。她清楚，这条"巨蟒"明年开始将永远盘踞在山峦上……等公路通了，她要做的第一件事就是开发旅游。藤子箐有得天独厚的自然风光，又有多姿多彩的民族风情，加上独一无二的红色资源，这些都是游客们最向往的。她会把这些资源整合起来，使藤子箐的脱贫步伐加快，各民族同胞的小康梦想成为现实。

禾妮看了一眼手机，和尤为民约好在戛漠坝镇政府会合的时间已到，于是，她踏着泥泞的山路小跑起来。

"嫂子像从泥塘里捞出来的泥鳅。"见满身泥水的禾妮走进镇政府大门，尤为民迎上去开玩笑。

"雨后的山路又陡又滑，我像老熊掼膘①似的跌着跤下来。"禾妮满脸通红，笑着对尤为民说。

---

① 熊在冬眠之前会爬到树顶，再让自己掉下来，如此反复，称为"掼膘"。

"嫂子，你胳膊出血了！"

"擦破了点皮，没大碍。你稍等会儿，我去金桂兰家洗个澡，换身衣服。"

"快去吧，别冻感冒了。"

禾妮给她的老朋友、乡妇联主席金桂兰打了个电话，金桂兰走出办公室，笑嘻嘻地站在路中央向禾妮招手。两人凑到一块，有说有笑地朝金桂兰家走去。

禾妮洗完澡，换了身干净衣服出来，完全像变了个人似的，尽管已是中年，身段却和年轻时一个样，只是胸脯比年轻时丰满了许多，浓眉下的酒窝永远漾满盈盈笑意。

"让你久等了。"禾妮带着歉意对尤为民说。

"我在听歌哩。"尤为民拉开副驾车门，让禾妮坐进车里，"嫂子，黑哥来电话说，他杀了只鸡为你接风洗尘。"

禾妮鼻子一酸，眼泪一下涌了出来。勒黑就是这样，无论寒冬酷夏，什么脏活累活都是他担着，有什么好吃的都塞到她嘴里。三十多年过去了，她像一只小鸟，被宽厚的翅膀托着，在空中轻盈地旋转，看天上明亮的星星。

"你黑哥照顾我半辈子了。"禾妮忍着眼泪，对尤为民说。

"黑哥是个了不起的男人，既有爱心又有智慧，最令人钦佩的是有着钢铁般的意志。当年他在开垦梯田时受了重伤，失去了一条胳膊一颗籽……一般男人早就失去了生活的信心，但黑哥扛住了，战胜了痛苦，克服了困难，率领寨人冒着烈日、顶着酷寒，整整用了八年时间，开垦出近千亩梯田，这了不起的伟大工程，是黑哥用血汗铸造出来的。"

"别只管夸你黑哥，你当了县委搬迁工作队队长后，为寨人修通了月亮田至绿树林乡的公路，建了五十五幢崭新的楼房给搬迁户住，功劳比你黑哥还大。"

"我可比不了黑哥。嫂子，那时搬迁工作队吃住在你家，给你们一家带来了许多不便。"

"有什么不便？工作队在时，我们一家人高兴成什么样子，你都看见了。那时娜芸还小，像只小鸟似的跟着你团团转，被你逗得一会儿哭一会儿笑。"

"那段时间是我一生中最快乐的时光。修通公路，建好新房，搬迁工作队的其他人员回单位上班，我作为三大工程的总指挥走不了。1999 年，开垦梯田工程结束，我被县委抽调到哀牢山原始老林边缘的老乌箐水库，搞拦洪坝建设，真是焦头烂额，再也没那么轻松愉快了。"

"是啊！那段时间在山野里开垦梯田，大家有说有笑，日子过得真是美好。遗憾的是你黑哥和我顾不了家，娜木和娜芸全由她们阿爷照看。娜木在学校读书还算乖巧自觉，成绩很好，你黑哥和我没操过一点心，她就考上了大学。娜芸从小调皮捣蛋，不好好读书，初中刚毕业就跟着人偷偷去广东打工，这是我最遗憾的事。"

"嫂子，娜木和娜芸走的道路虽然不尽相同，但各人有各人的福气。娜芸没考上大学，可是在广东打工这段时间见识了许多，思想放得开，经商的天赋也显露出来了，她要我帮她贷点款做生意。"

"她一时性起，做事没个谱，你千万别帮她贷。我和她阿爸跟她谈过，劝她外出打工，她不听。"

"年轻人嘛，应该让她多闯闯。"

"她做事从来都是虎头蛇尾，没长性。"

"嫂子，照我看，娜芸不但聪明，还有闯劲，能干成事。"

"闯劲？闯不到正事上！说起她的事我就满肚子气。算了，不说她了，我俩明天去联系的企业是啥情况？"

"凤翥茶厂的杨静老总是个有善心的开明企业家，我跟她的交情还不错，让她帮忙，估计问题不大，不过谈合作条件时，恐怕她会提出藤子箐的交通问题。"

"镇政府到藤子箐村委会的公路已经动工了，是云生堂集团和光辉集团联合投资的。"

"能说服两大集团老总投资修路?! 嫂子，你使了什么法术？"

"这次的合作机会是我表哥陶玉章牵的线，不然愁死我了。"

"你不会愁死的，你是太阳地的白鹇鸟，有神灵保佑着呢。"

"你就听他们乱吹吧，哪有什么神灵保佑，都是辛辛苦苦拿命拼来的。"

"公路修通后市场经济就活跃了，村民们的脱贫步伐也能加快。"

"你黑哥催促我办的第一件事就是修路。"

"黑哥看问题从来准。"

"话说回来，你在香包厂认不认得人？"

"香包厂的老总是个福建老板，我不认识，听说傲慢得很，爱摆架子。"

"不认得人，事就难办了。"

"再硬的骨头，我俩齐心协力，一定能把它啃下来。"

禾妮和尤为民忙着款话，车子不知不觉驶到了月亮田村委会前的平场上，只见娜芸笑嘻嘻地迎了过来，向尤为民做了个鬼脸，又问禾妮："阿妈，老尤的车技如何？"

"这孩子，没大没小！"禾妮嗔怪娜芸。

"他还喊我小刺猬呢。"娜芸不服气地嘟囔。

"尤叔是跟你闹着玩的。"

娜芸亲昵地把嘴唇凑到禾妮脸上，亲了一下，笑眯眯地看着尤为民，不再出声。

"你阿爸的鸡煮熟了吗？"禾妮问娜芸。

"为了阿妈，阿爸把下蛋母鸡都给杀了。"

"你阿爷身体好吗？"

"阿爷和阿爸天天晚上都要喝酒。"

"老村长酒量好，我喝不过他。"尤为民笑嘻嘻地说。

"你们聚在一起，酒多话多。"娜芸噘着小嘴说。

"你得监督他们，不准他们喝醉。"禾妮说。

"爱喝不喝，我才不管呢。"

"小刺猬，你这不是撒赖嘛。"尤为民在旁边插话。

"你老尤是县委工作队队长，谁敢管？"娜芸回敬。

"你必须得管！"

"你别后悔。"

三人说说笑笑走进院子，院子正中的簸桌上摆满了酒菜，虎头王坐在桌前，含着笑抽烟。

"阿爷，我阿爸呢？"

"喊你扎旺叔和耶努婶去了。"

"谁做的菜？这么香。"尤为民深吸一口气。

"都是娜芸做的。"虎头王得意地微笑着。

"没想到小刺猬还有这般好手艺。"尤为民夸奖道。

"等会儿扎旺来了，我们四个男人多喝几杯。"虎头王拍着尤为民的肩膀。

"老村长，我这酒量你是知道的。"

"没事，高兴嘛。"

酒过三巡，尤为民神志已经不太清醒，他指着墙上挂着的照片，反反复复地问勒黑："黑哥，照片多会儿照的？"

"梯田竣工典礼上，记者为我俩照的。"

……

"黑哥，照片多会儿照的？"

"梯田竣工，记者为我俩……"

"你俩明明知道他酒量不好，偏要劝他酒。"禾妮抱怨勒黑和扎旺。

"嫂子，会醉酒的男人才是好男人。"扎旺目光炯炯地盯着杯中酒，对禾妮说。

"他喝高了胡说。阿舅、阿哥，你俩少喝点。"耶努劝说虎头王和勒黑。

"这孩子可怜啊，老婆死了三年了……禾妮、耶努，你俩认识的女人多，有合适的帮他介绍一个。"虎头王怜惜地望着醉得趴在桌子上的尤为民。

"娜芸，把楼上那张床收拾一下。"勒黑吩咐女儿。

"床已经铺好了。"

"我女儿越来越懂事了。"

勒黑起身去拉尤为民，扎旺连忙过来帮忙："你一只手不方便，还是我来。"说着背起一摊泥似的尤为民去爬楼梯。

"娜芸这孩子出息大了，用手机帮我把家里那大堆核桃全卖了。"耶努搂着身旁的娜芸夸奖道。

"娜芸整天在手机上点点戳戳，我还骂她只会玩手机。原来，她把东西从手机上卖到很远很远的地方去，这世道全都变成鬼啰。"虎头王感叹道。

虎头王一句话，引得大家哈哈大笑。

"娜芸小时候脾气很犟。老县长给了她阿爸一个苹果，她阿爸舍不得吃，带回家来划成两半，一半给娜木，一半给她，她几大口将苹果吃完，还问她阿爸要。她阿爸告诉她，家里没有了，北方才有。她要她阿爸带她去北方摘，她阿爸说，太远了，去不了，她就坐在地上耍赖大哭。我一直担心她文化少，长大后做不了什么事。"禾妮想着往事，流下了眼泪。

"阿妈放心，我会干好自己想干的事。"娜芸掏出纸巾，揩着禾妮眼角上的泪水。

"嫂子，这孩子是个干大事的人。"耶努说。

"我不希望她干什么大事，只希望她踏踏实实地做事。"

"阿妈总拿老眼光看我。"

"你是我女儿，有几斤几两阿妈能不知道吗？"

碧空如洗，艳阳高照。尤为民一觉醒来，天已大亮，他发觉自己睡在勒黑家楼上，就知道昨晚喝多了。他下了楼，见禾妮和娜芸母女俩正在厨房里忙着做饭。

"嫂子，真不好意思，昨晚喝高了。"

"可不是嘛，一大壶酒被你们四个喝个精光。"娜芸先接话。

"小刺猬，你没履行好职责。"

"你们都喝得上了头，谁拦得住？"

"快去洗脸吧，咱们吃完饭就走。"禾妮没理会娜芸，对尤为民说。

汽车在绿色的山坡上行驶，路边的各种高大乔木开着五彩斑斓的花朵，像穿着花裙子的姑娘在夹道欢迎。

尤为民和禾妮从月亮田出发，一小时四十分钟后便到了凤翥茶厂。杨静老总见尤为民的车进了工厂大院，忙迎出来。尤为民等禾妮也下了车，便向杨总介绍："这位是县妇联主席、县委驻藤子箐村委会扶贫工作队队长禾妮同志。"

"禾队长真是气质出众。"杨总握住禾妮的手夸奖道。

"杨总光彩照人，一看就是位女强人。"禾妮夸了回去。

"两位大美女都是既漂亮又能干，让我自愧不如。"尤为民调侃道。

"说话让女士爱听的男士才高明。"杨总指着左前方一座钢结构房屋说，"那就是生产车间，我们直接进去参观吧。"

三人换好消过毒的衣裤鞋帽，走进了车间。车间面积很大，一共安装了五条生产线，自动化程度相当高，从茶叶的晒青、烘烤到包装流水线作业。

尤为民看到有两条生产线闲置着，觉得奇怪："杨总，这两条生产线……"

"吃不饱肚子嘛。"

"哦，我明白了。"

"你跟我联系时我就想好了，两条闲置的生产线，一条给月亮田村，一条给藤子箐村。"杨总笑眯眯地对尤为民说。

"杨总，我代表藤子箐各族人民感谢你给予的大力支持！"禾妮握住杨总的手，激动地说。

"禾队长，我也是从藤子箐大山里走出来的，知道家乡贫穷落后。你抛家舍己来藤子箐扶贫，想让我的亲人过上好日子，我怎么能袖手旁观？！"

"杨总，向你咨询个问题，你们跟茶农是怎么合作的？"尤为民问。

"我们跟茶农合作，实行的是互惠互利原则。第一，要求茶农一律不准使用农药化肥，假若有茶农偷偷摸摸使用，茶厂检测出来，就解除和他签订的合同；第二，茶农根据自身经济条件，可入股茶厂。"

"杨总的企业这么兴旺发达，果然有绝招！"禾妮感叹道，"买这样一条生产线的机器，要花多少钱？"

"大概三十多万。当然了，两位是扶贫工作队的队长，让你们掏三十多万元买一条生产线不太可能。我的想法是，你们建好厂房后，我派人把机器设备运过去安装调试，再教会你们操作。到正式投产后，你们占百分之八十的收益份额，凤翥茶厂占百分之二十。等我们茶厂买机器设备的钱回本后，生产线就送给你们了。这样行吗？"

"杨总，这样做你的企业就亏大了，我们过意不去。"禾妮说。

"你们常年奋战在扶贫攻坚的战场上，图个啥？还不是为大家都能脱贫致富，过上幸福生活嘛。我作为有点实力的企业家，尽份心意是应该的。"

"谢谢杨总！"尤为民双手合抱，表示感谢。

"两位到茶室休息一会儿吧，尝尝我们厂刚推出的一款新茶。"杨总邀请他俩。

"厂房参观完了，事情也谈妥了，我俩这就回去报告好消息。"禾妮和尤为民连忙推辞。

"再忙也得吃了中午饭再走。"

"下次吧，我和禾队长一定抽时间来喝茶。"尤为民代表禾妮说。

从凤翥茶厂出来，汽车翻过一道山梁，便进入了县城。如今县城已是一派现代化的繁华，街道宽阔，一幢幢崭新的楼房林立，笼罩在树荫下的人行道上，人群川流不息。

直到车子停在香包厂大门前，禾妮和尤为民还在兴奋地议论杨总。

"嫂子，茶厂之行还算顺利吧？"

"完全出乎意料的顺利。"

"杨总这人就是豪爽。"

"难怪她的企业做得大呢。"

"但愿在香包厂也能一样顺利。"尤为民说着，又问走过来的保安，"张总的办公室在几楼？"

"张总回福建老家了。"

"那主持厂里工作的是哪位副总？"

"这我搞不清，你到前台问问。"

尤为民和禾妮走进接待室，一个板着脸的年轻姑娘走过来："你们找谁？"

"找主持工作的副总。"尤为民回答。

"事先约好了吗？"

"没有。"

"那不行，我们老总不是谁想见就能见的。"

"你……！"尤为民颇为气愤。

"这是我们厂的规定，你先预约吧。"姑娘冷冰冰地说。

一个西装革履的中年男人走出来，问尤为民："你们找谁？"

"找主持工作的副总。"尤为民气呼呼地回答。

"我就是，你们有什么事？"

"这位领导贵姓？"禾妮笑盈盈地问。

"免贵姓王。"

"王总，我俩是县委扶贫工作队的……"禾妮简要说明来意。

"这事我得跟张总商量一下。这样吧，你俩在这儿等着。"王副总扔下他俩，自己进了办公室。

十多分钟后，王副总一脸阴沉地走出来，对禾妮和尤为民说："对不起二位了，张总说，这事办不了。"

禾妮和尤为民没再说什么，向王副总告辞后就回到了车里。

"这种企业早晚得倒闭！"尤为民愤怒地说。

"别跟他们怄气，我俩总还是办成了一件值得高兴的大事。回去后赶紧把厂房建好，至于跟茶农的合作方式，就借鉴凤鬻茶厂的成功经验，茶农可以根据自家的经济条件入股科技园合作社，拿不出钱的建档立卡贫困户，由科技园合作社替他们入股。"禾妮说。

"好，我们两个村委会同步推进，用最短的时间开工投产。"

"我们生产的茶叶叫什么名字好？"禾妮专心地思考着。

尤为民想了会儿，说："叫'孔雀'牌怎么样？"

"好，就叫'孔雀'！"

"有响亮的牌子、上乘的质量，等娜芸的电商平台建起来，'孔雀'就能飞向全国了。"

"你还真相信娜芸能做成？"

"嫂子，别小瞧娜芸，她可是雄心勃勃呢，还打算收购茶叶卖到广东。"

"想和做是两码事。"

"嫂子，你看着吧，她一定会成功的，那时我们两个村的农特产品就能卖到全国各地，为扶贫插上翅膀。还有，娜木是农大毕业的农科专家，我们就请她做技术指导。她丈夫施阳是有名的外科大夫，还是医院院长，可以请他为我们两个村的医务室培训赤脚医生。"

"你想得真深真远。"

"嫂子其实是想说：你尤为民耍小聪明，算计到我全家人身上。"

"你说得没错。"

尤为民哈哈大笑。

第十一章

虎头王一屁股坐在土坎上，从腰间抽出烟锅，将裹得小指般粗的烟叶安进去，十分惬意地抽了起来，嘴角上的黑麻子一动一动的，被夕阳照得闪着红光。等烟叶燃尽了，虎头王咂巴两下嘴唇，把烟锅往脚拇指上磕磕灰，再插回腰里。自打会抽烟起，他就按这一套程序，从太阳地，一直到月亮田。

当年太阳地后山发现裂口，随时有发生地质灾害的危险，县委县政府决定将太阳地人整体搬迁。为了让寨人们能继续繁衍生息，勒黑率领他们挺进荒野，把四座山丘开垦成梯田，还把这块地方命名为月亮田。这项天样大、地样阔的工程得到县里、市里乃至省里的表彰。因为开梯田有功，勒黑被选为省劳动模范，当上了月亮田村委会支书，禾妮被任命为绿树林乡妇联主席。

虎头王老觉着家里有了两朵花，还缺一棵大树，为这事在勒黑的耳朵边念叨过好多次，勒黑也答应一定会把这棵大树栽上。谁也没想到勒黑后来受了伤，虎头王盼星星盼月亮也没再盼来大树，只好找别的事消耗精力。

寨人搬迁到月亮田后，太阳地被纳入自然保护区的范围，县政府在太阳地里建了个巡查站，看虎头王是老村长，对这里的山山水水很熟悉，就任命他当站长，办公地点设在虎头王的老宅里。任命书还是由县委搬迁工作队队长尤为民发给他的呢。巡查站一共有三个人，虎头王、扎旺阿爸和石三子阿爸，县里每人每月补助一百元。

二十年间，太阳地保护区内没发生过火灾、盗伐、盗猎事件，上级发给巡查站的奖状挂满了一屋子。

虎头王老觉得自己还年轻，钻得了山林，过得了河，打得了豹子，捉得了鹰，能一直把这个站长当下去。直到他巡山时摔了一跤，很长时间都爬不起来，才发觉太阳洗白了自己被月亮染黑的头发，他就像那头拉不动犁的大牯子牛，该关在厩里了。

他回家照看娜木和娜芸去学校读书，渐渐生出了个癖好：每天天黑前往竹箩里丢一根小竹棍，小竹棍堆得高了，倒出来数数，就知道离过年还有几天。

挨近过年那几天，虎头王把火塘烧得旺旺的，等候着归家的勒黑、禾妮、娜木和娜芸，他们在火塘边给他装烟，倒酒，斟茶，说外面发生的新鲜事给他听，虎头王听得津津有味，像喝了烧酒一样醺醺然。

老话说，有多少开心事就有多少伤心事。两个女孩都大了，有了自己的心思。

那年虎头王根本没过好年，因为去广东打工的娜芸带回了一个广东小伙，他说自己叫阿海，还当着全家人的面说他会一辈子爱娜芸。

阿海三十来岁，个子矮了娜芸半个头，秃顶，只有后脑勺上飘扬着几根头发，说话像啄木鸟在树上啄洞，别人一句也听不懂。娜芸说他是广东一家做煮饭锅的工厂的老板。

最让虎头王气愤的是，阿海和娜芸在寨巷里抱着亲嘴，一群土狗和孩子围着他俩看热闹。扎旺阿爸跑来告诉虎头王，要他管管这伤风败俗的丑事。当晚虎头王就板下脸来，骂娜芸不知羞，说花母狗发情时都知道躲在草棵里不让人看见。

娜芸不把虎头王的怒骂当回事，嬉皮笑脸地搂住虎头王的脖子，逗他说笑。

虎头王能说什么呢，难道还说娜芸身上流的血变了，不是他虎头王家族的血脉？可娜芸明明是勒黑的女儿、他虎头王的孙女。五岁时有个小伙伴欺负她，她就在人家装猪草的背篓里拉了泡屎，搞得小伙伴的阿爸阿妈来家里告状。他用细竹棍抽娜芸，娜芸一声不哭，直挺挺地立着任他抽打。最后他扔掉竹棍，一把将娜芸搂在怀里说："这才是我虎头王家族的后代！"唉，要怪只能怪他虎头王管教不严了。

娜芸自小脾气就很倔犟，初中毕业后背着全家，偷偷跟几个年轻人去广东打工。她带阿海回来的目的，是要家人同意她跟阿海结婚，可全家没一个人赞成。第二年娜芸没回来过年，勒黑和禾妮去了一趟广东，回来告诉虎头王，娜芸和阿海结了婚，还生了个儿子。听到这话，虎头王气得黑麻子直蹦跳，对勒黑恶狠狠地说："就当她死了！"

勒黑劝他："阿爸，娜芸毕竟是大姑娘了，有自己的主意。"

"放屁，她这是坏了规矩，连长辈的话都不听！"虎头王骂完，又长长地叹了口气，"怪我没管教好，她姐姐娜木就和她不一样。"

"娜木来信了，要带男朋友回月亮田。"

"乱了，全乱了！"虎头王气得满头的白发都竖了起来，转过身去对着太阳地的方向眺望，仿佛眼前就是那棵神树，"毁了先祖规矩的不是别人，竟是虎头王的子孙，这多么可怕！"

"阿爸，别抱着你那老黄历翻了，现在是二十一世纪，年轻人不认你那一套。"

"我这套怎么了？作为太阳地的虎头王，连自己的血族都守不住，咋向神灵交代？"

"阿爸，来月亮田好多年了，你还左一个太阳地右一个太阳地的。"

虎头王记得，那是月亮田最繁荣的时期。山风吹来，绿茵茵的稻禾像大海的波涛起伏翻滚，鸭子在稻田里恣意地嘎嘎叫，把一群群小鱼吓得东逃西窜。

到了后来，梯田里长满野草。

勒黑为此向乡里的林白书记汇报过，林书记说："整个绿树林乡都一样，年轻人进城打工不回乡，很多田地都荒芜了。"

娜芸却孤身一人回到月亮田，跪下跟全家人说，她刚生下孩子那一两年，阿海对他们母子俩还可以，慢慢地就开始经常不回家，说是出差。小姐妹告诉她："阿海在外面养了个小妖精。"她还不信。直到有一天她出门忘了带包，手机钥匙都没有，于是直接去了阿海的办公室，刚好逮到阿海和那女人寻欢作乐。她将阿海和那女人痛揍一顿，坚决离了婚，什么都没有要，连儿子也留给了阿海。

禾妮将女儿拉起来，抱在怀里哭。虎头王一锅接一锅地抽烟，等到母女俩哭得精疲力尽了，就撺着勒黑去做饭："让她们吃饱了赶紧睡，养足力气，将来日子还长着呢。"

朝霞跃上天际，渐渐向四周晕染，梦醒的鸟儿放开歌喉。

不再巡山的虎头王养成了新习惯，树林里的鸟儿一叫，就带上小狗阿黑沿着梯田的沟渠转一圈。

聪明的阿黑很能揣摩虎头王的心思，还懂得护主。为了让虎头王的裤脚不被露水打湿，它总是走在前面，用身子替主人挡掉草叶上的露水，没一会儿，短短的毛就变得湿漉漉的。它躲到一边抖去身上的露水，接着在虎头王前面开路。

让虎头王印象最深的是那年冬天他赶着羊群到山上放牧，刚生起篝火，只听草丛中一声吼叫，一只山豹子扑向羊群。他抡起木棒，不顾一切地向山豹子冲去，眼看就要遭到山豹子转身攻击，就在这千钧一发的时刻，阿黑闪电般疾扑过去，咬住山豹子的尾巴使劲往后拖，他趁机将手中的木棒砸过去，山豹子被重重地一击，一个高跃甩掉咬住它尾巴的阿黑，逃回密林中。

俗话说得好，狗随主人性。阿黑能舍己为人，是秉承虎头王总把别人看得比自己重的无私天性。不管是分芭蕉叶上的兽肉，还是分政府马帮驮来的盐巴粮食、衣服被子，虎头王从来都是拿给别人的多，留给自己的少。

当初县里要求月亮田村委会将开垦出来的近千亩梯田分到户，这关系到各家各户的利益，弄不好就会生矛盾出乱子。老县长和搬迁工作队队长尤为民商量，打算请德高望重的老村长虎头王担当这项艰巨任务。他们问勒黑的意见，勒黑也赞成，他知道阿爸在寨人心目中威望极高，即便分田过程中产生了什么矛盾纠纷，阿爸也有智慧和能力解决。

老县长找到虎头王，开门见山地说："你做了寨子几十年的当家人，分田到户这项工作必须得由你主持。"

"这遭人记恨的麻线事，我干不了！"虎头王一口拒绝。

"你干不了，谁能干得了？"老县长耐心地劝他，"勒黑同志有一大堆村委会的工作需要处理，扎旺同志刚任村长，又太过忠厚老实，要他挑这么重的担子，有一定困难。你这老村长的人品大家都信得过，只有你才能把田地分得公公平平，谁都没二话。"

从老县长还是冯连长那时起，虎头王就从不违拗他的话，现下被他这么一说，当即爽快地应承下来："老县长，有你的信任，就是刀山火海我也上了！"

"好，我就知道老村长能站出来啃这块硬骨头！"

第二天虎头王就成立了分田小组，组长是他，副组长扎旺，组员有耶努、石三子和滑老三。

　　虎头王率领分田小组走家串户，听取大家对分田到户的意见。经过反复权衡调配，他决定把离村最近的好田分给三户特困人家。一户是错木家，他的病时好时坏，母亲残疾，去不了远处的田干活。一户是有两个瘫痪在床上的老人。还有一户，夫妻俩都是盲人。

　　滑老三削尖了脑壳进分田小组，就是想分得这些好田，结果虎头王一句话，让他美梦落空。他恼羞成怒，跑到尤为民处告状，说虎头王把好田都分给了自家亲戚。尤为民不偏听偏信，亲自调查，查清事实真相后还召开村民大会，肯定虎头王的分田方案，对滑老三的诬告行为进行了严肃批评。

　　滑老三本来是搬迁至月亮田的八家散居户之一，这八家散居户没参与开垦梯田，还要分太阳地人流血流汗的劳动果实，村民们的意见都很大，是虎头王、勒黑和尤为民挨家挨户做工作，才平息了争议。按理说，滑老三应该心怀感激才对，却反而告黑状，他的心真是被阴沟水沤臭了。

　　除了三家特困户外，村里其他人家分到的田都是肥瘦、大小、远近搭配。滑老三的事不算，整个分田过程基本没什么矛盾纠纷。

　　虎头王在分田到户工作中成绩优异，老县长委托搬迁工作队以县委的名义召开了表彰大会，颁发给虎头王一面黄缎镶边的锦旗，尤为民亲手将锦旗钉在虎头王家的堂屋正墙上。二十年来，虎头王每天都拿鸡毛掸将锦旗掸得一尘不染。

　　那一天，虎头王正对着锦旗端详，多年未见的尤为民突然进了门，拉住虎头王的手："老村长，我好想你啊！"

　　"你这天上掉下来的稀客，这些年去哪儿了？"虎头王也十分激动。

　　"开垦完梯田，县委派我去搞水库建设，后来又东奔西跑，现在终于把我派回月亮田搞扶贫了。"

　　"孩子，辛苦你了。"

　　"我是党的干部嘛，党叫干啥就干啥。"

"唉，在月亮田扶贫难啊，我真担心你碰得头破血流！"

"再难，我和黑哥都要啃下这块硬骨头！听说禾妮阿嫂也被派到戛漠坝镇藤子箐村当扶贫工作队队长。"

"你阿嫂前几天回过家，没跟我提这事。"

"她怕你老担心嘛。老村长，这锦旗是不是当年我代表县委送的那面？"

"就是那面。"

"这么多年还完好如初。"

"我每天都扫上面的灰，不让太阳晒到它。"

"当年分田到户，老村长是立了大功的。"

"为寨人做事天经地义，有什么功不功的。说起来，我最挂念老县长，勒黑说他调到云溪市任副市长后，没多久就退休回山东老家了。这么多年没有音信，也不知道他好不好。"

"我有老县长的电话。"尤为民掏出手机拨通，对着话筒说："老县长，我是尤为民，县委派我到月亮田扶贫，现在我和老村长在一起，他很想念你，要跟你款款话。"

虎头王接过尤为民递来的手机，眼泪噼噼啪啪往下掉，要说的话全哽在喉咙里吐不出来。

"虎头王吗，你这些年过得怎么样，高不高兴？"老县长在手机里问。

尤为民凑近话筒："老村长听到你的声音，激动得说不出话。"

心情稍稍平静后，虎头王对着手机说："老县长，我想你啊！"

"我也想你，想太阳地所有人，我们是几十年的老朋友嘛。"

"他们也天天念着你这颗亮太阳。"

"我这些年腿脚不利索了，不然一定会回来看望大家的。"

……

和老县长通完话，虎头王对尤为民说起往事："苦聪人能有今天的好日子，是老县长这颗亮太阳给的。土匪烧了寨子，老县长率着解放军帮寨人盖起了新房，还自己掏钱买来大牯子牛，教寨人犁地栽山谷……他帮我们苦聪人做的事像天上的星星一样多，我们却没帮过他什么忙，心里难过啊！"

"大家都过上好日子，老县长就满足了。"

"你和老县长都是我们的亮太阳。二十年前，你指挥工程队修通了月亮田到乡政府的公路，还拉来钢筋水泥，盖起大栋大栋的新房给我们住。"

"工作队吃住在你家，给你们添了不少麻烦。"

"这是哪里话，我们一家人不知多快活，那时娜芸不懂事，尾着你团团转。"

"阿爷又在说我的坏话。"娜芸边说边从屋外走进来。

"哟，当年的小刺猬都变成大姑娘了。"尤为民感叹道。

"老尤?！什么风把你给吹来了？"

"你这孩子，怎么能这么叫你尤叔？"虎头王责备娜芸。

"没关系，叫我什么都行。"尤为民笑呵呵的不以为意，"小刺猬，你不是在广东工作吗？"

"唉，说来话长，她跟她男人离了婚，前一阵才回月亮田。"虎头王替娜芸回答。

"回来好啊，一家人齐齐整整，其乐融融。小刺猬，如果遇到什么难题解决不了，尽管来找我。"

"你说话算数？"

"一言既出，驷马难追。"

"眼下就有一桩，我想做生意，手里没钱，能不能想办法帮我贷点款？"

"无业青年创业的话，政府有小额贴息贷款。"

"真的？我要申请！老尤，你一定得帮我这个忙。"

"好，待我问清楚怎么办，马上告诉你。"

"你去弄几个菜，我要跟你尤叔好好喝一顿。"虎头王吩咐孙女。

待娜芸进了厨房，虎头王摇头说："看到了吧？这孩子跟小时候一样调皮。"

"我就喜欢她这直来直去的性格。"

"好在现在能干了，一个家收拾得妥妥当当，还知道关心我和她阿爸。"

"她小时候就懂事，还帮我洗衣服呢。"尤为民笑嘻嘻地说。

"娜芸从小到大都很勤快，就是脾气太硬，听不进别人劝，做事从来由着性子来。她阿爸阿妈不同意她做生意，要她到县城打个工，有口饭吃就行了，她偏不听。"

"年轻人嘛，放手让她闯闯，说不定能成大事。"

"这话我爱听。"娜芸把一盘炒腊肉片放在桌上，贴近尤为民的耳朵悄声说："你一定得帮我！"

尤为民笑着点点头。

县委把月亮田村列为扶贫重点，派来了尤为民带领的扶贫工作队。月亮田人高兴极了，团团将尤为民围住，七八个人勾着手臂，一次又一次将尤为民高高抛起来。是啊，尤为民曾经担任县委搬迁工作队队长，为寨人们建新房，修公路……是月亮田人心目中的亮太阳、大恩人。

尤为民对月亮田的情况非常熟悉，连每个村民小组有几家贫困户都记得清清楚楚，这得益于他做搬迁工作时对各个村民小组的透彻了解。到了月亮田后，他立即和村支书勒黑商定，召开了有十四个村民小组正、副组长参加的月亮田村委会扩大会议，学习中央及省、市、县文件，提高各正、副组长对扶贫攻坚工作的思想认识。在会议上，尤为民阐明了接下来要做的三项工作：

第一，成立科技园合作社，对全村搞养殖、种植的农户进行技能培训。

第二，搭建互利共赢的合作平台，将十四个自然村多余的土地承包给企业，农户获得土地承包费外，还可以在企业打工，从而加快脱贫步伐。

第三，对十四个自然村的人居环境进行彻底整治，厕所、畜厩和居住屋彻底分离，建排污管道，设垃圾投放点。

为完成目标任务，尤为民、勒黑和工作队的小刘、小田每天天一亮就下村，一个村一个村地指导落实。娜芸也经常跟着他们到处跑。虎头王看得直皱眉，提醒勒黑把自己的女儿管严点。

"娜芸想做生意嘛，缠着尤为民帮她贷款。"勒黑对阿爸解释。

虎头王心中的疑虑还是没有消除，他觉得娜芸追着尤为民跑不像勒黑说的那么简单。

轻薄的雾纱像一条白色的腰带，环绕在半山处。

娜芸提了提湿漉漉的裤脚，几片红色浮萍贴在脚面上，凉意顺着小腿往上蹿，半截身子都冷森森的。她打个寒颤，提起架在水口的鱼笼往里看，只见几条黄鳝纠缠在一起，翻滚个不停，看来晚上能大饱口福了。她喜滋滋地立在田里，一条一条地数着，盘算要加什么佐料。

山风吹来，田里的水一波波地推拥着娜芸的小腿。一只秧鸡咯咯叫着飞过，站在田埂上的小狗阿黑正无聊，立刻撒开四爪追过去。

"阿黑，回来！"

听见喊声，娜芸抬头一望，是勒黑大步流星地走来。

"娜芸，尤队长帮你联系的贷款有了着落，他让你带好证件，跟他去绿树林乡农信社办手续。"

"老尤办事还挺靠谱的。"

"他是你阿叔，又是领导，这样称呼人家不礼貌。"

"他喊我小刺猬也没礼貌。"

"他跟你闹着玩的。"

"我还不是跟他闹着玩嘛。"

"总而言之，以后不准这样喊。"

"那我喊他尤老爷？"娜芸闪着大眼睛，跟阿爸逗趣。

"都老大不小的人了，说话做事没个正经样。提醒你一句，办完这件事，以后少去打扰他，人家整天多忙啊。"

"知道了。"娜芸噘着小嘴回答。

"还有，你阿妈和我反复思量，觉得你不适合做生意，还是到外面打工更妥当。"

"你们咋知道我不会做生意？"娜芸气鼓鼓地问。

"你又知道自己会做？万一生意做砸了，你拿什么还贷款？尤为民是你的担保人，你还不上贷款，会牵连他的。这些事你考虑过没有？"

"阿爸，别打击我的自信心好不好！"

"阿爸活了大半辈子，不知经过多少风风雨雨，见过想过的比你多得多。跟你说这些话，是要提醒你，为了你好。"

"阿爸给我提醒是好事，不过我已经打定了主意。这次尤为民帮我弄贴息贷款，费了很大力气，我不会放弃这么难得的机会。"

"该说的话阿爸都说了，剩下的路是你自己走。"

娜芸回家找齐证件就往村委会去，路上看见尤为民把车停在小溪边，自己站在车旁挥舞着手臂，朝娜芸大声喊："小刺猬，在这儿。"

娜芸走到近前，尤为民见她满脸不高兴的样子，便问她原因。

"阿爸阿妈不让我贷款做生意，怕我生意做砸了还不上钱，连累你。"娜芸一股脑说了出来。

"不吃梨子咋知道梨子是啥滋味，年轻人就要有敢闯敢干的精神。别怕，大胆去闯，失败了可以重来，我不怕受你连累。"尤为民鼓励她。

"我也是这样想的，可四万块钱不是笔小数目，真怕害了你这个担保人。"

"别害怕也别犹豫，大不了用我县城的房子抵。"尤为民笑嘻嘻地说。

"麻烦尤叔了，今晚来我家吃饭，有刚抓的黄鳝。"

"不喊老尤了？"

"阿爸为这事骂我。"

"别听你阿爸的，还是喊我老尤吧，我听习惯了。"

"再这么喊阿爸非把我骂死不可！唉，从小喊你老尤，现在再改口，感觉真奇怪。"

"我也是。话说回来，搬迁那会儿你还小，大家都喜欢逗你玩，只要有人惹你生气，你就耍鬼点子整治他，所以我给你取了个'小刺猬'的浑名。现在过了二十年，你都这么大了，再喊你'小刺猬'，是有点不礼貌。"

"不礼貌你还喊？"

"喊了二十年的'小刺猬'，现在要是改叫娜芸，既别扭又陌生。"

"所以都别改，爱咋喊就咋喊。"

娜芸知道自己的性子，从在阿妈的肚子里开始，就我行我素，让别人都捏着一把汗。阿爸对她讲过，阿妈怀她时很痛苦，经常用刮痧的牛角片刮额上沁出的汗珠。随着她在阿妈肚子里一天天长大，阿妈的反应也越来越强烈，难受得生不如死。看阿妈这般痛苦，阿爷经常去神树下祈告。到她落地之前三天，阿妈几乎每天都晕厥一次，醒来后就忧心忡忡地对阿爸说："真担心这个孩子不能顺利生下来。"

"有我在，狂风吹不倒你，恶鬼近不了你。"阿爸紧紧握住阿妈的手。

那天黎明时分阿妈嘶吼着生下了她，阿爸用柔软的棉花蘸着温水，洗去她身上的血污，她响亮的啼哭声响彻了医院的整条走廊。阿妈将她抱在怀里，她像一只小兽般，小脚有力地踢蹬着阿妈。

"等她长大了，一定是个厉害的姑娘。"阿妈微笑着对阿爸说。

她三岁以前特别怕洗澡，阿妈把她像按小猪一样按在大木盆里，她憋着气僵直着四肢，阿妈见她不哭不动，吓得把她从盆里捞出来，拼命按揉她的前额，她才哇的一声哭出来。阿妈松了一口气，笑骂她是个不让人省心的淘气鬼。

上学读书后，她从来是一听就会，一考就砸，总比不过阿姐娜木。记得小学四年级期末考，她好不容易拿到语文九十分、数学九十二分的成绩，是她进学校以来考得最好的一次，阿爷和阿爸都夸奖了她。那天她眼巴巴地等待着阿妈的表扬，可阿妈拿着她和阿姐娜木的试卷说："瞧瞧你姐的双百分，你就不能学着点？"

打那以后，她上课有意和老师对着干，还带着小伙伴逃学摸鱼、抓鸟。装垃圾的竹箩被她悄悄担在教室门头上，那个爱打小报告的班长一推门就被罩住了。老师把她的恶作剧告诉给阿爸阿妈，他们手上的细竹棍抽下来，她躲到了阿爷身后。阿爷护着她，对阿爸阿妈说："她还小呢，等长大就懂事了。"

她长大了，混到初中毕业就偷偷跟着人去了广东打工，在同公司的姑娘们中鹤立鸡群，是最出众的一个，好几个出色的小伙子千方百计地追她，连老板阿海也缠住她不放。她耐不住阿海的软磨硬泡，和他去 KTV 唱歌，不小心喝多了，那晚就没回宿舍……阿海对她说了很多甜言蜜语，还带她回家见了他父母。她本想着再相处一段时间看看，可没多久就发现自己怀孕了，吓得赶紧跟阿海领了结婚证。谁也想不到，这段婚姻只维持了两年。

她从广东回到月亮田的第二天，禾妮在县里开完会回家，郑重其事地交代她："我要去戛漠坝镇藤子箐村搞扶贫，这几年都顾不了家，你替我照顾好阿爷和阿爸。"

"没问题，你放心去吧！"她拍着胸脯应承。

"我能放心吗？你做事向来没个准谱。"

"阿妈，我也是别人的阿妈了，你为什么还不信任我？"

"唉，你呀，从小就犟头犟脑的，不说一声就跑去广东，没几天结婚生孩子，又没过几天，离了婚回月亮田，你做的这些事，哪件靠谱过？"

娜芸一下子爆发了，大声嚷道："你就会教训我！从小到大，你关心过我吗？你帮过我什么？在你眼里我还不如路边捡来的娃娃呢！"

娜芸的话像钢针一样，刺进禾妮心底，禾妮泪水涟涟，说不出话。

听到母女俩吵嚷，勒黑过来劝说："有哪样话不能好好说，非像山羊一样抵角？"

"你瞧瞧，你这宝贝女儿，这么大了还记着仇呢，唉！"禾妮捂着心口指娜芸。

勒黑赶紧一个劲摩挲着禾妮的背顺气，又向娜芸使了个眼色，说："你这孩子，哪壶不开提哪壶，那时你阿妈工作太忙，抽不出时间顾你俩，是她的错吗？快给你阿妈赔不是！"

"阿妈，我错了，不该惹你生气！"娜芸也被吓着了，替禾妮揩着额上的汗水。

禾妮摇摇头："是阿妈不好，阿妈明知道你和娜木不一样，需要大人管，还是放任了你，让你一步错，步步错。"

娜芸扑到禾妮怀里，嘤嘤地抽泣起来。是啊，不该怪阿妈，阿姐娜木也没有大人管，还不是靠自己刻苦学习考上大学，找到了好工作？她读书时不好好用功，打工时一心想着玩乐，到现在形单影只、两手空空，真要追究起来，责任不在阿妈，而在她自己。

尤为民一边开车，一边和副驾驶座上的娜芸聊天。

娜芸在车上东摸摸西摸摸，问："你刚买的车？看着还挺新。"

"八年了，最近重新喷了一遍漆。这车皮实耐用，跑了八年山路，没出过什么大毛病。我这人没别的爱好，就是喜欢摆弄车，不管跑长途还是短途，只要一停下来，第一件事就是把车打理得干干净净。"

"看这车就知道你是个爱干净的人。"

"那你可错了，去瞧瞧我家，快成垃圾场了。"

"听阿爸讲，你爱人病逝三年多了，你怎么还不找个伴？"

"工作太忙，没时间考虑这事。再说，姻缘这东西，既要有姻还要有缘，不是说找就能找到的。别说我了，说说你，你在广东学会开车了吗？"

"学了，但开的机会不多。"

"让你过把瘾？"

"山路转弯太急，不敢开。"

"要学会跑山路，不然将来做生意拉货不方便。"

"等我做生意赚了钱，就买辆皮卡车，到时候你教我开。"

"好，我一定把你教成驾驶技术全县最棒的女司机！"

"说得信誓旦旦，前一阵我去村委会找了你四趟，你都不在，第五趟才抓着人。"

"我下村调研去了嘛。一共十四个自然村的贫困户，要做到不愁吃不愁穿，还要教育有保障、医疗有保障、住房有保障，这'两不愁、三保障'一句话就能说完，但在我们贫困面比较大的少数民族地区落实起来，难度特别大。因此，你阿爸和我一个村一个村地调研，为贫困户量身定做不同的扶贫方案。适合搞种植的，就扶持他们搞种植；适合搞养殖的，就扶持他们搞养殖；适合打工的，就组织他们外出打工。一句话，千方百计为脱贫。等你的电商平台做起来，还可以把月亮田村民们的茶叶、核桃、药材、竹笋、蜂蜜、木耳等山货推销到全国各地，让你也为扶贫尽一份力。"

"我寄了十斤茶叶给广东的小姐妹，她们喝了后都说醇香甘润，杨橙还把茶叶送给高盛茶庄的老板品尝，老板说，这样的茶叶有多少他要多少。"

"行啊小刺猬，真给你做成了。"

"这桩生意如果能成，我就搞电商平台，你帮我想想叫什么名字好。"

"叫'月亮电商'怎么样？"

"好，这个名字取得好！等月亮电商搞成功了，我赚到钱，先提供资金帮你扶贫，剩余的钱在县城买套房子，把我儿子云东从广东接回来，和阿爷阿爸一块搬到县城住。"

"你从小头脑就灵活，做生意一定能成功。"

"那几天急着找你，是想问问贷款的事，刚巧遇上滑老三那癞皮狗跟你撒泼耍赖。老尤，你也太厼了，人家把手指头戳到你脑壳上，唾沫星子喷在你脸上，你都不吭声。"

"我们工作队有纪律，打不还手骂不还口。小刺猬，这件事还得谢谢你，那天要是没你替我解围，我就惨了。"

"无论如何也不能让滑老三这种人欺负你。"

"我跟他讲道理他不听，一个劲地指责我不让他当建档立卡户，说他家的房子比查水家小，比查水家破，查水家能当建档立卡户，他家为什么不能？"

"滑老三一向爱耍小聪明算计别人，他家的田在下，查水家的田在上，他偷偷把查水家的田埂脚往深处挖，让查水家的田塌方在他家田里，弄得查水和他打了一架。这种坑害人的事他都干得出来！"

"滑老三总拿查水家跟自家比，查水家的房子比他家的大点好点，这是事实，可查水的老婆得了肾病，住在医院里透析，这样的家庭不是建档立卡户，什么样的家庭才是？"

"滑老三家三个壮劳力，还来争这建档立卡户，活得没个人样，简直是条断了脊梁骨的狗，只会在地上爬，不如撒泡尿淹死自己算了。"

"哈哈，你的话句句戳在他疼处，他哑口无言，只能夹着尾巴逃走了。小刺猬，我真佩服你！"

"碰上这种恬不知耻的人，跟他讲道理没用，他要横，你就得比他更横，才能制服他。以后你要是对付不了这种人，就给我打电话，我来收拾他。"

"好，我记住了，遇事就找你这个女侠来挡。小刺猬，你阿妈在藤子箐扶贫，回不了家，你阿爸胸怀大志，为月亮田人辛辛苦苦奋斗了半辈子，付出了鲜血的代价，是个了不起的大英雄，你要替你阿妈多关照他。"

"你俩真会互相吹捧，阿爸还说你是苦聪人的亮太阳呢。"

尤为民愣了一下，哈哈大笑。娜芸盯着笑容满面的他，整个身心似被炙热的风吹过，连眉宇间的红痣都要融化了。

第十二章

山风卷着无数村民的致富梦涌来，禾妮乘着这山风回到了藤子箐。

第二天早上，禾妮在开会时发言："藤子箐村贫困面达百分之六十六，要实现全面脱贫，任务十分艰巨。目前有两大因素制约着我们扶贫攻坚：一是交通问题，这个问题不解决，要实现脱贫就是一句空话，经多方努力，我们和云生堂集团以及光辉集团达成互惠互利的协议，两家企业将药材基地建在我们藤子箐，承包我们的土地，村民们除了能拿到土地承包费外，还可以在两家企业打工。另外，这两家企业承诺出资修通从镇政府到藤子箐村委会驻地的公路，即刻动工。二是村委会现在没有半分钱的公共积累资金，这也是扶贫道路上的拦路虎，我们必须解决。要有公共资金积累，必须先有产业。我跟凤翥茶厂的老总商量好了，他们给我们一条生产线搞村办企业，我们占百分之八十的收益份额，凤翥茶厂占百分之二十，待他们收足机械设备款后，整条生产线就送给我们了。当务之急是把厂房盖好，尽快投入茶叶生产。另外，我们的科技园合作社要发挥作用，除了服务好驻地企业外，还要为各自然村的建档立卡户提供技术资金支持。总之，科技园合作社是我们扶贫攻坚的物质保障。这次我外出筹来的五十六万元，就作为科技园合作社的周转资金。同志们，组织派我们来这里工作，是对我们的信任，我们要发扬一不怕苦二不怕死的精神，为藤子箐村民一个不落地实现脱贫而努力奋斗，圆满完成组织交给我们的任务。现在我宣布，四人分工如下：我负总责，易达同志负责茶厂的基建工程，张猛和李浩两位同志负责全村建档立卡户的扶贫项目筛选工作。"

禾妮刚布置完工作，一个满头大汗的年轻人就冲进村委会大声喊："禾队长！禾队长！"

禾妮忙迎了出来："什么事？"

"我是半坡寨的卫小保。我大爹卫加保被他儿子打伤了，村组长何大发派我来喊禾队长。"

"事情的来龙去脉你清楚吗？"

"大爹跟人借了六千块钱，要交大妈的住院费，可他儿子赌博输光了，要抢这笔钱，就把大爹打得晕了过去。"

"这丧尽天良的东西！"禾妮怒骂一声，跟着卫小保就跑。易达、张猛和李浩紧随其后。

他们一行人赶到卫加保家时，卫加保已经苏醒了，何大发蹲在他身边，用一块毛巾捂住他的额头，毛巾上渗出浓重的血色。

"禾队长，要不要报案？"何大发一见禾妮就问。

禾妮还没答话，卫加保就腾的一下坐了起来，翻身跪在禾妮面前，仰着一张布满愁云的老脸哀求："禾队长，我就这么一个儿子，你饶了他吧！"

"老卫，你这样纵容你儿子，往后他变本加厉，杀了你们老两口怎么办？"易达脸色铁青地质问道。

"他染上赌博恶习，还不是你老卫平日对他娇生惯养，让他不知好歹、是非不分？"何大发接口埋怨卫加保。

卫加保无话可说，突然号啕大哭起来。

"何组长，老卫头上的伤口还在流血，你先送他去医院吧。"禾妮分派道。

"禾队长，我婆娘还躺在医院里，等着我交住院费……我……我……"卫加保满含绝望的泪水混着头上流下的鲜血，一点点滴在地上。

"你们先回去，我跟着何组长去一趟医院。"禾妮对易达他们三人说。

"禾队长，这窟窿是永远填不满的！"易达知道禾妮是要去替卫加保夫妻俩交医药费。

"我心里有数，你们放心回去吧。"禾妮坚持。

禾妮用自己的钱为卫加保夫妻俩交了费用，办好住院手续，这才拖着疲惫不堪的身躯回到村委会，一看时间已是晚上九点多钟。她草草吃了点东西，胡乱洗漱后便躺到了床上。

一场噩梦将禾妮惊醒，天已经大亮了。她睁开眼睛，只觉得整个屋子都在眼前旋转，根本起不了身。幸好临睡前她将手机放在枕边，可以拨通施阳的电话。

"阿妈，听症状像是梅尼埃病，可能是你劳累过度了。我现在就来接你去医院。"施阳不等禾妮拒绝就挂断了电话。

禾妮来藤子箐工作近一年了，有过一两次感冒发烧，像这样天旋地转全身无力还是头一次。

空气中已渐渐有了几分凉意。禾妮躺在暖融融的病房里，看着娜芸笑盈盈的脸，似乎不那么难受了。

"阿妈，姐夫说你这病是累出来的。为别人的事把自个儿的命赔上，值吗？"

"你不懂。"

"我是不懂，我不会拿自己的身体开玩笑。"

"我也不想这样，可事情逼到头上来，不拼命不行。要做的工作多，检查的领导多，下发的文件多，找我的村民多……不止是我，工作队那两个年轻人也是忙得团团转。"

"要是有一天你累死在藤子箐……"

"打住！这话别再说了，再说阿妈就生气了。"

"阿妈，我是心疼你……"娜芸的眼泪哗哗涌出来，委屈地抽噎。

禾妮欠起身子给女儿揩泪，自己心头也不禁一酸，却强忍住了眼泪，她怎么能在女儿面前哭呢？

"谁惹着娜芸了，让她哭得这么伤心？"娜木走进病房，见娜芸抱着禾妮落泪，显出一脸疑惑。

"好久没见面了嘛，娜芸想我，向我撒娇呢。"禾妮勉强做出个笑容。

"阿姐，你现在才来看阿妈，一定是先找姐夫说悄悄话去了。你俩整天黏在一块，烦不烦？"娜芸擦干净眼泪，立刻对娜木做了个鬼脸。

"我不烦，一天见不到施阳，我就跟丢了魂似的。"

娜芸扑哧一笑："他给你灌了什么迷汤，让你这么死心塌地？"

"你要是也有这么一碗迷汤喝，那才幸福呢。"

施阳也进了病房，见姐妹俩嘻嘻哈哈闹成一团，微笑着问："讲什么事呢，这么高兴？"

"讲你。"娜芸抢先回答。

"我有什么值得讲的？"施阳走到禾妮床边："阿妈，田书记和方县长看你来了，我刚才听到他们在问护士你住哪个病房。"

话音未落，县委书记田川和县长方一已走进病房，先后握住禾妮的手问候她。随行的秘书把一大堆营养品放在床头柜上。

田川感慨地说："禾妮同志是我们党的好干部啊，为了藤子箐的百姓，硬生生把自己累病了。"

禾妮热泪盈眶，想说几句谦虚的话，却全都哽在嗓子里。

方一也说："禾妮同志筹资修建扶贫路，引进企业入驻藤子箐，还把各村医务室的赤脚医生送到县医院培训，巩固村民的医疗保障，了不起啊！"

"方县长，培训赤脚医生这点子是施阳院长出的。"

"女婿和岳母唱一台戏，那不是理所应当嘛。施院长，今后你可要继续大力支持哟。"

"扶贫工作是平山县人民医院义不容辞的责任和义务，我们随时待命，全力以赴。"施阳表态道。

"如果县属各单位领导都有施院长这种认识，平山县脱贫的速度一定会大大加快。施阳同志，你现在最紧迫的任务，是把你岳母的病治好。我和方县长今天去市里开会，会后再来探望禾妮同志，检查你的工作成果。"田川半开玩笑地说。

施阳送走田川和方一后，折回病房，笑嘻嘻地对禾妮说："阿妈，你也听到了，如果治不好你的病，书记要拿我是问。"

"我已经好多了，这两天就可以出院了。"

"那可不行，至少还得住十天。"

"还有一大摊子事等着呢，那两个年轻人忙不过来。"

"还想着工作呢？这次的病，是身体向你发出了警告，不能再这么玩命折腾了。安安心心住院吧，我现在去做手术，让娜木和娜芸看着你。"

施阳刚走，尤为民就来了，禾妮于心不忍地对他说："你都忙得脚不沾地了，有这时间就好好休息，不用再特地来看我。"

"工作再忙，也得来探嫂子的病。娜芸跟我说你得的是梅尼埃病，可不能大意。不过，有施大院长妙手回春，再厉害的病也不怕。"尤为民坐下，没说几句话，就有电话打来催他开会，禾妮赶紧让娜芸送他走。

"嫂子，多保重。"尤为民和娜芸一路聊着出了病房。

"阿妈，我觉得娜芸看尤叔的眼神不太对，她是不是有什么想法？"娜木望着两人的背影。

"不会吧？大概是你想多了。"

"阿妈，你和我都是过来人，女人喜欢上男人是什么样，谁看不出来？"

"你尤叔和我同岁呀……不，不可能，除非娜芸脑子进水了！"

"娜芸的性子你清楚，没哪样事她不敢做的。"

"娜木，你是她阿姐，年龄相近好沟通，这方面的事得你去谈。如果是我说，她肯定反感。"

娜芸脸上泛着红晕，眉开眼笑地走进病房。禾妮吩咐她："有娜木守着我就行了，你回去月亮田照顾阿爷阿爸。"

"阿妈，为什么不让我告诉阿爷和阿爸你生病的事？"娜芸想起之前禾妮的嘱咐，有些不解。

"你阿爷年纪大了，听说我生病会着急。你阿爸工作太忙，别让他心悬两头。又不是什么大病，不用说了。"

娜木细细端详着禾妮："阿妈的气色是比昨天好多了。"

娜芸也凑过来看："你好吃好喝伺候阿妈吧，我回月亮田照顾那两坨老人去了。"

"再好的话从你嘴里出来，都变得不好听了。"娜木嗔怪娜芸。

禾妮百无聊赖地躺在病床上，心里盘算着千头万绪的工作计划。正在这时，农大的杨洞才教授打来电话："禾队长，给村民讲课的时间没变吧？"

"没有变，三天后我在夏漠坝镇的班车下车点等你……"

禾妮再也躺不住了，找到施阳要求出院，被他一口拒绝："不行，要是病情反复怎么办？"

"时间选定了，参加培训的村民和讲课的专家也都通知过，这事很重要，我这个扶贫工作队队长必须在场！"

施阳拗不过禾妮，提议说："让娜木陪你去藤子箐，有问题随时联系我。"

"娜木有自己的工作，哪能说扔下就扔下。"

"那……"

金灿灿的太阳把原野照得通彻透亮。禾妮兴冲冲地回到了藤子箐，受到易达他们的热烈欢迎。

易达拿出科技园合作社班子候选人名单让禾妮审核，禾妮认真看了一遍，说："科技园合作社班子以少而精为原则，主任、副主任必须吃苦耐劳，道德素质高，最好在沿海地区打过工，视野开阔且有开拓精神。我俩是村委会班子成员，不应在科技园合作社班子里。"

"明白，我一定选出最优秀的人才！"

"目前茶厂的厂房进度如何？"

"土建工程基本完成了。"

"得抓紧时间，争取年底投产。走，咱们现在去看看工地。"

检查过茶厂的工程，禾妮又把张猛和李浩喊来，详细询问他俩的工作进展。听完汇报后，禾妮说："从明天开始，我和你俩一起复查十二个自然村的建档立卡户，完善不足或遗漏的地方。"

他们从最偏远的老鹰寨查起。残疾人呆木子的家是一栋歪歪斜斜的茅草屋，房顶和山墙都漏着大洞，山风呜呜叫着穿梭其中。呆木子的老母亲骨瘦如柴，只垫着一层蓑衣躺在火塘边，对他们的来访毫无反应。

"老人家，你身体不舒服吗？"禾妮坐到老人身旁。

老人紧闭着双眼，像是在沉睡。禾妮伸手摸摸老人的额头，烫得像团火。

"老人在发高烧。"禾妮说着从肩上取下药箱，拿出针筒和药水，十分熟练地给老人打了退烧针。

"禾队长，莫非你当过医生？"李浩惊讶地问。

"很久之前，我在哈尼寨的合作医疗室当过赤脚医生，不过只能处理点感冒发热或拉痢之类的小毛病。"

"禾队长太能干了！"张猛竖起拇指夸奖。

"在农村工作，就得什么都会一点，遇到事情才有能力处理。"禾妮一语双关地教导两个年轻人。

"我们才从学校出来，什么都不懂，真是惭愧。"李浩说。

"是啊，在生活常识方面我们匮乏得像一张白纸，以后得跟着禾队长好好学习。"张猛说。

"我可不敢当，老百姓才是你俩真正的老师。"

呆木子手里拿着一把藤藤草草，一瘸一拐地走进屋子。

"老呆！"张猛喊道。

"你是……？"

"你忘了？之前来过你家的小张嘛。"

"想起来了，工作队的小张。"

"这是我们禾队长。"

"噢，禾队长，不知道你今天来，我刚才出门了。"

"老呆，你是上山找药去了吧？你放心，禾队长刚给老人打了退烧针。"李浩说。

"禾队长，太感谢你了！我腿脚不方便，没法送她下山看病。"

禾妮取出几颗药，用纸包好后递给呆木子，交代说："一天三次，一次服两颗，别忘记啊。"

"扶贫工作队已经来过我家好几次，问生活上有什么困难，你们这样关心我家，我不知道怎样报答你们好。"

"这是我们的职责，说什么报答！送你的核桃树栽上了吗？"李浩问。

"早栽上了，我天天去看，长高了好多。"

"这就好，等它们挂了果，你就有了笔收入。"张猛说。

"老呆，只要你辛勤劳动，一定能拔掉穷根！今后有需要工作队帮忙的地方，尽管来找我们。"禾妮真心实意地说。

呆木子扑通一声跪在三人面前："我瘸了一条腿，女人瞎了一只眼，日子过得稀烂，别人都瞧不起我家，只有扶贫工作队诚心诚意地帮助我，共产党的干部真好啊！"

……

十二个自然村普查完，禾妮发现了许多棘手的问题。这些自然村的山地基本不种农作物，而是种核桃树和茶树，核桃的收获季节是深秋，茶叶的采摘季节是春天，其他季节村民们无事可做，于是聚在大树下或是墙根脚打牌，牌运不好的输家被赢家抹得满脸锅烟子，围观的人看到输家的鬼模鬼样，笑得人仰马翻。如何改变村民的精神面貌，还需要长远规划。另外，绝大多数村子的环境卫生都极差，整个村子臭气熏天，污水脏水满村巷横流，粪草垃圾扔得到处都是，厕所、猪厩和羊厩就盖在自家门前……看着这一切，禾妮决心来一场整治村容村貌的彻底革命，作为扶贫工作中的重要任务来抓。月亮田村是平山县人居环境整治的先进典型，她就组织十二个村民小组的正、副组长去月亮田村参观，并要求回来后各村拿出整治方案。

大窝塘村的村组长张二良向禾妮汇报，因大窝塘村存在地质灾害，政府在戛漠坝镇建了定居点，全村三十六户人家，有三十五户都搬去了定居点，只有赖三一家拒绝搬迁。搬到定居点的那三十五户人家都实现了脱贫，但后来有两户人家因故返贫。其中王二清一家四口人坐拖拉机去赶街，半路翻车，王二清当场死亡，王二清的妻子肋骨骨折，两个孩子一个手臂骨折，一个大腿骨折。另外一家，两个老人患重病住院。

禾妮约上易达，由张二良陪着到定居点了解情况，重点走访了王二清家。王二清的妻子伤势还未痊愈，躺在床上不能动，陪在她身旁的两个孩子，一个手臂吊着绷带，一个拄着拐杖，走路都费劲。看着这个家庭，禾妮忍不住潸然泪下。从王二清家出来后，他们又走访了那户重病家庭。

"你要多关照这两户人家，他们的医疗费由村委会帮助解决。"禾妮嘱咐张二良。

"禾队长你放心吧，他们两家的事包在我身上。"张二良拍着胸脯保证。

从定居点返回的路上，禾妮和易达又折进大窝塘村原址，做赖三家的工作。

"老哥，大窝塘的后山开了大裂缝，不能再住了。政府在定居点盖了新房，修了水泥大道，把好田好地划给大家耕种，搬迁下去的人家都过上了好日子，只有你一户死活不挪窝，遇到危险怎么办？"禾妮语重心长地劝赖三。

"我不想搬！"

"赖三老哥，禾队长为了你一家人的生命安全，亲自来动员你搬迁，你也该给点情面吧！"易达口气软和。

"说破大天我也不搬！"赖三很不耐烦。

"你怎么这样固执！你不要自己的命，连老婆孩子的命都不要了？"易达急了，口气很冲。

"我的老婆孩子自己会护着，不用你们多管闲事！"赖三发起火来。

由尤为民担保，娜芸从绿树林乡信用社贷了一年期四万元的失业青年创业资金。手头有了钱，她立刻忙碌起来，跟月亮田小学的校长谈好了租房的事。那房子在村委会旁边的平场上，曾经是教室，学校搬迁后就闲置了，她以一千五百元的年租金租下来，作为收购储藏茶叶的交易地点和仓库。接着，她写张告示贴在房子山墙上，注明"老树茶（不含农药）每市斤收购价一百二十元"，又让广播员小付在大喇叭里反复播放这条信息。

先是附近的农户陆陆续续背来自家的茶叶，出售给娜芸，后来一传十、十传百，远处的农户也送来茶叶。娜芸一个人忙不过来，喊了好朋友查凤过来帮手。人流络绎不绝，娜芸手中的四万块钱所剩无几，她想停止收购，但那些远道而来、步履蹒跚的老人苦苦哀求她留下茶叶，别让他们白跑一趟，她的心一下就软了，又多花了两千块钱，将老人们的茶叶全部收购下来。

娜芸满心欢喜地望着仓库里满满当当的茶叶，心里飞快地计算着：茶叶收购价是每市斤一百二十元，卖给高盛茶庄的价格是二百二十元，给好友杨橙提成二十元，运输费十元，朋友的工时费十元，这样每市斤茶叶有六十元的利润可赚，她买了三万六千元的茶叶，算下来能赚一万八千元，这对她来说可是个不小的数字。

娜芸劲头十足地和查凤把茶叶打包，统统发往广东，然后焦急地等待着回音。没想到半个月后杨橙发来信息：茶叶残留农药超标，高盛茶庄的何劲老板将你发来的全部茶叶退回。

娜芸收到这条信息，脸色由红转白，由白变绿，一下子瘫坐在地上。

一星期后，从广东发回来的茶叶包高高地垒在仓库前的平场里，娜芸趴在茶叶包上欲哭无泪，小脸扭曲成一根苦瓜。虎头王走过来，轻轻地拍着她的背安慰："孩子，想开点，做生意就这样，有赔有赚，没什么了不得的。"

平场上围观的人渐渐多起来，虎头王对着人群咆哮："该千刀万剐的杂种，把我孙女坑惨了！"

娜芸把脸埋在茶叶包里，不让人看到她狼藉的泪痕，一双手臂像被风暴吹折了的小鸟翅膀，颓然垂在身侧。四万元对有钱人来说可能算不了什么，但在娜芸眼里是个天文数字，她竭尽全力也堵不上这个窟窿。更何况，这钱是尤为民担保的贷款，如果一年后还不上，信用社就要扣尤为民的工资，那时尤为民靠什么生活？想来想去，都怪自己连累了他。

泪水模糊了娜芸的双眼，她突然跳起来，翻出打火机点燃了茶叶包。三万六千元换来的茶叶被熊熊大火吞噬，娜芸再也无法控制住自己，失声痛哭。

秋意走到了尽头，原野铺上薄薄的冰霜。

戛藤公路修通后，来藤子箐的车辆和人多了不少，原来设在村巷里的街市拥挤不堪，已经满足不了人们的生活需求。禾妮为此召开了有各村组长参加的村委会扩大会议，专题解决街市搬迁问题。会议决定，将街市迁至离藤子箐村一里路的大平场，并分区规划，东面为车辆停放区，南面为农贸产品交易区，西面为牲畜家禽交易区，北面为农机化肥交易区。此外，将十天一街市改为六天一街市。

搬迁后的街市一片欣欣向荣的繁华景象，整个大平场上人头攒动、摩肩接踵，人们的叫卖声、牲畜的嘶吼声、车辆的轰鸣声混杂在一起，把空气都搅得热烘烘的。

茶厂也传来好消息：藤子箐和月亮田两个村生产出来的"凤凰"牌茶叶，在杨静老总的帮助下，被国家农业部资质中心认证为绿色食品。

最令禾妮欣喜的是，经过艰苦卓绝的努力，藤子箐的扶贫攻坚工作跃上了新台阶，贫困面由原来的百分之六十六降至百分之二十，这一可喜成绩的取得，得益于藤子箐干部群众的通力合作。特别是公路开通后，藤子箐有了翻天覆地的变化，种植业和养殖业齐头并进，入驻企业提供了上百个工作岗位，十二个自然村的建档立卡户多数实现了脱贫，其余少数建档立卡户再经过一至两年的努力，完全可以达到脱贫标准。

一片欢腾中也有不和谐的音符。镇党委书记刘一吉给禾妮打来电话，告知藤子箐的果子树村和月亮田的兔子岭村因为草场界线闹纠纷，两伙村民正在对峙。禾妮立刻带上易达急匆匆地赶去草场。

尤为民和勒黑也收到了消息，他俩比禾妮先到草场，只见草场上站了黑压压的两群人，互相指责谩骂，眼看着就要动手。

尤为民见局面难以控制，当机立断，掏出手机向派出所报案。再一抬头，几个精壮的汉子已经撕扯在了一起，旁边还有不少村民跃跃欲试。为防止事态进一步扩大，勒黑和尤为民奋不顾身地冲进人群，想隔开厮打的双方。

禾妮和易达赶到时，看到的是一幅混战的景象，村民们似乎都丧失了理智，已经有鲜血溅上草叶。

"别打了！"禾妮深吸一口气，大声喊道，可她的声音全被叫骂声淹没了。

正当禾妮手足无措时，只听砰的一声枪响，人们全都僵住了。禾妮循声望去，原来是两个警察到达了现场。

"果子树的村民站这边！兔子岭的村民站那边！"其中一个警察满脸严肃，拿着大喇叭喊话。

人们顺从地分站到两边，露出原本被围在中心的尤为民和勒黑，两人都被打得头破血流。禾妮赶忙跑过去查看，想办法给他们止血包扎。那个手提大喇叭的警察也凑过去。

尤为民认识那警察："金所长，幸亏你们来得及时，不然今天这场面真是没法收拾。"

勒黑说："我俩本想来劝架，结果反倒挨了两边的打，实在太冤枉了。"

禾妮安排易达送尤为民和勒黑去医院，自己气呼呼地从金所长手中拎过喇叭，大声质问那些村民："你们的普法教育都白受了吗？聚众斗殴是刑事案件，要上法庭的！到底是谁挑的头？站出来！"

村民们被禾妮的气势镇住了，个个像犯了错的孩子，把身子挺得直直的，一动不敢动，脑壳也压得低低的，回避禾妮威严的目光。

金所长也不禁吃惊，这个看起来漂漂亮亮、娇娇滴滴的女队长，发起脾气来竟是如此厉害。

"是他先动手打人的！"兔子岭村的汤六突然站出来，指着果子树村的马扁头说。

"是你们先在我们草场里放羊的！"马扁头不甘示弱。

"先不提划分草场的事，我问你，是不是你最先动手？"禾妮走到马扁头面前，厉声问道。

马扁头梗着脖子不说话。

"我们都看见了，就是他打伤了尤队长和勒黑支书！"兔子岭村的人吼了起来。

金所长和警察小潘当场分别讯问了双方的几个人，大致搞清了冲突的起因。原来那块草场的划界变动过好几次，到现在根本讲不清，两个村都往草场里放牧，一来二去就产生了矛盾。今天汤六将羊群放进草场后，马扁头喊来同村人要赶走他，兔子岭村的人闻讯赶来，两边越吵越僵，差点酿成一桩血案。

金所长向禾妮强调："挑头打伤人的马扁头应该立案。"

禾妮思考了一会儿："还是以教育为主的好。"

"他打伤了人，达到立案标准。"小潘补充说。

"照我看，这种群体性事件，还是以教育警示为好。"禾妮坚持自己的观点。

"这样做对受伤的尤队长和勒黑支书不公平！"小潘替他们抱不平。

"我了解他们，他们一定会赞成我的想法。"禾妮信心满满。

金所长出面拍板："就按禾队长的意见办，我们将马扁头带回派出所批评教育。不过，请禾队长尽快解决草场划界问题，不然今后这类事件还会重演。"

禾妮松了一口气："谢谢金所长提醒，等尤队长伤好后，我和他一起向书记、县长汇报，尽快拿出解决方案。"

村民们目送着马扁头被铐上手铐带走，脸上全是惶恐茫然。

第二天，禾妮向县委组织部请了三天假，打算去看望照顾勒黑和尤为民，手头的工作暂时由易达处理。她收拾好东西刚要出门，马扁头就走进来，扑通一声跪在她面前，泪流满面："谢谢禾队长！金所长什么都跟我说了，幸亏禾队长宽宏大量，不然我被判了刑，老婆孩子咋办？我九十岁

的老母咋办？"

"杀人偿命，伤人获刑，法律一条条写得明明白白。考虑到你是初犯，且没有造成严重后果，才网开一面。今后你必须吸取教训，绝对不能再寻衅滋事，否则我们必定依法处理。"

"我知道错了，以后一定规规矩矩做人，再也不干违法的事。"

"你回村后多向大家宣传宣传，让他们都做遵纪守法的好村民。"

"禾队长放心，有我这个样板在，谁还敢要蛮劲？"

……

三天后禾妮回到藤子箐，风言风语灌进她的耳朵里，说她办事不公，明明是兔子岭村的人打伤了果子树村的人，为什么只抓挨打的不抓打人的？也难怪，她丈夫是月亮田村委会正儿八经的支书，她只是暂时来藤子箐村扶贫的，没几年就会走，干吗要护着藤子箐的人？还有，她跟企业老板要到那么多钱，肯定吃了不少回扣。

禾妮听到这些话，气得满脸通红，整个身子都在燃烧。从到藤子箐村扶贫以来，她饥一顿饱一顿，翻山越岭走村串寨，甚至差点摔死在悬崖下，对藤子箐村的村民可以说是掏心掏肺。这次丈夫勒黑被打伤，她也息事宁人，不追究马扁头的责任。为了给藤子箐村修建公路，她半点自尊脸面也不顾，像乞丐似的四处要钱，现在却被人怀疑吃回扣，一盆盆脏水泼到她身上！

气过了，禾妮又转而安慰自己：毕竟造谣的只是极个别的小人，藤子箐百分之九十九点九的百姓都支持她、拥护她，扶贫工作还要坚持做下去！

第十三章

　　山野一片姹紫嫣红，春天又回到了哀牢山区，然而娜芸的心情还陷在刺骨的寒冬里，极度消沉。茶叶生意失败的阴影笼罩着她，她常常一个人跑到山上，对着重重山峦长吁短叹，回想自己走过的路，不知不觉双眼就噙满了泪水。她抱怨神灵对她不公，对她冷酷无情，总在她最高兴的时候一棒子打下来。以为在广东找到了好归宿，却遭遇丈夫的背叛；以为发现了赚钱的好门路，却落得个鸡飞蛋打。一年的贷款期就快到了，她不知道自己能从哪里凑到四万元钱。有时她胡思乱想，要是能在马路上捡到一坨钱就好了，但马上又鄙视自己这种荒唐的念头：你娜芸就这么无能吗？就不能振作精神靠自己筹钱还贷吗？你这么颓废，对得起帮了你最多忙的尤为民吗？

　　虎头王悄悄地把用塑料纸包着的五千元钱塞在她包里，她发现后马上掏出来还给他："这钱是政府发给你巡山的补贴，还有阿爸阿妈给你的零花，是你一分一厘省下来养老用的，你孙女打死也不会要这钱！"

　　"孩子，现在是你最难最难的时候，阿爷只能帮你这点，等过了这一关，你再还阿爷。"

"阿爷，我有办法弄到钱。"

"别嘴硬了，莫非你去抢银行不成？我再跟你阿爸阿妈说说，让他们凑一点给你，还有你阿姐和你姐夫，让他们也拿点，先把贷款还上。"

"阿爷，千万别给我阿爸阿妈说！"

"那你自己找他们商量。"

"阿爷，你别操心了，你的钱我真不能要！"娜芸说着把钱塞回去。

"你这孩子太不听话了，阿爷给你，你就拿着！"虎头王把钱一甩，气冲冲地出了门。

娜芸左思右想，终于走进了村里放高利贷的那户人家……

这一幕被娜木的一个好朋友看到，打电话告诉了她，娜木一听就急了，立刻请假回月亮田逼问娜芸，得知事情的来龙去脉后，她又押着娜芸去那户人家把借到手的钱还了。

娜木回家跟施阳商量了一番，第二天，施阳向同事借了两万元，娜木又将自家存折上的一万元全部取出来，凑足三万元，交给了娜芸。娜芸握着钱，一句话也说不出，眼泪簌簌地往下流。

"阿姐只能帮你三万元，不够的部分，你找阿爸阿妈想办法，他们不会责怪你的。"娜木紧紧握住娜芸的手。

"阿姐……"娜芸失声痛哭起来。

"别哭了，以后做事稳当些，就算是吃一堑长一智吧。"

娜芸从阿姐家回来，在村边看见尤为民。

"老尤！"娜芸大声叫他。

"小刺猬，你从哪儿回来的？"

"去找我阿姐了，她和我姐夫凑钱帮我还贷款。"

"凑够了吗？"

"还差五千。"

"正好我有五千块，凑给你。"

"这怎么行呢。"

"为什么不行？"

"让你出力又出钱，我心里过意不去。"

"说这些客气话可不像你！小刺猬，我给你出个主意，还了这笔贷款后，我接着做你的担保人，再把钱贷出来。"

"我疯了，还敢干这样的傻事？"

"被蛇咬了一次就怕了？小刺猬，你放心，听我的没错。"

"再失败怎么办，难道跳崖子不成？"

"有了第一次失败的经验，第二次肯定不会重蹈覆辙。"尤为民鼓励娜芸，"小刺猬，有一句话说，失败是成功之母。你阿爸阿妈一次次嘱咐我，说你头脑发热，千万别帮你贷款，我当着他们的面不好说什么，心里却想，你这么聪明能干，做生意一定会成功。"

尤为民的一再鼓励让娜芸重拾起自信心。是啊，不为别的，就算是为了家人和尤为民，她也应该再奋斗一次。

"听你的，我就再折腾一回！"娜芸的双眸熠熠生辉。

"这就对了嘛。"尤为民欣慰地笑了。

这次娜芸筹划了好几天，把每一个细节都想到了。她打算带上仓库里剩下的好茶叶，走一趟顺德和佛山，寻找合作伙伴。然后在广州的电器商城买两台大品牌的检测仪回来，在收购茶叶时——测试，凡是有农药化肥残留的一律不收。

安排妥当后，娜芸背着茶叶和洗漱用具，坐上从平山县城发往昆明火车站的小客车，再转乘开往广州的火车，在车上给杨橙打了电话。等她走到广州火车站出站口时，一眼就看见了来接她的杨橙。两个女人紧紧地拥抱在一起，又哭又笑。

当晚杨橙带着娜芸去见顺德高盛茶庄的老板何劲，娜芸为上次的失察向何老板诚恳地道歉，何老板十分欣赏娜芸的做事态度，两人商定继续合作。

第二天，娜芸和杨橙坐着公交车去了佛山。两人一口气跑了好几家茶庄，都不太顺利，有的茶庄拒绝合作，有的茶庄可以合作，但提出的条件很苛刻。在佛山没办成事，她俩直接坐公交车去了广州最大的电器商城，买好两台检测仪后又马不停蹄到广州火车站买票，杨橙送娜芸上车回昆明。

娜芸打开月亮田村委会旁边那间仓库的门窗，再次把布告贴上墙，让小付在喇叭里广播。那两台崭新锃亮的检测仪被她摆在最显眼的位置，似乎是在告诫人们，千万别作假，它们俩可是火眼金睛。

农户们又陆陆续续背着大包小包的茶叶赶来，其中就有外村的滑老三表弟。

滑老三躲在不远处，窥视着娜芸的一举一动。上次他把喷过农药的茶叶运到外村的表弟家，再由表弟背来卖给娜芸，让她蒙受了巨大损失。这次他听别人说娜芸从广州买来了检测仪，可他不相信那两台小机器能测出什么，于是故技重施。

他看到表弟把茶叶包放到娜芸面前，看到娜芸从包里掏出一把茶叶检测，看到娜芸摇着头说了几句话，看到表弟神情沮丧地背着茶叶包离开……

他知道自己的诡计失败了，只好偷偷地溜走。

这次娜芸又收购了将近四万块钱的茶叶，一个人没日没夜地打包装袋，累得腰酸背痛，有时倒在茶叶包上就睡着了，醒来后又接着干。她租车将包装好的茶叶运到县城，再发往广东顺德。两个半月后，她收到何劲老板汇来的八万元。

娜芸看着手机上的数字，鼻子一酸，泪水在眼眶里打转。她终于成功了，这成功里面蕴含着多少辛酸苦涩！她首先想到的是自己要感谢的人，第一个当然是尤为民，其余都是她的家人，全靠他们的无私支持和鼓励，她才有今天的成绩。扣除杂七杂八的费用，这次的纯利接近三万五千元，有这笔钱做底子，她又接连做了好几单茶叶生意，不到一年时间，不但还清了所有欠款，手里还有几万元的结余。

贷款还没到期，娜芸觉得长期租别人的车拉货，费用太高不划算，干脆咬牙跟朋友借了十万元，加上自己的钱，买了辆皮卡车跑运输。与此同时，"月亮电商"平台也架设完毕，月亮田高品质的药材、蜂蜜、核桃、竹笋等山货都入驻其中，销往全国各地，名气越来越大。

禾妮带上张猛和李浩，去分水岭村查看药材基地。

阴沉沉的天空飞着毛毛雨，山路附满青苔，有些打滑。张猛拔出匕首砍了几根竹子，削去枝叶，分给众人当手杖。三人拐过山弯，只见一个老人端着小篾箩，一把一把地抓出米粒往四下撒，嘴里还喊着："崖子鬼、老鹰鬼、苍蝇蚊子鬼……这里没你们吃处，没你们住处……儿子啊，隔河叫你顺桥来，隔箐叫你绕沟来，路上的雀雀鸟鸟你莫怕，遇上老虎豹子你莫慌，牛羊已经归厩，鸡狗已经有窝，你快快回家来吧……"

禾妮见老人直抹眼泪，便关切地询问："老人家，你遇到什么难事了吗？"

"我儿子快没气了，村里人说，害的是会传染的鸡窝病，不让他待在村子里，我只好请人把他背到崖洞里。"老人伤心地说。

"哪里的崖洞？"禾妮急忙问道。

"就在上面。"老人把崖洞的位置指给禾妮看。

"老人家，我们禾队长是医生，你带我们去看看你儿子。"张猛凑过来。

老人看向禾妮的眼神里含着疑虑，但还是抱着一线希望带禾妮他们进了崖洞。一个面容蜡黄枯槁的男人躺在篝火旁的茅草上，昏迷不醒。李浩将肩上的药箱递给禾妮，禾妮拿出听诊器、血压计，给男人做了简单的检查，之后注射了两针药剂。

　　禾妮他们陪着老人等了两个钟头，男人终于苏醒过来。禾妮又包了两份药给老人："每天三次，每次大的一颗，小的一颗。"

　　老人跪在禾妮面前痛哭流涕地感谢，被她拉了起来。此时老人不会想到，这是自己见禾妮的最后一面。

　　第二天，毛毛雨转为瓢泼大雨，浇得山野一片迷蒙。禾妮牵挂着大窝塘村没搬迁的赖三家，于是冒雨去探访，却不幸遭遇了泥石流。

　　禾妮牺牲的消息很快传遍了藤子箐，十二个自然村的一千多村民不分老少，个个哭得眼睛红肿，喉咙疼痛。其中最悲恸欲绝的就是昨天那位分水岭村的老人，她一遍又一遍地哭喊道："禾队长，我的儿子活过来了，你却走了！你走得太急了……"

　　苍穹和村民们一起流泪，哀哀的哭声在群山中回荡。天塌了，地陷了。

　　虎头王做了个噩梦，梦见一条蟒蛇张开血盆大口咬住他的脑壳，渐渐将他整个人吞噬进肚里。他突然惊醒，伸手从枕下取出木雕虎神握在掌心，喃喃地祈告："蟒蛇鬼，云翳为你开好了路，雾霭为你铺好了床，芭蕉叶上放着野猪的膘肉，箐沟沟里放着野果酿的甜酒，走吧……快快走吧，再不走，我拿松毛针戳你。"

　　虎头王起身吹亮了火塘，拽个草墩坐下，吧嗒吧嗒地抽起烟来，那个噩梦还萦绕在他脑海里，搞得他心绪不宁。他站起来打开屋门，见天边已亮起了白光，幽黑嵯峨的山峰慢慢转为灰色，心里想，勒黑已经三天没着家了，是不是又和尤为民蹲寨子去了？

　　伴着一阵急促的脚步声，勒黑疾风般卷进屋内，暗哑的嗓音几乎让虎头王听不清他说的话："阿爸，快……禾妮……她……她……"

　　勒黑哽咽得说不下去，一跺脚，拉起虎头王就向村委会狂奔。一辆汽车就等在村委会门口，司机拉开车门，将虎头王扶到副驾驶座上坐好，勒黑坐在后排座位。

　　汽车在崎岖的山路上狂奔，虎头王几次问儿子到底发生了什么事，回答他的只是破碎低沉的抽泣声。虎头王僵直地端坐着，心头生起不祥的预感。

　　车停在平山县殡仪馆前，虎头王像陷在梦里，神情恍惚地被司机扶下车。田川书记满面悲戚地走过来，握住虎头王的手："老村长……唉……"

　　虎头王连问都不敢问。

　　田川沉痛地宣布："昨天禾妮同志到大窝塘村做搬迁户的工作，不幸遭遇泥石流……"

　　"神灵呀！我的女儿……"虎头王瘫倒在地。勒黑蹲下身扶住他，父子俩抱头痛哭，田川也陪着他们一起流泪。

　　"禾妮同志的无私奉献我们每一个人都看在眼里，记在心里。县委已经号召全县各族人民学习禾妮同志的英雄事迹。"田川郑重地对虎头王和勒黑说。

　　虎头王木呆呆地听着，突然大声叫道："我不要她去做英雄，不要……我要这孩子活着回来！"

　　"请老村长节哀，人死不能复生呀。"田川泣不成声。他带领父子俩来到太平间，让他们再看一眼沉睡的禾妮。

　　虎头王伸出核桃壳般苍老的手，拉住禾妮冰凉的手："孩子，你坐起来……坐起来，别躺在这里呀，家里的火塘还等着你去添柴呢。"

　　勒黑的脸庞煞白，整个人像被抽干了血，瞬间缩小了一圈。他全身簌簌发抖，那只空荡荡的袖管晃荡得最厉害。

　　追悼会在几天后举行。告别室里哀乐低回，禾妮静静地躺在鲜花丛中，然而那双灵活秀美的大眼睛再也无法睁开了。

　　勒黑的心碎成了一千片、一万片，他扑在禾妮的身上，不停地亲吻她的眼睛、额头、嘴唇。娜木和娜芸陪在父亲身边，三个人哭成一团。泪流满面的禾大夫扶着虎头王站在灵床一侧。前来悼念的人们排成长队，依次向禾妮做最后的告别。

灵堂两侧挂着挽联："青山绿水，长留生前浩气；翠柏苍松，堪慰逝后英灵。"

县长方一主持追悼会，书记田川致悼词："禾妮同志作为县委派驻高寒山区藤子箐村的扶贫工作队队长，工作尽职尽责……她四处筹集资金，修通了镇政府通往村委会驻地的公路。为了增强经济实力，加快各少数民族同胞的脱贫步伐，她引企业驻村，创办村企，建立了科技园合作社，走'农户＋科技园合作社＋企业'的扶贫模式。对全村的建档立卡户，她根据实际情况采取不同的扶贫方法，请来专家对搞种植和养殖的农户进行技术培训。在她的努力下，藤子箐村百分之六十六的贫困面下降到百分之二十，受到省、市、县的表彰。禾妮同志是党的好干部，鞠躬尽瘁，死而后已……"

根据家属的意愿，禾妮的骨灰分成两部分，一部分安葬在平山县烈士陵园，一部分由勒黑带回月亮田。勒黑在自家的堂屋里设了灵堂，摆放上鲜花水果，年轻的禾妮透过黑相框对每一个来吊唁的人微笑。那些禾妮教过的学生、医过的病人、接生过的孩子，甚至是只见过禾妮一面的人，一拨接一拨络绎不绝，都想站在她几十年来生活的地方，再对她倾诉几句心底的感谢和怀念。

虎头王决定，将禾妮安葬在太阳地先祖的身旁。他精心选定了一个日子，全体月亮田人护送着禾妮的灵柩，走进太阳地神树旁边的先祖墓地。

神树静静地矗立着，那粗大的树干十几个人才能围抱住，繁盛的树冠遮天蔽日，像一朵巨大的祥云，护下了一大片阴凉。谁也不清楚神树在太阳地生长了多少年，也许是一千年，也许是一万年。

人们用飞禽走兽的鲜血粘住它们的毛羽，塞进神树树皮斑驳的缝隙。山风吹来，兽毛禽羽轻轻地舞动着，好像在和苍茫大地上的万物进行无言的交流。每到夜幕降临，神树脚下就闪现出奇异的蓝光，直到东方发白才渐渐消失。人们坚信，神树能庇佑太阳地的子民世世代代兴旺发达。

虎头王站在神树下，头戴用白鹇鸟尾羽做成的帽子，赤裸的上身画满了奇形怪状的图案。他左手抱着一只红冠子的大公鸡，右手往鸡冠子正中狠命一掐，然后把鸡冠血涂在神树树干齐腰高的位置。被放开的公鸡径直飞到树权上，对着东方一声接一声地长啼。听到鸡鸣后，虎头王跪伏在地上，念诵道："至尊至上的神灵，大树发出青枝，野草抽出新芽，带给你最香的松鼠干巴、最醇的山谷美酒，我的女儿走进了你的领地，期盼你丰沛的甘露永远润泽着她。"

虎头王祈告完毕，女人们大声号啕，男人们向四方吹响牛角号，号声像浪潮般冲击着巍巍群山。

神奇的景象出现了：老林里传来三声白鹇鸟的鸣叫，成千上万的鸟儿跟着白鹇鸟飞到神树上空，盘旋不已。虎头王望着那群五彩斑斓的鸟儿，说："先祖显灵了，现在就下葬吧。"

人们跪在挖好的墓穴前，扎旺阿爸掏出米粒撒在他们身上。

虎头王闭着眼睛祈告："火塘不能熄火，竹筒不能干水，山谷种子在马料兜里，攆雀的草人为你扎好……还差哪样，你托梦给我……我的女儿，你安安心心地走吧，神灵会护佑你过好日子。"

扎旺、石三子等八个男人稳稳地将棺材落进墓穴。白鹇鸟首先栖在神树上，其余的鸟儿也跟着栖落，齐齐地放开喉咙高声唱起来，调子一浪高过一浪。

勒黑突然喷出一口鲜血，晕厥过去。娜木和娜芸一左一右扶着他，掐住他拇指正中的穴位，流着泪在他耳边呼唤："阿爸，快醒醒！"

勒黑苏醒过来，对两个女儿说："我看见你们的阿妈了，她就坐在神树上歇息。"

娜木和娜芸悲伤地说："神树上歇的是白鹇鸟。"

"那就是你们的阿妈，她变成白鹇鸟了。"勒黑搔着自己的胸膛，眼里哭出了血，"让老鹰叼走我的眼珠，乌鸦啄走我的腐肉，蚂蚁抬走我的骨骸。禾妮，带我走吧！"

施阳和尤为民等人围过来安慰勒黑。

"山风吹得身上寒，把我的衣服给你阿妈披上。"勒黑脱下上衣递给娜木。

凝重的空气在天幕上搅出了一道赤流，太阳在赤流里滚动，星星在赤流里燃烧，白鹇鸟在赤流里翱翔。

"禾妮啊禾妮，你不该抛下我！"勒黑趴在新筑起的坟土上哭喊。

虎头王杀了只鸡煮在土锅里，目的就一个：从卦象看看儿媳妇禾妮在那边的日子过得好不好。

鸡熟了，虎头王掀开锅盖，热气蒸腾上来，熏得他眯缝着眼睛。他把鸡捞在大瓷盘里，用布满老茧的粗糙手指细心地剥离鸡肉。

小时候，阿爸蛮猎回一只老鹰，煮熟后把肉从骨架上剥下来，翻来覆去地看鹰骨，脸色变得煞白。阿妈问阿爸哪里不舒服，阿爸告诉她："明天寨子会有血光之灾！"

阿妈骂阿爸胡言乱语。阿爸只是说："鹰卦显示的。"

第二天一早，阿爸率领部族的人躲进老林。果然有一群土匪窜进太阳地，杀了三个瘫痪在床的老人，还抢走了全部族的兽皮兽肉。

后来，阿爸教会了他看卦。

一副完整的鸡骨架展现在眼前。虎头王用小拇指支住鸡的下喙，让它一张一合，然后，透过头骨两侧的细小耳孔观察良久，最后他将头骨完全拆散，察看叉形下颌。看的时间久了，虎头王的眼皮突突地跳，竟在卦骨的小孔里见到了禾妮，她穿着一身漂亮的花裙，对他翘起嘴角微笑。

"孩子，我真想你啊！"

"阿爸，我也想你，想勒黑，还有娜木和娜芸，他们都好吗？"

"怎么可能好！孩子，你在那边过得怎么样？"

禾妮摇摇头，没有说话，一溜烟跑出了小孔，消失得无影无踪。

"孩子！孩子！"虎头王的眼睛一眨不眨地盯着卦骨，希望能和禾妮多款几句话。他无法接受禾妮像洁白无瑕的盐巴那样，放进水里就不见了，他要问她为什么这样绝情，甩下一家人不顾，自个儿跑到那遥远的地方。

"阿爷，干吗拿着鸡骨头发呆？"

娜芸的声音将虎头王从深沉的思绪中拉了回来，他对孙女说："我见到你阿妈了。"

娜芸眼神古怪地看着他，伸出手摸摸他的额头："阿爷，你是哪里不舒服？去睡一觉就好了。"

"我真的见到你阿妈了！"

"阿爷，你怕是想阿妈想得昏了头。"

"我在卦骨里看见她，还跟她款了两句话。孩子，你阿妈本来可以不死啊！"虎头王脸上纵横交错的皱纹里蓄满了泪水。

"是啊，赖三一家都逃出了被泥石流冲倒的房屋，反而阿妈……"娜芸掏出手帕给阿爷擦脸，又给自己揩泪。

"你阿妈这一辈子太辛苦，从嫁到太阳地后，就没过上一天享福的日子。"

"可不是嘛，从我记事时起，阿爸阿妈就住在荒山野岭里开梯田。梯田开完了，阿妈调乡里工作，阿爸当月亮田村委会支书，两人忙得陀螺转，根本没时间管我和阿姐，多亏阿爷把我俩辛辛苦苦带大。"

"你俩的名字还是阿爷取的呢。"

"我知道，阿爷太思念小孃，所以把她的名字拆开安给阿姐和我。"

"你们两姐妹里，你更像你小孃。"

"小孃的性子一定比我好，不会像我似的，经常惹阿爷生气。"

"唉，我先是送走你小嬢，现在又送走你阿妈，比我更伤心的只有你阿爸了。孩子，你要注意盯着他，咱们家千万不能再有人倒下了。"

娜芸嘴里连连答应着，心里却在犯愁。阿爸是条硬汉子，满口的鲜血只会往肚里咽，要让他走出阿妈去世的阴影，得熬过多少个白天和黑夜？

勒黑蹲在禾妮的相片前，身子微微往前倾，那姿势仿佛是要跪下。他已经几天几夜没合过眼了，一股无以名状的怨气潜隐在心底。真是不甘心啊，禾妮连一句最简单的话都没留给他，就这样倏忽而逝。他曾经以为，天是他的，地是他的，太阳月亮都是他的，他有很长很长的未来，然而他错了，禾妮不在，他就失去了一切，只剩下一具行尸走肉般的空皮囊。

汹涌的雾气扑进屋门，笼罩了一切。勒黑打个寒噤，觉得自己似乎迷失在这大雾中，无论如何也找不到出路。他的脚下一软，好像踩进了猎人设下的陷阱，身子一个劲地往下坠，眼看就要被陷阱底密密丛丛的尖竹签插中。他没有放弃生还的希望，拼命挥舞着独臂求救。就在这时，一只纤细秀美的手牢牢抓住他的右臂，把他拽出了险地。

勒黑看清了，救他的姑娘正是禾妮，她脖子上戴着他送的银项圈，闪烁着令人眼花缭乱的星芒，身上穿的是结婚时的裙子，像一朵流丹溢朱的石榴花，光彩照人。

勒黑清清楚楚地记得，迎亲那天，他在哈尼寨的寨巷里被雨点般飞来的多依果砸得眼冒金星，晕头转向。然而他没有后退，只用双手遮住头脸，勇敢地往前冲，一直冲到禾妮家门口。一群哈尼姑娘拽住他，把和着香油的锅烟子抹上他的脸，他成了一只从锅底下钻出来的山豹子。

围观的人们开怀大笑，勒黑丝毫也不理睬，冲锋陷阵地把禾妮这只白鹇鸟抱回太阳地。在他的心目中，这场婚礼比他在太阳地办街子、建电站来得更艰难，更刻骨铭心。

禾妮嫁到太阳地后，为寨人们做了很多以前被勒黑忽视的事。原先许多寨人不认识人民币，更不会用人民币，赶街时只会以物易物，经常受小商小贩的欺骗。禾妮着急地对勒黑说："这都什么年代了，不会用人民币哪行！"她在家门前的平场上开办了速成班，教大家从一到一千的加减乘除法。寨人们从没接触过这些，学起来特别困难，禾妮就削了许多小竹棍摆在桌面上，拿一根小棍，教大家读一，拿两根小棍，教大家读二……整整用了一个月，才教会大家读一到一千的数字。教会读数后，禾妮又教大家写一到一千的数字。大家写得很用心，禾妮看了后却笑得肚子疼，那些数字写得或像蚂蚁，或像毛毛虫，或像苍蝇搓脚，或像鸟儿扇翅……形形色色，千奇百怪。

半年后，寨人们能写一到一千的阿拉伯数字。一年后，多数寨人学会了一到一千的加减乘除法，也学会了使用人民币。虎头王逢人就夸："禾妮是太阳地人的亮太阳。"

"一个民族要兴旺发达，必须得有文化。"禾妮又对勒黑说。勒黑领着男人们在平场上盖起一栋宽敞的茅草屋，山墙下截用石块砌得齐腰高，再找些木板钉成简易的桌椅。禾妮自己掏钱，从新华书店买来四十套小学一年级的语文、数学课本，还有送给孩子们的练习本。

山里孩子野惯了，在教室里坐不住，三十六个孩子最后只剩下六个孩子坚持读书，让禾妮十分苦恼。虎头王给她出主意："早上带孩子们到树林里撵鸟，下午带他们回教室上课。"

禾妮笑喷了："阿爸，为了拢住孩子们读书，让我带他们撵鸟，亏你想得出来。"

勒黑笑着给阿爸帮腔："就算真是傻主意，你也试试再说。"

禾妮死马当成活马医，果真照虎头王说的做。每天天一亮，孩子们光着脚丫在教室里集合，禾妮带上虎头王给她准备好的"知调"①，率着孩子

---

① 一种树汁熬成的很黏的胶。

们去寨子边的箐头，在那儿选一棵大树，让两个大一点的孩子背上"知调"竹筒爬上去，将粘有胶汁的竹签搭在树梢上。做好一切准备后，两个孩子下来躲在树脚，等待被粘住的鸟儿落地，再逮住它们。其他的孩子分成两队，分别从箐脚两边抛撒土石，吆喝着往上撵鸟。

第一天，战果辉煌，逮住了十二只小鸟。禾妮将它们关在鸟笼里，挂在教室的外墙上。等上完课，孩子们走出教室，发现鸟笼被山风吹落，十二只小鸟全被山狗咬死了，忍不住围着鸟笼号啕大哭。

"孩子们，别伤心，明天再去撵，撵回来好好看护它们。"禾妮红着眼圈安慰孩子们。

虎头王的办法果真见效，孩子们全被拢回教室里读书了。后来禾妮怀孕，怕耽误孩子们学习，就自己去了一趟平山县教育局，向局长汇报了太阳地小学的情况，要求派一名公办教师到太阳地任教。局长同意了禾妮的请求，并大大表扬她开办解放后苦聪山寨第一所学校的事迹。

禾妮以前是哈尼寨合作医疗室的赤脚医生，常用中草药给寨人治病，嫁到太阳地后，正遇上石三子的老婆拉了好些日子的红白痢，吃了不少药都不见效，于是给了她三包面面药，结果药到病除。名声传开后，方圆百十里的村民都来找禾妮治病。

最惊险的是开垦梯田那次。一条青竹蛇钻出杂草丛，咬伤了搓比，禾妮情急之下，将嘴巴凑上伤口，使劲地吸吮毒血，直到自己的双唇也肿胀起来。她心想，反正已经中毒了，索性豁出去，尽力救搓比一命。于是更加用力地吸毒，再取出蛇药敷在搓比的伤口上，最后分别给搓比和自己服下解蛇毒的药面。一切处理完之后，禾妮只觉得天旋地转，倒在地上不省人事，过了一天一夜才渐渐苏醒。

禾妮为太阳地人做得太多太多，现在她永远离开了，大家用心香祭奠她，用回忆怀念她，用奋进报答她。

施同坐在地上哭闹着找外婆，娜木把儿子抱在怀里温柔地劝慰。施阳掏出纸巾，给母子俩揩去眼角上的泪水。娜木哽咽地对他说："阿妈常说，她要做有树的山、有鱼的海、有鸟的天空，我们就是她心爱的树、鱼和小鸟，可现在阿妈抛下我们走了，我们没有了山，没有了海，没有了天空。"

哭累的施同睡着了，娜木躺在床上搂着他，自己的眼皮也上下直打架。蒙眬中，她看见阿妈款款走来，在离她三四步的地方站住了。她的心激烈地跳荡，伸出手想抓住阿妈。然而她向前走，阿妈就向后退，阿妈的脸像是罩上了一层灰蒙蒙的雾气，黯淡无光，眉毛也紧紧地蹙在一起。

"阿妈！"娜木叫道，张开双臂向禾妮扑过去。

禾妮惶惶然地躲避着，娜木扑了个空，不安地问："阿妈，这几天工作忙，没去看你，你是不是生气了？"

"下雨了，快回去吧。"

"不回去，我还有好多好多的话要和你说。"

"你阿爸已经替你说过了。你要代我好好照顾他。"

禾妮一转身就不见了，娜木大叫一声"阿妈"，从梦中惊醒。她望向窗外，刚刚下过雨，一颗颗晶莹的水珠挂在院里的草丛上，几只刚出窝的麻雀在草地上一蹦一跳，用它们稚嫩的嘴壳啄吸那些雨珠，时不时昂起头来啁啾，样子十分可爱。

娜木想起之前县委召开三级干部会议，讨论扶贫攻坚工作中出现的问题。娜木作为农科站站长，和村委会支书勒黑、扶贫工作队队长禾妮一起参加了会议。开完会，一家三口约好回月亮田看看。谁知刚走到村口，就见滑老三在她家屋前贼眉鼠眼地转悠。

娜木从小就厌恶滑老三。有一次阿妈上山采药，回来时满脸怒气地对阿爸讲，滑老三尾随她上山，趁她不备从身后一把抱过来，被她用挖药的小锄回手一击，锄把击中了滑老三的脑门，他捂住脑门惨叫着跑了。

偷鸡不成蚀把米的滑老三从此记恨上了阿妈。那一阵村里的鸡接二连三在半夜丢失，滑老三就满村地散布谣言，说他亲眼看见阿妈晚上现出狐狸的原形，四处偷鸡吃。

谣言虽然荒唐无稽，但毕竟有极少数人相信了，一见阿妈出现就盯着她仔细打量，想找出她身上哪一处像狐狸，弄得阿妈很不自在也很恼怒。阿爸气不过，悄悄地展开调查，终于查清鸡全是滑老三偷的，就关在他家猪圈的角落里。阿爸带着两个民兵冲进滑老三家，把被偷的鸡都搜了出来，发还给失主，派出所还拘留了滑老三一星期。

滑老三在全村人的面前丢了脸，于是恨上了他们一家人，暗自诅咒他们全家被车撞死，掉崖子死……今天他一副鬼鬼祟祟的样子，不知道又在打什么坏主意。

娜木当时就想过去盘问滑老三，禾妮拉住她说："别跟这种人一般见识。"

滑老三看到一家三口回来了，像只耗子似的一溜烟就不见了。

娜木见大门下了锁，嘟囔道："一老一小都闲不住，这个时候能去哪儿？"

勒黑一边掏出钥匙开门，一边说："你阿爷肯定是去太阳地，你阿妹大概串门去了。"

看勒黑方正的脸庞被络腮胡子遮了半截，娜木伸手去摸："阿爸，你脸上的茅草丛该割了。"

"出门时忘了带刮胡刀。"勒黑摸摸自己的脸。

"你阿爸邋遢惯了。"禾妮笑嘻嘻地说。

"是你监督不到位。"娜木马上维护阿爸。

"爱剃不剃，我才不管呢。"禾妮回敬女儿。

"不怕把你的嫩脸戳出筛子眼？"娜木满脸看好戏的神情。

"你阿爸要是把胡子剃得干干净净，我还不习惯呢。"

"明白了，是阿爸的'茅草地'把你从哈尼寨引来太阳地的。"

勒黑听着母女俩互相调侃，在一旁呵呵地笑。

那天晚上母女三人睡一张床，禾妮给两个女儿讲自己小时候的故事。

"小时候，你们外婆用包头布把我拴在背上，在山地里栽荞子。那个情景我现在还记得很清楚。你们外公拉着牛缰绳，扶着犁把，大声唱着即兴的山歌，我记得有一首是这么唱的：'牛头上挂着日头，牛肩上架着弯担，牛脚下翻着土块，走啊，走……炽热的土地是女人宽广的胸怀。'

"你们外婆不爱出声，只在脸颊上旋出一对笑盈盈的酒窝。她怀里端着竹箩，把用干畜粪拌和的荞籽点在你们外公犁翻的地沟里。

"大群的山雀像五光十色的花朵从太阳的光轮里扑出来，站在土垄上和你们外公赛歌。

"后来你们外婆就病倒了，捂住胸窝狂咳不止，甚至咯出血团。她人缘好，寨人知道她生病后，找来各种各样的草药，让你们外公煎煮给她喝。

"她会病成这样，谁也想不到。平常她背着百把斤的背箩走路，你们外公都追不上。正因为这样，她初病的征兆被所有人忽略，到发现时病已经很重了。

"那天深夜，你们外公撕心裂肺地号啕大哭，你们外婆被盖上白布，停放在堂屋正中。我太小了，还不知道什么叫死亡，时不时从屋角的蚕豆堆里抓几颗，掀开白布往你们外婆嘴里喂……"

"阿妈真可怜，外婆早早就不在了，外公一个人把阿妈从小带大，真不容易。"娜芸感慨道。

"是啊，为了我，你们外公再也没找过其他女人。我这辈子最大的遗憾，就是没能好好孝敬他，总觉得以后还有时间，没想到，他也急匆匆地走了。"禾妮的泪水含在眼眶里，不停地打转转。

娜木做梦也没想到，自己很快也成了没有阿妈的人。

第十四章

娜木没跟施阳打招呼，背上儿子去了藤子箐村委会。

镇政府通往藤子箐村委会的盘山公路就是当初禾妮引资修建的那条，近期哀牢山区雨水多，几场暴雨之后，公路多处塌方，车辆暂时无法通行。

娜木背着儿子急急忙忙往山上爬，脚下的山路附着青苔，一个劲打滑，每迈一步都异常艰难。她咬紧牙关攀行了六个多钟头，终于在太阳落山时到达了藤子箐村委会。

鸟儿已经开始归巢了，村委会屋顶的烟囱里冒出青烟。娜木背着熟睡的儿子，从敞开的屋门望进去，火塘里的木柴燃得很旺，两个年轻人正在做晚饭。

"请问扶贫工作队在这儿吗？"娜木轻轻敲了两下门板。

"我们就是工作队的，你找谁？"稍高一点的年轻人走出来接待她。

"我叫娜木，是禾妮的女儿。"

"你就是禾队长的女儿？快请进！"年轻人热情地引她进屋，向她介绍说："我叫张猛，他叫李浩，都是禾队长带过的队员。"

"你俩真年轻啊。"

"我俩大学毕业后参加公务员招考，进了农牧局，组织上派我俩来跟禾队长学习。"李浩说，"来这儿的公路被暴雨浇塌了，车过不来，你是徒步翻山的吧？真是辛苦了。"

"要是禾队长还活着，塌方的公路早就修好了，哪会这么拖拖拉拉。"心直口快的张猛说。

"娜木姐，你洗把脸，先吃饭吧。"李浩看到娜木的神情，转了话题。

娜木应了一声，将熟睡的儿子放到床上，自己洗了脸出来，热腾腾的饭菜已经摆在桌上了。也许是太累太饿的缘故，这是娜木有生以来吃得最香的一顿饭。

张猛让出自己的房间给娜木和施同，自己和李浩挤在一张床上。

娜木看得出，两个年轻人对他们母子无微不至地照料，都是因为阿妈禾妮在他俩心目中有十分高的威望。

按理说，跋涉了大半天的娜木已经身心俱疲，头一挨枕就该香甜地睡去，可她偏偏睡不着。

屋顶的猫头鹰一声接一声悲戚戚地啼叫，山风吹得屋顶的茅草像一群疯狂争抢食物的野狗般呜呜低嗥，成群结队的老鼠在屋里窜来窜去。娜木毛骨悚然，拽起被子的一角捂住自己的头，心里想，阿妈能在这样恶劣的环境里坚持工作好几年，真是太了不起了。

天蒙蒙亮的时候，村子里渐渐有了人声。娜木见儿子睡得正香甜，便自己轻手轻脚地下了床，趴在窗子边往外望。夜里落了一场小雨，村巷的土道有些泥泞，烙下了几长串脚印。

娜木推开门走出屋，她落下的脚印很小，就像一只刚出生不久的小山羊踩的。她东张西望地穿过村巷，村民们有的趴在矮墙上，有的站在菜园篱笆墙后面，眼睛都紧紧地盯在她的脸上。

娜木举起手，笑眯眯地跟他们打招呼。她顺手摘下路边蓝紫色的小野花，把一朵斜插在自己的发卡上，其余的抛给离她最近的人们。

村民们有样学样，也摘下身旁的许多野花抛向娜木。娜木身上落满了花瓣，那曲线玲珑的高挑身材显得更加优美、更加灵动，步伐轻盈而有弹性。

一群女人跟在她身后，学她那种轻快柔软的步态。

"活脱脱又一个禾妮队长嘛。"有个女人说。

娜木停下脚，回身对那女人说："我叫娜木，是禾妮的女儿。"

"你和你阿妈长得真像。"女人一副夸奖的口气。

娜木回到村委会，儿子刚好醒来，娜木打了半盆热水，把儿子拉过来洗脸。

"娜木姐，吃饭了。"李浩叫他们。

吃过早饭，张猛背着施同，李浩在前面引路，带娜木去禾妮牺牲的地方。路上经过一排破破烂烂的瓦房，瓦沟里长满了叫不出名的小草，瓦楞上攀附着薄薄的青苔，椽子有点腐朽，要掉不掉地架在横木上。

孩子们朗朗的读书声从这排瓦房里传出来。

"这都快成危房了吧？在这里上课多危险呀。"娜木担心地说。

"禾队长牺牲前曾经说，打算筹钱重盖中心完小。"李浩回答。

"现在事情又耽搁下来，下一步不知道该怎么办。"张猛又补充了一句。

大窝塘村现在已经成了一片废墟，娜木一行人边走边唏嘘。

一堵断壁残垣前，有个女人带着个小女孩跪着哭泣。

李浩指着那边说："娜木姐，那就是禾队长牺牲的地方。这女人不知道是谁，她为什么带着女孩在这儿哭？"

张猛抢着回答："我认识，这女人是藤子箐村的香草，那是她女儿小红，禾队长对她们母女俩有救命之恩。"他把香草的事详详细细讲给娜木听。

"妈妈，小姐姐为什么跪在那里哭？"施同天真地问娜木。

"她想念外婆。外婆来过这儿，这儿有外婆的气息。"

"外婆来这里做什么？"

"外婆来这里扶贫。"

"妈妈，我也想念外婆，我也要来这里扶贫！"

"好，妈妈带你来扶贫！"

回县城后的第二天一早，娜木就找到阿舅陶玉章，跟他讲了自己在藤子箐村的见闻。陶玉章爽快地对她说："你阿妈是我小妹，你是我外甥女，一家人不说两家话。我们两家企业在藤子箐还有投资，假若你能去藤子箐接手你阿妈的工作，继续她没完成的事业，阿舅愿意给你二百万元盖学校。"

娜木从陶玉章那儿出来，又去县委找田川书记。

田川正坐在办公桌前批阅文件。娜木在办公室门上轻敲了两下："田书记，我找你汇报工作。"

"哦，是娜木同志，快请进。"田川让娜木坐下，又起身给她沏了杯茶。

娜木把她去藤子箐村的事详尽地汇报给田川，并表态说："田书记，我请求组织批准我到藤子箐村扶贫！"

"你接你阿妈的班，这是好事啊！县委正物色接任队长的人选，我让组织部研究后通知你。"田川很高兴娜木能主动站出来。

第二天，娜木就接到了县委组织部的通知。没想到，施阳看过通知后，一脸严肃地对她说："你是不是脑子有问题？孩子还那么小，你竟然丢下他，自顾自去扶贫？"

"我不会丢下他的，最多辛苦些，带着他去藤子箐。"

"你还要不要这个家了？"施阳大声吼道。

"你凶什么？"娜木的怒火一下子蹿上来，"我哪个时候跟你说过不要这个家？"

"你还要这个家，就好好当你的农科站站长！"

"施阳，我在书记面前表了态，不能食言！扶贫工作需要人，你不能这么自私！"

"我自私?！"施阳怒气冲冲地反问，"你要是这么想，明天我俩就去离婚，你不要和我这个自私的人绑在一起了，去无私地奉献吧！"

丈夫的话似一坨重重的铁块，砸在娜木身上，她整个人抖颤着，泪水像开闸的洪水般喷涌而出。

勒黑几乎没有时间悲痛，月亮田村纷繁的人和事，一次次把他拽到现实生活中来。

搓比的男人患骨癌，住了两个月的医院。就在上个礼拜，医生告诉搓比，病人挺不过十天了。一家人商量后，决定将病人带回家。

病人住院期间和回家后，勒黑和尤为民都去看望过他，但勒黑想得更多的是另一件事。据扎旺讲，村里现有的六个光棍汉知道搓比男人患癌的消息后，都排着队等待娶搓比，他们中年纪最大的五十二岁，最小的二十五岁，个个企盼着搓比这个"考官""录取"自己。勒黑听说这件事后，心里很难受，像压上了一块重重的石板。

这几年年轻人都外出打工，不回村子，特别是姑娘们，只要出去就嫁到外面，村里找不到老婆的光棍汉越来越多。这是普遍的社会问题，别说他一个小小的村支书，就算是向乡党委书记林白反映，林书记也只能感叹说："整个绿树林乡的光棍汉成倍增长，我这个书记也是束手无策啊！"

勒黑心想，现在是六个光棍汉排队，说不定明年后年有八个十个排队，自己能做些什么呢？

正是因为这样，当滑强和查凤双双找他帮忙时，即使他跟滑强父亲滑老三的关系糟糕，心头也不禁有一分窃喜。

滑强和查凤背着双方父母悄悄谈了一年多恋爱。为什么不让双方父母知道呢？原因是滑老三为了扩大自己家的田地，做手脚让查凤家的田塌方在自家田里，为这事，查凤的父亲查水和滑老三狠狠打了一架，结下了仇。两人在路上遇到时，活像两头对峙的公牛，用仇视的目光死死盯住彼此。

纸包不住火，查水察觉了女儿的事。虽然查凤死不承认，但查水还是给她放了狠话："你敢跟滑强好，就永远别再进我家门！"

查凤让滑强想办法。滑强知道，自己父亲和查水虽没什么深仇大恨，但如果自己贸然去向查水求亲，一定会被当场赶出来。

他思来想去，觉得需要找个德高望重的中间人做通查水的思想工作，而勒黑支书就是最合适的人选。尽管勒黑和滑老三的关系不太好，但他毕竟是支书，宰相肚里能撑船，他看着滑强长大，从来不迁怒在孩子身上，态度一直很和蔼，这个忙他肯定会帮。况且，勒黑在月亮田威信极高，是个说一不二的老领导，由他去说情，想必查水容易接受。

勒黑果然很痛快地答应了两个年轻人，当天晚上就进了查水家。

查水见支书来了，忙不迭地从火塘旁站起来，拎起烟筒换了水，再递给勒黑，用打火机帮他点燃。勒黑猛吸一口，等青烟从鼻孔里冒出来，便开门见山地问查水："查水哥，你知不知道查凤和滑强谈恋爱的事？"

"她敢？我打断她的腿！"

"查水哥，你脑筋太老了，年轻人谈恋爱，咱们老人最好少掺和。"

"她跟别的男人七恋八爱我都不管，跟滑老三的儿子就是不行！"

"同村邻舍的，难免有点磕磕碰碰，事情过去就不要计较了。你看我和滑老三不也没什么了嘛。"

"你是领导，心胸宽，对这个杂种做的缺德事可以放他一马，我做不到。"查水梗着脖子说，"查凤要是敢不听我的话，我就把她撵出家门！"

"我警告你，不能乱来啊！恋爱自由是《婚姻法》规定的。"

"她是我女儿，先得守我的规矩。"

"是你女儿咋了？"查凤原本躲在屋门外听，这时实在忍不住，冲了进来，"和谁恋爱是我自己的事？！"

"世上的男人死绝了，你偏要跟这杂种的儿子裹在一起？！"

"查水哥，老子是老子，儿子是儿子，你不能头发胡子一把抓。"勒黑劝说道。

"我一辈子都不想和这家人打交道！"查水气呼呼地说。

"由不得你，我非滑强不嫁！"查凤斩钉截铁。

恼羞成怒的查水从火塘里拽了根冒烟的柴头就要打查凤，勒黑连忙起身去拉住他，查水的妻子也冲出来，脑壳抵住查水的胸口，把他顶退了好几步："你先把我打死吧！"

查凤一溜烟逃走了，查水在她身后吼道："再看见你跟那杂种的儿子在一起，我两个人一块打！"

禾妮去世后，娜芸一度悲伤得没心情打理生意，幸好尤为民一次次地开导她，让她逐渐走出了悲痛，继续为自己的事业努力。这天，县扶贫办通知娜芸去商谈关于"月亮电商"平台的合作事宜，在去往县城的路上，她遇到了蓬头垢面的错木，于是停下车来问："阿叔，你要去哪里？"

目光呆滞的错木望着娜芸，只是一个劲地傻笑。娜芸明白他又犯病了，马上掉转车头将他送回月亮田。错木的瞎眼阿妈把儿子搂在怀里，痛哭不已。

"阿叔有点神志不清，别让他出门了，等我去县里办完事，再来看他。"娜芸拉住错木阿妈的手交代说。

到了县政府办公楼前，娜芸心里不禁打起了鼓，她还从没跟政府部门打过交道呢。犹豫一番后，她给尤为民去了电话，没多久他便赶过来，和娜芸一起跟扶贫办商谈，终于顺利地签订了合作条款。

两人高高兴兴地走出县政府办公楼，尤为民还有县里的会要开，在楼前就和娜芸分开了。娜芸望着尤为民的背影，心里浮起好多乱七八糟的念头，急切地想跟住在县城的好姐妹阿珍说说话。

娜芸在阿珍家住了两天才回月亮田，临行前她想起自己应承看望错木的事，于是从超市里买了衣服被子、米面油盐放到车上。

没想到，等她拎着东西进了错木家，错木阿妈却焦急地握住她的手："那天你刚走，我打个转身你阿叔就不见了。"

"别急，我请阿爸去找他。"娜芸急匆匆地给勒黑打电话："阿爸，错木叔三天没回家了，我们赶快分头去找一找。"

山鹰盘旋了几圈，朝远方的山影扑去。

勒黑在村子东边找了一圈，一无所获。他停下脚步想，错木会在什么地方呢，会不会又去了阿妹娜木芸的坟上？

娜木芸死了这么多年，勒黑有时还会梦见她，每梦见一次，心就像刀戳一般难受一次。娜木芸生前曾承诺给他买一只手表，去世前，她将自己积攒的钱交给耶努，要耶努替她完成心愿。如今耶努买来的手表已经走不动了，但勒黑还是用手帕把它包好，放在衣兜里，让它随时随地在他身边。

阿爸经常念叨，说娜木芸的死和错木的疯都是他虎头王的罪过，假如他不带着人在夜里追赶他俩，就不会发生这种惨事。他念叨一次，勒黑的心就在油锅里翻滚一次。唉，不管阿爸现在有多么后悔，都已经晚了。

娜木芸死了，可错木还活着受罪。他是个可怜的孩子，阿爸意外摔死十个月后，阿妈生下他，一个人含辛茹苦把他拉扯大，没有再嫁人，眼睛都累瞎了。

错木为人特别善良。寨子里的孤寡老人没柴烧，他上山砍来树枝送到老人家里。哪家缺少劳力，错木就帮哪家挖地、种菜、放牲口，什么活都干。

有一次，错木上山挖山药，听见从不远处传来牧羊小孩的惨叫声。他知道这地方常有山豹子出没，便拎着锄头循声跑过去，只见山豹子咬住小孩的一条腿往草棵里拖。错木抡起锄头赶走山豹子，救下了小孩。

还有一次，寨里一个即将生产的孕妇到地里栽洋芋，错木挑着柴担路过时，见她抱住肚子疼得大声呻吟，赶紧扔下柴担，抱起她不顾一切地往寨里跑。

娜木芸就是被他这种助人为乐的优秀品格打动了芳心。可惜甜甜美美的一段佳话，最后酿成了一出惨剧。错木刑满出狱回到太阳地，发现娜木芸变成了一堆坟土，精神完全崩溃了。

勒黑和禾大夫把错木送进昆明的大医院，后来医生说错木可以出院了，然而他回到太阳地做的第一件事，就是跑到娜木芸坟前喝酒，希望用酒浇灭自己心中的痛苦。这样过了没多久，他的病就复发了，禾大夫再次把他送到昆明。此后错木的病一直时好时坏，全靠村民帮忙照顾他家。

勒黑火烧火燎地来到娜木芸坟前，果然看见错木仰面躺在坟堆上，两只眼睛望着空蒙蒙的天，颤抖的嘴唇里断断续续迸着胡话。他裸露的左腿肿得像只长气球，脚板腐烂生蛆，上面爬满了绿头苍蝇，一群蚂蚁也在他脚板的腐肉上爬来爬去，看得勒黑心惊胆战，心想得赶快送错木去医院，晚了只怕他就没命了。

勒黑拨通了扎旺的电话，让他快点来帮忙，然后去扶错木起身。可是错木拼命扭动着身子躲避，嘴里不停地大喊："娜木芸！娜木芸！"他的双臂疯狂地挥舞，一只小鸟从那破烂的袖管里飞出，低低地盘旋了几圈，最后歇在错木的头上，用尖尖的嘴壳一点一点梳理错木乱糟糟的头发。

"她回来了，我的娜木芸回来了！"错木似哭又似笑地低语。

看着错木这副凄惨的样子，勒黑实在无法控制住自己，伤感的泪水流了满脸。他伸手摸摸错木的额头，烫得像燃烧的火炭。病情严重，一分钟也不能耽误了，勒黑用独臂使劲把错木挪到背上箍住。

小鸟飞起来，错木望着它飞远，在勒黑背上无力地悲呼："娜木芸……娜木芸……"

勒黑背着错木往山下赶，半路扎旺追上来，接过他背上的错木。错木在扎旺的背上仍然时高时低地叫喊，声音在山谷里回荡。那小鸟似乎认得出错木的声音，在半空中一头扎下来，又落回错木头上。

错木见小鸟回来了，逐渐安静下来。是啊，从小鸟出窝那天起，错木就将它捉来精心照料，小鸟长大了，把他当成最亲的人，亦步亦趋地跟随着他。错木也把小鸟视为娜木芸的化身，和它形影不离。有一次，小鸟受到惊吓，飞远了，半个月后才找回村子，人和鸟重逢的那一刻，都是欣喜若狂。

一只苍鹰在他们头顶盘旋，无疑是发现了错木头上的好猎物。可它不敢轻举妄动，因为猎物有两个忠诚的朋友护卫在身边。

平山县医院掩隐在绿树丛中，阳光穿破绿叶，投射在洁白的山墙上，亮得人眼睛发疼。

勒黑和扎旺坐在急诊室门外的条凳上，焦急地等待着禾大夫的消息。大概半小时后，急诊室的门开了，穿着白大褂的禾大夫匆匆走出来，神情凝重地向他们说："错木的腿必须截肢，才能保住性命，得立即通知他的家人来医院签字动手术。"

"错木阿妈眼睛看不见，签不了字，我来代签行吗？"

"不行，必须要亲属同意才能做手术。"

勒黑想了片刻，给耶努打了个电话，让她找几个人赶紧把错木阿妈送来医院。挂断电话后，他又不安地向禾大夫确认："阿哥，错木真的有生命危险吗？"

"我不是危言耸听，如果不尽快截肢，他肯定会没命的！等他阿妈一签完字，我就做手术。"

"阿哥，还有件事，你知道娜木打算接她阿妈的班，到藤子箐扶贫吗？”

"知道，施阳还来找我，让我劝劝她，我说既然她有这个愿望，就遂她的意吧。"

"唉，毕竟孩子还小。"

"孩子的事总会有办法，再说，我们这些人都能帮把手。"

夜空湛蓝湛蓝的，繁星闪烁。蝙蝠在路灯的光晕里穿梭，张着毛茸茸的嘴巴扑食飞虫。

耶努、石三子和青木陪着错木阿妈到了医院。错木阿妈形容憔悴，脸颊瘦得脱了形，打褶的皮肤松垮垮地挂在高高的颧骨上。她一见禾大夫就泪流满面地哀求："禾大夫，求你救救我儿！"

"老人家，你儿子的腿已经坏死了，必须截肢才能保住他的性命，你同不同意给他截肢，就是切断一条腿？"

"切断一条腿？没有其他法子了吗？"错木阿妈被吓到了。

"老人家，只有这个法子可以保住他的命。"

"那就做嘛，我只要我儿子活着！"错木阿妈一边抹眼泪，一边按下手印。

"立即手术！"禾大夫吩咐身旁的护士。

昏迷中的错木觉得自己的身子在下沉，有人往他的嘴里喂水。他记不清自己几天没喝水了，只觉得全身的每个细胞都干得马上要燃烧起来。他贪婪地吞咽着那清凉甘甜的水滴，很想睁开眼睛看看喂他水的人，但努力了多次，眼睛都像是被胶粘住，根本睁不开。渐渐地，他觉得自己飘到了白云上，太阳的热流漫过他的身体，冲洗着他身上的污垢，他很开心，双手采了许多云团，在自己全身上下搓揉。终于，他累得搓不动了，洗净的身子薄得像一张纸，挂在天幕上。这时他感到一阵剧痛袭来，低下头一看，有几只豺狼正在撕咬他的大腿，并且拖着他往地狱里钻，越来越深，越来越阴森恐怖。他双手乱抓，绝望地叫喊起来："娜木芸，救我！"

有光射在他的眼皮上，他轻轻活动一下身体，腿部刀砍一般地疼痛。他大声呻吟起来。

"错木！"

"错木！"

……

错木听清了，很多人在喊他，豺狼被这喊声吓跑了。这喊声鼓励他走出地狱，重见光明。于是，他伏在冰凉潮湿的地上，一寸寸向前挪动，终于，一线白光出现在眼前。

错木睁开眼睛，看见许多微笑的面孔。

"娜木芸！"错木大喊一声，伸手紧紧拽住站在床边的娜芸，"娜木芸，你不要离开我，不要离开我！"他苍白的脸上全是泪水。

"阿叔，我是娜芸。"娜芸轻声说。

"不，你是娜木芸，你终于回来了！"错木将娜芸的手拽得更紧了。

"阿叔，我真的不是小嬢，我是她的侄女娜芸。"

错木仔仔细细地打量娜芸。娜木芸刘海下有一小块疤，娜芸没有，她真不是娜木芸。错木失望地松开了手，灰暗呆滞的目光扫视了一圈。

"儿，我是哪个？"

"是阿妈。"

"错木，我是谁？"

"尤队长。"

"那我呢？"

"禾大夫。"

"还有我。"

"勒黑阿哥。"

"看看我。"

"耶努。"

……

"错木的神志完全清醒了,各项体征也平稳,大家心上的石头可以落地了。"禾大夫满意地微笑着。

他的话音刚落,就见错木双手在空瘪的被子上乱摸,像只山豹子般地吼叫起来:"我的腿!我的腿哪儿去了?"

错木撕心裂肺的叫喊让所有人脸上的微笑全僵住了,大家不知道该用什么话语来安慰他。

小鸟听到错木的叫声,一支箭似的从窗外的树梢飞进病房,歇落在错木的头上,尖尖的嘴壳在错木蓬乱的头发里啄来啄去。

"娜木芸,别离开我!"错木将手伸过去,小鸟跳上错木的手掌,唧啾声凄婉哀伤。

错木亲吻着小鸟:"娜木芸,别走,别走,我爱你!"

错木阿妈见儿子这副样子,满是沟壑的老脸皱成一团,干瘪的嘴唇像挂在树枝上的黄叶随风颤抖,一遍又一遍地念叨:"造孽啊!造孽!"

"别难过了,错木能挺过这关就好。现在他能认清我们每个人,说明他的意识已经清醒了,这是大喜事。"尤为民劝慰她。

"禾大夫,我要给你磕个头!"耶努扑通一下跪倒在禾大夫面前。

"你这是怎么了?快起来!"禾大夫赶紧拉她起来。

"那年我生了和错木一样的病,是禾大夫你把我送去昆明的大医院,多谢你呀!病治好后没再复发过,比起错木,我还是幸运的。"耶努心有余悸地说。

"原来是触景生情。你现在过得是挺好,和扎旺恩恩爱爱,还生了两个儿子。"禾大夫也觉得很安慰。

"唉,有儿子等于没有,年打年见不着影子!"耶努的情绪低落下来,蹙着眉头长一声短一声地叹气。

"我家的大儿子扎河在福建工作，前年回了一趟家。二儿子扎石大学毕业后留湖南工作，两年没回家了。"扎旺对禾大夫解释。

"两个儿子都这么有出息，耶努，如果我是你，睡着都会笑醒的。"禾大夫劝慰耶努。

"禾大夫，你们男人不懂。"耶努不以为然。

禾大夫长叹一声："你说得对，我们男人是不懂女人心。禾园大学毕业后在上海工作，本来你们阿嫂和我都已经退休了，该颐养天年了，禾园也多次喊我俩到上海同她一起生活，彼此有个照应。可你们阿嫂非但不同意，还说我是医院最优秀的外科大夫，应该把医术贡献给山区人民，撵着我回单位工作。不懂，我们男人确实不懂女人。"他感慨了一番，又问尤为民："尤队长，扶贫政策我不懂，现在错木的家庭这样困难，能得到政策怎样的扶持？"

"像错木这样的病残家庭，我们扶贫工作队除了帮他落实'两不愁、三保障'外，还会采取一些措施，对他进行长期帮扶。好在当年勒黑支书开梯田时就成立了互助组，这么多年来，互助组一直发挥着重要作用，帮扶村里最底层的特困家庭。"尤为民详尽地回答道。

"对错木这样的特殊家庭，不单要经济扶贫，更需要人文关怀。简单地说，就是让他们自己学得一技之长，活得有价值有尊严，这才是根本。"禾大夫郑重其事地说。

"你说得对。我们扶贫，不单是经济的扶贫，更多的是精神的扶贫。精神贫困比物质贫困更可怕，它使人意志消沉，失去向贫困命运挑战的动力，甚至会使人在短暂脱贫后再度返贫，不可不警惕。我们工作队已经把这点提到今后工作的首要地位。"

"如果所有驻村干部都像尤队长一样踏实肯干爱思考，全民脱贫的目标一定能实现。"

"谢谢禾大夫的鼓励。边疆各少数民族同胞实现脱贫，这是中央给我们下的硬指标，必须完成！”

"尤队长，苦聪人属直过民族，它本身的社会经济发展和其他民族相比有一定距离，要让他们和其他民族一齐脱贫，你肩上的担子重啊！"

"肩上有这副担子，心里就有这份责任！就算赴汤蹈火，也要让苦聪同胞和其他民族同步脱贫。"

"革命导师列宁曾经说过，会休息的人才会工作。尤队长，党培养一个干部不容易，你一定要做到张弛有度、劳逸结合，千万别来医院找我。"

"我一定牢记禾大夫的嘱咐，争取不为自己来医院。"

"要信守承诺哟。"禾大夫笑着说。

第十五章

雾气弥漫在梯田里，一群水鸟簇拥着争抢田里的小鱼。

田水清澈得像世界的眼睛，眼睛一眨，枯草变成青草，死蛙变成活蛙。

娜芸彻底活了过来。卖茶叶赚得的钱还清了欠款和贷款，买了皮卡车，"月亮电商"平台把平山县的农特产品推销到全国各地。她打算拿出一部分利润，资助月亮田和藤子箐两个村子的残疾家庭孩子读书。

眼下她心里只有一点隐隐的担忧，那就是她和尤为民的将来。阿爷和阿爸都对她说，不要总围着尤为民转，毕竟他是她的"阿叔"。尤为民也一口一个"小刺猬"，把她当孩子。可她心中那颗爱的种子已经发了芽，尤为民就像块磁铁，紧紧吸引住她的目光。

那次她下乡调研各村"月亮电商"平台的使用情况，路上不小心摔了一跤，小腿骨折。想来想去，她只给尤为民打了电话，尤为民开车赶来，送她到县中医院住院。

娜芸嘱咐尤为民，她住院的事不要告诉她的家人，她自己能应付，不用他们操心费力。尤为民信守承诺，没有告诉阿爸他们，但在她住院期间，他每天送早点到医院，下班后来给她打饭，陪她一起吃饭，还帮她打水，牵她上厕所……同病房的人说她有个好父亲，她只是笑笑，没跟病友解释。从年龄上说，尤为民只比阿爸小三岁，和阿妈同岁，确实算她的父辈，但她从没把他当长辈看。到底是什么原因，她也没想过，反正她从小就跟尤为民亲，相处得随意自在，大概这就叫缘分吧。他长住她家那阵，她还小，他一会儿逗她哭，一会儿逗她笑。她长大了，他拿她逗乐的脾性一点不改，不管有人无人总喊她"小刺猬"，她也很喜欢他这样称呼。风风雨雨几十年过去，只要两人碰到一起，总有说不完的话，互相掐，互相揭短开玩笑，从没产生过什么隔阂。

那些年尤为民生活艰辛，妻子患病长年住院，儿子在昆明读大学，他微薄的工资既要开销妻子的医药费又要供儿子读书，到月底几乎分文不剩。妻子病逝后，他的经济负担减轻了些，但作为一个善良有担当的男人，只要听说谁遇到困难，他就毫不犹豫地帮忙。耶努阿婶说，当年她的儿子扎石和查水的儿子查树都考上了大学，却没钱去上，尤为民知道后，拿出了两万块钱，让两个孩子顺利地上了大学。这两万块在当时来说是个相当大的数目，如果是他向别人借的，以他的收入不知道要节衣缩食多久。这件事让娜芸第一次对他产生了敬仰之情。

尤为民还是个胸怀宽广的男人。她亲眼看见滑老三将唾沫吐到他脸上，如果是别的男人，早将滑老三打翻在地了，他却丝毫也不计较。还有，他为她担保贷款，在她生意失败后几次三番地鼓励她。她能有今天的成功，一多半来自尤为民的支持与帮助。他在她心中的位置越来越重要，她越来越依赖他，越来越离不开他，如果这都不是爱，还有什么是爱？

娜芸哼着歌跨进家门，阿爸阴沉着脸，劈头一句话："尤为民被纪委的人喊走了！"

"不可能！"娜芸如遭晴天霹雳。

"是真的，县里都传遍了。"

　　她没来得及和阿爸多说几句话，赶紧四处打电话探听消息。有人告诉她，当初承包绿树林乡到月亮田公路工程的老板偷偷塞到尤为民包里两万块钱，现在那老板因为其他经济问题被抓，牵出当年的事，老板一口咬定尤为民收了钱。纪委找尤为民谈话，尤为民不认，说是发现后找个没人的时候还给老板了。可是那个时间点刚好是他拿出两万块钱资助扎石和查树上学的时候，这下尤为民浑身长嘴也说不清了。

　　娜芸立刻开车去尤为民在县里的家。她在门口等了半天，才见尤为民垂着头慢慢走来。她一阵心疼，上前抓住了他的胳膊。

　　"小刺猬，你怎么在这儿？"

　　"在我面前还装没事？老尤，那钱我帮你退还，哪怕还个十万八万的，只要你不受处分就好！"

　　尤为民的神情严肃："连你也不相信我吗？在你心目中，我就是那种受贿的人吗？"

　　"可当时扎石和查树急需用钱……"娜芸委屈地噘着小嘴。

　　"给他们的两万元，是我向一个在广东做生意的朋友借的。这么多年了，我和那个朋友失去了联系，一时找不到他来作证。这些我都跟纪委的人说了。"

　　"真的？"

　　"你怀疑我的人品，我要跟你绝交！"尤为民假装生气。

　　娜芸情急之下当了真："绝对不行！我要永永远远陪着你，一辈子也不分开！"

　　尤为民愣住了："这种玩笑不能随便开。"

　　"谁跟你开玩笑？我是认真的！"

　　"你难道不知道，我才小你阿爸三岁？"

　　"我心甘情愿。"

　　"小刺猬……"尤为民皱着眉头，说不出话来。

"你觉得我配不上你？"

"当然不是，你这么漂亮可爱，是我配不上你。"

"我说配得上就配得上！"

"你阿爷……"

"阿爷那里用不着你担心。"

"你阿爸……"

"我家人那边都由我去说，你只管安安心心和我在一起。"

"可工作队有纪律……"

"啥纪律，单身男女不准恋爱结婚？"

"月亮田的人会怎么看？"

"我俩过日子，跟他们有啥关系。"

"我是扶贫工作队队长，得注意影响。"

"什么影响？无非你年龄比我大一点，怕别人议论你老牛吃嫩草，老尤，我娜芸也不是天真不懂事的小姑娘了，结过婚，生过孩子。你当官，我从商，我俩这叫门当户对。我是你看着长大的，脾性什么样你心里清楚，不是我嫁不出去要高攀你，追我的男人多的是，但我心里只有你。"

"小刺猬，你年轻、漂亮又能干，我真的配不上你，你应该选个比我更优秀的男人。"

"你说真心话！"

"要说我不喜欢你，那是假话。"

"老尤，不是我说你，这把年纪了连自己心爱的女人都不敢爱，活得多窝囊！"

"前一阵你阿姐还从藤子箐给我打了个电话。"

"她说什么？"

"问我是不是跟你好。"

"你咋回答的？"

"我说当然不是。"

"下次她再打电话，你就说已经好上了。"

"这行吗？"

"有什么不行的？"

尤为民还想说话，娜芸一伸手捂住他的嘴："山藤缠住大树，难解难分了。"

缭绕的白雾纱系住蓝紫色的群峰，把它们亲密地连在一起。

娜木作为县委扶贫工作队队长，到藤子箐已经有一段时间了。这天正值采花节，整个村委会驻地村热闹非凡。

所谓采花节，就是让青年男女相识相恋的节日。村外不远处的草场上，芦笙手吹响芦笙，青年男女们手牵着手，围成一个大圆圈，一双双脚杆织成密匝匝的篱笆，跟随着音乐的节奏边舞边唱。歌声飞上九霄云，舞步撼动八隅土。

娜木被一个姑娘拉进舞圈，她随着其他人的舞步跃动，跳得大汗淋漓，心里感到无比的痛快。

拉住娜木手的小伙子身子一俯一仰，放声唱道：

> 刺梨树上那朵花，
> 小哥想去摘了它，
> 伸手就被刺戳着，
> 弄得小哥鬼火冒。

小伙子对面的姑娘应和：

> 刺梨树上那朵花，

小哥没胆去摘它，

不是花朵不爱你，

是你个矮够不着。

唱着唱着，姑娘们散飞进林荫，小伙子们像野鹿闻到泉水的气息一般，纷纷追逐而去。林草中到处响起银铃般的嬉笑声。

娜木独自留在草地上，一片阴霾渐渐笼罩在她的心头。那天她和施阳为来藤子箐扶贫的事吵得不可开交，要不是医院紧急叫他去给车祸伤者动手术，说不定他俩已经去民政局办理离婚手续了。

趁施阳在医院，娜木简单收拾了东西，暂时把施同托付给虎头王，自个儿悄无声息地来了藤子箐。然而她心中的郁闷始终像浓雾一样无法消散，结婚四年了，她从没发现施阳竟是这般固执又不通情理。

施阳是禾大夫的弟子，禾大夫退休后，他接班当了平山县医院院长。她跟施阳谈恋爱，还是禾大夫牵的线。相识没多久，施阳就邀她去温泉泡澡。她是个旱鸭子，走进浴池时高兴得没看脚下，结果绊了一跤，呛了几口水，幸好一双有力的臂膀将她托了起来，她连惊带吓，倒在施阳怀里。还有一次，她在农科站的苗圃里嫁接果树，一条毛虫掉进她的衣领，扎得皮肉火辣辣地疼，还鼓起许多小燎泡。她脱去外衣，用一根枝条扫下脖颈上的毛虫。施阳就在那个时候进的苗圃，双手扶住她的肩，嘴凑在那些小燎泡上轻轻舔舐，又问她："还疼吗？"让她的脸涨得通红。

半年后两人就结婚了。一晃四年过去，他们是亲友和同事眼中的模范夫妻。现在这段婚姻能不能维持下去，她心里一点底都没有，整个人痛苦得像是被车轮碾碎了。

私事归私事，不能影响工作，娜木很明白这一点。为了掌握每个自然村的情况，她在村支书易达的陪同下，率着张猛和李浩，按照禾妮生前的规划深入各个自然村，对建档立卡户逐一摸底，落实脱贫方案，对那些村容村貌没整治好的自然村，继续督查促进。

这天，一行人去了最偏远的老鹰寨。山道又窄又陡，娜木下山时不小心崴了脚，张猛和李浩搀扶着一瘸一拐的她回到村委会，易达采来草药捣碎，敷在她红肿的脚踝上。

天色渐渐黯淡。娜木坐在木墩上休息，却似乎听到儿子施同叫妈妈的声音，眼泪一下子夺眶而出。

"队长，很疼吗？"张猛见她落了泪，急忙问道。

"不是，是我想儿子了。"娜木摇摇头。

李浩突然说："你们听，有小孩在叫妈妈，口音不像咱们村的。"

"是大家都产生幻觉了吗？"娜木拍着额头，想把那虚幻的声音拍走。

"妈妈！"叫声响亮清晰。

娜木循声望去，是施阳带着施同一起跨进了门槛。

"儿子！"娜木大喊一声。施同小跑着冲过来，一下扑进娜木怀里，用稚嫩的童声撒着娇："妈妈，我好想你！"

"妈妈也想你！"娜木不停地亲吻儿子的面颊。

张猛和李浩见状，悄悄地躲了出去，把屋子留给这一家三口。

施阳见娜木满脸憔悴，心疼地埋怨道："把自己搞成这个样子，真不明白你图个啥！赶紧打报告要求回县里吧，儿子天天哭着找妈妈。"

娜木不吱声，泪水全蹭到了儿子的脸上。

"妈妈别哭，我爱妈妈。"施同像个小大人似的，伸出小手擦拭娜木的眼角。

施阳瞧见娜木裸露的脚踝，蹲下身，很专业地摸了摸，说："是踝骨错位，你忍着点，我来把它复位。"他的手指捏住错位处，使劲一按，娜木疼得啊的一声大叫，叫过之后，脚踝的疼痛竟然奇迹般地减轻了。

一阵微弱的哭喊声传进屋来，娜木侧耳听了听，说："好像是村组长白贺家，不知道出什么事了，我得去看看。"

"刚给你复位完，你坐着别动，我过去看看。"施阳又拍拍儿子的小屁股，说："儿子，看好你妈妈，别让她乱动。"

施阳循声走进白贺家，看见一个双目紧闭、脸色铁青的小男孩躺在一个年轻妇女的怀里，一家人围着他们失声痛哭。

"快把孩子给我！"施阳边说边伸手去抱孩子。

"你是哪个？"白贺睁大泪眼，仔细端详他。

"我是县医院的大夫，还是你们娜木队长的丈夫。"

"大夫，孩子嗓子里卡了颗蚕豆。"白贺听说来人是娜木的丈夫，才放心把孩子交过去。

施阳双手搂住孩子的腹部，膝盖抵住他的后背，使劲一顶，孩子哇的一声吐出了一颗蚕豆，大哭起来。

"谢谢大夫救了我孙子一命！一年前李老三的儿子也是被蚕豆卡住嗓子，活活憋死了。要不是娜木队长来了我们藤子箐，你又来看她，我孙子这条命肯定保不住，你们夫妻俩都是我家的大恩人！"白贺扑通一下跪在施阳面前，要给他磕头。

"你千万别这样，快起来！我还得再给孩子检查一下呢。"施阳赶紧把白贺拉起来。

做完检查，施阳看着这个和儿子差不多大的小男孩微笑："还好救得及时，否则脑缺氧的时间过长，孩子会憋掉呢。"

"大夫，今晚你和娜木队长一定要来我家吃饭。"

"娜木脚崴了，走不动，饭就免了。"

"这顿饭必须得吃，就算是抬我们也要把娜木队长抬来！"白贺转身吩咐儿子和儿媳妇："你俩快去准备。"

白贺儿子从鸡笼里抓出一只大母鸡，施阳赶紧阻拦："这是下蛋的母鸡，不能杀！"

"一定得杀！我去把娜木队长、小张和小李都喊来，大家好好聚一聚。"白贺拉着施阳兴高采烈地出了家门。

娜木他们终究还是没拗过白贺的好意，被他一股脑全领回了家。张猛和李浩走在前面，施阳背着娜木、拉着儿子跟在后面，一跨进白贺家院子，鸡肉的浓香就扑鼻而来，施同拉了几下娜木的衣角，说："妈妈，我要吃肉！"

白贺进厨房盛了一碗鸡肉，出来递给娜木："给孩子先吃吧。"

"让他等会儿和大家一起吃。"娜木推让道。

"孩子肚子饿了，等不及，让他先吃吧。"白贺将碗筷塞进娜木手里，自己拉了个凳子坐在他们夫妻俩对面，滔滔不绝地说："禾队长生前为藤子箐的老百姓做了数不清的好事，特别是修通了去镇上的公路，实现了藤子箐人祖祖辈辈的梦想。香草被抓那阵子，禾队长忙前忙后，照顾她家的瞎眼老人，她女儿小红手臂断了，要做手术，禾队长还抽时间去陪护。村里哪个病了，禾队长亲自上门治病，从不收病人的半分钱。杨林的老婆生孩子，禾队长发着高烧给她接生，孩子一落地，禾队长就倒在地上昏了过去。大窝塘村那个赖三死不搬迁，禾队长跑了五趟去做工作，都没有做通。那天下暴雨，禾队长担心赖三一家人的安危，第六次去大窝塘，没想到……"

娜木忍不住抽泣起来，在场的所有人都和她一起落泪，连两个小男孩也咧开嘴哭起来。

晚饭后，施阳背着娜木回到住处，思量了半天，终于下定决心对娜木说："白组长的话给了我很大震撼，过去是我太自私，只想着小家庭。你安心在这里工作吧，以后我两星期带儿子来一次，希望也能为扶贫做点事。"

娜木望了施阳一会儿，纵身扑到他怀里，紧紧地拥抱住他。

一只野鸡带着两只小鸡崽，从一片密不透风的灌木中钻出来，在坡地的草丛里找虫子吃。看见虎头王拄着竹棍慢慢走来，它们又迅速钻回灌木丛。

虎头王走到太阳地的大核桃树下，望着被泥石流拉走了一角的寨子，很是后怕。那一角住着八九户人家，假如不是老县长有先见之明，把寨人迁到了月亮田，寨里不知要添多少冤鬼。千谢万谢，得谢老县长这颗亮太阳。

那次连着下了十天的雨，太阳地背后的大山发出一声天崩地裂的暴响，泥石流狂卷而下，寨子被毁了一角，神树和先祖坟茔却完好无损。虎头王坚信是神树庇佑了先祖的坟茔。打那以后，他回太阳地的次数越来越多，跪在神树下祈告的时间也越来越长。

今天虎头王来太阳地，目的只有一个：祈求神灵帮忙，将他的孙女娜芸和尤为民剥开。他一瘸一拐地挪到神树下，林子里起了小风，贴在神树上的禽毛兽毛颤颤地扇动。他觉得这是神灵降临，准备答允他的请求。

他嘱咐过娜芸离尤为民远些，娜芸回答说她会处理好自己的事。然而昨天扎旺阿爸跑来告诉他，自己亲眼看见娜芸牵着尤为民的手逛马路。这下证实了他和勒黑之前隐隐约约的猜想。

不该发生的事终于发生了，他该怎么办呢？强行阻止娜芸？女儿娜木芸和错木的事教训深刻。听之任之？娜芸以前在婚姻上已经错了一次，不能让她一错再错。

虎头王为难极了。两个孙女都是他的心头肉，他就是不明白，同是一对父母所生，姐妹俩的性格为何截然不同？姐姐娜木自小就乖巧、细心、体贴，说话办事从不得罪人，性格温柔得像一潭春水。妹妹娜芸则大大咧咧，任性而为不计后果，性格直率得像一筒爆竹。如今这惹事鬼又丢给他虎头王一个大难题，简直让他束手无策。

虎头王跪在神树前虔诚地祈告："至尊至上的神灵，祈望你开导娜芸，让她热昏了的脑壳清醒过来，只把尤为民当作她的阿叔……"

他跪拜完毕，蹒跚着往回走，一路上不停地叹气。说实话，他非常喜欢尤为民这个后辈。当年尤为民作为县委搬迁工作队队长进驻太阳地，就住在他家，这小伙子开朗又健谈，时间长了，他们全家都对尤为民的身世清清楚楚。

尤为民五岁时，父亲帮邮电局抬电杆，因山高坡陡，不小心滑了一跤，被电杆冲死了。他的母亲体弱多病，没有工作，家里的生活顿时陷入极度贫困，吃了上顿没下顿，尤为民常常饿得发晕。一天，他看到一个挑着熟红薯的小贩，就趁着小贩和顾客收钱交货时，以迅雷不及掩耳之势把手伸进箩筐，摸出两个红薯塞进衣袋，掉头就跑。

"抓小偷！快来抓小偷！"小贩大喊大叫着追来。尤为民跑出一段路，见前方山墙上斜靠着一堆包谷秆，便像只小松鼠似的，哧溜一下钻进包谷秆里躲了起来。

追过来的小贩看不到尤为民的踪影，骂骂咧咧地走了。

尤为民狼吞虎咽地吃了一个红薯，另一个带回家给母亲。母亲接过红薯，问是哪里来的。尤为民从不对母亲说谎，于是吞吞吐吐地交代了偷红薯的事。母亲顺手拽了根细竹棍，劈头盖脸地抽他，他就直挺挺地立着，任凭母亲抽打。打完了，母亲一把将尤为民搂在怀里，号啕大哭："儿子，偷东西是最可耻的事，咱们母子哪怕饿死，也不能偷别人的东西吃！"

"妈，我错了，我再也不偷东西了。"尤为民抹着眼泪向母亲认错。

尤为民十七岁那年，母亲病逝，他成了个无依无靠的孤儿。正值地方在征兵，村长见他可怜，把他送到了乡武装部。顺利地通过体检后，尤为民正式入伍，在部队待了七年，年年被评为优秀，还入了党。部队领导把他作为重点培养对象，他从班长升为排长，又升为副连长，从副连长的位置上转业到平山县农业局任副局长，再被派到太阳地负责搬迁工作。

虎头王觉得有点对不起尤为民，一个老婆死了好几年的男人，想再找个知冷知热的女人过日子，有什么错？可千不该万不该，他不该招惹娜芸。他虎头王绝对不允许一个和自己儿子一般大的男人当自己的孙女婿。

尤为民和勒黑去走访茅风寨的建档立卡户张二贵家，和他商量养牛的事。等说完话，已经是下午六点钟了，村组长徐汇要留他俩吃饭，尤为民说扶贫工作队有纪律，不能在工作地点吃饭，又和勒黑走了一个多小时的山路回月亮田。

一路上两人说说笑笑，走得很轻松。闲谈中勒黑提到了滑强和查风的事，欣慰地说，经过自己几次三番做思想工作，查水终于松了口，不再阻挠两个年轻人恋爱了。

尤为民竖起大拇指夸奖勒黑，突然又扑哧一笑，问他还记不记得那年批评查水超生的事。勒黑笑着说："咋不记得？那时真是两头作难，一边要照顾困难户，一边要执行计划生育政策。我跟查水谈过好多次，要他不要再生孩子了，可他就是不听，一定要再生个儿子。最后一次，我还是约上你一起去的。"

那次勒黑和尤为民走进查水家，只见他们全家围坐在火塘旁，眼睛直勾勾地盯着土锅里煮着的野菜糊糊。查水的四个孩子都饿得面黄肌瘦。

"没吃饭呢？"勒黑问垂头丧气的查水。

"村长，这日子不知道啥时候熬到头，家里剩的一点玉米面全在土锅里了。"查水的妻子满面愁容。

"阿嫂，刚好乡里来了通知，说国家的救济粮下来了，但因为山路塌方，运粮的马帮进不了太阳地，要求各家各户到乡粮管所把自己的救济粮背回来，我就是来通知查水哥明天和我一起去背粮的。"

"村长，你不用去了，你家的我帮你背回来。"查水听说有粮了，立刻精神抖擞。

"我是去帮错木家背的。"

"那你家的让哪个背？"

"我家的不用背。"

"不背粮你家吃什么？"查水盯住勒黑问。

勒黑发觉自己说漏了嘴，连忙补救："我家还有吃的呢。"

"哄人！每次发救济粮你都是把自家的份分给别人，自己只拿一点。这次你要和我一起去背粮，肯定是多分给我了。"

"你家困难大嘛。"

"村长，每次分粮我们家都靠别人接济，我这心里要多难受有多难受。"查水惭愧得流下泪来。

"查水，你家这么困难，是什么原因造成的，你想过吗？"尤为民问查水。

"因为孩子多。"查水低下头。

"原来你也知道啊！"尤为民故作惊诧。

"尤队长，我再生个带把的就不生了。"

"你不是有儿子了吗？"

"一个儿子太单薄了，还得再要一个。"

"现在这个时代，男孩女孩都一样，好多家庭就两个孩子，生活过得多轻松，你还是别生了。"尤为民语重心长地劝查水，"三朵鲜花，一朵比一朵漂亮，还有个带把犁地的，别人都羡慕死了，你还不知足。"

"再要个带把的就够了。"

"查水，别死脑筋了，先想想怎么把四个孩子养好吧。如果你不听我的劝，还要生，我就让勒黑村长扣你的救济粮。"尤为民的口气变得硬邦邦的。

"尤队长，我一挨着婆娘就忍不住了。"

尤为民哈哈大笑，勒黑也忍不住偷笑。

"这有什么好笑的，我说的是大实话。"

"你忍着点。"尤为民勉强板起面孔。

"你教教我咋个忍法。"

"我咋晓得。"

"尤队长，你也是男人，真的难忍啊！"

"难忍也得忍，再生出孩子来，我就真让勒黑村长扣你家的救济粮了。"

"村长，有没有只高兴不生孩子的办法？"查水转头问勒黑。

"有！明天我带你到乡卫生院领东西。"勒黑也做出一副严肃的样子。

"那东西咋用？"

"医生会教你的。"

"用那东西舒服吗？"

"我没用过咋晓得。"

"国家的本事真大，这种东西都造得出来。村长，我一定用它好好管住自己。"

......

眼看要到月亮田了，勒黑让尤为民到自家吃饭，尤为民犹豫了一会儿，竟然拒绝了。勒黑觉得有点奇怪，平时就算他不提，尤为民也会主动来家里吃饭，完全不把自己当外人，今天为什么这么反常呢？

入冬了，寒风在突兀的群峰中徜徉，难得的阳光落在叶片上，花壳虫慵懒地趴伏在上面，长长的触角一颤一颤，悠闲自得地晒太阳。

娜木入乡随俗，买了套村民们最爱穿的绿色迷彩服套在身上，让张猛和李浩带着她一个村一个村落实禾妮生前制定的脱贫规划。为了和村民们拉近感情，娜木每到一家，就主动帮他们喂猪喂鸡、打扫院子、挑水做饭，村民们都说娜木和她阿妈一样，真正把他们当成了自家人，因此家长里短什么话都跟她聊，哪家的老人生病啦，哪家的儿子姑娘在外打工啦，哪家的儿子讨哪家的姑娘啦……

这天娜木去了长林寨的五保老人田二妹家，刚一进门，一股难闻的味道就扑面而来，原来是老人睡的铺盖长期没人清洗，污黑油腻还散味。

娜木把铺盖放在大木盆里浸泡清洗，还烧了锅热水给老人洗澡，换上干净衣服。她用剪刀和梳子把老人长而凌乱的白发修剪整齐，最后掏出指甲刀，为老人剪去长长的脚指甲和手指甲。老人经娜木一番打理后，精神多了，咧着瘪嘴一个劲地望着她笑。

一个半月的走访，让娜木完全掌握了各自然村的脱贫项目进展情况，她召开有十二个村组长参加的村委会脱贫攻坚扩大会议，在会上总结了成绩，找出了差距，布置了各自然村要完成的扶贫攻坚任务。

会后好几个村组长向娜木提出，希望尽快修复塌方公路。娜木也认为公路长期阻塞会制约藤子箐的经济发展，动工修复是当务之急。她请来县公路局的王工程师实地勘查，王工程师测算后告诉她，须投入五十万元左右的资金，才能让公路重新畅通。

娜木询问科技园合作社的会计现在账上有多少积累资金，会计说只有九万两千元的现金。看来用自有资金修路的打算行不通，只能另寻出路了。

娜木将手头的工作暂时交给易达和张猛他们，自己四处奔波筹款，然而跑了许多单位都空手而归。她一筹莫展，只好厚着脸皮再次去找陶玉章。没想到，陶玉章大笔一挥，一次性批给娜木二百五十万元，说其中二百万是先前答应娜木建中心完小的，其余五十万就拿去修路。

喜从天降，娜木激动得三个晚上没睡好觉。

中心完小的工程和修复公路的工程同时开工了。为了保证施工质量，娜木、易达、张猛、李浩四人分成两组，分工负责，娜木和张猛监管学校工程，易达和李浩监管公路工程。

娜木对大家一而再再而三地强调，这两项工程绝不允许出现半点纰漏，否则，一是对不住出资的陶玉章，二是对不住藤子箐的父老乡亲，三是对不住禾妮的在天之灵。

每天天一亮，娜木就和张猛去工地等候施工队上工，之后对工程的每个细节认真检查，反复核对。这样昼出晚归了将近半个月，有一天，娜木回到村委会时已是半夜，只觉得浑身酸痛，头疼得厉害。她吃了两颗退烧药便躺到了床上，恍恍惚惚中感觉全身上下每个毛孔都烧得火辣辣的，却冒不出半滴汗水，还有无数凶猛的蚂蚁啃噬着她的皮肉，一直啃到了骨头里。渐渐地，娜木觉得自己的身体飘了起来，在蔚蓝的天幕下飞得越来越远，直到进入空茫茫的宇宙。宇宙由许多黑色和白色的星星织成网格，每个网眼里绽放着一颗红色的太阳，太阳的光芒将网眼融化，那些脱落的黑星星和白星星共同组成一只美丽的大鸟，载上她继续飞，突然一头猛扎向地面……

娜木一声惊叫，突然清醒了。她睁开眼睛，看见阿妹娜芸坐在她床边，手里拿着一块白色毛巾，为她揩擦额头上泉涌的汗水。

"你是什么时候来的？"娜木有气无力地问。

"中午来的。张猛打电话告诉我，他早上敲你的门叫你上工地，你不应，他只好进了房间，就看到你躺在床上，烧得满脸通红，根本叫不醒。阿姐，工作再忙，也得保重身体啊！"

"你没把我生病的事告诉阿爷阿爸和你姐夫吧？"

"还没来得及。"

"这就对了，免得他们担心。"

"阿姐，你再这样没日没夜地操劳，非把身体搞垮不可，到时小病变大病，他们担的心更大。"

"两大工程投入这么多资金，必须把好质量关，如果有什么差错，你阿姐我就是藤子箐的罪人。再说，阿舅为这条公路出了两回资，无论如何不能再让他失望了。"

"那你也该换种思路工作。"

"不管什么思路，人都要在工地上。"

"我倒觉得工程质量监管不是你的长项，也不该是你的责任。"

"我是工作队队长，我不管谁管？"

"村委会不是跟施工方签了合同吗？质量出问题的话，由施工方负全责。"

"的确有这么一条，但我还是放心不下。"

"阿姐，施工方也不愿意出质量问题，一是有损于他们的企业信誉，二是必须负赔偿责任。施工方的质量监督员比你们懂行，你们插手，才不好解决问题。你仔细想想，是不是这个道理？"

娜木沉思了半晌，才点头说："你说得对，等我病好后，跟施工方交代一声，我们就退出。"

"这就对了，腾出手来做你该做的事。"娜芸给阿姐倒了杯温水。

娜木接过水杯，一口气灌下去："阿妹，你的月亮电商中心越做越兴旺，把平山县的农特产品推销到全国各地，对整个县的扶贫事业都有大贡献，田川书记在扶贫工作会议上多次提到月亮电商中心，大加赞扬。"

"阿姐，你把三岁的儿子丢在家里不管，来藤子箐扶贫，一开始我不赞成，现在理解了。我跟尤为民说，我会拿出一部分收入，向月亮田和藤子箐两个村提供扶持资金，供那些特困家庭的孩子上学读书。"

"那你就是乡里甚至县里的扶贫模范了，说不定县委还给你颁个大红证书呢。"

"唉，人怕出名猪怕壮，如今整个绿树林乡把我传得神乎其神，说我是绿树林乡的第一大老板，认识不认识的都来找我诉苦借钱，我又不好意思拒绝，到现在也不知借了多少出去。有时借钱的人遇着我，说：'家里还有困难，钱暂时还不了。'我马上回答：'还不了就不用还了。'阿姐，你说，我的嘴怎么这么快？"

"这是阿爷阿爸的遗传嘛。你记不记得？我俩小时候，阿爷阿爸负责分配国家的救济粮，总把我们家那份分给困难户，弄得我们全家人吃糠咽菜害水肿病，要不是阿舅救济，说不定我俩早就饿死病死了。"

"原来这是我们家的天性，包括阿姐你，不也是不辞辛苦跑到藤子箐扶贫嘛。还有老尤……"娜芸话说了半截，突然停下来，脸上飞起两朵红云。

"阿妹，你跟老尤……"

"想跨进我们家门槛的男人很多，可除了尤为民，我没一个看得上眼。"

"尤为民的确是个很优秀的男人，但他年纪大你太多，你可得考虑好。"

"我不在乎年纪大小，看中的是尤为民像座山一样靠得住。"

"唉，阿爷阿爸的脑子恐怕转不过弯。"

"阿姐，你帮帮我嘛。小时候，阿爸阿妈忙着开梯田，顾不上管我俩，是阿爷把我俩带大。你从小就乖巧，读书成绩又好，阿爷最喜欢你，不像我，脾气倔犟爱惹事，经常被阿爷教训。你替我去向阿爷求情，他一定会答应的。"

"才不是呢，阿爷最爱你。当年你是寨子里的娃娃头，谁要是得罪了你，只要看你眉间的那颗红痣一跳，他就遭殃了。我还记得人家阿爸阿妈到家里告状，阿爷用细竹棍抽你，你不哭不躲，像个宁死不屈的钢铁战士，直挺挺地立着。后来阿爷把你揽在怀里说：'这才是我虎头王血族的根脉。'"

"我就是这脾气，谁惹着我，我肯定饶不了他。阿海养女人被我发现，我将他俩打得趴在地上向我求饶，出了这口气。现在我最挂念的是儿子云东，等在县城买了房，我就把他接过来。"

"我也很想施同，不过你姐夫每两个星期带他来见我一次，还熬得住。"

"阿姐，你手腕上是阿妈给你的那只银镯吧，你一直戴着？"

"嗯，想阿妈时就摸摸它。你的呢？"

"收起来了。整天东奔西跑的,怕弄丢它。"

"这银镯是阿妈留给我俩的唯一念想了,你要好好收着。我还记得,小时候跟着阿妈去山地里栽山谷,你看见草棵里有花蝴蝶,就跑去捉,不小心滑倒在沟里,阿妈和我找了半天,才把你拉出来。你身上爬满了吸血的山蚂蟥,阿妈一条一条逮,山蚂蟥逮完了,你成了个小血人,阿妈将你搂在怀里,号啕大哭。还有一次,大概是你六岁那年,阿爸将外公从哈尼寨接来月亮田住。没几天,外公生病了,不知是谁对你说,外公生病是因为身上有山鬼,萤火虫能把山鬼赶走。你拿着个小竹筒,大半夜一个人跑到林子里捉萤火虫。阿爷打着火把到处找你,吓出了一身冷汗。等找到你时,你又把萤火虫的事说给阿爷听。没想到,阿爷竟信了你的话,一老一小捉了许多萤火虫。回到家后,你迫不及待地将小竹筒里的萤火虫倒在外公身上,萤火虫拖着亮亮的尾巴满屋旋飞,屋子成了个光明世界。说也奇怪,外公被你一番折腾,高烧竟然渐渐退了,再调养几天,病就痊愈了。这么多年来,这个谜团一直在我心里,始终没有解开。"

"阿姐,小时候不管遇到多大挫折我都不哭,现在有点不顺心的事就想掉眼泪,真是奇怪。"

"这说明你真的长大了,无知者无畏嘛。"

"毕竟我也是当母亲的人了,不得不瞻前顾后。"

"阿妹,当了母亲,人生就进入了另一个阶段。阿妈走得这么突然,留下阿爷年近八十,阿爸也五十多了,我俩现在真正是上有老下有小,两头都要照顾,肩上的担子很重啊!"

"阿姐,你工作多任务重,没多少时间陪阿爷阿爸,我做生意忙一阵闲一阵,多放些精力在家里没关系,你就放心吧。"

"你跟尤为民的事,在我没做通阿爷阿爸的思想工作前,暂时保密。"

"我全听阿姐的。"娜芸紧紧抱住娜木,笑得甜丝丝的。

第十六章

　　虎头王去茶叶仓库找娜芸，却被眼前的一幕惊呆了。只见娜芸和尤为民并肩坐在一条长凳上，尤为民捧着茶杯喝水，娜芸则把头靠在他的肩上，一只手在他面颊上游动，抚弄他的胡楂。

　　虎头王使劲咳嗽一声，两个人闻声抬眼，吓得赶忙分开。

　　"老村长来了？快请坐！"尤为民神情尴尬地起身让座。

　　"阿爷，你怎么来了？我请老尤来帮忙干点活。"娜芸随便找了个理由。

　　虎头王完全没想到自己会这样快撞破他们的秘密。本来他想装聋作哑，等神灵庇佑娜芸，让她离开尤为民。他不想为这事和脾气火暴的孙女正面冲突。

　　"你……"虎头王怒气冲冲地指着娜芸，说不出话。

　　"阿爷，你别生气，我和老尤互相喜欢，已经好长时间了。"娜芸索性一股脑倒了出来。

　　"我能不生气吗？！他可以当你阿爸了！"

　　"阿爷，都什么年代了，你那老观念该变变了。"娜芸不服气地回嘴。

　　"你还是不是我虎头王的孙女？是我的孙女，就得讲我的规矩！"

"我从小听阿爷的规矩，里面没这条啊。"

"别跟我耍舌头！一句话，你俩不能相好！"

"阿爷，我爱老尤是国家法律允许的！"

尤为民夹在两人中间，出声不好，不出声也不好，转身就想溜。娜芸一把拉住他的胳膊："你别走，这件事早晚都得面对！"她又转向虎头王："阿爷，除了岁数大点，老尤哪点不如你和阿爸的意？"

"这一条就够了，他是你的长辈！"

"他孤身一人到太阳地，是我哪门子的长辈？"

"他和你阿爸是换唾沫吃的好兄弟，你跟他相好还不乱套了？！"

"阿爷，我现在郑重向你表明态度，我非老尤不嫁！"娜芸一甩长发，目光灼灼地看向尤为民："老尤，你也当着阿爷的面说一句，你爱不爱我？"

"这……"尤为民嗫嚅着。

"爱，还是不爱，只要一句话！"

尤为民深吸一口气，下定了决心，诚恳地对虎头王说："老村长，我年龄比娜芸大，这是改不了的事实，可我真心爱娜芸，会竭尽全力让她幸福快乐，希望你能成全。"

虎头王脸色铁青，嘴角上的黑麻子疯狂地跳动。他还能说什么呢？看这两个人坚定的眼神就知道，即使是天崩地裂、山呼海啸也拆不开他们了。

"阿爷，有我和老尤陪伴你和阿爸，你们一定会很开心的。"娜芸认认真真地劝慰虎头王。

虎头王气冲冲地回答："我和你阿爸不用你俩陪！"

梅雨过后，大地一片翠绿，两只秧鸡在绿油油的秧苗间追逐。

勒黑兴高采烈地从县里回来，他刚听说，尤为民辗转联系上了当年借给他两万块钱的朋友，对方已经给纪委写来证明信，尤为民的受贿嫌疑基本洗清了。

月亮田的村民们终于可以放心了，尤为民将继续在扶贫攻坚的战场上和他们并肩奋战。

自从被任命为扶贫工作队队长以来，尤为民天天和勒黑走村串户，见人家掏猪粪鸡粪，就挽起裤脚提铁锹；见人家采摘茶叶，就卷着衣袖拎筐子；见人家放牛放羊，就拿过鞭子吆喝几声；见人家砍柴背柴，就揹绳子打柴捆……十四个自然村的建档立卡户，每户应给什么扶持、做什么项目才能脱贫，他俩一户一户地走访落实。三年间，村容村貌整治按规划全部结束，月亮田的水更清，山更绿，实现欣欣向荣的新农村景象全覆盖。月亮田的扶贫模式被列为省、市、县的先进典型，来参观学习的人络绎不绝。这全得益于尤为民这个扶贫工作队队长的辛勤付出。

勒黑想赶快回家把这个好消息告诉阿爸，谁知一进家门，就看见虎头王满脸阴沉地坐在火塘边，抽着烟生闷气。

"阿爸，什么事这么不高兴？"

"你那坨姑娘，气得我差点吐血。"

"是娜芸吗，她又干啥事了？"

"她当着我的面说非尤为民不嫁，尤为民也求我放他们俩在一起！"

"没想到他俩真好上了，难怪尤为民这一阵都不来我们家吃饭。阿爸，现在该咋办？"

"我好话歹话都说过了，你那姑娘软硬不吃，还有啥办法！"

"独手的巴掌拍不响，那就去找尤为民说，让他离娜芸远远的。"

"这事不能怪尤为民，他当了多年的领导，懂的道理多，假若不是娜芸死缠硬追，他不会迈出这一步。"

"我就不明白了，胡子拉碴的半老倌，咋能把娜芸迷得晕头转向？这下可好，喊我黑哥的人一下子要喊我阿爸了，这算怎么回事嘛。"

"唉，看来你这个村支书和我这个虎头王真的要被村里人当笑话讲了。"

"不行，我得去劝劝他俩，年岁相差这么大，将来的日子不好过啊！"

"别白费心了，相好的男女分不清白天黑夜，想想当年你跟禾妮，最后我把你俩拆开了吗？"

勒黑默然，一想起禾妮，他的胸口就酸酸软软的，对娜芸也硬不起心肠了："阿爸，你拿主意吧，我听你的。"

"到了这地步，我也没主意。话又说回来，尤为民这坨人只是年龄大了点，其他的还真挑不出什么毛病。"虎头王长叹一口气，蹒跚地走出屋外。

勒黑望着相框里那张报社记者给他和尤为民照的相片，思绪万千。

当年他率领太阳地人奋战了八年，开垦出近千亩梯田。尤为民是三大工程的总指挥，随时帮助他处理各种棘手的问题。竣工典礼那天，月亮田彩旗飘扬，鞭炮声响彻云霄，男人女人们拉着手旋转，狂舞高歌：

野花结籽，
我们盼了一千年的梯田！

核桃脱壳，
我们盼了一千年的梯田！

马鹿带子，
我们盼了一千年的梯田！

大喇叭里传出尤为民洪亮的声音："太阳地的父老乡亲们，你们用了八年时间，把千千万万个'月亮'镶嵌在这崇山峻岭中，你们创造了一个世界，这伟大的功绩将永载史册！今后，你们要把这种精神发扬光大，用你们的智慧和勤劳的双手，创造出更加美好的生活！县委县政府决定，正式成立月亮田村委会，勒黑同志任月亮田村委会支书，扎旺同志任月亮田村村长！"

人们欢呼起来，继续唱道：

东方亮着太阳，
我们围着太阳开梯田，
采匹阳光做裙带，
啊！阳光你不要断裂。

南方亮着星星，
我们围着星星开梯田，
采个星星做烟坨，
啊！星星你不要碎裂。

西方亮着月亮，
我们围着月亮开梯田，
采条月光做头绳，
啊！月光你不要熄灭。

北方亮着彩虹，
我们围着彩虹开梯田，
采根彩虹做枕头，
啊！彩虹你不要飞走。

在梯田完工的前四年，县委搬迁工作队已经在月亮田建好了新村，修通了公路，寨人们从太阳地搬到了月亮田。大家对新村感到陌生，整天窝在火塘边抽闷烟喝闷茶，回忆以往在太阳地的日子。很少有人走出家门在村巷里走动，大草地上没有姑娘和小伙子们欢天喜地的歌舞，整个村子死气沉沉、冷冷清清。

村子热闹起来是在梯田竣工后，村巷里出现了许多陌生的面孔。这些人大多骑着摩托车，少数人开着汽车，来月亮田游玩，参观梯田。小商小贩们趁机在村巷里摆摊卖起了东西，人群熙熙攘攘，购买茶叶、核桃、蜂蜜之类的土特产。村民们被这种热烈的气氛感染，一步步迈出了家门，直到自己也摆起了货摊，整个村子彻底活过来了。

勒黑还记得，那时他和尤为民并肩而立，望着村民们生气勃勃的面孔，不由得热泪盈眶。能不激动吗？八年时光，艰苦卓绝的劳作，他俩率领着寨人开天辟地，他勒黑还付出了一条胳膊一颗籽的代价。这种同生共死中结下的友谊，绝对不会像相框里的照片一样发黄。这么多年过去了，他和尤为民还是同穿一条裤子的兄弟，亲密无间。

尤为民啊尤为民，你为什么竟昏了头？世上的女人那么多，为什么偏偏要跟娜芸搅在一起？你叫我今后如何面对你？

阳光温柔地舔舐着大地，脱了冬袄的女人们哼起轻快的调子，裙角拂过微绿的草丛。她们将干枯的蕨草拢在一堆点燃，那灰烬是栽种谷物最好的底肥。这一切告诉人们，冬天已经消逝了。

娜芸熟练地拉了两把方向，让车厢笔直地凑向仓库大门。她从驾驶位上跳下来，爬上车厢，将一袋袋三七递给车下的尤为民，尤为民再把它们堆放在仓库里。

三七袋下完了，娜芸又坐进驾驶室，将车开到旁边的空场上停好。她回到仓库，望着那些被退货的三七，一脸愁容："这下栽惨了！"

"别着急，做生意总会有赚有赔。"尤为民安慰她。

"能不急吗？一半的积蓄都押在这些三七上了。"

"下次收购时一定要记着检测。"

"都怪我，好了伤疤忘了痛，收茶叶那次就吃过一回亏，还不长记性。我现在就上网看看，有没有检测三七的办法。"

"你先陪我去找扎旺村长一趟，有重要的事。"

娜芸锁好仓库，和尤为民走到扎旺家院门前，趴在门墩上睡懒觉的小花狗被惊醒，吠了几声。

耶努听到狗叫，忙从屋里出来，看到是尤为民和娜芸，笑嘻嘻地说："哎哟，你俩可好久没登门了，是忘了我这个阿婶吧？"

"哪会呢，这一阵我往县里跑得多，老尤就泡在各个村里。阿婶，阿叔在家吗？"娜芸问。

"在，快进来吧。娜芸你越长越俊俏了，这水汪汪的大眼睛跟你小孃娜木芸一模一样。"

"大家都说我像小孃。"

"我和你小孃一起长大，看见你就像看见她。扎旺在园子里浇菜水，我去喊他。"

耶努走到屋后的篱笆旁，对菜园里的扎旺喊："尤队长和娜芸找你。"

"马上就浇完了。"扎旺加快了手上的速度。

"快回来啊，别让人家老等着。"

耶努回到前院，见尤为民蹲下身，正端详晒在屋檐下的三七。

"这三七个头太小，卖不了好价钱。"尤为民捏着簸箕里的三七。

"可不是嘛，累死累活，就是栽不出大个的三七。"耶努抱怨。

"嫂子，栽三七得讲究科学方法。"

"我们不懂啥科学，就会混栽烂栽。"

扎旺揩着汗珠回来，把桶和勺放在院子角："尤队长，又有什么好事找我？"

"我跟果木林场联系好的核桃苗明天一早就送来，你安排人栽进错木他们四家残疾户的地里，这些是嫁接过的核桃苗，明年就挂果了。"

"好啊！这些残疾户有一定的经济收入，日子会好过些。尤队长你放心吧，我一定带人好好栽种，保证一棵也不死。"扎旺信誓旦旦地拍着胸脯。

"还有一件事得和你这村长商量，粗放种植的三七个头小，卖不上好价钱，科技园合作社打算请专家来，对种三七的农户进行栽培技术培训。"

"这是天大的好事啊，有啥要和我商量的？"

"我怕专家请来了，可种三七的农户不来学习。"

"谁敢不来？"

"这种事可不能要军阀作风哟。"

"尤队长你不知道，有些人必须押着他学习。"

"那也要讲究方式方法，不能用蛮劲。"

耶努忍不住在一旁插嘴："这是天上掉馅饼的好事，谁不愿学？现在大家都是闭着眼睛瞎干，把人累瘫了也栽不出好三七。"

"嫂子说得对，把这个道理跟大家讲透了，不怕他们不积极学习。"

尤为民又转回头对扎旺说："娜芸上次收购的三七，发去了上海的商家，没想到人家给退回来了。"

"为什么？"

"说是化肥超标。"

"我每次开会都强调，栽三七不能施化肥，有些人就是贪心，听不进去！"扎旺愤愤地说。

"一定要杜绝化肥，不然，三七栽出来也卖不出去。"

"阿叔，我一半的积蓄都花在这批三七上，损失大了！"娜芸痛心地说。

"娜芸你快想个办法检查收上来的三七，到时阿婶来帮你挑拣。"耶努搂着娜芸安慰。

"赶紧弄几个下酒菜，今晚我和尤队长喝几杯。"扎旺吩咐耶努。

"今天算了，我改天再来喝。"尤为民连忙推辞。

"不行，我俩好长时间没在一起喝酒了，下次不知道你啥时候再登门，就定今天！"

耶努手脚麻利，还有娜芸给她打下手，不长时间就做出了一篾桌香喷喷的饭菜，有炒腊肉、白参炖鸡蛋、香菇炒肉片……整个院子弥漫着令人垂涎的香气。

扎旺从床底下拎出了一壶焖锅酒，对尤为民说："算你运气好，这壶焖锅酒我存了三年都舍不得喝，今天心里高兴，让你享享口福。"

"村长，还请你手下留情啊！"尤为民连忙告饶。

"没事，这是五斤壶，醉不倒我俩。"扎旺笑呵呵地说。

"我的量只有半斤。"

"喝一斤！"

"一斤？！我要吓得尿裤子了。"

"别想溜，我知道你有多大酒量。"

"小刺猬，怎么办？我是在劫难逃了。"尤为民转向娜芸求救。

"阿叔，老尤的酒量的确不行。"娜芸替他说情。

"喝着看吧。"扎旺毫不松口。

在扎旺接二连三的进攻下，尤为民终于醉倒在篾桌上。娜芸把他扶到堂屋的沙发上睡下，自己走出来和扎旺夫妻俩聊天。

"寨里传得沸沸扬扬，说你跟尤队长好上了，真有这事吗？"扎旺醉眼蒙眬地问娜芸。

"阿叔，我不瞒你，这事是真的。"娜芸直言不讳。

"孩子，你可要想好了，尤队长肯定老在你前面，你得伺候他几十年。"耶努满心都是为娜芸考虑。

"阿婶，我不在乎伺候他。老尤就像棵大树，靠得住，不像阿海，嘴上说得天花乱坠，一转身就去找别的女人。"

"唉，女人这一辈子过得好不好，自己心里最清楚，日子不是过给别人看的。你如果打定主意跟尤队长，阿婶支持你！"

"谢谢阿婶！我才不理会别人的闲言碎语呢。"

"想好了就尽快领证，别让那些爱嚼舌根的人散布些乱七八糟的谣言。"扎旺语重心长地说。

"待老尤忙过这阵我俩就去领证。阿爷和阿爸的脑子还有点转不过弯，得求阿叔阿婶帮忙，做做工作。"

"这事我俩一定帮忙。"扎旺对娜芸下保证。

耶努把娜芸拉进怀里："我俩一直把你当女儿，除了你阿爸阿妈和阿爷阿姐外，我俩就是你最亲的亲人了，有需要帮忙的地方尽管说。"

"我知道，自小阿叔阿婶就疼我，扎河和扎石有什么好吃好玩的，我一样都有。"娜芸感激不尽地说。

"这叫缘分。"尤为民歪歪倒倒地从堂屋走出院子。

"尤队长，是不是头晕？我给你冲碗蜂蜜水吧。"耶努笑眯眯地看着他，就像岳母看女婿。

"好酒，劲真大！"尤为民努力抖擞着精神。

"再来一碗吧。"扎旺故意逗他。

"论起喝酒，你扎旺村长是英雄，我尤为民是狗熊，甘拜下风。剩下的酒你可藏好了，我不来，你不许一个人独吞，否则就撤你村长的职。"

扎旺哈哈大笑："好，我等着你多来几次。不过这份苦差我早就干烦了，你看这样行不行？职要撤，酒照喝，下星期你就来。"

"你这不是耍赖嘛！"尤为民笑起来。

"阿叔、阿婶，时候不早了，我俩得走了。"娜芸伸手牵住尤为民的胳膊就往院门拉。

"尤队长，说定了，下星期接着喝！"扎旺在他俩身后叫道。

"放心吧，焖锅酒不喝完，我尤为民不下桌。"尤为民大声回答。

"别说些空话摆着，约好的事情要算数。"

"下星期见。"尤为民的声音远远传来。

一颗颗亮闪闪的星星从天空的筛子眼里漏出来，他俩借着星光跨越小溪，踩进草丛。一阵山风吹来，娜芸抵挡初春寒气的披肩被卷走了，尤为民拔腿就追，一口气跑了好远。披肩是抓住了，他却蹲在地上连连作呕。娜芸贴近他，握住两个拳头轻轻地捶他的肩背，给他顺气，埋怨说："一块披肩，丢就丢了，哪用得着这么拼命追。"

"没事，吐出来就好了。"

"应该在他们家多待会儿，等你醒完了酒再走，我太着急了。"娜芸自责道。

"其实我也没喝多少，还是酒量不行。"

"你俩尽喝寡酒，也不吃菜，胃当然受不了。"

"村长一上来就连碰三杯，推辞不了。"

"他是'酒精考验'的人，你没法比。下次再去，我说什么也不让你俩拼酒了。"娜芸蹲下身，死死掐住尤为民拇指中间的穴位，"现在好过些吗？"

"好受多了，想不到你还有这一手。"

"我也醉过酒呢。"

"小刺猬醉酒的样子肯定很可爱。"

"是丑态百出。"

"下次到村长家喝酒，要想法把你灌醉，好看看你的丑态。"

娜芸在尤为民的脸颊上烙了一口："以后我醉酒的丑态只让你一个人看！"

尤为民酒醉加上羞涩，整个人烧得通红，摸着自己被吻过的脸颊傻笑。

"什么感觉？"娜芸故意逼问他。

尤为民双臂一合，一股燠热扑在娜芸眉间的红痣上，痒得她想笑。

"你自己试试不就知道了。"尤为民在她耳边轻声说。

两人的唇紧紧贴在一起，希望吻出一个灿烂的明天。

峭拔的山峰披挂着融融丽日，苍翠的颜色一直漫延到天际。一只苍鹰从天与山之间的缝隙里钻出来，一路长啸，把小鸟吓得纷纷躲进繁茂的枝叶中。

施阳背着熟睡的儿子，一路跋涉到藤子箐村委会，已经是大汗淋漓。不料李浩告诉他，娜木和张猛下村走访，还没有回来。

"电话里讲得清清楚楚的，一转头就扔到脑后。"施阳一脸不高兴地埋怨。

"花冲寨一家建档立卡户的牲畜病了，队长和张猛赶过去处理。走之前她交代给我了，要我做好饭等你，她一处理完事情马上回村委会。施院长，饭已经熟了，你是等队长回来一起吃，还是和施同先吃？"李浩微笑着问。

"我俩先吃，施同还得睡一阵。"施阳走进娜芸的卧室，将施同放在床上，给他盖好被子。

李浩手上布置碗筷，嘴里还不停："施院长，下次来时，你就可以直接把车开到村委会的平场上了。"

"路快要修好了吗？"

"刚浇完水泥，很快就通车了。"

"那太好了！"施阳爬了半天山，早就饿了，狼吞虎咽地扒起饭来。

有人在院里大声喊："娜队长！娜队长在吗？"

李浩出去一看，来人是老鹰寨的建档立卡户呆木子，便问："老呆，队长下村了，你有什么事？"

"我女人的脚受伤了，流血不止。"呆木子焦急地说。

施阳在屋里听见，立刻放下手中的饭碗，出来对李浩说："我跟着去看看，如果施同醒了，你代我照看一下。"

"施院长，吃好饭再去。"李浩劝他。

"救人要紧，我回来再吃。"施阳从屋里翻出备用药箱，跟着呆木子急匆匆地走了。

娜木和张猛从花冲寨回来，走到离村委会不远处，就听见了孩子的哭声。娜木听出是施同在哭，立即三步并作两步冲进院里，大声喊道："儿子，妈妈来了！"

李浩闻声抱着施同迎出来："队长，施同睡醒了，哭着找爸爸妈妈，我怎么哄都哄不停。"

"怎么就你一个人，他爸爸去哪儿了？"

"呆木子的老婆把脚弄伤了，呆木子来找你，刚好遇上施院长，施院长就跟他去老鹰寨了。"

"你们吃饭了吗？"

"施院长只扒了几口饭，就赶去看伤者了。"

娜木抱过儿子拍抚着，施同见到妈妈，很快就停止了抽泣。

"想不想妈妈？"娜木亲吻施同的小脸。

"想。"施同的眼角还挂着泪珠，用稚嫩的童声回答道。

"妈妈也想你，每天都想。"

"妈妈，和我一起回家吧。"

"妈妈要在这里工作，还回不了家。"娜木的眼里也闪烁着泪花。

施同伸出胖嘟嘟的小手捧着娜木的脸："妈妈，我也不回家，我跟你一起工作。"

"乖儿子，你真能干！"娜木被儿子的天真逗得扑哧一声笑了。

　　夜色变得深沉，还是不见施阳回来。娜木渐渐焦急起来，反反复复拨他的电话，然而总是无法接通。娜木的心情越来越不安，想到施阳眼睛近视，夜里走这悬崖峭壁上的山路，会不会有危险？转念又想，他是做手术的外科大夫，凡事力求稳妥，心也细，不会让自己有事的。

　　娜木想方设法安慰自己，却不由自主地走到院门口，眺望耸立在月色中的重重远山，那挺拔的峰巅就像一排排错落有致的长剑，直刺入蓝黑色的天幕。

　　天际渐渐发白，一夜没合眼的娜木还伫立在屋外，突然隐隐听到有人声传来。她屏住呼吸侧耳细听，那声音越来越近，她终于听清里面有施阳的说话声，热泪一下子涌了出来。她循声奔跑过去，一头扑进施阳怀里，又哭又笑："你怎么才回来？我等了一夜，心都快碎了！"

　　"我这不是好好的嘛，又不是施同，哪用得着你这么操心。"施阳掏出纸巾揩去娜木的泪水。

　　"你这个大近视眼，又走不惯山路……打你的电话也不通。"

　　"电话没电了。得多谢老呆把我一路送下山。"

　　呆木子就站在施阳身后："是我要多谢施大夫，救我女人一命。"

　　"老呆，以后遇到这种情况，千万不能用灶窝灰、锅烟子敷在伤口上，会感染的。"施阳又一次嘱咐呆木子。

　　"记住了，我再也不敢这么干了。"

　　"老呆，谢谢你把他送回来。"娜木擦干泪眼，真心实意地向呆木子道谢。

　　"娜队长，这可羞死我了！我没什么能谢你俩的，就给施大夫和你磕个头吧。"呆木子说着，果真扑通一下跪在两人面前。

　　娜木赶紧去扶呆木子："施大夫给人治病，是他分内的事，没什么好谢的。"

　　"施大夫饭都没来得及吃，就被我拉走了。"

"你煮了一大碗包谷饭给我吃，现在肚子还饱着呢。记住，给你的药一定按时让你女人吃，两个星期后我再来检查伤口恢复的情况。"施阳对呆木子交代。

呆木子应了一声，跟两人道了别，一转身隐没在黑暗中。

"呆木子在他女人的脚伤上敷了好多灰土，伤口发炎感染，流血不止……愚昧真是太可怕了！"施阳叹着气。

"是啊，扶贫不光是改善硬件设施的问题，更重要的还是思想意识上的帮扶。如果呆木子有点文化，懂点医学知识，就不至于把他女人的伤搞得更严重。你看，我这个扶贫工作队队长肩上的担子有多重啊！"

"盖房子修公路容易，要根除文化匮乏的无知，难啊！阿妈生前曾经把各村医务室的赤脚医生送来医院培训，看来还是不够。等我回去安排一下，抽调医生轮流到各村开医学知识普及讲座，让村民们有些基本的医药常识。"

"你想得太周到了！"娜木兴奋得眼神发亮，"阿妈生前建起了各村的医务室，配备了赤脚医生，我接下来要做的，是把人和物的作用发挥到最大，让村民们不再为小伤小病发愁。"

"要真能如此，你的功德就大了。"

施阳把娜木抱在怀里，不断地亲吻她，爱的火焰在他们身体里跳跃，吞噬着他们的意识，燃烧着他们的生命。

近期工作又多又杂。娜木和易达陪着县里的检查组，一个村一个村地检查全部十二个自然村建档立卡户的脱贫情况，还要让建档立卡户在表格上签字盖章。此外，村里的猪病了，牛丢了，茶园的茶树得了白粉病，药材基地的三七和重楼遭受虫灾，等等，人们都来找娜木，她就想尽一切办法帮他们解决问题。

李浩向娜木汇报，省、市、县十多个部门要求扶贫工作队尽快上报材料，都规定了时限。本来娜木安排李浩专门处理这些要上报的材料，但他一个人根本无法按期完成，不得已，娜木只好和他一起，连续赶写了三个晚上的材料。第四天一早，呆木子又来找娜木，说他的老母亲昏迷不醒，赤脚医生也没办法。

救人是头等大事，娜木立刻跟着呆木子赶往老鹰寨。一路上，呆木子一遍又一遍地感谢娜木："娜队长，我们这家残疾户从来都是天生天养，到处遭人嫌弃，直到禾队长来到藤子箐后，日子才有了盼头，还有娜队长你和施大夫，都是诚心诚意地帮助我们。"

"俗话说，身残志不残。只要你们夫妻俩勤劳肯干，一定会很快改变贫困的境况。"

"是啊，禾队长生前送给我栽的核桃树已经挂果了。"

"有核桃的收成，加上你养的牛羊，离脱贫已经不远了。老呆，你好好干吧！"娜木鼓励道。

"娜队长，你上次买给珍珍的鞋子，她时不时拿出来看，看完又搁回去，一直舍不得穿。"

"鞋子就是给人穿的嘛，我来跟她说。珍珍这孩子特别聪明，明年该上学了吧？"

"明年她七岁了。"

"你一定要让珍珍上学，有文化才能有将来。"

"我听娜队长的，一定让珍珍上学。"

到了呆木子家门前，呆木子朝屋里大声喊："珍珍，你看谁来了？"

听到阿爸的喊声，珍珍跑出来，一看是娜木，眼睛马上亮了，拉住她的手不肯放。

"小手怎么裂成这样？"娜木心疼地问。

珍珍羞涩地把小手往身后藏，这动作让娜木的心比山上的酸木瓜还要酸一百倍。

娜木进屋去看老人，老人面色苍白、呼吸细弱。娜木给她做了简单的检查，便打电话给老鹰寨的村组长，让他带人送老人下山治病。

珍珍突然想起什么，端了个木墩垫脚，从杂物架子的顶端取下一个小木盒，打开盖子，里面是两颗奶糖。她拿出来，献宝似的举到娜木面前，咽着口水说："孃孃，这糖可好吃了。"

"哦，哪个给珍珍的？"娜木蹲下身，好让珍珍不用再踮脚。

"前几天来帮阿妈医脚的阿叔。"

娜木明白她说的是施阳。上个星期，施阳特意来老鹰寨给呆木子的女人复诊。

"阿叔给了三颗糖，我吃了一颗，这两颗留给孃孃吃。"

"为什么要留给孃孃？"

"因为孃孃买漂亮鞋子给我呀。"

"好孩子，孃孃吃过好多糖，这两颗珍珍自己吃。"娜木将珍珍搂在怀里。

"珍珍，拿凳子给孃孃坐。"呆木子吩咐女儿。

珍珍一下子从娜木怀里溜出去，端来一个木墩，她见木墩头有灰，便用袖管把木墩头揩了又揩，再放到娜木面前："孃孃坐。"

娜木鼻子一酸，泪水情不自禁涌了出来。这孩子多么乖巧懂事啊，因为感激她送鞋子，就把自己舍不得吃的奶糖留下来给她。最令娜木动容的，是那双粗糙皲裂的小手，承受着一个六岁孩子不应该承受的一切。

"小脚也冻得开裂了！孃孃买给你的鞋子怎么不穿？"

"到读书时才穿。"

"等到珍珍读书时，个头就长高了，鞋子也小了，那时孃孃重新买给你。"

"真的吗？"

"孃孃跟你保证。"

"那我现在就把鞋子穿上！嬢嬢，等我长大了，赚到了钱，也要像你一样，买新鞋子给光脚的小孩子穿。"珍珍高兴得手舞足蹈。

村组长叶大同带着两个小伙子赶来，和娜木一起把老人送到了乡卫生院。刚办完住院手续，娜木就接到娜芸打来的电话，说阿爸心口疼，住进了县医院检查。娜木焦急万分，很想请假去看护阿爸，可是县里的检查组还在藤子箐，她得陪着下村，实在走不开。

"阿妹，我这一阵回不去，辛苦你了……"娜木满怀歉意地说。

"扶贫，扶贫，扶贫才是你阿爸！"娜芸生气地挂断了电话。

娜木拿着手机发呆。过了一会儿，尤为民给她打来电话："我刚才批评娜芸了，她不该乱发你脾气。你阿爸应该没什么大问题，有我和娜芸照应着，你放心忙工作。"

"老尤，谢谢你，让你多费心了。"

"客气什么，这是我应该做的。"

第十七章

山影叠合，青苍苍的悬崖耸立在天幕之下。

虎头王垂下头，盯着手背上悄然暴出的血管，它们像一条条大大小小的青蛇，爬满了皮肤。他想用另一只手将这些血管按下去，却怎么也按不动。唉，老了！也难怪，曾外孙都这么大了。

这一个月来，虎头王过得很开心，因为娜芸的儿子云东放暑假，从广东来到月亮田，整天像只小鸟似的围住他叽叽喳喳，问这问那。

"老祖，月亮田为什么全是大山？女人头上为什么缠黑布？为什么你一见尤叔来家里就皱眉头？"

云东的提问，虎头王一个也答不上来，只好岔开话题："想不想老祖唱歌给你听？"

"想！"云东高兴极了，拉住虎头王的手摇来晃去。

虎头王清清嗓子，大声唱了起来：

> 我在蓝天下哭泣，你用双手搂我在怀里；
> 我在大地上哭泣，你用双手搂我在怀里；

我在白云里哭泣，你用双手搂我在怀里。

……

"老祖唱得好不好听？"

"好听！老祖，妈妈会唱歌吗？"

"当然会，她唱得比老祖好听。"

"可她从来没给我唱过。"

"妈妈工作忙嘛。走，老祖带你去看外婆。"

虎头王牵着云东的手向太阳地走去，扑面而来的浓雾将两人重重裹住，乌鸦追着他们鸣叫。

虎头王捡起颗石子，朝头顶上的乌鸦抛去，乌鸦振翅腾跃，石子擦着它的尾巴落下。

"老祖，你打着乌鸦了！"

"老祖从前是个猎人。"

"什么是猎人？"

"就是用弩箭射老鹰射兔子的人。"

"老祖，我们老师说了，不准伤害野生动物。"

"你们老师说得对，老祖现在不打猎了。"

一老一少喋喋不休，没一会儿就到了禾妮的坟前。

"这是你外婆的坟，快跪下磕头。"虎头王把云东推过去。

云东乖乖跪下："外婆，老祖给我讲了你的英雄故事，我长大了，要像你一样当英雄！"

虎头王的眼泪扑簌簌落下："禾妮，这是你外孙云东，他来看你了。这孩子聪明可爱，将来一定是个出色的小伙子。你在天有灵，一定要好好庇佑他。"

祖孙二人在禾妮的坟前停留了许久，才慢慢往回走。到了村子外，虎头王见平场上有几个孩子在玩耍，就摸着云东的头说："老祖有事要做，你跟小伙伴去玩，不要跟人家打架啊。"

云东蹦蹦跳跳地跑去了平场。

回到家的虎头王还没抽完一锅烟，就听见村巷里狗吠声由远而近，在他家院门外停住。

虎头王走出门，见一个男人扔掉撵狗的小竹棍，满面笑容地跟他打招呼。他立刻认出这是阿海。

深深伤害了他孙女娜芸的阿海，居然还敢上门，虎头王不由得火冒三丈，嘴角上的黑麻子疯狂抖跳着，大吼一声："你这条野狗，还有脸来月亮田，看我不打断你的腿！"顺手拽起根扁担扑向阿海。阿海吓得抱头就跑，虎头王在后面挥舞着扁担猛追。阿海一口气跑到村委会前的小溪边，见虎头王没有跟上来，狂跳的心才稍稍平复。

阿海明白虎头王为何这般愤怒。他意想不到的是，事情过去了这么多年，虎头王还这样耿耿于怀。的确，他跟娜芸恋爱时，当着虎头王的面承诺过一辈子只爱娜芸，后来却经不住诱惑，趁着娜芸在家带儿子，和别的女人厮混在一起。

丑事败露后，娜芸提出离婚。他觉得自己亏欠了她很多很多，决定分一部分财产给她，娜芸却说："太恶心了，我不要！"

娜芸没带走他阿海的一颗针，悄然回了云南老家。他和那个女人结了婚，女人特别有心计，弄走他一大笔钱后就和他离了婚。两个女人一对比，阿海悔不当初。每当夜深人静时，他想起娜芸的美丽聪慧、率直善良，就忍不住落泪，忏悔自己犯下的大错以及对娜芸一家人的严重伤害。这次他来云南，一是向娜芸一家承认错误，真心实意地道歉，以取得他们的谅解，和娜芸重归于好；二是暑假快满了，接儿子云东回广东上学。

没想到，他连院门还没踏进，就被愤怒的虎头王追打出来。他知道，这事不能怪虎头王，苦聪人最守信，谁要是欺骗了他们，他们会痛恨那人一辈子。现在该怎么办呢？他想起在县农科站工作的娜木，找到她，就可以找到娜芸和云东了。他开车到农科站，跟工作人员打听，却被告知娜木去藤子箐扶贫了。

阿海大失所望，在街上游荡了半天，突然灵机一动，开车去了绿树林乡派出所。当年他和娜芸来月亮田时，和那儿的民警丁根有点交情，现在百般无奈，只好找人家帮忙了。

几年不见，丁根已经升任派出所副所长，很热情地出来接待阿海。听他说明来意后，丁根一口答应下来："虎头王一家和我是老朋友，我带你去，保证不会让你再被打出门。"

"我心里七上八下，一点底都没有。"

"这个面子虎头王总会给我的。"

丁根坐进阿海的车，两人有说有笑直奔月亮田而去。到了虎头王家门口，丁根喊道："老村长在家吗？"

"谁呀？"开门的是勒黑，看到阿海也是一惊。

"你这条野狗又跑来做什么？！"虎头王跟在后面出来，伸手就去摸扁担。

"阿爸，不要激动，有什么话好好说。"勒黑赶紧拦住他。

"老村长，人是我带进你家的，这点面子得给我吧？"丁根笑眯眯的，装作没看见虎头王吹胡子瞪眼睛。

"丁所长，这个老广不是人，把我孙女娜芸害惨了，你可千万别被他骗了！"虎头王气冲冲地说。

娜芸拉着云东，和尤为民从屋里走出来。

"爸爸，你来了！"云东叫着扑进阿海怀里。

阿海抚摸着儿子的头发，满眼都是泪光，扑通一下跪在众人面前："是我鬼迷心窍，犯下了不可饶恕的罪过，我在这儿真诚地向爷爷、爸爸、娜芸道歉，请你们给我一个悔过自新的机会！"

众人沉默了一会儿，最后是勒黑伸手将阿海拉起来："有话进屋慢慢说吧。"又吩咐娜芸："炒几个菜，留丁所长在家吃饭。"

"勒黑支书，你们一家人好不容易团聚，我就不打扰了。"

"丁所长，苦聪人没有不给客人饭吃的规矩。"虎头王在一旁插话。

"听见了？阿爸让你留下你就留下。"勒黑附和。

"那我就不客气了，陪你们一家喝杯团圆酒。"丁根欣然答应。

众人进了屋，围坐在桌旁。虎头王仍对阿海怒目而视，阿海缩着头不敢说话，只有云东嘴里说个不停。勒黑为打破尴尬气氛，指着尤为民问丁根："尤队长你应该认识吧？"

"老熟人了。"丁根回答。

"丁所长帮我办了很多事，解决过大麻烦，说起来真得多谢他。"尤为民加了一句。

"不敢当，尤队长帮助月亮田人脱贫致富的先进事迹传遍了整个平山县，在我们绿树林乡更是大名鼎鼎。"丁根竖起大拇指夸赞。

"丁所长，再吹我就爆炸了。"尤为民笑着阻止。

"我说得一点不过头，县委不是都号召向你学习嘛。尤队长，刚才来的路上，阿海老板跟我款话，说如果月亮田有好项目，他愿意来投资。"

"哦？说到投资的项目，那可多了，就看阿海老板对哪一类有兴趣。"

"我打算全面考察之后，再选一个我最感兴趣的项目投资。"阿海表态。

讲了几句投资的事后，丁根又把话题转回来："阿海老板是诚心诚意想补偿。老村长、勒黑支书，俗话说，宁拆一座庙，不破一桩婚，让娜芸给他个改正错误的机会吧。"

娜芸从厨房端菜出来，正听到这句话，差点把盘子砸了，直冲冲地对阿海说："你听着，我嫁猪嫁狗，也不会再嫁你，你就死了这条心吧！"

"你不看在我的面上，也要看在我们儿子的面上呀，让他有个完整的家庭不好吗？"阿海恳切地请求。

"我这辈子都不想再见到你！"娜芸毫不退让。

勒黑只好出面打圆场："有什么话，等吃完饭再说。"

这顿饭大家吃得都很郁闷。丁根草草喝了两杯酒，就推说所里有事，拔脚走了，剩下的人面面相觑，饭桌上一片沉寂。

尤为民和勒黑陪着阿海在月亮田考察了两天，第三天一早，阿海主动到村委会和他俩商谈，想投资搞旅游度假村。

"这事不能急，你方方面面都考虑好了，我们再谈合作细节。"勒黑说。

"支书说得对，曾经有玉溪的老板来考察过旅游度假村的项目，也很看重，但最后因为资金投入太大，只能放弃。"尤为民补充道。

"我这里资金不成问题，主要看月亮田周边环境条件，特别是客源。"阿海说。

"月亮田周边有玉溪、楚雄、普洱、红河四个州市，离昆明也很近。"尤为民回答。

"周边人口密度大，交通再方便一些，不愁没生意做。"阿海信心满满。

一只暮归的老鹰在空中盘旋了几圈，落在崖壁上昂首四顾。

娜芸靠在大树上，闷闷不乐地仰头看那只鹰，心里想，要是自己能像它一样，睥睨天下，什么都不用顾忌，那该多好啊！风把落叶卷到她脸上，她烦躁地拂掉，巴不得这落叶就是阿海，能被她狠狠甩开。

尤为民告诉了她阿海要来月亮田投资的事，可她觉得这是一个阴谋，最终目标是她娜芸。她得提醒老尤和阿爸，不要上阿海的当。当然，只要她这个主角的立场足够坚定，阿海的诡计就不会得逞。

她听儿子云东讲过，自己回云南后，阿海就跟那女人结了婚，被骗钱后又离了婚。云东还说，这几年阿海没再找过其他女人，反复跟他说，要和娜芸复婚。她听完之后嗤之以鼻，这怎么可能呢？

如今她的整颗心都拴在尤为民身上。阿海和他比起来，一个是地下的爬虫，一个是天上的雄鹰。阿海除了有几个臭钱，还有什么方面比尤为民优越？根本没有！

阿海夸夸其谈，说得多做得少，从不关心别人。她最受不了阿海的大男子主义，任何事都是他说了算，从不顾及她的感受。尤为民就和他完全相反，为人平易谦和，乐于助人，对她则是细心呵护，知冷知热。

阿海出轨的事曾让她大受打击，离婚后好几年，这块阴影一直笼罩在她心头，成了挥之不去的噩梦，直到她重逢尤为民才渐渐消失。

她从广东回家没多久，尤为民就被派来月亮田扶贫。几年相处下来，她知道尤为民是个有担当有责任心的男人，于是打定主意，不管前面的路上有多少狂风暴雨，也要跟他厮守一辈子。阿爷和阿爸自然是不同意，但阿姐娜木和扎旺阿叔、耶努阿婶轮番劝说，再加上她意志坚定，随着时间的推移，两位长辈的态度终于有了转变。

她能理解阿爷和阿爸的想法。毕竟这么多年来，尤为民一直作为她的父辈在家里出出进进，现在突然变成与她同辈，全家人都尴尬。最难受的当数阿爸，本来和尤为民以兄弟相称，天天在一起工作，下村或是上县里开会时就滚一张床，半点拘束的感觉也没有。现在变成了岳父和女婿的关系，确实难以一下子转换角色。她问过尤为民，现在怎么称呼她阿爸？尤为民说，凡是有人的地方，他俩就彼此称呼勒黑支书和尤队长，等到没人的时候，自己就特别犯愁，喊阿爸喊不出口，不喊又显得不尊重，他尤为民一辈子没遇到过这种尴尬事。听完尤为民诉苦，她丝毫没有同情心地哈哈大笑。

娜芸想定对待阿海的态度，神情轻松地回了家。等到一家人吃完饭，勒黑坐在院子里抽烟时，她就凑过去搂住阿爸，撒娇地问："老尤现在怎么称呼你？"

"你还问？都是你惹的麻烦。"勒黑笑嘻嘻地说。

"阿爸，你俩当惯了兄弟，现在突然变成长辈和晚辈，应该怎么喊？"

"你说我能怎么喊？"

"喊为民。"娜芸故意拖长声音逗勒黑。

"不管我喊还是他听，都得冒一身鸡皮疙瘩。"

"那就连名带姓叫。"

"显得你阿爸我不尊重人。"

"喊老尤呢？"

"还是留给你一个人喊吧。"

"嗯，他下半辈子都得听我这么喊。"

"阿海的事你想好了？"

"他想跟我复婚，是做白日梦！"

"可你们之间有个云东，得慎重考虑小孩子的感受。"

"云东是个小大人，心里明白得很，他希望自己的妈妈幸福快乐。阿爸，一个一心一意对我，一个背叛过我，你说我会选哪个？"

"当然是尤为民靠谱，可惜比你大得太多。"

"年龄不是障碍，心灵相通才重要。跟老尤在一起我天天都想笑，不像跟阿海在一起时，尽是生闷气。"

"要是想定了，就尽快领证，免得节外生枝。"

"谢谢阿爸！"娜芸在阿爸的面颊上亲昵地烙了一口。

勒黑伸出粗厚的右手，像女儿还小时那样抚摸着她的头顶："要是你阿妈还活着，看到你和尤为民相亲相爱，该有多高兴。"

"阿爸，阿妈在天有灵，一定也希望你下半辈子有个人陪，开开心心地过日子。我和阿姐商量过，桑田子阿叔去世两年了，他老婆又勤快又漂亮，人品也好，和你挺般配的。"

"你们这两个丫头，整天胡思乱想，我的事不用你们操心。"

"阿爸，你和阿爷的生活自然有我们姐妹俩照顾，可你感情上……"

"我有你阿妈一个就够了，别的女人我不想看。"

娜芸不作声了。她心里明白，村里没有一对夫妻比得上阿爸和阿妈那么深厚的感情。阿妈讲过，当初生她时，因为她个头太大，一整天也没生下来。阿妈在产房里呻吟，阿爸就在门外流眼泪。护士把母女俩推出产房时，阿爸冲上来先看的是阿妈，好声好气地抚慰妻子，半天也没顾得上看她一眼。现在，她也做了母亲，更能理解和体会阿爸对阿妈那份绵绵不绝的爱。

朝霞从叠合的山影里渐渐浮起，染红了娜芸的窗子。

半夜她做了个噩梦，梦到山腹中喷出赤流，像一条条火蛇般汹涌而来，包围了月亮田。人们在火海里挣扎呼救，不少人变成了一块焦炭。她爬到一棵很高很高的大树上，火蛇的信子顺着脚板往上蹿，她感到火辣辣的疼痛。这时阿妈飘然而至，双手像两股清凉的泉水，抚遍了她全身上下。火蛇退去了，阿妈拍拍她的头，意味深长地说："娜芸，你记住，猫头鹰叼来的永远是蛇。"

娜芸被吓醒了，浑身大汗淋漓。她躺在床上，一遍遍咀嚼阿妈在梦里给她说的这句话。

她想起昨天晚饭时发生的那一幕，到现在心里还是憋着一股气。

饭桌上，云东用筷子指着尤为民说："你不是我家的人，我妈妈做的饭不准你吃。"尤为民听得一愣，整个人僵在那里。

娜芸气极了，一巴掌扇在云东脸上，厉声问："这话谁教你的？"

云东大哭起来，阿海把他抱在怀里，指责娜芸："你拿孩子撒什么气？"

"这话是不是你教的？"娜芸指着阿海质问。

"我没教。"

"别人不会这样教云东！阿海，我告诉你，从我跟你离婚那天起，你就是我们这个家的外人了！"

"云东是我俩的儿子，有他在，我俩就断不了！"

"我说断就能断！"

"娜芸，这些年我一直忏悔我的过错，为什么就不能给我一个弥补的机会？"

"不可能，我就算一头撞死，也不会跟你复婚！"娜芸梗着脖子，气冲冲地回答。

虎头王放下碗筷，口气严肃地劝阿海："娜芸是我带大的，她的脾气秉性我最清楚，既然她不愿意，你就别再纠缠她了。天下女人多的是，何必非拴在这一条藤上呢。"

"爷爷，我放不下她，天下没有比她更好的女人了。"阿海哽咽道。

"早知今日，何必当初呢。阿海，强扭的瓜不甜，你放弃吧。"勒黑附和阿爸。

"云东不能没有妈妈啊！"阿海还是不死心。

"云东有妈妈，只是他的妈妈不和爸爸生活在一起，他会慢慢理解的。"勒黑不再理会阿海，招呼大家吃饭。

接下来没一个人再出声，和以往一片欢声笑语相比，这顿饭吃得太沉闷了。

尤为民晚饭后就被茅风寨的人叫走了，估计得留在那边过夜。娜芸憋了一肚子的话想和他说，再加上夜里做了噩梦，一整天都眼巴巴地盼着他回来。

好不容易等到夕阳西下，尤为民终于打来电话，说他回村委会了。娜芸一口气跑过去，推开尤为民宿舍的门，就见他在台灯下忙着写材料。

尤为民见她来了，放下手中的笔，笑嘻嘻地迎上来。

她犹豫了片刻，终于轻声说："小孩子不懂事，他的话你别往心里去。"

"你看我是那种小肚鸡肠的人吗？"

"我知道你不会跟云东计较的。最可恨的是阿海这只绿头苍蝇，把好好的孩子教坏了。"

"你真能放下阿海吗？他毕竟是云东的父亲。如果你为了孩子和他复婚，我不会怪你的。"

"你这话是什么意思，莫非你找到了更好的女人，想甩掉我？"

"我是那爪子上有了花粉还要乱钻花心的黄蜂吗？说句心里话，假如你这只小刺猬真的离开我，我不知道自己会痛苦多久，也许下半生都走不出来。"

"老尤，你是个真正的男人，值得托付终身，我有幸遇到了你，绝对不可能再去看那些草包尿货。阿爷和阿爸也站在我们这边，跟阿海把话说清楚了。如果你再摇摆不定，我可不饶你！"

"我向小刺猬同志保证，以后你怎么说，我就怎么做，绝无二话！"尤为民紧紧抱住娜芸，嘴唇在她面颊上游动。

娜芸把头靠在尤为民的肩上，眼睛望着窗外的夜空："摘颗星星给我吧。"

"好。"

"你骗人，没有人能摘下星星。"

"我把我的心摘给你了，它比星星亮，比星星火热。"

月光从窗外泼洒进来，流泻在娜芸俏丽的面颊上，又缓缓滑向她圆润的脖颈，最后留驻在她浑圆的胸脯上。她像只乖巧的白羊羔，躺在尤为民的怀里，他刺茸茸的胡楂扎得她眉间的红痣痒酥酥的。娜芸只觉得身子化成了一片云、一汪水，轻盈地飘浮，恣意地流淌。

"我身上有火苗在烧。"娜芸贴住尤为民的耳朵，悄声说道。

"让它烧吧，最好把我俩烧融在一起。"

"嗯，永永远远不分开……"

已是深秋时节，人们都喜欢偎在火塘边，嗅着燃烧的青冈木散发出的香气。

娜木约上易达，带着张猛和李浩到老茅寨，和村组长鲁大成商量土地转包的事情。刚谈了几句话，就见两个男人突然闯进来，其中一个手指着娜木，声色俱厉地问："娜队长，你们是不是提倡勤劳致富？"

"这不是理所应当的嘛。"娜木回答。

"可实际上你们只关心不做活的懒汉！"

"这话从何说起？"

"你自己睁开眼看嘛。村头住的陆老八，年纪不满四十，却从没下过一天田，干过一天活，整天跟着太阳转圈圈晒虱子，你们却把他记成建档立卡户，送钱送粮，送衣服送被子。我们整天辛辛苦苦，用劳动养活自己，却没哪个过问一句。也是，你们是扶贫工作队，不用理睬我们这些不用扶贫的人。"男人越说越生气。

"娜队长，一样的天，一样的地，大家都在一个村子过日子，这建档立卡户也该轮着当才公平！"另一个男人也是愤愤不平。

娜木默默地听着两个男人说话，头脑中固有的工作思路被狠狠触动了。是啊，过去扶贫工作队将关注点更多地放在极端贫困的建档立卡户身上，而忽略了大多数辛勤谋生的村民，如果这种思路不转变，扶贫工作将会走向死胡同！

"老曹、老李，让我说句话。陆老八五岁时死了父亲，母亲改嫁了，自小吃百家饭长大，现在虽然三十多岁了，但又憨又懒。他硬是不干活，村里也不能眼睁睁地看他饿死吧？"鲁大成解释道。

"建档立卡户要是养猪养鸡，栽果树，种药材，由科技园合作社无偿提供种畜、种禽和种苗，逢年过节村里送衣送被送粮……娜队长，凭什么我们这些不要求国家照顾的反倒矮人一等，我们天生就该自己在土里刨食吗？"姓曹的男人说。

"娜队长，你瞧瞧我，手和脚都冻裂了，口子像张着的娃娃嘴巴，还要顶着寒风冷雨干活，我过上好日子容易吗？村里那些建档立卡户，有几个像我这样从早苦到晚的？我也是人，也应该被国家照顾，建档立卡户应该轮着当！"姓李的男人把开裂的手伸到娜木面前。

娜木定了定神，恳切地开了口："老曹、老李，你俩说的话的确有道理。我承认，我们的扶贫工作确实存在问题，对你们这些非建档立卡户关心不够。我以扶贫工作队队长的身份答应你们，以后每办一件事，都会考虑整体的利益。至于你们提的轮流当建档立卡户的要求，我得解释一下，建档立卡户制度主要是照顾特殊困难群体，它有严格的政策界线区分，不是谁想当就能当的。再说，它只是提供基本的生活保障，要想致富，最终还得靠自己辛勤的劳动。我这次来你们村子，目的就是把你们闲置的土地承包给种药材的老板，以后你们除了能拿到土地承包费，还能在药材基地做工赚钱。你们的付出绝对会有收益的。"

"真有这么好的事？"老李喜出望外。

"我们正跟鲁组长商量这件事，希望能顺利办成。"

"在家门口就有钱赚，这可是打着灯笼都找不着的好事！娜队长，我刚才冲你发的那通牢骚千万别往心里去。"老曹满怀歉意地说。

娜木望着老曹和老李，心中是满满的感动。他们满身的沧桑体现着劳动人民的勤劳善良，这才是中国真正的支柱和脊梁。过去扶贫工作队对这个群体关心不够，是工作上的失误，今后一定要纠正偏差，实现全民富裕的最终目标。

回村委会的路上，易达说起禾妮刚来扶贫时的事。当初她挨家动员特困家庭申报建档立卡户，差点磨破了嘴皮子，反复说成为建档立卡户后，得了病有医疗保险，盖房有补助，种地有免税补贴政策。可村民们怕被人耻笑，说什么都不肯填表盖章。到了现在，十二个村民小组都有人来找娜木，争当建档立卡户，不管娜木怎么耐心解释，还是有人不达目的就坐在村委会不走，甚至威胁谩骂诅咒。易达苦中作乐地总结："往好里说，这也反映藤子箐的扶贫工作获得了大家认可，取得了成效。"

村民们的话听起来刺耳，然而他们中的大多数本性都很纯朴和善。每天早晨，工作队的人都能发现伙房门口堆放着洋芋、青菜等，这些蔬菜不值几个钱，却饱含着村民们对扶贫工作队的深情厚谊。娜木他们唯一能报答的，就是更加努力地工作，让藤子箐的各民族同胞尽快走上富裕之路。

这些日子娜芸的心情特别好，整天像喝了蜂蜜水一样，笑得甜丝丝的。她能不高兴吗？阿海带着云东回广东了，临走时放话，一定要给云东找个比她娜芸好的新妈妈。还有，尤为民主动提出来，等这阵忙完了，就和她去领证，她马上要开始一段崭新的人生了。

她把家里的床单收拢起来丢进洗衣机，又拿了把扫帚打扫院子，初冬的阳光照在她身上，仍然能感到几分暖意。

扎旺走进院门："娜芸，你阿爸在家吗？"

勒黑听到了，在屋里答道："扎旺吗？快进来吧。"他从铁钩上拎下铜壶，往装有辣白酒的碗里冲进开水。

"这酒气真冲。"扎旺进了屋，端起酒碗，鼓着腮帮吹走蒸腾的热气，喝了一大口。

"怎么样，味道还可以吧？"

"很醇香，你从哪里弄来的？"

"娜木从藤子箐那边带回来的。"

"她在那儿待了挺长时间了，听人家说，她和她阿妈一样有出息。"

"我嘱咐她一定要向她阿妈学习，和藤子箐的村民打成一片，多为他们做事。如果工作中遇到困难，就请教尤为民，尤为民长期搞农村工作，经验特别丰富。"

"你们一家人都在热火朝天地搞扶贫，连娜芸都捐了十万元钱给月亮田和藤子箐的残疾户孩子上学读书，真是了不起啊！"

"我们苦聪人被国家、政府和人民扶持了几十年，现在我们好过了，有了余力，应该伸出手帮助有需要的人。"

扎旺喝了一大口酒，迟疑着说："有件事，你听了先别急。昨天石三子、青木和查水三个人来找我，说他们入股阿海的旅游度假村，这钱怕是被骗了。"

"旅游度假村的项目八字没一撇，他们就敢急吼吼地入股？我和尤为民，还有你，在大会小会上反复强调，看好自己手里那点钱，不要头脑发热乱投资，这些人就是不听，这下终于上当了！"

"阿海私下跟他们承诺，入股十万，年利两万，入股五万，年利一万。他们被阿海抛出的高额利息冲昏了头，有人还是从信用社贷款出来入股的。现在三个月了，阿海那边杳无音信，入股的村民们都急了。"

"到底有多少人入了股？"

"现在知道的有七八个，说不定还有没声张的。最可气的是连索老五这样的建档立卡户也被阿海骗了，他的五万元钱是贷来养羊的，这下可好，钱被骗走了，索老五的老婆得了急病住院，没钱治。尤队长只好将自己县城的房子卖了，接济索老五，剩下的供五家建档立卡户考上大学的孩子读书。"

"尤为民把自己的房子卖了？娜芸怎么没告诉我？"

"大概尤队长还没来得及告诉她吧。我是找到索老五家里问阿海的事，碰见尤队长去送六万元的住院费，才知道的。"

"尤为民为月亮田人把心都掏出来了，弄得一无所有。娜芸这回终于没看错人。"勒黑一口干了碗里的辣白酒，对着院子叫道："娜芸，快进来！"

春色万紫千红，一片妖娆。

一大早，娜木站在藤子箐村委会后面的山坡上，望着袅袅炊烟从一栋栋崭新房屋的烟囱里冒出来，和晨雾绞在一起，缭绕在绿茵茵的茶园、核桃园、重楼园、三七园周围，一派生机勃勃的景象。

经过禾妮、娜木母女俩以及其他扶贫工作队队员的努力，藤子箐发生了翻天覆地的变化，山川绿了，房屋新了，路面平了，十二个自然村基本实现了脱贫，完成了"两不愁、三保障"的目标任务，获得省、市、县各级扶贫先进的荣誉。这一成绩的取得，既得益于各级政府加大了扶贫资金的投入，也得益于藤子箐村委会引入驻村企业，发展村办企业，走出了一条"企业＋农户＋科技园合作社"的成功扶贫之路。

按理说，多民族聚居的贫困山区能取得这样的辉煌成绩，作为县委扶贫工作队队长的娜木本应满心欢喜，但她只兴奋了短短的一段时间，便清醒地认识到，许多村民虽然实现了物质上的脱贫，精神上却远远没有脱贫。

大窝塘村的搬迁户住进了政府为他们新建的楼房，也有划拨给他们的土地耕种，然而他们的观念却没有跟上时代的步伐。前些天，搬迁户龙三来找娜木："政府，你们的水龙头烂了。"

"房子是你自己的了，水龙头烂了得你自己修。"娜木跟龙三解释。

"我们三苏人①不兴要别人的东西。"

"房子是政府盖给你的，不是你伸手要的。"

"我的房子在大窝塘。"

"大窝塘被泥石流吞了。"

"我回大窝塘看过，我的房子还在。"

龙三的一番话弄得娜木哭笑不得。

---

① 彝族支系。

还有老茅寨的建档立卡户陆老八，扶贫工作队拉来钢筋水泥，帮他盖起了羊厩，买来八只种羊，让他放牧脱贫。可是陆老八偷偷地卖了两只羊，拿钱去打酒喝，最后醉倒在街上，派出所民警将他送回老茅寨。村民们对娜木说："你们工作队就别费心了，陆老八是扶不起来的猪大肠，你们买再多的羊，他还是卖了打酒喝。"

更奇葩的事发生在大风寨。懒汉普伞打了多年的光棍，易达好不容易帮他找了个老婆。这女人特别勤快，天一亮就叫醒普伞干活，结果普伞嫌老婆太勤快，自己不得偷懒，执意将老婆撵走了。

呆木子也满脸怒气地来找娜木："娜队长，我不当建档立卡户了。"

"为啥不当？你家还没完全脱贫。"

"我就是坚决不当了！"

"老呆，你实话跟我说，到底遇到啥事了？"

"珍珍在学校被小朋友看不起。"

"为什么？"

"小朋友们都羞珍珍说，懒人才当建档立卡户。"

"老呆，别把小孩子的话当真。"

"娜队长你不知道，在我们这地方，被挂上'懒人'的称呼就永远抬不起头，永远矮人一等。今年我家的核桃收成很好，养的凤尾山鸡和牛也能卖了，'建档立卡户'这顶帽子真可以摘了。"

娜木想，物质上的脱贫，只是万里长征走出了第一步，要从意识上、观念上、志气上、文化上彻底脱贫，道路还十分漫长曲折。一年多来，她的脚板百次千次地丈量了这片土地，今后，她还会继续躬身在这片土地上，这里将是她后半生的追求，她的归宿。

"扶贫永远在路上！"娜木捧起一把老土，久久地凝视着。

尤为民和娜芸在云雀山上商量好，等明天尤为民开完会，两人就去民政局登记结婚。

第二天娜芸起得很早，吃过早饭后就直奔月亮电商中心。作为中心的经理，她每天要处理一大堆繁杂的事务。等一切就绪，娜芸再看时钟，已经是下午三点钟，马上就到她和尤为民约好在民政大厅会合的时间了。

娜芸急匆匆地小跑到县民政局，在大厅里四处搜寻尤为民的身影，一无所获。她想给尤为民打个电话，又怕他还在开会，左思右想，最后还是决定不打扰他。

她坐在大厅的条凳上揩了把汗，慢慢地调匀刚才因奔跑而急促的呼吸，心里想，今天一定是个好日子，因为来登记结婚的人特别多，在她面前穿梭往来个不停。

她跟尤为民登记的事很久以前就提出了，但是正值脱贫任务繁重，尤为民和阿爸每天一早下村，到晚上八九点钟才回来，这事就一拖再拖。昨天，尤为民告诉她，县委挑选出几个扶贫工作队队长，到四川凉山学习扶贫攻坚的先进经验，他被选中了，过几天就走，半个月后才能回来。因此他特意抽出一天的时间，陪她去月亮田村后的云雀山玩。

山上林木繁茂，碧绿的叶子交织成天然的穹顶，鸟儿啁啾鸣啭，色彩斑斓的蝴蝶在草林中翩翩飞舞，一片生机盎然。娜芸在山道旁采了许多野花，用野藤编成花帽，戴在自己头上。她站在一株野桂花树下，向尤为民一边招手一边大声喊道："老尤，跑快点！"

尤为民一口气冲到她面前："小刺猬，桂花真香！"

"你个儿高，帮我摘几朵。"

"我把一树的花全摘给你。"

"我要不了那么多，你别白费力气。"

"为了我的小刺猬，费多少气力都值得。"尤为民双手一合，像抱一只小羊羔似的，把娜芸揽在怀里，在她的额上、脖颈上狂吻起来。

娜芸猝不及防，被尤为民亲得全身都泛起潮红。恋爱几年了，尤为民还是第一次这么狂野地释放出男人气概。她两腿发软，几乎站立不住，嗓子似乎被甜甜的蜂蜜灌满了，腻得说不出话。

下山的路上，他俩约好了来登记领证。

娜芸出神地望着那些满脸洋溢着喜悦的年轻男女，脑子里全是云雀山的旖旎风光……

手机突然振动几下，有人在月亮田村的微信群里一连发了好几条消息：月亮田大黑山自然保护区发生山火，浓烟遮天蔽日，县委扶贫工作队队长尤为民和月亮田村委会支书勒黑率领村民奋勇扑救……还配发了好几张山火现场的照片。

娜芸望着手机，心怦怦地狂跳起来，不禁闭上双眼，默默地祈告着。

手机铃声蓦然响起，她被吓了一跳。

电话是姐夫施阳打来的："娜芸，快来医院！"

娜芸像一只受惊的野獾，拔脚向医院狂奔而去。